饮福记·下

寂月皎皎 著

重庆出版社

入簾引

目录

第十八章　你我皆凡人，走不出贪嗔痴怨 …… 1

第十九章　风霜后，莫忆当年事 …… 15

第二十章　青云之路，美人之箭 …… 29

第二十一章　以律法之名，行因果之事 …… 43

第二十二章　聚首，回首，过往归于尘埃 …… 57

第二十三章　何人不讲武德，报上名来 …… 71

第二十四章　吾之所求，唯汝一人尔 …… 85

第二十五章　此诚鸳侣天成，宜结琴瑟之欢 …… 100

第二十六章　姐妹方是至亲，郎君何足道哉 …… 115

第二十七章	残雪孤竹，绝境里崛起的生机	129
第二十八章	天子脚下，朝官府第，来一场鸿门宴	143
第二十九章	我活着，也会让你活着	158
第三十章	人生一世，总要分个峥嵘高下	173
第三十一章	平生勘不破，是美人关	186
第三十二章	无数秘密背后，重情亦无情	201
第三十三章	同心何处切，栀子最关人	215
第三十四章	我与他，你更看重谁？	229
番外：	瑜非瑜，榆非榆……	243

第十八章

你我皆凡人，走不出贪嗔痴怨

因阿榆查出旧伤，又听了那些破事，沈惟清无论如何也不愿她再去厨间劳心劳力，径直带她去找沈纶。

彼时习惯，早睡早起。沈纶傍晚时已用过膳，此时备的说是晚膳，不如说是夜宵。他不过尝两口汤，便笑眯眯地看着二人吃饭。

沈惟清自幼养出的习惯，食不言寝不语，中间只为阿榆夹了两次菜，绝口不提别的。

但这点动作已然足够了，沈纶看得连白胡子都不小心捋下了两根，眼角的笑纹直接弯到了鬓边。

果然，这郎才女貌的，丢到一起查案就是好，吵着吵着，指不定能给他吵出个小曾孙。

待吃完饭，侍婢撤下饭菜，端了茶水过来，沈惟清才跟祖父说起成婚之事。

沈纶明白自家孙子在婚事上有些别扭性子，那边阿榆又是刚遭大祸的，倒也不去刁难，反而笑呵呵给他们谋划，请谁保大媒，几时出婚书，哪怕婚事从简，三书六聘不能少。

当然，在此之前，沈纶先得寄信给外放的沈运使，告知此事。毕竟关系孙儿终身大事，父母那边同样得有所准备和安排。

等喝完茶，沈惟清送阿榆回去时，屋内并未刻意放低的一些言语早就传开，婢仆们看向阿榆的神情都变了。

不管人家是不是破落户女儿，如今已是老主人、少主人齐齐认可的少主母，沈家未来的宗妇。

难怪对小娘子不敬的车夫受了那么重的责罚，难怪卢笋那厮不辞辛苦天天往那小食店里跑……

卢笋很为自己的先见之明而得意，赶车时一路吹着口哨，令车厢内正想着如何跟阿榆继续温馨相处的沈惟清有将他一脚踹飞的冲动。

沈惟清正想让卢笋住口，便听身畔的小娘子幽幽道："刚被拐时我被关在小黑屋，很是害怕，便吹口哨给自己壮胆，外面的大婶嫌吵，冲进来抡起洗衣槌便打。我抬手去挡时，胳膊当即便垂下来了。那应该是我第一次被打骨折。"

"……"

温馨没了，暧昧没了，连小小空间的相处都冷飕飕的。

沈惟清小心问："后来呢？谁找人给你接的骨？"

有的骨折、骨裂能自己长好，但胳膊垂落，显然是脱臼了，必须有人接续断骨。

阿榆眼眸黝黑，半晌才轻轻一笑，低声道："一个姓罗的女人。是她拐了我，还在我面前装好人。"

沈惟清道："姓罗的女人？既是个拐子，秦世叔和凌叔找到你后，一定没放过她吧？这些事情既已过去，就不用再想。"

阿榆不置可否，目光投向窗外，看着夜间依然热闹的汴河大街。

灯火辉煌，满目繁华。

沈惟清柔声道："你看这样的人世间。和平，安乐。我们的未来，也会是这样。"

阿榆没说话，神情似游离于烟火人间外。

半晌，她轻声道："沈惟清，你知不知道，善恶到头终有报，其实都是骗人的。"

他们赶回小食店时，安拂风刚做完一道"暗黑"菜式，正在阿涂送瘟神的目光下悻然走出店门。

沈惟清刚放下阿榆，一眼瞧见，立刻招呼安拂风上马车。

"正好顺路，我送你。"

安拂风收到沈惟清使来的眼色，看了眼阿榆有些落拓的背影，一按佩剑，跳上了马车。

阿涂正闻声出来相迎，见安拂风那架势，不由得一缩头。

呵，这凶悍娘子，难道打算一言不合连沈大公子都要砍吗？

安拂风的确很想砍沈惟清两下。

上了车，刚坐稳，她便低声喝问："怎么回事？她晨间跟我分开时还满脸是笑，回来怎么又耷拉着脑袋？案情进展不顺？还是你欺负她了？"

沈惟清沉吟了下："拂风，你确定，我欺负得了她？"

安拂风愠道："论家世，论官位，论武艺，你哪样欺负不了她？"

沈惟清道："你可知道，她只需一句话，便能让人丢盔弃甲，手足无措？"

安拂风开始不解，待终于看清沈大公子眉宇间的那抹惆怅时，眼睛忽然亮了。

她立时收剑靠了过去，笑眯眯问道："不会吧，沈大公子，你陷进去了？阿榆让你陷进去了？这才几天！哈哈哈，沈惟清，你也有今天！"

沈惟清脸色便极不好看："我的意思是，她毕竟是我未婚妻，有些事，我无法坐视不理。"

安拂风潇洒地一拂额间碎发，轻描淡写地道："嗯，我听清了，你承认她是你未婚妻！"

沈惟清深知这位安七娘子同样无法正常交流，按了按突突乱跳的太阳穴，说道："你知不知道她小时候被人拐走过？"

"啊？"

瞧见安拂风一脸诧异，沈惟清心头略舒服了些，说道："找个地方聊聊吧！我想知道，她昨晚和今天经历了什么，让她心绪大好。或许，这是解她心结的好机会。"

行到州桥附近，沈惟清点了盏灯笼提在手中，带安拂风下了马车。

卢笋只能在马车上乖乖地等着，眼巴巴地眺着，暗自遗憾听不到更多的秘事了。

作为沈惟清最贴心最忠实的小随从，他从不认为少主人是为了避开他才下的马车。

咦，这二人沿河岸边走边聊缓缓而行的身影……挺般配！

虽说秦小娘子明媚讨喜，可安七娘子也冷艳出众呀！

他觉得自己又发现了一个了不得的大秘密。

他可不是大嘴巴，这个大秘密千万不能说出去，顶多告诉二管事那个俏皮的小孙女儿，或伺候老主人的那个甜嘴侍婢，还有他那二姑婆或三舅妈如果问起来，也不好不回答的……

可惜沈惟清早就认定了他的小随从是个大嘴巴，关于阿榆的某些事，他半个字也不想让卢笋听到，一心杜绝他发散天马行空想象力的机会。

他简略跟安拂风提了阿榆的旧伤，以及阿榆提起的被拐卖、受折磨的遭遇。

安拂风听得呆住："可、可阿榆天真善良，不像遭遇过这些事……"

天真善良……

沈惟清看着天真善良的安七娘子，苦笑："罢了，你就当她天真善良吧……只是她的确遭遇过许多不好的事，所以她的性子里，有截然相反的另一面。你与她相处这些日子，我不信你完全看不出来。"

安拂风被他一提醒，果然有了些许疑惑。从绑匪那里全身而退，前来问罪的沈惟清铩羽而归，一心鉴赏美食的韩平北钱袋给坑瘪了……最离奇的自然是救郦母那次，所有人都觉得是沈惟清力挽乾坤，救人救己，可从沈惟清事后的态度看，她总觉得事有蹊跷，更像是阿榆力挽乾坤，救了所有人。

安拂风犹犹豫豫地说道："如果是这样，阿榆的另一面，应该很厉害吧？"

"被逼出来的厉害，不叫厉害。那位凌叔说得没错，她的心境大有问题，我希望她能真正恢复过来。"

"那……你想怎么做？"

"那三年是她的痛处，戳不得碰不得，我只能尽量去寻找能让她放松心情的东西。比如，昨天下午你们去了哪里，遇到了什么事，让她忽然放下了心中块垒。"

安拂风茫然，"昨天下午？游汴河啊，不是你让去的吗？"

"游汴河时，你们遇到了什么事？"

"什么事？没遇到什么事，就四处看看，然后就回去了。"

"……"

沈惟清无语，只能耐下性子，解释道："你没发现，阿榆回来后情绪变化很大吗？你细想想，她跟你出去的一路，具体都去了哪里，做了哪些事。"

安拂风也想起阿榆前后情绪的确差异很大，认真地回忆起来："阿榆出生在京城，其实早年就坐船游过汴河，所以刚坐上船时，她情绪也不太高，也就看看水，看看鱼，看看桥，看看两岸……对了，看到州桥时停了停，说小时候看这桥既繁华又热闹，现在看着，也没什么差别。"

安拂风回忆起阿榆当时的神情，语速终于慢了下来："她当时很难过，好像快哭了，偏很快揉揉眼睛跟我笑，说都跟原来一模一样，真好。"

"然后呢？"

"然后就回去了。"

"回去了？"

"对，回去吃晚饭，阿涂蒸了只鸭子，阿榆兴致的确不错，下厨炒了一盘鸡汁蕨菜，一盘芙蓉豆腐，说是试手，可我从不知蕨菜和豆腐能做出那样好的味道……那豆腐……"

沈惟清想起阿榆似乎从未特地为他下过厨，好生硌硬了下，无奈道："说重点。"

安拂风这才从回味中醒过神，说道："后来她有约我一早再陪她逛逛街，我当然应了。然后第二日就陪她买了些小玩意儿，然后她就心满意足去衙门了，那些东西让我带回了食店。"

沈惟清忙问："哪些小玩意儿？"

"青草编的蚂蚱和燕子，蝴蝶形状的糖画儿，两根糖葫芦，一串贝壳风铃，还买了一堆泥捏的童子和动物，男娃女娃猫猫狗狗都有，挺多，特别沉。对了，她还买了几册版印的蒙学书。"

安拂风越说声音越低，显然也觉出不对了。

沈惟清不由得揉起了太阳穴。

论阿榆的年岁，应该已经二十岁了。即便她长得面嫩，看着也是十七八岁的小娘子。可什么泥人糖人草编蚂蚱，都是未成年孩童喜欢之物。

至于蒙学书，未成年孩童都未必喜欢，但的确是书香人家那些孩童的必备之物。

安拂风小声地问："莫非，因为她被拐走的那三年？"

沈惟清一时不知如何作答，只觉胸口闷得难受。许久，他方轻声道："我不知。或许，我该尽快娶她回来。"

由着她在市井间厮混，旁观被生活挟裹得面目各异的升斗百姓，或由着她在审刑院度日，见识被贪嗔痴怨扭曲的各色人心，那些让她走不出的阴影必然继续存在，甚至更难驱除。他必须带给她足够明亮的新的世界，足够温暖的新的生活。

安拂风沉默了。

她从知晓阿榆身世，便真心心疼这小娘子，真心待她好，此时想通了，更是真心想帮她。但不得不承认，论起细致周到，论起对人心的体察入微，她比不上沈惟清。

而且沈惟清能重新给阿榆一个真正的家，家中有通情达理的父母，更有风趣乐观愿意疼她宠她的老祖父。

许久，安拂风方道："她无依无靠，提前归于夫家是件好事。沈惟清，你一定要待她好。"

沈惟清眉眼沉静依旧，嘴角却已微微翘起。

一直视他为敌手的安拂风开始支持他，等于阿榆那边多了一个肯帮他的助手了。

不枉他当初阴差阳错将安拂风送到阿榆身边。

二人说话间，已走到了州桥上。

州桥明月本是京师有名景观，此时虽非十五，但月色如水，与荡漾碧波交相辉映，却也将州桥映得如一幅恬静的水墨画，而桥面内外的斑驳青苔，则如粗放散落的墨纹。

安拂风走到桥边查看片刻，指向桥沿某处，说道："舟行刚到桥下时，阿榆就让缓一缓，特地让小舟停了片刻，向上看着桥。对了，她后来盯的，应该是那里。"

州桥十余丈宽，可容十架以上马车并行，想找出其上触动阿榆的特异之处，自是困难重重。总算安拂风虽粗疏放旷，难得，在阿榆身上却颇细致，当时便注意到了阿榆盯着的方位。

沈惟清翻身越过青石桥栏，双腿倒挂于石栏上，提起灯笼，仔细查看安拂风所指的那一处。

那一处桥沿附近，有数方青石明显和其他地方颜色不一样，分明是损毁后另行修补过的。

此桥在唐时便已建成，历经二百年风风雨雨，必定会有修补与扩建。本朝立国后，同样进行过整体修缮，两边青石俱雕了海崖、瑞兽、祥云等图案，甚是精美。此处的修补痕迹似乎要更晚些，青石棱角的风化并不明显，青苔也比别处少，估摸着应该是近一二十年修补的。

但这样的修补痕迹，为何会让阿榆动容出神，甚至心绪大好？

安拂风见沈惟清似乎没有发现，取出披帛，将一端扣于桥栏，另一端绕持手中，一跃也飞下桥沿，抱住下方拱柱，说道："仔细看看这些青石是不是有机关，藏着黄金或珠宝之类。阿榆看了金帛之物，心情会特别好。"

"……"

沈惟清甚是无语。喜欢银财，难道也是被拐落下的后遗症？

好在沈家不算大富，却也不穷，应该养得起他娘子。时日久了，这毛病应该能改。

然而他们仔细检查过修补的那几块青石，分明是量好尺寸算好角度再放上去的，连早先的碎裂处都按破损的形状加工过，严丝合缝。

没有金，没有银，甚至没有藏过小铜板的痕迹。

安拂风又看着那些斑驳的青苔，揣度道："莫非这些青苔构成了什么图案，藏宝图之类？"

她一边说时，一边放长披帛，晃荡在半空，眯着眼研究那些青苔。

沈惟清叹气："想控制这些青苔的生成，得在这桥下安排个会画画的菜农。"

夜风穿过桥洞，带着河水的凉意，吹得安拂风在半空来回晃荡，头晕目眩。她努力稳着身形问道："真有这样的菜农吗？"

沈惟清苦笑："此处上方是天街，南望朱雀门，北望宣德楼，连半夜都有行人来往。怕是谁的脑子被汴河水淹坏了，才会安排菜农在这桥下用青苔画藏宝图吧？"

州桥所在的这条街，即使半夜都有行人夜游，两岸歌楼笙箫之声彻夜不绝，说是天底下最热闹的街市也不为过。他们二人这般在桥栏上下查看，已有注意到的游人好奇围观。

而桥下虽过不了大船，寻常小舟每日不知来往多少，真有珍奇之物，岂能等到他们这时才发现？

安拂风自知又想歪了，沮丧道："或许阿榆当时就是随便看着这边发了个呆，并不是特地看什么。哎，晃得我头晕，上去了。"

安拂风三两下顺着披帛攀了上去，正待收了披帛时，忽听沈惟清说道："等一下。"

沈惟清捞过垂落的披帛，身形一荡，飞至桥下，抱住其中一处石柱，稳住身形，举起灯笼，照向一块青石。

斑驳苔痕间，字迹隐隐。

他腾出手来，用软剑刮去青苔，终于露出青石一角的两行字迹。

"人生一世，来如风雨，去似微尘。日省一恶，日行一善，唯愿岁月长青，瑾瑜无恙。"

钱界又来到了那座奢华却幽静的府邸。

荷叶田田，清圆高举，池边亭榭泊于月色中，静谧如画。

水榭中，青衣文士正倚栏饮酒。月华如水，水色如镜，照在他温雅秀致的面容之上，令他多了几分出尘之意。长脸细腿的大白狗听得动静，警惕地抬头，看到是钱界，潦草地龇了龇牙，便又趴回了文士脚下。

若阿榆、安拂风等人在这里，一眼便能认出，这人正是在食店里对阿榆手艺赞不绝口的李三郎。

钱界战战兢兢地行礼："主人！"

李三郎微微笑着看向他："鹊桥真人跑了？"

钱界垂头："是，小人略给了些暗示，他很机灵，立刻自己设计脱身了。"

李三郎轻声问："我似乎说过，让你听秦小娘子的。"

钱界额上滚落汗珠："主人，鹊桥真人知道些不该知道的事。"

李三郎道："那你不知道该如何处置吗？"

钱界低声道："他姓李。"

"姓李呀！"李三郎举杯望月，清明的眼眸里似有云雾飘过，"姓李，又如何？"

钱界不敢答。

李三郎饮尽杯中酒，低声道："不要再违拗了秦小娘子的话。护住她，别让她受伤。"

钱界道："是。不过……主人，小娘子的身手在我之上。并且，她身后似有高人。"

"那你就为她做……她或那位高人做不了的事。不要让某些事，脏了她的眼，不要让某些人，脏了她的手。"

"是。"

钱界无声告退。

李三郎又倒了一杯酒，饮尽，犹似不尽兴，拿起酒壶，一气饮尽，抬手将酒壶掷入池中。柔软水镜破开，琉璃光碎，摇曳了满池清圆。迷蒙酒气里，氤氲光影中，有人咏叹如歌。

"人生一世，来如风雨，去似微尘。可是丑白，你可知，日行一善，不敌一念贪欲。于是……这岁月零落，瑾瑜蒙尘。可叹啊可叹！"

虽然鹊桥真人可能逃了，阿榆这夜睡得还是很不错，第二日还有兴致做了一盒顶酥饼分与众人。外酥内软，绵甜不腻。经了她的手，再寻常之物也似比别处的适口几分。

不值钱却见心意的小东西，素来拉好感，同僚们看这小娘子自然更顺眼了些，想来不用多久，秦家孤女擅厨艺、懂礼仪的贤淑名声很快能传扬开，沈秦结亲也能更顺理成章些。

因这两日合作愉快，这次阿榆倒是没少了沈惟清那份，看沈惟清不在，甚至用碟子装了两只放在他的书案上。

这时韩平北来了，不仅取走自己那份，顺带将沈惟清的那份也装了起来。

"别等他了。说是去户部查什么资料，指不定还有其他事，今天未必能过来。这顶酥饼得新鲜吃才香甜，放着也是可惜，不如给我吧。"

阿榆还想为沈惟清争取下，笑道："这顶酥饼，放个一天半天的，口感影响倒也不大……"

韩平北便犹豫了下："我原想着拿过去给阿爹尝尝……"

阿榆立时咳了下："那快去吧，的确趁热吃更香甜。"

韩平北顿时咧嘴，笑道："行，等送过去，我跟你说鲍家那边的进展！"

阿榆眼皮动了："青叶？"

韩平北一竖大拇指："聪明！"

拿着顶酥饼往外走时，他的步履轻快得快要看不出瘸了。

沈惟清难得没坑他，他真的从韩知院那里要到了琉璃鱼缸，再借花献佛送些美食表表孝心，指不定老父亲一高兴，还能替他跟寿王讨两条鹤顶红金鱼。

他真是越来越聪明了。

即便成了瘸子，也一定是这世间最灵活的瘸子。

韩平北很快送完顶酥饼，回来时虽没能得到他阿爹鹤顶红金鱼的承诺，却被允许和阿榆一起前往青叶、红叶家继续追查案情。

对此韩平北自然是欣喜——虽说有点觉得对不住搭档了好几天的花绯然，但与面对花绯然的不自在比，他更愿意面对软糯讨喜只是偶尔会闹脾气的秦小娘子。

只要能将乔细雨的案子查个水落石出，阿榆倒不在意跟谁一起查案。因韩平北腿伤未愈，阿榆没有骑驴，和韩平北一起乘坐了他的马车，一路上便将狱中得到的消息问了个明白。

鲍廉、安四娘受案情牵连，继续被羁押于审刑院中。但如霜花、青叶等出面做证且无甚罪责的，入夜前都被陆续放出。

青叶出牢房前，求了狱卒，偷偷去见了姐姐红叶一面。

隔着铁栅栏，红叶定定地盯着她，好一会儿才说："我一直为难你不假，但不想你死，也是真。"

青叶嗫嚅道："我明白。"

红叶道："不，你不明白。若不是你阿娘，我阿娘过得不会那么苦，不会老得那么快。阿爹也不会总想着往外跑，找那些年轻女人。"

青叶没说话，沉默地盯着红叶。

红叶眼圈泛红，但依然言辞铿锵："我的确是发现了不对，想要去救你，这才沾了血，惹了嫌疑。"

青叶哆嗦起来，轻声道："小姜果然不是你杀的。那你为何要认？"

红叶冷冷道："你既出面指证，小姜的死因再归结于意外。这罪名，我不背，谁来背？"

青叶低低叫道："谁做的，谁来背！"

红叶猛地伸手，揪住青叶的领子，说道："你以为他们会背吗？你以为我不背，我阿娘还活得了吗？"

青叶吸气，"你是说，你阿娘……"

"闭嘴！"红叶粗暴地打断她的话，搡着青叶用力将她一推，"你现在只需记住，你欠了我的，必须还！杀人抵命，我是不用你还了，但我阿娘需要你的补偿和报答！你听见没有！你必须要保证我阿娘下半辈子不再受苦！这是你欠我的！"

她说最后一句话时几乎是在呐喊，红得跟兔子般的眼睛，恶狠狠地瞪着青叶，等着她的承诺。

青叶不甘地看着她，泪水大颗大颗地滚落，哑着嗓子道："你不该死。你阿娘……也应该好好活着。"

还要说话时，刚有事走开的狱卒赶了回来，不耐烦地说道："还没告别完？可说好了，别想着串供给咱搞事儿！违了律令，吃亏的还是你们自个儿！"

青叶低头，向狱卒行一礼，抹了把眼泪，快步离开。狱卒哼了一声，也转身离开。小小的牢房瞬间沉入黑暗，寂静得可怕。

红叶吐了一口气，原先高高在上咄咄逼人的气势一扫而空，眸子里的亮光似被吞噬殆尽，唯余虚弱和恐惧。她抱着自己的肩，沿着墙壁，慢慢瘫倒在地，低低地啜泣起来。

而姐妹俩所不知的是，隔壁牢房里，韩平北、花绯然正通过一个隐秘的窗口，悄无声息地听着她们的对话，并将二人的神情尽收眼底。

韩平北将先前的事说完，颇有些得意地说道："我听完后就跟绯然姐分析过，这红叶也未必是心甘情愿认罪，若去井家一次，指不定有意外收获。"

井家，便是青叶、红叶家。只是二女成了侍婢，姓氏便有些多余，久而久之，也就无人记得了。

阿榆听完，稍微有点古怪感："你和绯然姐找到了线索，拉着我一起查，合适吗？"

她半世坎坷，见惯人心险恶，对男女之情的感受极为迟钝，但花绯然和韩平北的事院内几乎无人不知，她自然清楚得很，屡屡想着成全，再不愿成为二人间的阻碍。

韩平北却笑嘻嘻道："合适！我跟父亲、绯然姐都说了，你年少没经验，又吃了太多苦，更需要人照应，才能尽快从过去的阴霾里走出。所以他们都没意见。"

"……"

花绯然爽朗仗义，韩知院冲着沈相也有心照拂。于是，秦小娘子的凄惨往事，成了韩平北无往不利的通行证？

真够无耻的，无怪沈惟清动不动就要些小手段教训这小子。

阿榆叹了口气，问："沈郎君去户部做甚？难道这案子和户部有关？"

韩平北也有些纳闷："没听说鲍家这案子与户部相关。难道看着乔娘子的案子快结了，所以接手了某个新案子？"

阿榆忽想起沈惟清承诺自己，会帮她查乔娘子案、查八年前饮福大宴的旧案，不由眉眼沉了沉。

原来，就是帮她查而已，并不耽误他同时接手别的案子，借别的案子积攒功绩和资历。

户部修造案隶属三司门，掌京师城建、修葺等事，州桥若有修理之事，自然也归其管辖。

因沈惟清问起，户部判官将刚找出的一份记录递了过去。

"沈郎君请看，某没有记错，十二年前，这桥曾出过一次事故，运往大内修葺宫殿的石柱在桥上遭受撞击后摔落，把桥体砸出了一处豁口。当时北边正在打仗，库银匮乏，此处豁口也不算大，并不影响通行，所以并未立刻修葺。"

沈惟清闻言皱眉："州桥是宫中出行必经之要道，关系一国体面，修一处不大的豁口，能花多少钱？"

户部判官叹道："沈郎君有所不知，当时国库吃紧，花钱的去处多了，稍有动作就能引来御史的口诛笔伐。"

"后来呢？"

"后来曾有过一起孩童钻到附近玩耍跌落河中的事件，幸好被桥下经过的小舟所救。可能是这件事触动了某位善心人，第二日楚王便遣人拿来一笔钱，说是代一位善心人捐赠，用来修葺州桥。"

"善心人？未留姓名？"

"未留，但楚王肯代为出面，应该和楚王熟识。"

"和楚王熟识……"

沈惟清无奈叹息。

户部判官也跟着一叹："楚王便是记起这人，也作不得数。楚王他……已不是楚王了。"

沈惟清轻轻阖上记录："我明白。"

大皇子楚王，乃官家之长子，有疾在身，或者说得更明白些，患有狂疾。若在自家王府发作倒还罢了，他偏偏在一次宫宴后发作，纵火烧宫，害了数条人命。官家惊怒，将其幽禁于楚王府，命禁军严加看守，算来已有八年多了。

若是楚王转手捐赠，后续修桥之事，必定有所干预。那两行字是谁所留，因何而留，他多半是知情者。

但以楚王目前的境遇，沈惟清也无法轻易前往探视。

天家无小事。若是疯得厉害，说出些什么不该说的话，不小心听到的那位，官位到头还是小可，怕就怕性命也到头了。

他边思忖着求问楚王的可能性，边向户部判官告辞时，判官忽想起一事。

"对了，那个被救起的孩童，指不定沈郎君认识。"

沈惟清怔了下："我认识？"

"她叫秦萱，是当时的太官令秦池的次女。"户部判官怜悯一叹，"说来也是可怜，幼年时逃过一劫，成年后还是……"

那孩童，竟是阿榆的妹妹？

沈惟清对秦萱的印象更模糊，一时也勾勒不出阿榆这妹妹的形象。当年捡回小命的女童，隔了十余年，还是被烧作一具面目难辨的枯骨……

阿榆游州桥后心绪转变，难道是因为州桥让她想起了妹妹秦萱，或秦家相关的往事？

可即便州桥让阿榆想起了秦家的和谐欢愉，如今秦家已毁，又怎会让她忽然间心情大好？

沈惟清似乎有了些头绪，又似乎更迷糊了。

刚走出三司门，卢笋第一时间冲过来，脸上的神情一时也看不出是讨好，还是讨打。

"郎君，秦小娘子去查案了！跟韩郎君！两个人！孤男寡女！进了一辆马车！"

沈惟清一眼看出他的小书童眼底晶晶亮的东西，是看热闹不嫌事大的乐呵。

他确定这小子真的很讨打。

他慢悠悠唤道："卢笋。"

"嗯？"

"前儿有人找我，要给你做媒。"

"啊，哪、哪家的小娘子？"

"你二姨妈的三侄女儿。"

"谁？"卢笋眼珠子都快瞪出来，"你说是……她家那个整天对着男人流口水的傻妞？"

"你没觉得，她跟你很般配吗？简直天生一对！"

都是给人添堵的！沈惟清一拂袖，牵过系在一旁的踏雪，疾驰而去。

马车出城没多久，阿榆就后悔跟韩平北同行了。城中多是宽阔平整的官道，行驶倒是便捷；一旦入了乡村，那坑坑洼洼的小路就很考验车夫的技术和马匹的能耐了。不仅慢，还把人颠得七荤八素，差点把先前吃的顶酥饼给颠出来。可若说弃车步行吧，韩平北还瘸着，走路都离不了拐棍。

好容易来到井家所在的那处村落，正打听哪户是井家，便听得远处传来妇人的痛哭声。

被问的村妇向哭声处一指："井家啊，哪，就是那家！应该又闹上了！"

阿榆看着井家已然不远，便跳下马车，抓了一把铜钱塞入村妇手中，笑眯眯问道："还未请教娘子，什么叫又闹上了？他家常有人闹吗？"

村妇收了那把铜钱，忙笑道："这事儿大伙都知道。那个井超真不是个东西，小门小户的，偏当初仗着祖上还有点底子，娶了红叶阿娘，生了红叶，不久又把青叶阿娘娶进了门，生了青叶……"

据这村妇所说，青叶娘倒是个厉害人，据说受了哄骗，以为过来做正经娘子的，不甘不妻不妻妾不妾的，也不甘井超家里娶了俩，还在外面喝酒找女人，于是天天闹腾。没几年青叶娘一病死了，她们那个爹没人辖制，更不安生，眼看家底败得光了，渐渐连喝酒吃饭的钱都没了，将主意打到了未成年的女儿身上。

红叶娘怕红叶被他卖到不正经的地方去，抢先一步将她送入鲍家为婢。不久，红叶得了太夫人青眼，能说得上话了，又把青叶也弄进了鲍府。井超眼见两个女儿都没法变现，影响了他的花天酒地，便迁怒红叶娘，几次将她打得爬不起身。

为了保护母亲，红叶从小行事便强悍爽利。也不知她怎么跟井超谈的，井超后来没再打红叶娘，但也没缺过喝花酒的钱。村里人心知肚明，怕是两个女儿将自家的月银赏赐都拿给井超了。

"可这两日听说红叶被主家连累，要吃官司了。红叶娘拿出一包私房，打算去救女儿呢，谁知井超不知从哪儿钻出来，夺走那包私房便跑了！"

村妇看着井家，露出一丝感慨："这井家母女俩，真是不容易。"

阿榆黑沉了眸子，嘴角却还挂着轻柔的笑意："都是因为……那男人不是个东西！"

韩平北不想讨论"男人是不是东西"这个永恒无解的话题，在车上够着身子问："青叶呢？闹成这样，她没回来看看？"

"回来了！一听私房被她老子卷跑了，追她老子去了！"村妇撇撇嘴，"看那一脸紧张的模样，或许是两姐妹一起攒下的私房？"

阿榆便向韩平北道："平北兄，要不，我去追青叶，你先去井家，查问下那私房是怎么回事？"

从村妇所言来看，井超就是一个石头缝里也要抠出铜板去花销的烂人，将红叶娘拿捏得死死的，红叶姐妹断不敢将私房钱交到红叶娘手上。

可红叶跟鲍廉进审刑院后，根本没能再出来，青叶则是刚刚出来的，那红叶娘的私房，是从哪里来的？

联系到红叶在狱中隐约透露的意思，韩平北意动："一起先去井家，再去找青叶吧！你若出什么事，沈老和我爹会撕了我。"

阿榆笑道："又不是去打架抓人，能出什么事？我就想着青叶去追她父亲，定然情绪不稳。同为女子，我追过去安抚几句，指不定有意外收获。"

剔骨刀在手，她有足够的自保之力。相反，她很担心瘸了的韩平北，临走还将随行的两名衙差也留给他。倒不怕村民会拿他这位韩衙内怎样，就怕他一时兴起又去追人什么的，再摔出个好歹，花绯然得哭死。

第十九章 风霜后，莫忆当年事

村妇们整日八卦，消息极灵通，早就告诉他们，井超近来正缠着七八里外某村一个新寡的妇人，有钱多半会花到那妇人身上。听闻青叶所追正是那个方向，阿榆当然也跟着追了过去。

甩了韩平北那个拖油瓶，她难得在乡野里奔跑得张扬自在。

恍惚间，她似又回到了临山寨，执一把剔骨刀在手，奔跑在平山的密林间，笑意明媚地欣赏着山匪们瞬间变化的神情。

对于山匪们来说，从天堂到地狱，从嚣张放肆到惊惧恐怖，中间只隔了一个歹毒可怕的榆娘子。

听到她飞掠而过的某处传来男人的一声惨叫时，阿榆才意识到，她跑得太快，似乎把青叶甩到后面了？

沿着惨叫声找到一处溪流边，一个身着半新不旧绸衫的中年男人正站在岸边的林子里，一手紧抱一只小包袱，另一只手按紧了胸腹间，有鲜血正从他的指缝间涌出。他不敢置信地盯向对面的青叶。

"青、青叶，你这小贱人竟敢弑父！"

青叶双手握着滴血的尖刀，正一步步往后退着。她面色惨白，嘴唇哆嗦着，喃喃道："你逼我的，是你逼我的！是你逼我的！"

大约想起姐妹俩的悲惨，她的嗓音拖着哭腔，却越来越尖厉。

中年男人一手按住伤处，一手犹自捏紧包袱，叫道："我逼你什么了？生了你们，养了你们，你们的皮肉骨血都是我给的，我用你们几个钱又怎样了？"

青叶嘶声道："那是红叶的命钱！她什么都没做，却用自己的命去抵罪，就为给她阿娘一个安稳的后半辈子！你连这个钱也要抢！"

中年男人显然就是红叶、青叶之父井超。他已疼得受不住，手中包袱似乎要松开，却又死命抱住。伤处的血正迅速渗入包袱，他却恍然不觉，满脸都是贪婪和向往。

他狞笑道："但她阿娘不需要这个钱，居然还想着把这钱还回去，换回她女儿的命！真是蠢到不可救药！既然答应了人家，收了人家财物，还敢反口，同样是找死！不仅找死，还要连累我们一起受鲍家猜忌！鲍家是官，是官！民不与官斗，懂不懂？"

青叶泪流满面："可红叶是你的女儿！我和红叶，是你的女儿！"

井超道："对啊，是我女儿，难道尽孝心不是应该的？百善孝为先，既注定要死，尽一份孝心再死，也是积了德，行了善，指不定下辈子还能因此投个好胎！说起来，青叶，红叶欺负你十几年，如今她若死了，你岂不自在些？阿爹再分些钱给你作嫁妆，让你嫁个好人家，岂不是一辈子的福分？"

青叶惨笑："像我阿娘那样，一辈子的福分吗？阿爹，我不傻。我亲眼看到人家用高明的手法在汤药里做手脚害人，又岂会不明白，我娘生病时，你在汤药里放的粉末，绝对不是什么好东西！是你，是阿爹你，隐瞒已婚之事，千方百计求娶她，骗了她的嫁妆，又害死了她！可笑红叶母女，见你亲手熬药亲自照顾，还认为你偏宠阿娘，在阿娘死后处处迁怒于我……"

她的泪水泉涌，痛哭失声："我爹亲手杀了我娘，我却什么都不能做，就怕多说一句，你们随便一人就要了我的命……我只能浑浑噩噩活着，受自己的姐妹欺负，受自己的亲爹压榨……"

井超眼看自己伤处的血越涌越快，终于也害怕起来，软了声音道："青叶，我真没害你娘，那些粉末、那些粉末……是药引！对，郎中让放的药引。我女人虽多，但最爱的就是你娘！红叶对你不好，难道我没骂过红叶？还有红叶她娘，知道我为什么打她？就是因为她们母女对你恶言相向！说到底我们才是亲父女！乖女儿，听话，赶紧给阿爹找个郎中，帮我、帮我止了血，以后有我们父女的好日子呢！"

"好日子？"青叶笑了起来，"踩着我阿娘的性命，踩着大娘和红叶的鲜血，去过好日子？然后，等着你再像踩她们那样，踩着我的血过更好的日子？可明明、明明害了我们的，是你，是你！对、对，就是你！明明作恶的是你，害人的是你，为什么死的却是我们？用我们的尸骨，成全你的好日子吗？不对，不对，这世道，不该是这样！不该是这样！"

　　青叶越说越激动，脸色也越来越白，忽死命捏紧了手中的刀，冲井超刺了过去。

　　井超失血颇多，又被酒色掏空了身体，惊吓得就地一滚，滚到了河滩上，差点跌落河水中。他手中的包袱终于散开，一路滚着银锭金珠，还有几样价值不菲的饰物。

　　青叶看都不看那些财宝，通红着眼冲过去，又一刀捅在了井超的腹部。井超惨叫一声，弓着腰扑在泥滩上，不再动弹。

　　青叶这时才似清醒了些，持刀的手慢慢垂落。她低下头，呆呆地看着地上的男人和财物，面色转萧索，轻声道："红叶，不会有人再欺负你娘了。但你若死了，也不会有人照顾你娘了。路，你选。但我没得选了。"

　　阿榆沉默地立于某处树丛后，冷淡地看着父女间的对峙，看着青叶补刀，一言不发。

　　有些亲人，根本不配称之为亲人。

　　捅就捅了，挺好。

　　此时听得青叶话声不对，她怔了下，闪身而出，喝道："且慢！"

　　但已经晚了。

　　青叶手腕一转，一刀捅向了她自己，倒了下去。

　　阿榆冲过去想救人时，却发现青叶这刀捅得极深，直贯肺腑。只在片刻间，她便口鼻渗血，声音也低弱下去。

　　她吃力地道："你们审刑院的人，找来了吗？红叶……冤、冤枉！"

　　艰难地吐完最后一个字，她垂下了头，再无声息，只有眼角还有两行泪水继续滚落，跌落在淤泥里。

　　阿榆蹙眉，黯然叹息："为何刺自己时，偏这么准，这么狠呢？"

　　她缓缓转头，看向河滩上的井超。

　　井超并没有死，眼见有了转机，此时正眯缝着眼，悄悄观察着她。见她看过来，他立马也不装了，按着涌血的伤处，艰难地坐起身，赔笑道："原来是审刑府的官差到了……我这逆女，咳，这逆女竟想弑父……"

　　阿榆轻声道："难道你不该死吗？"

井超屏住呼吸，呆呆地看她："可你、你是官府的人。"

阿榆从河滩上捡起一枚珍珠耳坠，似又看到了细雨。

细雨拿着手炉，在雪地里追逐着她和凌岳，珍珠耳坠在她耳下一晃一晃，光晕润泽柔和，将细雨的面庞，映得月光般皎洁美丽。

辨明是非对错又如何？

有人杀人不见血，活得逍遥自在；有人呕心沥血，却被踩入尘埃，永不超生。

她转头，看向井超，清清淡淡地开了口。

"不，我是索命的人。"

沈惟清赶到井家时，韩平北刚刚从红叶娘的口中问明真相。

昨天夜间，有人给了她一个装满财宝的小包袱，让她远走高飞。几乎同时，她得到了红叶身陷审刑院的消息。她不像女儿杀伐果断，却也不是笨人，立刻猜到这是女儿的买命钱。她想还回去，想为女儿求一线生机。但正要出门时，井超回来了。

井超的眼里，只有那包结结实实的财物；井超的脑中，只有女人和美酒带来的强烈快感。而红叶娘却一改以往的懦弱和顺从，奋力地挣扎着，反抗着，与这男人争夺那包财物，如同争夺女儿的性命。于是，红叶用命换来的钱财，为母亲赢来了一顿前所未有的凶狠毒打。最后，井超直接扇晕了她，夺走财物。

说到这里，韩平北气恼得不行，拿拐棍一下下狠狠地敲着地面："鲍廉那混账，人在审刑院，还能搞这些事！惟清，你回去请阿爹好好查查，这审刑院还是办案的地方吗？都快漏成筛子了吧？"

谁都看得出红叶的买命钱从何而来。但鲍家人根本没露面，甚至没多说一句话。以鲍廉的油滑，想推随时能推个一干二净。

沈惟清轻叹："平北，这些道理，韩知院不用我们提醒。"

人情如网，牵一发而动全身，哪有那么好查？

先前沈惟清、阿榆在玉津园遭遇刺客，查来查去，不也草草了事，说成那几名刺客的私仇？

可沈惟清和这些人素不相识，哪来的私仇？

然水至清则无鱼，不想攀扯更多是非，即便他家世不俗，也只能由着他们先行结案，后续再设法继续调查。

韩平北嘴里不饶人，心下也明白，只期盼地看向村外，说道："但愿阿榆能从青叶那边得些有用的讯息。"

沈惟清虽知阿榆会武，但记挂其旧伤，又记挂其不时出点小问题的心境，遂将韩平北留在村中等候，自己带了两名衙差，一路追寻过去。

行到途中，沈惟清发现系在路边的那头犍驴，细嗅附近有血腥味，一惊下马，快步寻找过去时，立刻见到了阿榆。

阿榆靠坐在树干上，袖子和大半衣襟都湿了，面色苍白中带着一丝羸弱。

而她不远处的滩涂边，躺着两具尸体。

一具是青叶的，犹保持着自尽时的姿势；另一具是井超的，浑身湿透，胸腹部有尖刀刺出的两个窟窿，竟是重伤后淹死在水中，复被人捞出。

草丛中，很离谱地闪动着许多金银珠饰的光泽。

沈惟清顾不得其他，先冲到阿榆身畔，蹲身唤道："阿榆！阿榆！"

阿榆慢慢抬起头，那黯沉如夜的眸子转动了下，慢慢闪出些清澄的光泽。

她虚弱地说道："青叶说，她这个阿爹害死了她母亲，又要害红叶她们，所以她杀了他，然后自尽了。我看井超掉入河里，似乎还有气，想抓他上来细问，但赶过去时旧伤又发作，动作慢了些，他还是死了。"

带出来的衙差颇有经验，前去检查了两具尸体，已大致看出死因，过来禀道："正如秦小娘子所说，井超胸腹部两处刀口，与青叶自尽的那把刀尺寸一致，应是青叶所刺。但他腹内鼓胀，应是重伤后死于溺水。"

沈惟清道："守在此处，我会通知院里带仵作前来处理。"

衙差领命而退。

沈惟清揉了揉阿榆的右膝，轻声问："我先带你回去休息。"

"我没事……"

阿榆才要站起，已被沈惟清拦腰一抱，轻松揽于怀中。

"……"

阿榆略懵，不知这算不算逾矩。毕竟她有旧伤不假，但绝不至于走不了路。

沈惟清一路走着，一路犹在问她："先前林奉御开的药，开始服用了吗？"

阿榆耷拉着脑袋："主药是黄连吗？闻着就苦。好在尝不出味儿来，倒也能喝。"

沈惟清心头一闷，柔声道："等你尝出味时，我天天给你买蜜糖果子。"

他一边说着，一边将阿榆放在犍驴背上，抬头看向她，"我，又得牵着你回去了。"

阿榆眨巴着眼,"是牵着驴回去。"

"嗯,牵着驴,牵着犟驴。"

他的言语间有些微的无奈,却极柔和,甚至有隐约的温存和宠溺之意。

阿榆嘀咕:"你不是去户部查新案子了吗?为何又追过来?"

"胡说,你的事未了,我怎顾得上其他案子?"沈惟清稳稳地牵着驴,很顺口地编着谎,"不过是早前的一桩旧案,需去三司门做个了结。"

"这样啊……"

阿榆看着眼前这稳健从容的郎君,原先戾气森森的心口不觉舒展许多,苍白的唇边弯出了一丝笑意。

沈惟清眼睛余光瞥到她神情变化,也暗暗地松了口气,眉眼更加松弛温柔。

于是,一人一驴,护着驴背上的小娘子,踏着夕阳,不急不缓地往回走着。

像石邑镇那些送娘子回母家省亲的夫婿,也像当年秦池带着娘子出城踏青。

阿榆没有回食店,而是让沈惟清送她去了审刑院,独自进入大牢,跟红叶说了几句话。

"青叶早就知道是井超杀了她母亲,不想他继续踩着你娘和你的鲜血过好日子,选择了跟他同归于尽。"

"临死前,她让我转告你,以后不会有人再欺负你娘了。但你若死了,也不会有人照顾你娘了。路,你选。但她没得选了。"

"但她跟我说的最后一句话是,红叶,冤枉。"

原本满不在乎的红叶,早已听得浑身僵住。

阿榆说完,也不理眼前木愣愣的女子,转身就走。

走不多远,身后传出女子一声凄厉之极的哭叫。

"青叶,对不起!青叶!"

"韩知院,沈郎君!我要见韩知院,沈郎君!我冤枉,冤枉!"

鲍廉再次被带上正德堂时,堂上已经没有了他的座位。

同时被带上来的安四娘,手足多了镣铐。

再隔片刻,鲍家管事同样手足锁着镣铐,被衙差不客气地推了进来。

鲍廉沉着脸,看向堂上的韩知院,"韩知院,你这是听了挑唆,误信小人谗言?"

安四娘依然挺直脊梁,维持她自小刻印入骨的大家风范。但她准确瞥向红叶的目光,已失去了往日的坚定，满是惊疑和恼怒。

红叶眼中闪过慌乱，但很快镇静下来，举目看向韩知院。

"我没有杀小姜，我冒雨出门，是因为听到鲍管事派人问太夫人，是否已给小姜传讯。"红叶显然已横下心，说得又快又急，"鲍管事是主人心腹，找小姜有事传唤一声便是，为何要通过太夫人之口？我素知安四娘容不下乔娘子，当下便知他们要杀了小姜，断乔娘子臂膀。"

安四娘冷声道："贱婢，我连主院都让给了乔娘子居住，怎生就说我容不下乔娘子？"

红叶显然已横下心，一五一十地说道："安娘子虽让出了主屋，谁不知主屋内外的全是安娘子的人？乔娘子在庄子上原有两三个得用之人，但一通尊卑内外的道理压下来，竟无一有资格入主院侍奉。若不是小姜，乔娘子被活吞了都无人知晓。"

红叶顿了顿，自嘲一笑："说来，她的确是被活吞了。安四娘子，你不方便亲自去看乔娘子怎么死，却再三遣我以太夫人名义前去看望，并要我督促着，不许人改换她的药。其实我对那药被动了什么手脚一直不清楚，每次看望时叮嘱按时按量服用，也是奉了安四娘子之命。"

安四娘子握紧手，几乎是从牙齿缝中一个字一个字地往外蹦："你胡说！"

红叶又道："安娘子聪明人，走一步看三步，早就悄悄与我说过，鲍家若有变故，我必须'忠心护主'，她会保我母亲下半辈子衣食无忧。昨日我认下谋害小姜的罪过，她便派人送了财物给我母亲。我看过那些财物，不少是安娘子的饰物，也有些是乔娘子所有。乔娘子逝后，她的一切已被安娘子收走。这些东西，旁人可拿不到。"

安四娘挺直的脊背在颤抖，怨恨地看着红叶："你虽不在我房中伺候，可我待你不比自己的心腹侍婢差吧？"

即便想要她的命，付出的代价也远远高于寻常侍婢一条性命的价值。她哪里对不起红叶了？

红叶却冷冷道："我家情形娘子尽知，如此交付钱财，说你谋害我阿娘都不为过！或许，你还等着我家中鸡飞狗跳，好让我继续求你，继续顶下更多的罪罚！什么世家风范？无非踩着我们这些卑微之人撑出来的花架子而已。"

安四娘忽然间便绷不住，拖着镣铐就要往红叶身上砸："你这个白眼狼，背叛我不说，还敢羞辱我！"

一旁的衙差忙将她拖住，压在地上。

安四娘兀自挣扎着叫道："你们都在帮乔细雨，都在帮她！为何不看看，看看我付出了多少！我日夜辛劳，那么努力还只是个妾，乔细雨她凭什么！凭什么想嫁就嫁，夺走我的夫婿！凭什么想走就走，跑到乡野别院，还霸占着鲍家主母的位置！她本就该死，她早该死了！我不过顺势而为拿回属于我自己的东西而已，何错之有？何错之有？"

所有素日里最看重的世家风范，在这一刻已轰然崩塌。

鲍廉有痛怜之意，向安四娘伸了伸手，却又无声收回。

安四娘等于已招承了自己的罪行，鲍廉还怎能沾惹？怎敢沾惹？

安四娘一崩溃，高大娘、鲍管事再扛不住，支吾片刻，不得不断断续续地说出真相。

鲍廉想得到那幅绣像，安四娘想成为真正的鲍家主母，二人的目标都是乔细雨，一拍即合。因小姜碍事，安四娘找到鲍管事和太夫人，一手安排了小姜的"意外"死亡。后期鲍廉安排鲍管事盗走绣像，但安四娘的目标还未达到，于是被高大娘动过手脚的汤药继续端到乔娘子面前，直至其死去……

至此，乔娘子和小姜被害死的经过，终于完全明朗。

两桩谋杀案里，安四娘是主谋，鲍管事、高大娘是行凶者，红叶奉命行事但未曾动手，连帮凶都算不上，只是曾作伪证误导官衙，一顿板子是跑不了的。

至于鲍廉，他治家不严，笃信巫蛊之说，随后自有御史弹劾，或许会因此丢官弃职，起复艰难，却谈不上获罪受罚。

鲍太夫人更不必说，她只是听了安四娘的撺掇，传召了一名侍婢而已。别说不知情，便是知情，难不成还能让她为区区一个小侍婢抵命？

案子具结，沈惟清按惯例写了札子预备上达天听。只是写完后，他又将案卷翻开，沉默地一页页观阅。

韩平北拄着拐棍凑上前看，纳闷道："你们怎么回事？案子结了，凶手落网，幕后操纵的安四娘也没能逃掉，怎么一个个还是愁眉不展！"

"一个个？"沈惟清看向韩平北，"你是说……阿榆？"

"对啊，闷葫芦似的坐了半天，嘀咕了句'隔靴搔痒'，就去看红叶挨板子……哎，不对，她拿着一瓶伤药，应该是给红叶送药去了！"

"好一个隔靴搔痒！"沈惟清苦笑，"单从这桩案子看，人证物证俱全，凶手供认不讳，结案完全没问题。可至少还有两大疑点，至今无从解释。"

"什么疑点？"

"疑点之一，当初绑架鹏儿母亲、以蛇毒伤人，又以刺客追杀我和阿榆的，究竟是什么人？"

　　韩平北悚然而惊："他们想封鹂儿的口，按理应该是鲍家所为。但鲍廉……不是我瞧不上他，追杀你们的这群人，可比他凶残多了，完全不是一个段位的。或许是鲍廉求了哪位高人出手？他应该知道是何人所为吧？"

　　"如今案情已明，前因后果清清楚楚，鲍廉怎会承认此事？便是韩知院，无凭无据的，结案后也只能好好放他离去。"

　　韩平北抓了片刻头，皱眉："不对呀，如果鲍廉背后有这等厉害的人物暗中帮忙，对方怎会让我们如此轻易破了案？"

　　"或许只是跟鲍廉有一时的合作，又或许……"

　　韩平北忙追问："又或许什么？"

　　沈惟清低低一叹："又或许，鲍廉曾是一枚棋子，如今……成了弃子。"

　　韩平北想着有人将翰林学士当作棋子，还能随意调动禁军中暗藏的杀手，不由打了个寒噤，匆忙转了话头："除了这个，还有哪个疑点？"

　　"疑点之二，那幅绣像，究竟是什么，去了哪里！"

　　"绣像？你不信他们的巫蛊诅咒之说？"

　　"诅咒了十年，鲍太夫人还好好地活着，足以证明这玩意儿根本没什么用。既然没用，乔娘子为何不顾重病也要冒雨回庄找寻？"

　　韩平北点头："诅咒之说，指不定就是李鹊桥胡诌的。后来闹出了人命，无怪他立时当了缩头乌龟，不敢再露面。"

　　"胡诌……"沈惟清笑了起来，"我就不信，他会恰好胡诌出一幅藏在乡野别院十年的绣像。"

　　韩平北细细一想，只觉脊背上有森森的冷意涌起，不由压低了声音道："难道……和背后刺杀你们的那些人有关？如果不是诅咒，这绣像究竟藏着什么秘密？鲍廉真的已经毁掉它了吗？"

　　沈惟清一叹，无从回答。

　　审刑院外，阿榆为红叶雇了一辆车，正送红叶走出衙门。

　　红叶刚受了杖责，走路一瘸一拐，但阿榆已为她上了药，此时精神尚好。她不明白这位先前针对她的小娘子为何态度大变，但她刚背叛鲍家，又失了父亲和妹妹，对于此时伸来的援手自是感激。

临上车时，她看向了阿榆。

"秦小娘子，那幅绣像，应该并未被毁去。"

阿榆眸光闪了闪，静静地看着她。

红叶继续道："鲍学士的确曾当着太夫人的面焚掉了一幅绣像。但那幅绣像很粗糙，只能糊弄糊弄太夫人罢了。当时我在旁边看得清楚，根本不是原来那幅。"

"所以，那幅绣像，应该还在鲍廉手中？"

红叶想了下，摇头："应该不在了。这事出了没多久，鲍学士就升官了。当初安四娘提起这绣像的神情，我就觉得怪怪的，仿佛那绣像不像是咒人的，倒像是什么宝物。或许，真的是宝物吧！"

言外之意，怀疑鲍廉用这绣像换来了升官晋爵。

这倒与鹂儿当初偷听到的消息吻合。

鹂儿曾隐约听到鲍廉和安四娘的只言片语，似乎是说拿到什么东西后，安四娘会是这府里真正的主母，地位只会更尊贵云云……

于是，鲍廉是在乔细雨死后，用偷来的那幅绣像，换取了他的富贵荣华？

好容易攒到手的荣华，鲍廉显然不愿放弃。

沈惟清的札子还没得及呈上，便有消息传来，安四娘见了鲍廉一面后，撞墙自尽，香消玉殒。

鲍廉顾不得安排爱妾后事，就在朝臣中展开了行动。

拖他后腿毁他声名的妾死了，他便能光明正大地拜访相熟的上司和同僚，忏悔自己治家无能，贻笑大方，顺带恳请他们仗义相助，莫让小妾之事牵扯到他的前程。

正如鲍廉所料，第二日早朝，弹劾其薄情寡义、门户不肃、宠妾灭妻的札子，雪片般飞到了御案上。但同时，鲍廉先前拜访过的友人们也开始写札子为其辩驳，大肆夸耀鲍学士的孝义和乔娘子的不孝。

官家还未及阅览这些乱七八糟的笔墨官司，政事堂便传出了一则消息。

参知政事李长龄在众人议论纷纷之际，眉眼微冷，修长的手指点了点那些札子，说道："从前只闻有人借着巫蛊之事陷害对手，倒没听说拿这个当借口收拾自家娘子的。真是大长见识。"

众人恍然大悟，同时心领神会。再联想起乔氏的案子之所以转交审刑院，是因为李长龄的过问，求情的札子立刻悄然无声地缩了回去，原来争持不下的风向，也随之有了高低。官家随手翻了翻，便让鲍廉交接手中公务，回家静思己过。

官司落败，削职贬官，本是意料中事。但鲍廉终究不甘心。从昌平侯府的后门出来，他浑浑噩噩地向前走着，慢慢回忆起当年。当年那个富贵丛里的细雨姑娘，冲他回眸一笑，俏生生如一枝春日的玉芙蓉，妍丽夺目。而他当时似乎只看到了细雨背后的那些富贵，可以让他宏图大展平步青云的泼天富贵。再美的芙蓉，也是因为那泼天富贵才招了他眼目，惹了他爱意。可终究什么都没有了，什么都没有了……

鲍廉深一脚浅一脚，蹒跚走在小巷里，嗟叹着，懊恼着，悔不当初。这时，他的脚踝忽然麻了一麻。他低头，一条扁扁长长脑袋小小的蛇，正飞快地从他鞋边游了过去。巷道上方的一处屋檐上，凌岳冷漠地看着鲍廉，手指轻轻搭到了剑柄上。他想将这人千刀万剐，却思量着，怕是会给小娘子带来麻烦。这时，下方的男人身体晃了晃，倒了下去。

阿榆在第二日才听说了鲍廉身死的消息，忙要去打听时，正见沈惟清立于亭中等候，似在等着她一般。

近日二人合作愉快，阿榆也顾不得客套，径问道："鲍廉真的死了？死于毒蛇之口？豢养那玩意儿的人，不是在帮他对付我们的吗？"

沈惟清轻描淡写道："或许，只是意外。这两日天气和暖，有毒蛇出没，也算不得奇事。"

动用蝮蛇之人，极可能也是安排那些刺客的幕后黑手，绝不是寻常人惹得起的。沈惟清会自己设法暗中调查，却绝不愿混迹市井间的小娘子沾惹半分。

阿榆不知想笑还是想嘲，慢慢道："于是，会以意外身亡结案？"

沈惟清道："我问过钱少坤，现场并未发现人为加害的痕迹。据说鹂儿念旧，哭得不行，他备了纸钱正准备带她去鲍府吊唁呢。"

审刑院直接受命于官家，只会参与部分大案要案的追缉审理，寻常命案都是由大理寺裁决，再由审刑院复核。如乔娘子案，若非李参政发话，也到不了审刑院。

既然大理寺少卿都去吊唁了，鲍廉之死无疑已定性为意外。

阿榆顿了片刻，叹息道："这种人，居然还有人吊唁，真是没天理。"

沈惟清微笑："阿榆，那位鹂娘子便是见到一只死老鼠、死苍蝇，指不定都会吊唁一番。"

阿榆失笑，这才释然。

因鲍廉全身而退，她早就意难平，只是还想留在审刑院查案，且料得凌岳定不会饶过他，这才忍耐一时。此时听得鲍廉死讯，反而有些遗憾，却是嫌他死得太轻易了。

沈惟清虽不知阿榆所思所想，但早看出她极为乔娘子不平，遂道："其实细想下来，乔娘子真的可能是病逝。"

阿榆眸光一缩，幽然道："嗯，那药无毒，只是加重她的病情。这么算来，她的确是病逝，但也是被人害死。"

沈惟清摇头："阿榆，如果你是乔娘子，知晓自己的药被人动了手脚，还会继续服食吗？"

阿榆蓦地醒悟，骇然看向他。

沈惟清轻声道："她必定会想方设法把药倒掉，不愿服食。"

"可她的病……"

"可她的病，不服药根本好不了。"沈惟清怅然一叹，"再加上绣像被盗，小姜之死，亲人远游，君姑、夫婿陷害，身边侍奉之人无一真心，她……岂能好得了？"

阿榆呆呆听着，嘴角咧出一道怪异的弧度，哑声道："你说的……也是。"

一阵风吹来，阿榆的眼睛里蒙了沙，疼得厉害，忙抬手用力揉眼睛，却越揉越疼，越揉眼泪越多。

"怎么了？我瞧瞧。"

沈惟清觉出不对劲，忙凑过去要仔细看时，阿榆已揉着眼睛推开他。

"风大了，眼睛里进了沙。没事，没事。我回去找绯然姐帮我吹吹……"

"哎……"

沈惟清其实有种拉住她，自行上前为她吹一吹的冲动。但阿榆走得迅速，衣袖的布料如羽毛般轻轻滑过他的指尖，柔而软，清风般的触感。

说什么眼睛里进了沙，怕是乔娘子的某些事不小心又触及她的伤心处，令她想起秦家的某些事了吧？

沈惟清捻着指尖，只觉越来越不能忍受阿榆这种隐而不发的疼痛，扬声唤道："阿榆！"

阿榆顿身，回眸看他。她的眼睛依然红红的，衬着皎洁的肌肤，像极了一只纯良的兔子，无瑕无垢。

这当然不是真的。沈惟清亲眼看到钱界这位绑匪被她治整成了乖顺的小白兔，也曾亲眼看到她拿着那把剔骨刀，帮他挡下了刺客凶残的攻击。即便她是兔子，也是一只会咬人的兔子。但他看着她眼睛里隐忍的痛楚，心头还是软软地塌了一块。又酸，又涩，却又有不知哪里钻出来的丝丝缕缕的甜，绵软地裹挟着他，让他看向少女的眼神也如春风般绵软。

他轻轻道："阿榆，晚上随我回府罢，咱们可以请祖父兑现承诺了。"

按照当初约定，只要十天内破了乔娘子的案子，沈纶便会帮她安排，翻阅八年前秦池那桩案子的卷宗。

算来今天才第九天，暗害乔娘子的安四娘已自尽，连默许她作恶的鲍廉都死了，这案子当然算是破了。

阿榆眼底果然有了光华闪动，压抑的痛楚瞬间淡去了许多。

她继续揉着眼睛，答道："好。稍后我早些回食店，做一钵鹌鹑党参汤带过去。"

沈惟清道："你在旁指点着，叫厨娘做就行。祖父的身体固然重要，你也需照顾好自己。"

阿榆已转身走得远了，随意地挥了挥袖，算是应了。

沈惟清摇头苦笑。

阿榆的确将沈惟清的话听入了耳中。

食材下锅后，她便回房稍事休息，顺便打开衣箱，准备换套见客的衣裳。

可她既以秦藜的名义出现，衣箱里备的自然都是素服，看来看去全都是衣料简素、裁剪简洁的衣衫。

何况，她又不是秦藜，也不是第一次去沈家，似乎也没必要讲究衣饰吧？

她有些困惑，自己为何忽然想着要收拾齐整再去沈家。

抬手关了衣箱，她走到窗边，轻叩窗棂三下。

凌岳的声音便从窗外传来："小娘子，我在。"

阿榆神情便松了松，说道："凌叔，鲍廉死了。"

凌岳声音沉了下："我原也打算动手，但有人抢先了一步。"

阿榆道："追查细雨案子时，鲍廉应该找了很厉害的人帮忙。如今他输了官司，那人莫不是怕连累自己，才抢先灭了口？"

凌岳道："或许吧。不管怎样，细雨的仇，也算报了。"

他这样说着，声音却愈发地闷和沉，显然心里并没有口中这般释然。

"嗯，细雨的仇，报了。"

阿榆虽这么说着，却下意识地捏住了剔骨刀的刀柄，有一下没一下地揉着。

窗外，傍晚的阳光璀璨如金，但透窗而入，只将她的身体衬出一圈微亮的轮廓。

凌岳立于窗外留意看着，柔声问她："小娘子，案子既已告破，为何还闷闷不乐？是不是沈家那小子惹你不高兴了？"

阿榆摇头，疲惫地说道："沈惟清很好，没惹我不高兴。我只是忽然想起，细雨姐姐是病死的。"

凌岳黯然，低声道："对，她是病死的，被那些人害得年纪轻轻，一病而逝。小娘子长大了，能为她平冤报仇，她若泉下有知，必定欣慰。"

阿榆转头，隐约看到窗扇外的人影。他在劝着阿榆，也在劝着他自己。但曾经鲜活美好的细雨到底被他们弄丢了。

她被这沟壑纵横的人生，活生生凌虐成一段段的枯骨，从此每夜每夜地出现在他的梦中，泛着残忍的苍白，却再无声息。他永不曾说出口的眷恋和悲痛重逾千钧，沉沉地压着他，压得他高大挺拔的身姿已经开始佝偻。

那个曾经英风侠慨、风姿劲健的年轻剑客啊！阿榆忽然忍不住，眼泪滚了下来。

她道："是啊，她若知道……若知道我们都还好好的，都还惦念她，一定很安慰。"

那年的乔细雨，倒掉害她性命的汤药，躺在冰冷如铁的床上，听着外面路人般的婢仆议论她何时死去，倾听着凄冷的风雨声，回忆着绚丽明亮、多姿多彩的前半生，思念着那些永不归来的人……

一天一天地，苦苦煎熬着，在孤寂里痛苦、绝望，然后枯萎、凋零。

守不到任何希望，等不来任何亮光，甚至永不知，她惦念的人，正在千山万水之外，也惦念着她。

但只要曾拥有那些希望、那些亮光，她就一定不会愿意，她最在意的那个人知晓她死亡前经历的孤独和挣扎。

第二十章 青云之路，美人之箭

鲍府。

全然不同于先前的气势煊赫，丧仪之上只有三两仆役勉强支应，灵堂也布置得十分草率。

太夫人押着两个同族的侄孙给儿子哭灵，却半日都不见一个人影来，颤巍巍地站起，哭骂道："人走茶凉，都是势利小人！势利小人啊！"

她抹着眼泪跌跌撞撞地向外走着。

有老仆犹豫着想上前扶，一眼瞥见她拿袖子随手蹭着鼻涕眼泪的模样，又悄悄缩回了手。

太夫人并不糊涂，瞧出那人心思，"呸"了一声，说道："若我廉儿还在……"

然后便记起鲍廉已然不在，只余下了一具黑青可怖的尸体。

她越想越悲怆，一路哭唤着"儿啊"，一路往主院走去，似乎还抱着一线希望，到了那里还有她争气的好大儿等着，拿金山银山孝敬她。

孤凄凄走出一段路，太夫人脚下一滑，差点摔倒。旁边适时伸出一双健壮的胳膊，稳稳将她扶住。

"太夫人，小心脚下！"

太夫人定定神，一扭头，看到了一个憨厚清秀的布衣少年，睁着又大又黑的眼睛静静看着她。

这张脸，有些眼熟。

"你是……"

布衣少年轻声道："太夫人，我是二门上的小八，你不记得了？"

太夫人恍惚记起是有这么个人，连连点头道："小八啊，我记得，记得。"

布衣少年道："太夫人要去哪儿？我送你。"

太夫人道："好，好！我去我儿院里瞧瞧。他们都走了，红叶青叶也走了，都是没良心的。你是个好孩子，好孩子啊……"

布衣少年遂扶着太夫人，沿着假山下方的石子路向前走着。不远处，是横越溪流的石桥，桥对面便是主院了。

太夫人一指脚下的道路，哭诉道："当年我儿便是从这里迎娶的新妇，那时的宾客啊，流水般从前堂排到院门……"

而新妇的嫁妆，也快从前堂排到院门，令她笑逐颜开，深知从此远离了卑微和贫困；那些大人物的出现，更令鲍家脸上有光，似看到了鲍廉直上青云之路。而如今，周围空空荡荡，一个下人也没有。

"我儿出世时，算命的就说了，他有贵人相助，一世享福的命。怎会是这样的结果呢？一定是哪里弄错了，哪里弄错了……"

她蹒跚地走到石桥边，迷茫四顾。

身后，小八冷冷淡淡地说道："或许，做了什么不该做的事，福报才变成了恶报。"

"不该做的事？"太夫人顿时大怒，一把甩开小八的手，斥道，"我儿做的事，哪样是不该做的事？可恨乔细雨那个贱人，哦，还有那个小什么来着？小姜？敢扯我儿后腿，真是该死！偏偏死后也不安宁，这般坑害我儿！"

"所以，你是知情人？明知传召小姜是让她送死，还是将她赶上死路？"

太夫人这才觉出小八声音不对，转头定睛看时，小八正盯着她，眼底满是血丝，悲痛和怨恨已扭曲了那张憨厚的面庞。

太夫人猛地记了起来："不，不对，小八早就走了！你不是我府里的。你是，是……"

"我是小八。"小八努力咧了咧嘴，清秀的脸扭曲得更厉害，"小姜说，她将是我的娘子，我将是她的郎君。既然你传召小姜，送她去了黄泉路，你自然也该去陪着，让她在底下好好服侍你。"

太夫人大惊，转头便要跑，却被小八揪住。

太夫人慌乱叫道："这，这都是他们的主意，与我老妇何干？"

小八狞笑，一把将太夫人从石阶上甩落假山边："你们欲壑难填，又与小姜何干？"

太夫人的头撞到假山上，满头鲜血流溢，却还没死，惨叫着爬起身要逃时，小八再次抓来，揪了她发髻，再度撞在山石上。

太夫人无声无息地倒了下去。眼前彻底黑下去前，她恍惚想起，当年看到的小姜尸体，似乎也是这么头破血流的，被雨水冲刷下去的鲜血染红了半边溪流。

看着眼前的尸体，小八狰狞之色渐渐消失。他茫然地看着前方，凄惶如失了爱侣的孤雁，喃喃唤道："小姜，我终于为你报仇了！小姜……"

三百多个日日夜夜了，提到那个名字，他的心还是在哆嗦。

那个带着狡黠笑容软语呢喃的小姜，让他好好认字好好学算术，等她攒够钱出去，就能在兄长的支持下，开一家干果铺，或摆个饮子摊。等赚了钱，将来可以送他们的孩子去书塾读书认字。

他们还商议过，孩子太少不热闹，太多伤身体，就生四个吧，最好两男两女，凑一对"好"字。但终究在那个暴雨天，一切成空。

他绕过假山，熟门熟路地沿着小道走向角门——正如他熟门熟路地潜入鲍府院子里，一个人都不曾惊动。走出角门一段距离，姜田赶着一辆驴车正等待着。见小八出来，驴车里姜母探出了头，急切地看向他。小八微微一点头，姜母似卸下了千钧重负，一晃身无力坐倒车内，泪如泉涌。

姜田亦握紧鞭子，眺向远方，喑哑低唤："妹妹！乔娘子！"

不论是他，还是小八，都是微贱之人，如鲍廉那等人物挥手间便可裁夺他们性命。

可小人物亦有爱与恨，亦有痛与仇，亦有蛰伏无数日夜，一朝还以颜色的决心。

姜田问小八："剩下那几张废纸，都烧了吧？"

小八道："烧了。"

"也不知那人怎么从鲍府账房拿到的一年多前的废纸，连我自己看着都信了。小八，记住，这一两年不要让人看到你写的字。"

"放心，我一跑腿的伙计，根本不用认字，更不用写字。"小八忽冷冷一笑，"姜兄长，你信不信，根本不会有人在意那老婆子的死。"

"嗯，那就是一桩意外。"

姜田眸光闪了闪，即使不是意外，也有人会让它变成意外吧？

他招呼小八："走吧！"

三人乘着驴车，很快驶入街上来往的人群中，如滴水入大海，很快不见了踪影。暗处，凌岳缓步走出，沉默看着他们消失于人海，垂眸而去。细雨，如此这般，才算完全为你报了仇吧？

阿涂听说阿榆要去沈家，想到这小祖宗莫测的心思，嗖嗖的冷意一层层地往外冒。

看着还在辛劳地探索"暗黑"食谱的安拂风，阿涂忽觉得安七娘子这种也不错，至少心情都写在脸上，他不用担心这娘子什么时候变脸——真要凶残起来，顶多从母大虫变成发狂的母大虫，而不是从纯良小白兔一下子变成凶残女魔王。

但他家小祖宗似乎跟母大虫挺合得来？而且母大虫在沈家也能说得上话，便是有了什么变故，有个母大虫在旁照应着，总会好些吧？

横竖这小祖宗不至于在沈家承认她是个变态大劫匪……

阿涂立马赶过去找安拂风，吞吞吐吐了半天，安拂风才闹清他的意思，"啪"地一巴掌拍在他脑袋上，骂道："你有病吧？沈惟清虽是个小人，沈老却是个再好不过的长辈，沈、秦两家的婚约，便是沈老坚持要信守承诺。你居然担心阿榆在沈老跟前被欺负？"

"不、不是……"阿涂搜肚刮肠地寻着借口，"沈老是沈老，沈府是沈府。沈老或沈惟清待小娘子好，旁人可不这么想。你想想，上回沈家那个车夫都敢对小娘子拿乔！这次你敢保证不遇到别个不长眼的？或遇到不愿意他俩在一起的亲友？"

"不愿意他俩在一起的亲友……这还真不少！"安拂风翻找食材的动作慢了下来，然后蓦地顿住，"对了，江九娘子先前随她父亲出京散心，昨天似乎回来了！那臭丫头，一直对沈惟清死缠烂打，连我的醋都吃，还打算敲我闷棍……如果知道沈惟清要娶阿榆，岂不是要闹翻了天？"

阿涂忙点头如捣蒜："正是正是！我正是怕沈郎君这些旧爱，会害我们家劫……这个不听话的小祖宗。"

安拂风"啪"地又一巴掌拍到阿涂脑袋上，怒道："什么叫不听话的小祖宗？她只是受的磨难委屈太多，哪里不听话了？"

阿涂给打得泪花滚滚，哭丧着脸道："七娘子说的是。所以你更得跟着她同行，她受的磨难委屈多，真多……"

那厢安拂风也不用阿涂催，已然洗手整衣，准备跟阿榆同行了。

"阿榆那般可怜，好容易有了一段过得去的姻缘，可不能让这些给美色糊了眼的娘子们毁了！"

给美色糊了眼？谁的美色？沈惟清吗？阿涂愤然。

想当年，他这位高家小郎君，也曾以英挺俊美、风华出众闻名乡里，怎就没人将他放在眼里呢？日日非打即骂，让他被泪花糊了眼……

回头传到勾栏瓦舍那些演滑稽戏的艺伎耳中，只怕能编出一部《御史公子悲惨的逃婚生涯》，让京城的贵公子们笑出泪花……

阿榆素知安拂风和沈家祖孙相熟，见她想同行，以为她想探望沈相，倒也乐意。于是二人一驴一马，相携向沈家而去。

并辔而行间，阿榆笑道："我无法每日前往沈府，但也试着写了个食疗的菜谱，都是于调理脾胃有益的菜式。只是我到底不是大夫，也不知妥不妥当。不如我把菜谱给你，你帮我先问过医官，若没有问题时，再拿给沈老试试。"

安拂风笑道："这个何必给我？你只管交给沈惟清，让他给林奉御过目，或增或减或调整，必定很妥帖。"

明明是能一下子讨得两人欢心的好事儿，为何让她来经手卖人情？小娘子忒实诚，果然得她跟在一旁照应着，帮着拿主意。

阿榆倒没多想，只道："若我给沈惟清，会不会显得太巴着他，被他看轻？"

安拂风睨她："你跟沈家的婚书，拿到了吗？"

阿榆摸摸鼻子，没答话。

沈惟清看着对婚事已然上了心，应该很快会有所行动。可毕竟还没行动呀！

最要紧的是，虽说秦藜温善美貌，性情好，才识高，处处胜她一筹，奈何沈惟清有点瞎。假如觉得她骗婚，迁怒于秦藜怎么办？

的确得多多笼络，让他不断欠自己人情，让他日后知道真相也无法发作……

于是，她还真得巴着他？

安拂风看她若有所思有点开窍的模样，继续提点道："听说江九娘子回京了。"

阿榆想了下："江九娘子？我初到京城时听说过她，总和你安七娘子一并被提起。"

她笑眯眯地看着安拂风。

既冲着沈惟清而来，她自然早就打听过跟他较亲近的女子。

安家七娘子安拂风，是她当时听得最多的名字。

沈惟清，安七娘，两个同样骄傲的世家子女，对彼此低下了高贵的头颅，人则同行，出则同车，还往来沈府间一同侍奉沈老，一眼看去仿若跳过了洞房花烛，已是相敬如宾的老夫老妻……

然而最终的真相却让阿榆愉悦不已。

安拂风分明就是她的神助攻，而且还是一个能干的掌柜，一个保护欲爆棚的姐妹……

如果这种也算是情敌，她希望沈惟清能多多努力，让这样的"情敌"再来一打。

至于江九娘子，阿榆并未见过。据说几个月前跟随父亲出京巡视，为的是增广见闻，以配得上沈家未来宗妇的地位。

听起来是个胸襟开阔、颇有进取心的女子。

阿榆揣摩着这人形象，说道："这位娘子听着是个大气人，应该不屑用阴私手段夺人夫婿吧？"

安拂风冷笑起来："大气？这江九娘可大气到连沈惟清都想骂人呢！"

话未了，身后"嗖"的一声，一根竹箭疾射而至，眼看便要射中马背上的安拂风。安拂风也不拔剑，连着剑鞘随手将剑一挥，已将竹箭"啪"地挡落。

竹箭掉落在地，便能看出箭镞虽非铁制，却是打磨过的竹制。若中了这一箭，虽不至伤及性命，却难免青肿破皮。

不远处，一辆马车疾驰而来，车内传来女子清脆的呵斥："安七娘，背后道人是非，你可真大气！"

安拂风端坐马背，翻了个白眼："江九娘，少胡说八道！我何曾背后道人是非？"

那女子显然就是江九娘，生得肌肤细腻红润，鹅蛋脸面，柳眉杏眼，是个标准的世家美人。此时她面带愠色，居高临下看着她们，冷笑道："我都亲耳听到了，还敢否认！"

安拂风道："你既当面听到，我就是大大方方当面说了，怎能说我背后说你？何况沈惟清那句话，也是当着你兄长的面说的，也没见你兄长拿他怎样。"

江九娘绯红了脸，怒道："闭嘴！"

安拂风笑道："九娘子，若被沈惟清知晓你这么经不得激，不知又会怎样评价你。说来沈惟清真不是个东西，居然对未婚娘子评头论足，活该二十多岁了还娶不上妻！"

江九娘脸色倏变，片刻后竟笑道："其实惟清说的也没错，我既有不足之处，自当努力改之。也多谢七娘子良言相劝！若能多遇几回七娘子，指不定我这性情早就改过来了！"

安拂风便无趣一叹,向阿榆道:"江九娘子看来急着去见沈郎君呢,我们让她先行吧!"

阿榆已看出这江九娘美则美矣,但气量不大,多半因此被沈惟清嘲笑过。难为她竟不曾因此记恨他,还努力想要按他的标准来改变自己……

所以,阿榆看到了两个精分的江九娘,一个尖刻刁蛮,动辄伤人,一个包容大度,故作飒爽。

难道沈惟清喜欢的是飒爽豁达的女子?

秦黎温和俊雅,落落大方,但跟这飒爽二字可不沾边。

阿榆忧心了。她可不能让这娘子赢得沈惟清的心,不然秦黎未来的日子恐怕就不会舒坦。

于是,她虽拉着犟驴让到路边,却用能让江九娘听到的轻柔声调,悠悠问道:"七娘,沈郎君是如何评判她的?"

江九娘便横眉盯着安拂风,只是要维持自家大度形象,未曾出言斥责。

安拂风才不惧她,笑答道:"也没什么,就是她教训下人时被沈惟清看到了,她兄长还想夸妹妹能干呢,结果沈惟清来了句,'睚眦必报,非世家之福'。"

若是寻常闺秀,被心上人如此说,早生了退却之心。但这位江九娘与众不同,偏从沈惟清的话里悟出另一层意思,认为沈有意迎娶,在教导她为妻之道。

阿榆清澄的眸子一转,便轻叹着摇头,"沈郎君果然不厚道,这岂不是说,高门大户娶回这样的女子,必是个惹祸精,会闹得家宅不宁?"

江九娘才要端起架势教导她不可胡说,阿榆似觉察自己失口般掩了下嘴,转而向江九娘行了一礼,万分歉疚地说道:"啊,是我失言了,我只想说沈郎君出言不逊,委实过分,并无冒犯九娘子之意。九娘子大人大量,千万莫要见怪。"

都这般说了,江九娘要学着宽容大度,如何还能见怪?

她只得淡淡道:"沈郎君如何,不是你我能评判的。"

阿榆轻言细语地道:"是。我只是为九娘子不平,为何九娘子不能评判他,他却能评判九娘子呢?"

她一心为江九娘说话的温良模样,叫江九娘有气撒不出,只冲安拂风沉声道:"管好你的小跟班!"

她不想让这二人给气炸,也不待安拂风回答,便立刻吩咐车夫:"走!"

车夫忙驭马疾行而去。

马车后方，六名侍者相从，俱是腰悬佩刀，衣饰鲜明，气势凛然。

阿榆扯扯自己的袖子："小跟班？"

安拂风虽不讲究穿戴，尤其近来在食店帮忙，更是怎么方便怎么来。但安家家底在那里，加上她自身气质高冷，再简洁的衣衫在她身上都能显出几分贵气。而阿榆以秦藜之名行事，正在孝期中，自然不能穿红戴绿，又未刻意打扮，如今手中还拎着个食盒。

于是，在江九娘心中，阿榆这个想讨好她却总说错话的"柔弱"女子，成了安拂风的小跟班……

安拂风安慰道："别理她。她心里瞧得上谁？"

阿榆想了下："江九娘的父亲，是太中大夫江城吧？"

安拂风道："太中大夫，枢密院都承旨。她还有个好姨妈，是二皇子许王的王妃；还有个好舅舅，是甚得圣宠的昌平侯。这回奉旨巡防北线归来，估计又要升了。"

阿榆算了算："再升这品阶快比你阿爹高了。"

安拂风喷了一声："如今安家可比不过江家，有许王和昌平侯的支持，说江家如日中天也不为过。"

阿榆若有所思："许王？"

安拂风估摸她刚从边陲回京，对朝中局势所知有限，少不得细细告诉她道："许王就是二皇子，聪慧多才，素有贤名，甚得官家看重，又是诸皇子中年纪最长的，故而都议论官家很快会册封他为太子。"

"最年长的皇子？"阿榆脑中隐约有几个少年的形象浮现，却怎么也抓不住，只疑惑地看向安拂风，"他不是二皇子吗？大皇子才是最年长的吧？"

"大皇子是楚王。"安拂风流露一丝同情，"他疯了。"

阿榆愕然："疯了？"

"八年前，忽然就疯了，然后被幽禁于楚王府，至今没出来过。"安拂风摇头，"这些不关咱们的事，连我阿爹都远着。沈家也从不沾惹这些事。不过三皇子寿王和沈惟清私交不错，据说两人有时会一起出游喝酒。"

阿榆思量了下，叹道："这些皇子怎样，的确与咱们无关。只盼这江九娘子真能大气些，别想着仗许王的势欺负人就好。"

安拂风如看白痴："你看她这痴狂模样，能罢手吗？幸亏她不知道秦家女归来，沈家也有履约之意，不然她会更疯。"

阿榆便有些气沮，"若她真的疯起来，拿沈家人的前程要挟，沈秦两家的婚约只怕就难了。"

安拂风"哧"地一笑："你认为,沈惟清会受她要挟?"

阿榆愁眉苦脸道："可有这么个疯妇,做沈家妇恐怕会很难很痛苦。"

安拂风随意拍着马,笑道："只要沈惟清自己拿得定主意,我可不觉得那疯妇能占到你便宜。"

刚刚阿榆跟江九娘的交锋,以弱示人,却以柔克刚,完全不落下风。阿榆不答。半世流离,她虽不能像鹂儿那样把深情演得入骨,却也早就学会戴上不同面具,适应形形色色的人。不论比武力,还是比手段,她无惧并能无视那个江九娘。但秦藜呢?那性子,和软得连她自己亲妹妹都能爬她头上。阿榆很犯愁。

二人且说且行,赶到沈府时,江九娘早就到了,正等着下人通禀。

她对阿榆的清艳容色和狡黠言辞印象深刻,兀自在跟侍女钟儿冷笑道："那个安拂风,这么多年了,还是长个儿不长脑子!冷冰冰鼻孔朝天的模样,谁会喜欢?还找这么个妖妖娆娆的绝色小娘子陪在身边,也不怕被压得黯然失色。"

钟儿忙道："这两人,一个拿腔作势,一个矫揉造作,其实都不讨喜。也不知来沈府做什么,我瞧着沈家都未必让她们进门。"

她之所以这般说,正是因为看到了阿榆、安拂风也已赶到沈府前。

看着安拂风下了马,还去接阿榆手中的食盒,钟儿忍不住笑起来："这个安七娘子,是不是脑子坏了?把自己当奴婢吗?"

江九娘矜持一笑,说道："算了,莫学她们口舌无德,妄议他人。"

话未了,主婢二人的笑容忽然僵住。

阿榆刚下驴,方才礼貌却疏离地拦住他们的仆役们快步奔出,牵马的牵马,牵驴的牵驴,还有一名管事快步跑到二人面前,恭恭敬敬地说道："秦小娘子,安七娘子,请!"

在江家主仆目瞪口呆时,阿榆和安拂风已被接入府内,走得无影无踪——二人甚至没再给她们一个眼神。

江九娘转头盯向钟儿,右手握紧了拳,总算克制了自己当场暴走打人的冲动。

钟儿变色："娘子,我也不知道这是怎么回事!"

江九娘压着嗓音道："还不快去打听!安拂风倒也罢了,那个妖娆小贱人是怎么回事?"

沈家的管事和仆役,是笑着对二人说话的,但神情间明显对阿榆更看重些,客气得简直过分了。

钟儿忽然想起一事："刚才那管事，称那小贱人秦小娘子。她……姓秦？"

江九娘蓦地变色。

阿榆一心想着找沈纶问案卷之事，的确没再留意江家主仆。

安拂风倒是看到了，却只作不见。她平素冷淡，做事利落，跟人相处时不爱动脑，能动手绝不动口，往日跟前拥后簇的江九娘相遇时，吃的闷亏不少。此时想着江九娘惊怒嫉妒却还得克制情绪的模样，不由通体舒泰。

她笑道："这个江九娘，把刻薄当严厉，把尖酸当能干，教训起他人来不留余地，自以为爽利能干，是性情中人。先前都被沈惟清那般说了，居然还一心想往他跟前凑，也不怕人笑话。"

阿榆道："她这般才是个傻子。秦……秦家还在时，阿娘就曾说过，未婚的小娘子就该自尊自爱，觍着脸去求姻缘，只会让对方瞧不上。"

她说的自然是秦家阿娘，秦藜的母亲。她还曾唤过另一个女人阿娘，但后来她也只跟别人唤她"夫人"或"罗娘子"了。

沈惟清听说阿榆到了，正赶来相迎。刚到月洞门附近，便听到她在另一边如是说，不由脚下缓了缓。

秦家便是存着这心思，才不愿主动提起两家的婚约吗？

安拂风自幼丧母，无人教导她这些，闻言不由问道："有理。还说过别的吗？"

阿榆已瞥见顿在月洞门另一边的沈惟清，悠然道："阿娘还说，招惹一堆女人的男人，不是好东西，不能嫁！"

安拂风也已看到沈惟清，失笑。

阿榆这是在警告沈惟清，还是在宣示主权？

这利落怼人的模样，可比她阴阳怪气装"白莲花"时帅气多了。

引路的管事也想笑，但看着若无其事走近的少主人，顿时闭了嘴，一脸的谨严自持。

沈惟清挥手令管事退开，方负手微笑道："阿榆，我并不曾招惹其他娘子。"

阿榆奇道："干吗解释这个？我说你了吗？"

她越这般说，沈惟清越觉出小娘子醋意十足，笑意更明亮了些："先前我该避忌些，不该和七娘走得太近，惹人误会，招人议论。"

阿榆点头："这个是要留意，先前我听了传言，就认为七娘和你有点什么。你不打紧，七娘以后却是要说亲的。"

沈惟清柔声道："好，往后我一定多留意。"

问答间，沈惟清听出了阿榆的醋意，并由此"脑补"出了对自己的爱意；阿榆听出了沈惟清的承诺，并由此"脑补"出婚后对秦藜的忠诚；安拂风听出了阿榆对自己的维护，以及沈惟清对阿榆的在意。

于是，三人皆大欢喜。直到拜见沈纶时，他们的眉梢眼角都还晕染着愉悦笑意。

沈纶何等老辣，猜也猜得出小两口关系又有进展，不由眉开眼笑，接过阿榆送来的鹌鹑党参汤，说道："你们每日就这么过来，比什么大补汤都有用！"

安拂风便道："沈老若不想喝，我拿回去给我祖父喝吧。"

沈纶忙按住那罐汤，笑道："小两口甜甜蜜蜜养心，大补汤鲜香醇郁养身，身心俱补，指不定老朽我能活到九十九！"

沈惟清看了眼阿榆："祖父必能活到九十九。"

沈纶看出闷骚孙儿眼底的情愫，忍不住哈哈大笑，说道："若你俩能尽快让我抱个孙儿，我一定努力活到九十九！"

沈惟清不答，又看向阿榆。

阿榆只觉三人的目光都投在自己身上，耳朵根子有点火辣辣的。

如果他们知晓自己不是真正的秦家娘子，未来面对秦藜，还会笑得这样欢喜吗？

她仔细想了下，沈老从未有毁婚之意，真正的秦家女回归，必定继续疼爱；安拂风待阿榆好，是因她骨子里的侠义感，令她怜惜蒙难孤女，日后知晓真相，必定也会怜惜更弱小的秦藜；沈惟清大约是感激自己两度相救，才有了履约之念，至于用心用情什么的，对她的恶感这才去了这几日？便是有情，都深不了。

阿榆便释然了，一丝隐晦的不安也被她忽略过去。她坦然地从侍婢手中接过碗匙，从罐中盛了热腾腾的鹌鹑党参汤，奉给沈纶，说道："汤里还加了红枣、枸杞，可以补益脾胃，滋养气血。但晚上不宜多食，可以尝一二小碗。"

沈纶笑眯眯接过，却见汤色甚清，汤底沉着雪白的鹌鹑肉，汤中漂着柔软的党参段，汤面点缀着鲜艳的红枣、枸杞，光看着就很养眼。但如此清澈的汤色，入口时竟不觉得寡淡，反而清鲜异常。细细回味时，又有肉味的醇厚，红枣枸杞的微甜，以及党参的淡淡药香。诸般香味交错，其芳郁绵长，似有个钩子，一直钩着人的舌尖，再也停不下来。

沈纶连喝半碗，才恋恋不舍地先将汤匙放了，笑道："若早日入我沈家门，得你每日调理身体，怕真能多活个几年。"

阿榆想起秦藜那手犹胜于她的家传厨艺，连连点头道："每日调理身体，应该不难的。"

"……"

如此……不矜持的吗?

却又如此坦诚可贵,且赤诚可爱……

阿榆见这祖孙二人深深看她,安拂风的神情也有些诡异,那丝隐晦的不安又涌了上来。

她想了想,取出先前预备的食谱,递给沈惟清道:"这是我预备给沈老的食谱,每旬一轮转,对调理脾胃应该有些益处。但我对药膳所知有限,还需给林奉御过目一遍,确认其中配伍宜忌。"

沈惟清接过,打开看时,蝇头小字清秀飘逸,赏心悦目,别有一种天然潇洒之气,竟显得素日所见的那些闺阁才女苦练的书法多了些穿凿生硬之感。他惊艳片刻,才细看那些菜谱。

菜式多是荤素搭配,适合老人家的软烂易克化的羹汤或汤饼之类占了近半,且多有针对性的滋补之效。

阿榆兀自补充道:"因不少时令菜蔬过了那时节便难找,所以这份菜谱大约只有春夏之交两三个月能用。过了时节,这菜谱就需改上一改了。"

沈惟清眼底的笑意越来越浓。

如阿榆这般傲娇狡黠的性子,今日却当着祖父一再示好——甚至可以理解成示爱……他是不是也该有所回应?

他将菜谱递给老祖父,轻声道:"我瞧着甚好,再让林奉御看看配伍是否合适即可。或许也该抄录一份给父亲瞧瞧?"

沈纶瞅瞅孙儿,意有所指地笑着一摇头:"你父亲那里,一来一回也需好几日的。放心,等他那边信使过来,我便叫人抄送一份给他。"

以为他老眼昏花看不出呢,什么给父亲瞧瞧,他父亲沈世卿是掌管一方政事的封疆大吏没错,可并不懂医术和厨艺,能看懂什么菜谱?这是催问沈世卿有无关于婚事的回音呢。

难得孙儿对自个儿的亲事如此积极上心,沈纶自然老怀甚慰,为此一气喝完了碗中的汤,还意犹未尽地让侍婢小心收好剩的汤,他要留着当夜宵。

阿榆见他高兴,也是欢喜,趁机问道:"沈老,你曾允过我,若十日内破了乔娘子之案,便让我观阅八年前饮福大宴的案卷。"

"八年前那些事……"沈纶神色复杂,叹息一声,方道,"我既应了你,岂有失信之理?白天我已给韩殊那小子递了信,你明日去寻他,应该就能看到那些案卷了!"

韩殊便是韩知院。虽然韩知院的儿子韩平北都已成年，但在这位恩师眼里，他依然只是个小子。

沈纶一边说着，一边面露困惑："哎，我是不是忘了什么事？"

门口卢笋已经探头探脑好几回，闻言忙上前道："江家九娘子已经在前堂等了许久了！"

秦小娘子和安七娘子都在，其实他也不愿意这时候上前回禀，简直是将郎君的明面未婚妻和暗地俏情人一起得罪。怎奈钟儿生得俏，嘴又甜，左一声好哥哥，右一声卢小官人，这谁顶得住？也就跑个腿，传个话，郎君也不会拿他怎样。

沈纶听报，困乏地打了个呵欠，向沈惟清道："就说老儿我困乏，已然睡下了。若江九娘子有何吩咐，说与你听便是。"

沈惟清脸有些黑。当着阿榆的面，让他去听江九娘子的吩咐？

他微微吸气，依然恭谨说道："是。我带阿榆同去接待九娘子。"

沈纶咧嘴："去吧，去吧！"

他孙儿果然开窍了！

看来，他闭眼之前，颇有抱上曾孙的希望啊。

江九娘家世不俗，自不可能被冷待，早就被恭敬迎入府内。只是她都吃完了整碟的果脯，主人家还是没出现。她的嘴里又咸又甜又腻，不得不喝完第三盏茶，眼看侍婢第四次上前添了茶。

她迅速啜饮了半盏茶，方压下心头火气，笑盈盈地问向侍婢："老相公和沈郎君这许久未至，想必如今接待的贵客很要紧吧？"

侍婢想了下："回九娘子，奴婢不知。"

江九娘面色沉了下。

若真的不知，还需想一下再答她？这沈府的小小婢仆，也敢不将她放在眼里！

好在，来日方长，等她入主沈府，有的是时间收拾教训。

侍婢很快退开，侍立于门边。

钟儿慌里慌张地步入："九娘子。"

江九娘子稳稳地端起茶盅啜了一口，方轻声道："说过多少回了，沉心静气，不急不躁，拿出心胸气度，莫让人小看了去，连带小看了我。"

"是。"钟儿瞅她一眼，附到她耳边，尽量和缓地说道，"小娘子，刚那个姓秦的娘子，真的就是跟沈家有过婚约的那家人。"

"什么？"

江九娘子才端起的茶盅差点滚落，饶是钟儿不顾烫手匆匆接住，茶水还是溅湿了半边衣裙。

"小娘子！"

侍立的沈家侍婢瞧见，急忙要来帮收拾。

江九娘子忙道："是我一时失了手，不妨事。"

她一扶钟儿的手，温言道："叫人将马车上备用的衣衫取来，我换了便是。"

侍婢应了，转身去寻江家随从。

而江九娘子扶着钟儿，走到僻静处，方沉着脸问向钟儿："不是说，秦家人获罪离京后便断了音讯？这小贱人是从哪里冒出来的？如今她是以什么身份回的京师？又怎样攀上沈家的？"

钟儿便露出一言难尽的神情，说道："据说全家被灭门了，只剩她一个，仗着有几分厨艺，在市井间开了家小食店。"

江九娘想起阿榆提的食盒，也觉难以想象："然后呢？这么个小厨娘，沈家也肯认这婚约？"

钟儿点头："认了。据说沈老、沈郎君都认了，现在只等沈运使那边应下，便会签下婚书，预备婚事。沈运使素来孝顺，若有沈老发话，焉有不应之理？"

江九娘趔趄了下，嘴唇发白，低低叫道："疯了！他们疯了吗？那是沈惟清！沈惟清啊！"

让这般丰神如玉惊艳绝俗的京城贵公子，娶一个烟熏火燎伺候市井贱民饮食的小厨娘？

"可不是疯了！他们把我们晾着，据说就是在跟那个秦小娘子说事。"钟儿的声音压得更低了些，"听卢笙说，沈惟清虽想娶秦小娘子，但对安七娘子也没放手。诡异的是，这秦小娘子和安七娘子的感情也好得很。"

江九娘脸色更白。难道沈惟清看上了安七娘子，同时想娶秦小娘子为妾？那她江九娘算什么？为他所做的种种改变又算什么？不顾一路艰辛，奔到边陲历练的几个月，简直成了笑话……

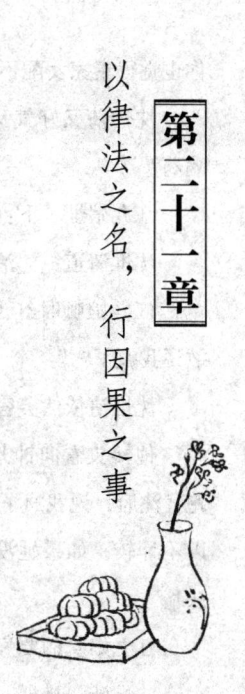

第二十一章 以律法之名，行因果之事

阿榆跟着沈惟清赶到花厅时，厅内空无一人。

待步出花厅，正要询问下人时，便见江九娘扶着钟儿的手，袅袅婷婷走来。

江九娘已换了干净衣裳，依然妆容齐整，衣衫华丽，美艳照人。她眉眼镇定，高昂头颅，坦然走到二人跟前，隐忍却温柔地看了眼沈惟清，又盯向阿榆。

"秦藜是吧？"

"嗯？"

阿榆听得她唤出秦家长女的真名，微微讶异。她曾和沈家祖孙说起过秦藜这个"真名"，但在京中，谁会在意秦家女儿叫什么？这江九娘，为了沈惟清也太用心了吧？

江九娘也不在意阿榆怪异的神情，居高临下地说道："秦藜，你配不上沈惟清。哪怕是做妾，也不配。"

若她不曾提秦藜之名，阿榆或许能做到听若未闻。如今听着江九娘这话，分明是对秦藜的公然挑衅。

秦藜昏迷三四个月，这都还没醒呢，情敌就打算踩她两脚了？

阿榆眨了眨眼，好看的杏眸波光流溢，在沈惟清的面上一转，轻笑道："沈惟清，你也觉得秦家女配不上你，连做妾都不配？"

沈惟清又好气又好笑，转头看向江九娘，温言道，"九娘，今日出门，是不是忘了喝药？"

江九娘怔了下："什么药？"

沈惟清道："治你疯病的药。"

江九娘顿时红了脸："你自己疯了，想娶安七娘那个泼妇和秦藜这个卑贱厨娘，还敢说我疯了？"

沈惟清依然笑容清润，说道："嗯，我疯了。"

他转头看向钟儿："你都听清楚了？回去一字一句复述给你家主人、主母，江九娘跑我沈府，说我疯了，说我未婚妻卑贱，还说安七娘是泼妇。如果江九娘真的疯了，我可以不计较；如果她没疯，跑我沈府如此羞辱沈府少主人和少主母，我总要去江家讨个说法！"

江九娘真的要疯了，指着沈惟清怒道："你，你不识好歹！"

沈惟清一拂袖，神情温文却言辞如刀："如此恶客，沈府不敢留！九娘子，请吧！"

那边侍婢忙上前，行礼道："九娘子，请吧！"

江九娘面色惨然，叫道："沈惟清，你竟为这贱人如此待我！这贱人究竟好在哪里，把你蛊惑成这副德行？"

她颜面丢尽，此时再顾不得端着世家风姿，红着眼睛要冲上前揪打阿榆。那边沈家侍婢忙拉住，又有数名沈家健仆拦到跟前，不许她上前。

沈惟清已懒得再跟她扯下去，一拉阿榆："走，我带你去看样东西。"

阿榆看了眼还想冲过来揪打的江九娘，想了想，走过去柔声笑道："九娘子，你仔细看看我，再仔细看看你现在撒泼撒赖的模样，很快就会发现，我比你美貌，比你温柔，比你聪慧，比你有才华。如果我这样的连做妾都不配，九娘子就连我脚底的泥都不如！"

"你、你……"

江九娘指着眼前这个不要脸的小娘子，一口气上不来，晕了过去。

钟儿惊吓得连忙抱住，唤道："九娘子！九娘子！"

阿榆便温柔地拍了拍钟儿的肩，含笑道："快送她去医馆吧！沈府没大夫。说来这娘子的气性也真大，我又笨嘴拙舌的不会说话，若是醒了，别被我不小心又气死过去呀！"

钟儿还真怕她家娘子给活活气死，连忙叫来一众随从，扶着江九娘匆匆离去。

不远处传来清脆的击掌声，却是安拂风唇角弯出一缕笑，正赞赏地看着他们。

她道："论起不动声色欺负人，你俩还真是绝配！"

她担心阿榆被江九娘欺负，悄悄跟了过来，再没想到会看到二人联手反杀江九娘的一幕。

"我？我做什么了？我什么都没做！"

阿榆笑得两眼弯弯，如月牙般轻盈可爱，神情间要多无辜有多无辜。

沈惟清负手轻笑："嗯，你什么都不用做，我招来的麻烦，交予我便是。"

安拂风欣然道："好，那我就不管了。希望沈郎君能尽快娶得佳妇，安定下来，免得那帮子小人再拉上我嚼舌根。"

眼看沈惟清并无邀她同行之意，她自然也不会坏了阿榆的好事，背着一只手，自顾自走开。

沈惟清果然向阿榆道："我给你备了一样东西，你瞧瞧是不是喜欢。"

阿榆奇道："什么东西？"

沈惟清笑了笑，拉过她的手，径自走向他的三端院。

此时阿榆跟沈惟清渐渐熟稔，抬头看了眼院名，便问道："你这院子，为何叫三端院？"

沈惟清面露异色："你知道何为三端？"

阿榆笑了笑："偶见哪部书上提过，君子避三端，避文士之笔端，避武士之锋端，避辩士之舌端。你院名三端，是警醒自己避此三端吗？"

"可以这样理解。"沈惟清顿了下，又轻笑，"你也可以理解成，我不是君子。文士之笔端，武士之锋端，辩士之舌端，我都想磨砺一番。"

阿榆立刻点头："必然是后者了。都学到极致，必是一位极优秀的小人，到哪里都能如鱼得水。"

沈惟清着实噎了一下。

极优秀的小人？这算是表扬？早知道他就说自己是避三端的君子了。

他瞅了阿榆好几眼，无奈地叹了一声，取过桌上一只绸缎盒子，打开，里面是根檀木的簪子，簪头缀以几朵雪团似的花朵，像木香，细看形状又有所区别，且花朵错落分开，不似木香成团成簇，明显更有韵致。

细看雕花材质，竟是色泽莹纯的骨珀。

论起骨珀，原也算不得特别珍贵，但白色骨珀并不多见，且多质地松散，如这等色泽上佳并能用来雕刻精致小件的，就更少了。

阿榆却未在意骨珀如何珍贵，只定睛看了几眼那雕花，说道："这不是木香花吧？"

沈惟清道："我让匠人雕木香花，或许他没见过木香花，或许他会错意了，便雕了这个。"

会错意？

阿榆定睛看那花朵，终于辨出，这是栀子花，便笑了起来。

"栀子花呀！哪来那么小的栀子花！"

"是栀子花。"

沈惟清留意阿榆眼神，确定她真的只是纯粹地在欣赏花朵，有些无奈。

他悠悠道："两叶虽为赠，交情永未因。同心何处切，栀子最关人。栀子花寓意甚好。"

比木香花那号称"鬼招手"的不祥名声，栀子花赠心仪之人，真是太合适不过了。

或许阿榆读书不多，不解其喻意。那他便挑明了告诉她便是。

毕竟阿榆能写那么一手好字，没道理不理解这么浅显的诗意。

阿榆果然懂得，立时道："这是刘三娘赠好友谢娘同心栀子时所写的诗吧？我读时便特别喜欢。"

嗯，知道刘三娘，读过此诗，也清楚栀子同心的喻意？

沈惟清还未及欢喜，便听阿榆继续道："心如栀子，同心相切。若有如此好友，诚然可喜。我原以为只有罗家妹妹愿意这般待我，却不想沈郎君也有这等心思。"

"……"

沈惟清忽然有些嫉妒她那个所谓的罗家妹妹。他听她提过好几次了，危难之际不离不弃，倾尽所有相助相扶。

或许，想超越那位罗家妹妹在她心里的地位，任重而道远。

看出沈惟清意犹未满的模样，想着婚事终究还未敲定，阿榆决定安慰他一番，遂道："怜时鱼得水，怨罢商与参。不如山栀子，却解结同心。这么看来，栀子花的确是好，以后我便用它簪发吧！"

原来他的娘子熟读诗书，寻常闺阁女子都未必比得上。

可听着怎么还是不太真诚？甚至没舍得说一句喜欢？

沈惟清不知是该满意还是不满意，只得引导道："你既喜欢，不如我现在就帮你簪、簪……"

他忽然吞下了话头，目光僵直地看向阿榆。

阿榆正拿出剔骨刀，用刀身当镜子，恍惚照出自己脸面来，抬手便将簪子插了进去——犹如将剔骨刀直直插入敌人的血肉。

沈惟清沉默了。

阿榆自认已尽力照顾了他的情绪，见此情形不免诧异，遂问道："怎么了？难道不美？"

沈惟清看向阿榆像扎敌人心脏般扎入发髻的檀木簪，居然……挺好看的？

他仔仔细细再看阿榆的发髻，终于确定，阿榆其实从未认真梳过发髻，可能都跟簪这根簪子一样，随意绾就。之所以常常簪那木香花，或许也是因为她每日都会经过木香花树，摘花簪花较为方便。

如此怠懒却不让人觉出她打扮得随意粗疏，完全只是因为……她长了张好看的脸，好看到能将麻袋都穿出精致感。

他终究垂目，不敢再细看这美到发光的小娘子，只是诚心诚意地答道："你怎么簪，都美，非常美。"

即便出身低微，一无所有，她若肯好好拾掇自己，当个倾国倾城的祸水完全没问题，配得起世间任何男子。

阿榆也知自己生得不错，但这些年其实甚少有人夸她容颜。

在临山寨时，她是众山匪眼中的小魔女，多看一眼裤裆都会凉意嗖嗖；凌岳将其当作小主人，加上自身失意，根本不会留意她是美是丑；秦家人眼里她倒是美的，只是太过孤僻，加上秦家姐妹本也不俗，也便无人夸她了。

近来到了京师，夸她美的倒是不少，但更多都被她的"凄惨"身世吸引，不管前面在说什么，最后总会以秦家小娘子可怜可惜为结语。

如今她亲耳听到沈惟清的称许，且深知这人并不会虚言恭维，不觉欢喜，笑道："果真美吗？回头叫阿涂给我买一打去。"

"……"

沈惟清忽然觉得，他们成婚之前，是不是得拜托安拂风多教教她处世之道。如若不然，他怕自己成亲后会被自家娘子气死。

不过，安拂风似乎也没好到哪里去。被小娘子三两句话一哄，就摘光了他的牡丹花……

耳根子这般软，也不知最后谁会带坏谁。

于是，阿榆虽收了他的簪子，沈惟清却完全欢喜不起来。

阿榆却很是舒爽。她此去沈府的原因,一是为八年前的案卷,二是为沈秦两家的婚约,如今这二者都有了进展,眼看目的达成,又被目高于顶的沈惟清夸了一回,自是喜悦,回到食店时,脸上犹自挂着笑意。

阿涂早就为他家劫匪小祖宗操碎了心,每次见她去沈府都心惊胆战,唯恐她被人识破了身份,一怒之下闹出事来,连累了他这跑堂的小伙计。

见她欣然归来,他忙迎了上去,笑道:"看来沈老与沈郎君很看重小娘子,才让小娘子如此开怀。"

安拂风与沈惟清一番长谈,已得知阿榆身怀武艺,并不那么柔弱好欺,却习惯性地心疼她,依然将她护送回食店。此时听到阿涂如此说,鄙夷地瞪了阿榆一眼。

她道:"阿榆今日眼皮子有些浅了。不过送了你一根簪子,还是根不值钱的木簪子,就高兴成这样!"

阿涂听得她的话,忙细看那根簪子,然后干笑了两声,悄声道:"这、这个应该是沈大公子用心挑的礼物吧?"

安拂风睨他:"用心送她根木头簪子?"

阿涂道:"如今小娘子正在孝中,配饰不宜用金玉之物,恐会惹人非议。"

安拂风怔了下。

阿涂又道:"且这簪子虽是木雕,却是檀木的材质,雕工又精致,价值不菲。骨珀多质地松散,能用于雕刻的都是上品,也不是随处可见的。"

安拂风原只注意到那簪子是木制的,缀的花朵也非珠玉之物,此时听阿涂说着,不由抬手拔出那簪子,细细端详。

阿涂更解释道:"最可贵的是,这二者都是据小娘子的心性来挑的。骨珀可安神定志,檀木可散瘀活血,平稳心绪,俱是最适合小娘子的。"

阿榆原本颇有兴致地听着,此时不由地黑了脸,皱眉道:"你别满嘴胡话!我心性怎么了?我好得很!倒是那个散瘀活血还可以,我是有些陈年旧伤。"

安拂风便小心地看向她:"是……当年被拐时受的伤?"

阿榆含糊道:"唔……其实也没什么事。"

阿涂却头皮炸了下。

被拐?他家小娘子又编了什么谎话?这一出一出的,考虑过他的小心脏吗?

安拂风此时也注意到另一件事。

她握着剑，抱肩看着眼前这个低眉顺眼的俊秀小伙计："奇了怪了，你怎会认得檀木和骨珀？这两样东西也不常见吧？你远远看一眼，便能认出来？似乎，连雕工也能品评一二？"

阿涂心虚，干笑道："檀木和骨珀，不常见也不少见，我家当初也有一些的。七娘子家一定也有，只是七娘子从不留意罢了。它们也不难认，不信你问小娘子，她一定早就认出来了。"

阿榆点头："我认得。只是没想到里边还有这许多门道呢？"

她自幼颖慧，认字极早，后来虽因诸般原因一度荒废学业，但根基到底在，凌岳找到她后，也为她备过许多书籍供她阅览。故而她读的诗书并不少，只是性子偏执，极少人能入她眼，入她心，更别指望她共情喜怒哀乐。

沈惟清虽未明言，但做得已然够多，换个脑子正常的闺阁千金，早该明了其心意。

可惜，阿榆的脑子，从来不太正常。

即使阿涂解释得如此清楚，她也没太大感触，只是略有些忧伤。

如果沈惟清真的对她用了心，或者动了情，会不会影响到秦蓼的幸福呢？

见阿榆若无其事地回屋，差点忘了还在安拂风手中的簪子，阿涂为沈惟清默哀了下，内心似有个小阿涂蹲在角落画圈圈。

无怪秦小娘子能和安七娘子成为好友，这二人实在太像了！

都没有心！

另一边，沈府内，沈惟清虽担心自己成亲后会被娘子气死，但还是脚不应心地走到祖父那里，追问定亲之事。

说完阿榆幼年遭拐受虐、心性有缺之事后，他道："阿榆幼年不幸遭拐，少年又遇家中劫数，委实堪怜。终归要尽早定下婚约，娶入府中，或许能让她安定心神，养出寻常女子的心性。"

沈纶对他的判断不置可否，只眯缝着眼睛，疑惑道："阿榆五六岁被拐过？还拐了三年？"

沈惟清想起阿榆那身旧伤，神情沉郁起来，低声道："阿榆素日多有不尽不实之语，但她那身旧伤，作不得假。"

沈纶道："旧伤作不得假……那我当年春游时见到的七岁小秦蓼，难道是假的？还有她五岁的妹妹秦萱，一对小姐妹跟在秦池身后，像模像样地跟我行礼……便是有意隐瞒长女遭拐之事，当时并未相约过，他们并不知会遇到我，怎会提前备一个假女儿跟在身边？而且那年秦家太爷还在呢，便是秦池至诚君子，不愿挟恩相求，秦兄长也该寻我帮忙找人才是。"

沈惟清听得怔忡。难道她又撒谎？又有苦衷？他这位未婚妻可谓劣迹斑斑，只是他似乎越来越能适应她的信口胡诌了，甚至总能替她寻出些理由来。

沈纶站起来，背着手来回踱着，沉吟着说道："若说阿榆不是秦家女儿，也不可能。若非秦家人，谁能对秦家之事了如指掌？谁又会对秦家冤仇如此上心？为了追缉元凶，甚至不惜大费周折，想查八年前的旧案……"

沈惟清眉眼微微一跳。

他忽然想起阿榆几次提及的罗家妹妹。

这位罗家小娘子，能在危难之际，不惜代价救护秦家女，并倾尽所有支持秦家女前来京师，与秦家的关系好得毋庸置疑。若真正的秦家女出事，罗小娘子会出手吗？

若二人情谊为真……罗小娘子必定会出手！

沈惟清悚然而惊。

阿榆……究竟是秦家小娘子，还是罗家小娘子？

若是秦家小娘子倒也罢了，若是罗家小娘子，她为何苦苦纠结于沈秦两家的婚约？想取代秦家女嫁入沈家吗？

沈惟清心头一跳，慢慢道："魏羽还在真定府调查，算时间，他也快有消息传回来了！明日还是先陪她看下八年前的案卷，看有无背后元凶的线索吧……"

"八年前……"

久经风霜的沈老相公，发出一声长长的叹息。

沈纶发了话，阿榆果然第二天一早便拿到了那年饮福大宴的案卷。

饮福受胙之礼仪，自古有之。

郊祀大典后，三献完毕，礼官会将祭酒祭肉奉献给皇帝。因这些酒和肉祭献过天地祖先，领了天地祖先之赐福，故其酒被称为福酒，其肉则叫作胙肉。皇帝饮下福酒，收下胙肉，称作饮福受胙，取天地祖先庇佑赐福之意。

"国命在礼，君命在天。陈诚惟肃，饮福惟虔"，所指便是饮福仪式。

本朝兴于乱世，太祖皇帝重整山河，思及礼崩乐坏数十年，甫登帝位，便行郊祀大典，以示天下正统，从此纲常重建，礼乐回归。大典毕，皇帝将福酒、胙肉转赐臣下，让众臣同饮福酒，共食胙肉，同享天地赐福，共受神祇荫庇。

众臣同受福酒的宴会，便是饮福大宴，每次郊祭大典后会在广德殿或集英殿举行，与春秋大宴、圣节大宴，并称为本朝三大国宴。

饮福大宴最要紧的，就在于君臣同享天地福荫，示百姓以大国繁华盛况、示外使以天朝赫赫威仪，然后惠赐神灵福泽以示君恩浩荡。

关系一国脸面，故而每次饮福大宴铺陈得极尽奢华，殿外扎有群仙队仗、六番进贡、九龙五凤等种种山楼排场，殿内则陈锦绣，垂香球，设银香兽、御茶床，布置得华美炫目，尽显大国风范，令使节臣工见之心折。

八年多前的那场饮福大宴，同样是这等规格。开国这些年来，有司自有一套流程，忙而不乱，至大宴当日，集英殿内外一应陈设用具已摆布妥当。

朝会宴享、奉供酒膳之事，便由太官令秦池负责。

饮福大宴气势虽宏，但最重要的程序乃是赐福酒、分胙肉，宴会所用饮食倒是其次，一般只用最寻常的猪、羊、牛、鱼及当季的蔬菜瓜果，并不十分奢侈，以免压了福酒、胙肉的风头。

只是皇家气派，即使最寻常的食材，也能做出花样百出的吃食来，让人食指大动。

秦池亲自排布了各式菜肴，多精致可口，甚得众人夸赞。但问题出在酒过三巡后的赐饮福酒上。

彼时祭祀所用福酒统共十坛，礼毕官家自取一坛，宗室长辈同分一坛，皇后妃嫔同分一坛，便只剩了七坛。但赐饮福酒之际，众人蓦地发现，福酒竟少了三坛。

饮福饮福，饮的就是福酒。哪怕菜肴出了问题，大可另寻食材更换。

福酒少了，官家赐酒之际，拿什么去赏群臣？

郊祭之后，出此纰漏，又是何等晦气？

传召来的臣工人数，原是根据福酒的数量确定的，如今骤然少了三坛，缺口不是一般地大，最后分到众臣手中的酒，大多只有半盏。

众臣虽不敢争多寡，但此事终非小事，光禄寺也不敢隐瞒，最终将秦池推了出来。

预备祭祀三牲和美酒的，是秦池；祭祀完毕，大宴前从礼官那里接收剩下福酒胙肉的，也是秦池。如今丢了三坛福酒，最需要被追究责任的，当然也是秦池。

此时沈纶尚是宰相，即便不考虑孙儿辈的婚事，顾念秦家太爷的情分，也会努力查明真相，还秦池清白。

但事涉饮福大宴，牵涉各部人马极多，光禄寺本身还有光禄寺卿、少卿、丞及主簿，祭酒又涉及法酒库、太官物料库，又有殿中省负责官家衣食住处，太常寺负责礼乐、郊庙、社稷，宗正寺安排宗庙次序亲疏；礼部虽徒具其名，却也有个礼仪院，同样能干涉祭祀礼仪等事。

人物纷杂，丢失的福酒始终没有头绪。

沈纶还在加派人手查问时，祭礼司祝鹊桥真人吞吞吐吐地说起，祭礼行毕，他随着殿中省的人搬运福酒胙肉至光禄寺，殿中省带走官家要的三坛，鹊桥真人便领人将其余七坛福酒抬到光禄寺，交给太官令秦池清点。

也就是说，不论后来怎么丢失的，责任人都是秦池无疑。

秦池对此亦无所辩驳，自认看管不严，为贼子所趁，特上书请罪。官家虽然震怒，但也看出秦池并非疏忽之人，怕真是受人算计，只下旨免去其太官令之职，并令大理寺、审刑院继续追查此事。

就在被免官的当天，秦池举家悄然离京。官府众人都以为他回乡了，谁知后来派人调查问讯时，发现他根本没回老家。

自此，秦池销声匿迹，直到遭遇灭门之祸三月后，官府才确认这位秦员外的身份，竟是当年的太官令秦池。

阿榆终于看完了饮福宴的案卷，掩卷长叹。

"这三坛福酒，最后还是没找到？"

沈惟清摇头："福酒只是祭祀过天地的酒，在不知情的人眼里，也就是三坛上好的美酒而已。宫内宫外，不知有多少一模一样的美酒。便是有人提着盗来的福酒从大理寺卿或审刑院知院面前走过，他们也无法辨别。"

"官家也没有继续下旨追查？"

"不久宫中又出了大事，官家满心都在那件事上，或许已将那失踪的三坛福酒当作上天的警示了。"

"什么大事？"

"楚王疯了，纵火烧宫。"沈惟清顿了下，面露怜悯，"对外传出的消息，说是烧伤了一些宫人。可其实远远不只这些。楚王妃和他们的一些侍婢，全被烧死了！"

阿榆蓦地一惊，双眼灼灼地看向他："就跟秦家人的死因一样？"

沈惟清忙摇头："不一样。楚王妃这些人是在封闭的宫室里被烧死，而秦家人多是先被杀害或重伤，然后才被烧死。"

他有心试探，留意着阿榆的神色，慢慢道："因灭火及时，楚王妃等人的尸体被抢出时，好歹还能分辨出面容。听说楚王清醒些后就去看了楚王妃的尸体，也认出了自己的妻子，大受刺激之下，疯得更厉害，甚至有自伤之举，才被官家下旨禁足。而秦家人，全都被烧成了漆黑的枯骨，一把一把，形状各异，连是男是女都已分不出，更别说谁是谁了……"

阿榆侧耳静听，眉头微皱，的确有些哀痛之色，但更多的似乎是……怜悯？

谁会怜悯自己遇害的父母和弟弟妹妹？

沈惟清心头微微抽痛，却若无其事地继续下着猛药："审刑院前去调查此案的同僚已传回信函，说有意为秦世叔他们收殓，但那些尸骨一碰就可能肢解，碎裂……"

阿榆果然有了情绪波动，却是愤怒多过哀伤，并有些说不清道不明的焦躁。

她"啪"地将案宗拍到桌上，咬牙切齿道："等着，我必定为他们报仇，将凶手和幕后元凶统统剁了！"

如斯凶残……

沈惟清叹息。

这是阿榆的本性没错了，但不该是秦家长女的本性。

他看着她，柔声道："我曾应过你，以律法为准绳，还是非以果报。乔娘子案，我们做到了，秦家的案子，我们必定也能做到。"

"以律法之名啊……"阿榆清醒了些，却不满地瞪他一眼，"那岂不是太便宜他们了？"

沈惟清一握她的手腕，漫声道："若他们进了审刑院的大牢，让他们付出些该付出的代价，收些果报的利息，也未为不可。"

他虽看着是个斯文君子，可并不是不知变通的迂腐文人。审刑院是他们的地盘，面对这些残忍的亡命匪徒，审讯时用些手段也在情理之中。

他现在倒是更盼望这些人的骨头能硬些，不然这利息也不容易寻出机会去收取。

阿榆听懂其意，心里悄然转动了几百个该如何收拾那些畜生的念头，浑未注意手腕正被那人握住。

沈惟清低头瞧着掌中柔细的手腕，不由自主地轻轻揉了下。

她的肌肤既柔且滑，腻白微温，又带着寻常女子所没有的韧性和刚性，触感极好，甚至……有种麻麻的感觉，让他心头一阵阵地酥麻。

这感觉，有点美妙。

阿榆觉出手腕被揉了揉，却以为沈惟清在提醒她回神，随手抬起手臂，看了看沈惟清紧握她的手掌，干笑道："不好意思，只顾想着该怎么收拾那些人了，不是故意不理你。"

"……"

沈惟清怔住。

究竟哪里不对？他怎会是这意思？她一心当自己的娘子，却没发现他在撩拨示爱吗？

哪怕沈惟清依然未松手，阿榆也未觉出有何不妥，反而继续追问道："那个鹊桥真人是怎么回事？不是说，那就是个骗子吗？怎么还成了国朝大典的司祝？"

沈惟清忍不住用力捏了下她的手腕，然后松开，定定地看向阿榆。

阿榆以为是某种暗示，忙抬头看他，大感兴趣地问道："难道这其中有什么大隐秘之事？"

沈惟清无奈，低声道："没什么，只是想起这李鹊桥的确太能跳了些。他当初出现在京师时，自称是前朝末主的族弟。那末主归降我朝三年后暴毙，江南百姓追悼故主，民间多有些不利于官家的流言。官家想安抚人心，最终择了他为司祝。"

阿榆道："举证阿爹的人是他，扯出那幅绣像，害了乔娘子的也是他。真的是巧合吗？"

沈惟清苦笑："鲍廉或乔娘子，跟秦世叔应该没什么牵连。"

阿榆道："阿爹这事，明显有高人设局暗中陷害，自此三坛福酒失了踪影；乔娘子之事，同样有高人设局，甚至差点害死我们，直到破案都没找到那幅绣像。受害人之间诚然没多大关系，但谁能保证，那藏在幕后的元凶不是同一个呢？如果我们能逮住李鹊桥，好好审一审，指不定会有意外收获！"

沈惟清不知该说小娘子聪明还是笨了。

他只能道："我已吩咐王四，挖地三尺，也要把他找出来！"

阿榆便寻思着说道："小钱儿想抓我时倒是凶神恶煞的，让他帮着找人却这般不给力！若王四找到了，他没找到，我片了他的肉给丑白吃！"

"丑白？谁？"

"一位食客养的大白狗。特别丑。"

阿榆骑着她的犟驴回食店时，心下不可谓不郁闷。

当着沈惟清的面，真不好破口大骂审刑院无能。

她大费周折，好容易看到案卷，却似抓到了另一团迷雾，根本无从入手。

乔娘子的案子虽说隔了一年，到底还留有许多线索，甚至一些证人还是能找到。

而秦池那案子，正儿八经的当事人，其实只有秦池一个，结果还死了。审刑院八年前查不出，如今证据湮灭，亲历者遇害的遇害，失踪的失踪，却叫她如何查起？

但踏入食店那一刻，一只大白狗扑过来，摇晃着又长又丑的脑袋冲她献媚时，她真真切切地被取悦到了。

她摸着热情过头的丑白，笑逐颜开："今天还是鳝段？或来些红烧肉？前儿倒想做芙蓉肉，只是那个费时间，怕你等不得。"

店内便传来李三郎含笑的声音："它等不得，我等得。需几个时辰？我等着便是。"

阿榆抬眼，便瞧见李三郎青衣翩然，眉目清朗，浅淡笑意如泉水般沁人心脾。

阿涂已迎将出来，笑道："小娘子，这位客官时常过来，说是想尝尝小娘子手艺。"

李三郎支颐轻笑道："上回尝了小娘子的菜，念念不忘，每每走着走着便又走过来，却不曾遇到过小娘子。"

阿榆熟练地揉着丑白的头，笑道："即便看在丑白的面子，我也需下厨一回。"

李三郎笑道："那我这是沾了丑白的光了！"

阿榆便拍拍手："等着！"

阿榆转身往后堂走去，李三郎目送着她，笑意温和，目光却悠远，如穿过经年岁月，看向蒙了尘灰的过往。

阿榆做事随性，做饭亦随性，在厨房里翻了翻食材，便拿出一块瘦肉，片成肉片，调了卤汁腌制，然后风干水分；又将羊腿焯水，捞出，放入大盘子里，羊腿上铺满姜片，入蒸笼。蒸笼下锅后倒入半坛酒，大火蒸开再转小火慢炖。

此时阿涂已将几条吐过脏物的泥鳅，战战兢兢地递给她。阿榆却很满意，兴致勃勃地找来豆腐……

等她做好泥鳅豆腐，炒了份蒜香蕨菜，羊腿也差不多蒸熟。将其取出，切片装盘，配上调好的蘸料，一碟甜咸口，一碟酸辣口。

这三样菜送上去后，她将阿涂剥出的虾仁配着猪油拍到先前风干水分的肉片上，将肉片一一摊在漏勺上，放入沸水中烫过，沥干水分，再以沸油浇淋数次，直至肉片虾仁灼至玉白色，便可以调酱汁了。

少许热油，放入盐粒、笋汁、虾汁、酒和卤汁，小火略收干，待其黏稠如糖汁，再浇至灼熟的肉片上，一道芙蓉肉便算做好了。

李三郎从第一道炒蕨菜便留意细品，只觉其清香滑润，蒜香浓郁，说不出的爽口；第二道泥鳅豆腐，却是活泥鳅丢入豆腐中开煮，熟透后整条泥鳅都裹在了豆腐里。

　　他不由摇头："这小娘子，忒心狠！"

　　他言毕，随手夹了条泥鳅吃了，只觉肉质幼嫩，入口即化，毫无柴感和泥腥气，也不知其如何掌握的巧妙火候。

　　于是，安拂风还未及替小娘子抱不平，便见李三郎利索地吐出一整条骨刺，惬意地叹道："唔，如此美食，若是不做，才是暴殄天物！"

　　切好的酒蒸羊一片片极薄，且肉质细嫩鲜美，不膻不腻，即便不蘸料汁，天然的羊肉香混合着淡淡的酒香便足以让人垂涎三尺。若配上不同的蘸料，或醇厚，或鲜辣，又是不同的风味。

　　安拂风虽尝不着，光看李三郎飞快下箸的模样，便知阿榆这几样菜必定极佳。她看了眼阿涂。

　　阿涂这些日子已习惯于她的淫威，立时悄声道："蒸了整整一条羊腿。即便不算那根羊腿骨，至少还有一半呢。"

　　安拂风松了口气："赶紧切上，端你房里去，我待会儿去拿。羊腿骨就别想了，肯定会留给那条狗。"

　　"……"

　　阿涂幽怨。

　　羊肉是七娘的，羊腿骨是狗的，合着他连狗都不如，连口汤都没有？

　　这时，只闻李三郎道："这酒蒸羊甚佳，还有吗？"

　　阿涂正要应时，安拂风已笑道："秦小娘子还在做别的肴馔，先生确定还要一份羊肉？"

　　她似笑非笑地瞥着李三郎面前的菜盘。分明还有一半未曾吃掉，竟想着再来一盘？

　　李三郎看向安拂风按着佩剑的手。仿若他给个否认的回答，就要拔剑相向了。至于吗？

　　他笑了笑，和气道："谢谢小娘子提醒，那还是等着尝其他肴馔吧！"

　　他慢悠悠地又夹了一片羊肉，蘸了酸辣口的蘸汁，入口细品，感慨道："以前总觉得，酸辣配脆爽的菜才适口，原来配绵软的羊肉，也能香得隽永。"

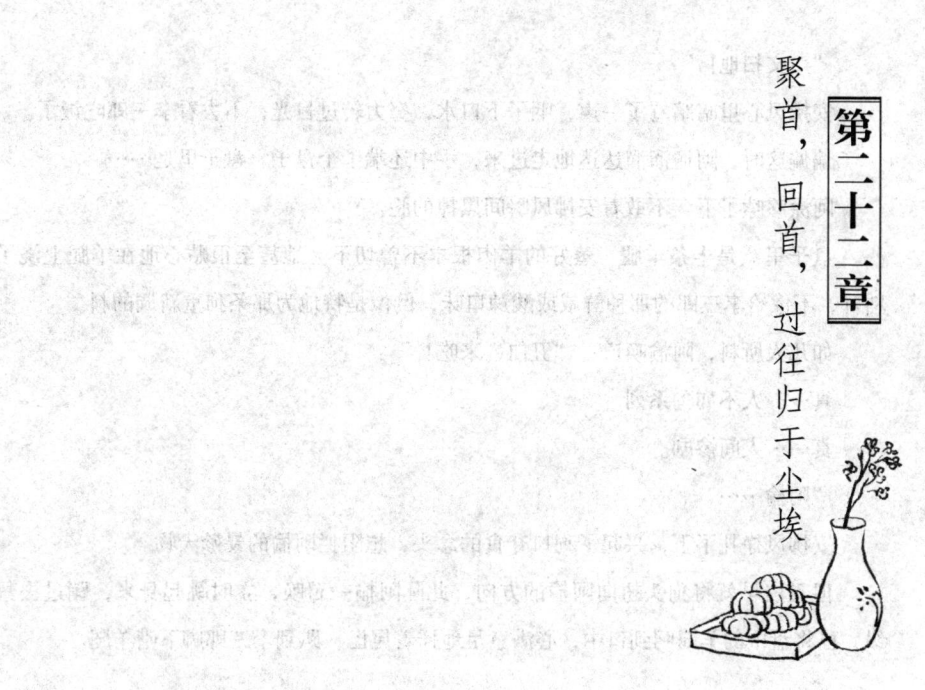

第二十二章 聚首，回首，过往归于尘埃

安拂风觉得这男子就是故意的，深恨自己为何不是一名寻常食客。就冲着他如此"挑衅"，她能当场拔剑劈翻那盘羊肉，叫大家都吃不成。

好在阿涂机灵，转到后边门口瞄一眼，已笑道："小娘子唤我端芙蓉肉呢！"

他快步出去，片刻后果然端来一大盘肉片。但见盛在青翠欲滴的荷叶之上，灼过的肉片已被固定了伸展的形状，宛如花瓣般有序排布在荷叶之上，形成一朵华美盛绽的芙蓉花的模样。"花瓣"之上，又有莹莹的汤汁闪动着诱人的光泽，让人欣赏了这朵"芙蓉"后，又会蓦地想起，这盘菜不仅有着美好的品相供人欣赏，更有着诱人的口感，足以牵动出味蕾最深处的美妙。

李三郎半晌才舍得举筷，尝了边缘的一片肉。

寻常猪肉而已，然内层绵软轻盈，中层酥脆微韧，外层鲜香多汁。于口中盘桓游走之际，舌尖丰富的触感，如叩开了心灵深处的某扇门，让人感觉出魂魄的悸动和愉悦。

看着如此寻常的小小肉片，竟在顷刻间，予人以如此的味觉盛宴……

李三郎再度伸筷，全无风度地做起了"摧花"之人，迅速将芙蓉肉片拆得七零八落，祭了自己兴奋叫嚣的五脏庙。

"斯文扫地！"

安拂风心里暗暗骂了一声，咽了下口水，努力转过目光，不去看李三郎吃饭了。

偏偏这时，阿榆溜溜达达地走进来，手中还端了个盘子，盘子里是……

阿涂哆嗦了下，不敢看安拂风瞬间黑掉的脸。

盘子里竟是半条羊腿，蒸好的羊肉根本不曾切下。她甚至很贴心地在羊腿上浇了层料汁，不像给李三郎的那种鲜咸或酸辣口味，倒像是特地为那条狗重新调的料。

如几人所料，阿榆唤道："丑白，来吃！"

真……人不如狗系列。

真……人间惨剧。

"阿榆……"

安拂风挣扎了下，兴起了狗口夺食的念头，想阻拦阿榆的暴殄天物。

但丑白早就将狗头扭向阿榆的方向，此际阿榆一召唤，立时跳起身来，蹦过去只一纵，已将盘中的羊腿叼到口中，心满意足地摇着尾巴，趴到李三郎脚下啃羊腿。

"……"

安拂风也绝望了，忍不住将谴责的眼神投向阿榆。

阿榆厨艺极佳，但她并非那种勤奋好学型的厨子，而是绝对的天赋型，接近于老天爷赏饭吃的那种天才，对于不同食材和调料、香料的配伍，有着天然的直觉和领悟力。

因无需苦学，她甚少亲自下厨做菜，最近一忙，连从沈惟清那里忽悠来的牡丹都不曾炮制，更顾不得去满足七娘和阿涂的口腹之欲了。

此时见了安拂风的眼神，阿榆心虚，小心地问："嗯？七娘，有哪里不对吗？"

安拂风无奈道："阿榆，你没想过留些给自己吃吗？"

阿榆摇头："我没说过吗？我嗅觉很灵，但味觉不好，尝不出味道。所以我做饭时闻一闻香味也就够了，不吃也不妨。"

安拂风、阿涂已听说过此事，又是心疼，又是无语。

你尝不出味道，我们尝得出啊！至于让我们活得连狗都不如吗？

那边李三郎听阿榆说起味觉时，眉心跳了跳，目光徐徐扫过他们，轻笑道："这些菜分量很足，我想吃完，也是心有余而力不足。不如坐过来一起用些？"

阿涂尚在犹豫，安拂风已松开按剑的手，旋风般坐到李三郎对面，素日冰冷的面容绽出一丝微笑，却依然傲气地道："既如此，恭敬不如从命！"

抬眼看阿涂抬脚又缩回的踌躇模样，安拂风随手一拉，将他拉到身畔坐了，说道：

"既然人家好意，我等自当心领。咱们也不白吃人家，另唤厨娘多做几样拿手菜式便是。阿榆，你坐那边。"

阿榆倒也没意见，只是略想了下，说道："待我先去把汤饼做了吧！先前那酒蒸羊，盘中蒸出的汤汁亦可称得精华，我正准备拿它给你们煮汤饼来着。如今正好做了，大家分一分。"

阿榆转身离去，阿涂已然感激涕零，向安拂风道："原来小娘子没忘了咱们，准备给咱们煮汤饼呢。"

安拂风低头看看脚下那条大丑狗，忍住一脚踹过去的冲动，说道："嗯，客人吃肉，狗吃骨头，我们喝汤。"

阿涂弱弱道："狗也吃着肉了，那肉比给客人的还多。"

言外之意，其实这位尊贵的客人，在阿榆眼里也不如那条狗？

安拂风瞪他一眼，却也觉得好笑，看着李三郎笑了笑，举箸先夹了筷芙蓉肉，安抚自己已然暴动的味蕾。

阿涂也跟着夹菜，却有些心不在焉。

这李三郎真的很特别吗？阿榆为他两度亲手做菜，安拂风也在这么一会儿冲他笑了两次了。

两次啊！

跟安拂风共事这么久，她天天对着他不是黑脸就是吵架，冲他笑的次数加起来都没两次！

笑话他的次数倒是数不胜数。

不一会儿，阿榆果然用羊汤煮了汤饼，端了四碗上来。

几人看时，只见汤饼里面放了菠菜和笋尖作浇头，又漂了葱末和芫荽末，汤色白得诱人，浇头绿得清新。

李三郎先尝一口，果然尽是羊汤的醇厚浓香，却无腥腻之感，连带里面的菠菜、笋尖都在清素中蕴了浓郁香气。面饼应是厨娘和好的，虽称不得绝妙，倒也颇有韧性，口感甚佳。

阿涂、安拂风见状，顾不得说话，也赶紧动了筷。

阿榆兴致缺缺，只低头看向丑白，柔声问："你吃汤饼吗？"

李三郎笑道："这狗被我惯坏了，只吃肉食。"

阿榆眉尖跳了下，没说话，随手拨了点汤饼充饥，只是目光不经意间又瞄了下李三郎。

一条只吃肉食的狗……即便当年她养的那条阿丑，也没敢如此宠纵。

虽说如今天下大定，京师之繁华前所未有，百姓也多能吃饱饭穿暖衣，但即便寻常有钱人家，也未必能做到顿顿有肉，更别说让一条狗以肉食为生了。

李三郎……究竟是谁？

但无论如何，李三郎的大度和阿榆的厨艺，让这顿饭宾主尽欢。

安拂风为表心意，特地将她新研制出的牡丹饮子拿了出来，分与众人饮用。

阿涂没敢喝；安拂风是驴不知自家脸长，品评得甚欢；阿榆倒是若无其事喝了，横竖闻着还是有点牡丹香气的。

吃亏的是李三郎，任他机敏绝世，智谋百出，也不知安拂风给他挖了这么一个深坑。

横竖……他是真的没能搂住他的君子风度和绝世风华，饮下第一口的瞬间便受不住了，"噗"地呛了出来，喷了丑白一头一脸。

丑白见是主人吐出来的，饶有兴趣地舔了几舔，然后"嗷呜"一声，痛苦地蹿了出去，在街上疯狂打转。

行人大惊，纷纷呼喝道："了不得，了不得，这狗疯了！疯了！莫不是得了疯狗病？快打，打打！打死它！"

李三郎站起，高唤道："丑白！快回来！"

阿榆摸摸下巴，叹气："七娘，你做的饮食吧，其实完全该换个用途。比如对敌之际施展，包管瞬间毒倒三军，令我朝不战而胜，亦可令七娘子毒厨之名传颂四海……"

安拂风干咳一声，辩驳不得。

阿涂干笑一声，向安拂风一揖，以示佩服。

李三郎已走出食店，预备唤回他发疯的狗时，外面的狗忽然安静下来，弓着腰警惕地盯着眼前披斗篷的黑衣人，喉间呜呜低吼，脊背上的毛根根竖起，四条狗腿却有些颤意。

狗的额部，正被黑衣人的短剑顶着。剑并未出鞘，但就这么一把看着毫无威慑力的未出鞘的剑，硬生生将这条凶悍的丑狗吓得动弹不得。

李三郎已近前，看了眼黑衣人，肃然一揖，和声道："是在下管束不当，险些惹来麻烦，尚祈阁下手下留情，恕过这畜生。"

黑衣人抬眼看向他，面具后的黑眸清冷淡漠，慢慢道："我从来无意为难畜生。"

李三郎还未道谢，便听黑衣人接着道："但遇到别有用心的畜生，有一个，杀一个。"

李三郎没说话，甚至没再看丑白，眸子也清淡下来，沉默地看着他。

黑衣人淡淡瞥他，手腕一挥，短剑掠过，掀起冷风森然，惊得丑白又是一声咆哮，

60

四条狗腿完全软了，身体几乎趴到了地面。

但黑衣人只是随手收了剑，不再理会二人，转身离去。

李三郎目送黑衣人消失在街角，方抬脚将丑白踢了一下，低喝道："还不起来？我的脸都被你丢尽了！"

阿榆、安拂风等早已认出黑衣人正是凌岳，却不知为何突然出现，并出言警告李三郎。——即便安拂风，也不认为小娘子身边这个来无影去无踪的大高手，会无缘无故跑来找一条狗的晦气。

李三郎带着神魂初定的丑白回到食店时，已面色如常。

安拂风终于反思起自己厨艺，歉疚道："这次研究的饮子似乎味道出了差错，真是抱歉。待我下次研究出新的好喝的饮子来，再请三郎君品鉴，尚祈三郎君到时赏光！"

李三郎眼皮跳了跳，轻笑着看了看阿涂、阿榆："七娘子，珍惜尝了你饮子后尚能与你做朋友的人……以及狗。每一个都很难得。"

"……"

安拂风很受伤。

需要这么直白吗？

李三郎堵了安七娘的嘴，方雍容笑着，跟几人道别。

他道："今日承蒙招待，李某甚是感谢。他日若有需要李某相助之处，不妨直言，李某必量力相助。"

安拂风原来丢开的理智又回来些，睨向这男子："量力相助？"

如果有什么问题，沈惟清解决不了，安副指挥使解决不了，难道这位的量力相助就能解决？

李三郎已然笑道："如果小娘子肯出手多做几次饭菜安抚李某的五脏庙，李某必定鼎力相助。"

阿榆款款站起，嫣然一笑："一言为定？"

感觉出阿榆变被动为主动的姿态，李三郎微有些怪异感，依然温和一笑，柔声道："一言为定。"

阿榆只觉他的笑容里似有种宠溺之意，倒是怔了下。

因凌岳忽然现身，她已猜到这人来历必定不凡，故而打蛇随棍上，要来他的一个承诺，以备不时之需。可李三郎这怪怪的带了几分自来熟的语调是怎么回事？

安拂风毫无吃人嘴软的自觉，暗自思量，若此人真的不凡，她是不是又该跟沈某人通风报信了?

晚风轻扬里,李三郎牵着丑白,悠悠地走在巷道间。

他的唇角含笑,意态安闲,恬淡自在,倒是丑白很是紧张,一路毛发耸立,东张西望,喉嗓间警戒的呜呜声不绝。

显然,丑白感觉出了危险。

它忽然顿足,冲着一个方向狂吠不已,同时却夹着尾巴向李三郎的衣摆边退着缩着,分明察觉了极恐怖的东西,十分畏惧。

李三郎略略思忖,向丑白狂吠的方向,深深一揖:"阁下,何妨现身一见!"

仿若有晚风吹过,那个方向的一株老树下,无声无息多了一个人影。

黑衣黑斗篷,面具遮住了脸,凌岳一双漠然的眼睛静静地看向李三郎,无悲无喜。但李三郎毫不怀疑,他随时可能动念,将手中的剑指向他。

感应到此人若有若无的杀气,两名身手劲健的暗卫蓦地出现,一左一右护卫到李三郎身边,紧张地盯着眼前这个莫测的男人。

李三郎挥挥手,淡淡道:"没事了,退下。"

暗卫犹豫。

李三郎紧盯着凌岳,轻笑:"真的没事,故人而已。他是李某的……故人。"

暗卫闻言,无声无息地退去。

凌岳的眼眸里闪过疑惑,但那如暗夜猎豹般随时出击的凌厉并未改变。

他平静无波地说道:"李参政,你我,并非故人。"

李三郎轻叹:"凌大哥,一别十二年,你认不出长安了吗?李长安。"

凌岳眸光一缩:"李……长安?长安小郎君?"

李三郎道:"我出生时,四叔希望我一世长安,给我取名长安;四婶希望我长龄百岁,给我取名长龄。阿娘说,除了平安,已不敢奢求其他,故最终用了长安之名。当年变故,因有人听说过长安之名,故他们将我送出京后,命我改名长龄,李长龄。"

凌岳身上引而不发的气势顿敛,情绪如波澜起伏,怔怔地看着他。

小娘子让他查的李三郎,竟是长安小郎君,如今政事堂的副相,参知政事李长龄。

半晌,他呵呵地笑起来,却苍凉无比。

"呵,李长安,长安,你还活着!居然还有一个,活着!"

夜雾升起。

不知什么时候，清冷的长街，老树，旧屋，开始湿漉漉的。

安拂风想给沈惟清通风报信，又因自己亲手做的牡丹饮子威力太大，已寻了借口早早离去。阿榆立于食店门口半晌，唤来了阿涂。

"去租辆马车，把店里所有的钱都带上，跟我去一个地方。"

阿涂瞬间瞪大眼睛："所有的……钱？小娘子，出了什么事？"

阿榆看傻子似的看着他："你是不是忘了我为何开店，赚钱？"

阿涂慢慢想起阿榆那些让他细思极恐的话语。

"我养着一位睡美人，可花钱了！"

"大树底下好乘凉哪！沈家祖孙也算是有些能耐的，应该能帮我护住她。"

她开店、赚钱、接近沈家祖孙、图谋沈家婚约，全都别有用心——而且原因很奇葩，竟全是为了一位美人。

哪怕阿涂心里再多疑问，此刻也只能乖乖租了马车，然后当苦力搬铜钱。

天晓得，他帮着小娘子赚钱时，只盼赚得越多越好，等这回搬钱时，才觉得赚得铜钱多真不是什么好事。

他这细胳膊细腿的，打不过阿榆也打不过安拂风，怎能干这样的体力活？可不干似乎也不行，毕竟他这细胳膊细腿的，打不过阿榆也打不过安拂风。

这就是一个他解不开的死结。

路上，他忍不住叹道："小娘子，下回还是让那些劫匪、绑匪多给你一些金银，或者多拉几个李三郎、韩郎君那样的冤大头也行。你瞧搬得累死人的这一大堆铜钱，加起来都抵不上你手边那些金银的一半。"

彼时市面流通的，还是以铜钱为主。但铜钱沉重，动辄以麻袋计，若是堆在家中，顶端的有钱人不得不腾出专门的库房用来堆钱。时日久了用不上，连串钱的绳子都能烂掉。

因此种种，部分富贵人家眼里，铜钱显得颇"不值钱"，遇到大额的买卖，更愿以银子交易。朝廷赏赐便也顺应人心，常赏出些金钱、银钱，俱和铜钱一般的制式。

只是朝廷赏钱毕竟罕见，若有金银钱赐下，多半会留在家中传予子孙，以示官家荣宠。故而市面上流通的银子，基本是民间所铸的整锭银两，或由整锭银子剪开的碎银子，为数甚少。阿榆经营食店所得的，基本都是铜钱。

阿涂搬铜钱搬得幽怨，想想阿榆好好一个劫匪祖宗偏偏要开个看人眼色的小食店，更幽怨。

阿榆坐在车上,看着身旁两大麻袋的铜钱,倒也能理解阿涂的身娇肉贵,叹气道:"可食店也不能不开。我家美人嫁给沈郎君前,怎么着也要有个自己的铺子。若沈家或沈惟清待她不好,她好歹能有个抽身退步的地儿,不至于为了讨口饭吃,委屈自己看夫家眼色。"

阿涂惊得手中鞭子差点跌落,叫道:"你,你说什么?不是你要嫁入沈府吗?怎么成了你家美人代嫁?"

阿榆道:"你是不是傻!我只想为美人讨个公道,谋个未来而已,怎可能嫁给沈惟清!"

阿涂汗如泉涌,这才明白当初是他会错了意。他以为阿榆诱来沈惟清是为了嫁与他,从此洗白劫匪身份,成为高门娘子,还能拿沈家钱养她家美人。

谁知这小娘子比他想象的还要不靠谱,打的竟然是以自身为饵骗婚的主意!

阿涂好久才能问出口:"小娘子,你家美人,究竟住在哪里?"

阿榆道:"美人自然不适合凡俗之地,暂时只能在观庙清修了……"

"……"

东城道观庙宇众多,有先帝赐建的上清储祥宫,有前朝玄宗皇帝驻跸过的开宝寺,另有景德寺、醴泉观、福田院等众多出名的观宇。

阿涂在阿榆的指挥下,越过这些地方,一路往东,出了望春门,直奔城外而去,最终停在了一座道观前。

阿榆略略整理了鬓发,徐徐下车,俨然是一位举止得体、温柔乖巧的千金闺秀。

她道:"阿涂,把钱搬过去,顺便认认人。下次要送信或捐香油钱,你便直接过来,说明给这里的观主穆清真人便是。"

"穆清真人?"

阿涂听得耳熟,正在思量这是何人时,阿榆已举步入观。门口的女冠分明都认得她,也不盘问,由她快步入观。

阿涂将装铜钱的麻袋搬起,待要跟进去,却被女冠拦了下来。

女冠有礼却疏离地说道:"居士留步。本观修行者皆为女子,男子不可入内。"

早有数名女弟子过来,将阿涂带来的铜钱接了进去。

阿涂喷了一声,只得退回马车上,嘀咕道:"好讲究的道观!还真不让男子入内了?"

他有心看这女冠是否撒谎,想留意来往香客有无男子时,却见那女冠随手关上了观门。

甚至,阿涂还听到了她闩门的声音。

"……"

这是想挣香油钱的道观吗?

阿涂抬头又看了眼道观的门匾。

玉泉观。

阿涂皱眉,"玉泉观,玉泉观……穆清真人,穆清……柴穆清!"

阿涂终于记起玉泉观居住的是什么人,惊得差点跳起来,直愣愣地看着这座不起眼但显然不差钱的道观,脸色煞白,汗如雨下。

他家小娘子,真是个不怕捅破天的小娘子。

女弟子将阿榆引到一处偏远的客房。

房中只有简素的桌椅陈设,但收拾得极整洁。纱帐后的床榻上,秦藜静静躺着,面容婉丽,安谧如睡,却十分苍白,虚弱得仿若凛风下飘摇的一枝白兰花。

当日秦家变故,秦藜出逃时被掉落的枋柱砸到,受伤昏迷。因人多口杂,大夫也欠些火候,她最终带秦藜来到京城,求穆清真人帮忙救人。

穆清真人的医术并不比宫中的奉御医官差,用的药也是最上乘的。可这么久过去,秦藜还是没有醒。

阿榆拉着秦藜的手,叹气:"藜姐姐,睡了快四个月了,还没睡够吗?"

身后,一名中年女冠走来,缓缓道:"她头部受创,虽救得及时,也不是那么好医的。如今最好的药给她用着,但能不能醒来,就看她运气了。"

阿榆面容一肃,转过身端正一礼:"穆清真人!"

眼前的女冠年过四旬,容色姣好白净,却异常淡漠冷肃。她虽是出家人装束,却无甚出尘之气,眼角唇边刻下的岁月痕迹,反让她添了某种傲视群侪的睥睨之色,令人不敢逼视。

但她看向阿榆时,冰冰冷冷的眉眼竟多了一丝温度,板肃的面容也有了些微笑意:"开了几个月的食店,倒多了几分人气,鲜活了。"

阿榆唇角一弯,眼睛笑得亮晶晶:"真人这话说的!难道我先前不像人吗?"

穆清真人道:"不像人,像妖,诡谲得很。榆儿,你该早些来京城寻我,也不至于会变成这样。"

阿榆笑道:"我这样有什么不好?把不服气的打到服气,把不长眼的揍到开眼,谁有我自在!"

穆清静默了片刻:"把不服气的打到服气,把不长眼的揍到开眼……嗯,挺好。听说近年开封府的牢饭还不错，你准备去吃几年？"

阿榆叹气："所以，若非为了藜姐姐，我情愿一辈子不来京城。"

穆清皱眉瞥了眼昏迷的秦藜："你近来奔波不断，就是在为这位秦小娘子的终身之事？"

阿榆道："没错。秦家当是记挂着和沈家的亲事，藜姐姐才会耽误至今。沈惟清又心高气傲的，若不使些手段，只怕他不会承认这门亲事。"

穆清不以为然，冷冷道："承认了又如何？若有意毁诺，即便成了亲，也未必会真心待她。"

阿榆叹气，无奈地道："可藜姐姐昏迷前还念着沈家，瞧来是放不下这亲事。何况她家破人亡，若能有夫家护持，也不至孤凄无依。这些日子我也在留意沈郎君的品行举止，虽然看着傲了些，骨子里倒也算是君子，所以我才想着和沈家签订正式婚书，让他无从抵赖；若他人品不行，那自然不能要。便是定了亲，我也能给他搅黄了！"

门外，有女子轻轻击掌，笑道："原来榆妹妹是这般想的，倒是我白担心了！"

阿榆转头，一张瑰姿艳逸的面庞映入眼帘。哪怕同为女子，阿榆都为之一时恍惚，有目眩神迷之感。

若说阿榆清艳如芙蓉，秦藜秀雅如碧荷，这女子便是明媚如牡丹，艳丽张扬，未语先笑，却无半分妖娆轻浮之态。一举手，一投足，雍容优雅又不失媚曼，硬生生将一身灰布道袍穿出了形容不尽的激滟风华。

她身后跟着一名女道童，手中食盘托着一碗药，显然是为送药而来。

她赞赏地打量着阿榆："平素都是那些男子挑咱们，也该让他们尝尝被人挑的滋味。"

阿榆并不认识她，瞥她一眼，神情淡淡，却语出惊人："没人有资格挑我。若不是藜姐姐看上他，他连让我挑的资格都没有。"

女子惊讶，但唇间温和笑意不改，转身向穆清真人行礼："真人！"

穆清还礼："柳居士！"

她向阿榆介绍道："这位是柳娥，柳居士。这些日子都是她在照顾秦娘子，还觅来许多珍奇的药材给她培补身体。秦娘子若能醒来，柳居士功不可没。"

柳娥含笑，道："真人说笑了。举手之劳，何功之有？倒是榆妹妹辛苦了！"

她竟冲着阿榆敛衽一礼，继续道："秦藜妹妹曾救我于危难，榆妹妹救了她，便是我柳娥的恩人！"

"柳娥？"阿榆没觉得这女子笑容和善便是什么姐姐妹妹，清泠泠的黑眸子审视着她，"我没听藜姐姐提过你。"

柳娥不以为忤，徐徐道："秦藜妹妹有个自己的小厨房，存了不少她自己晒制的鱼鲞。她用秦家酿的酒蒸石首鱼鲞乃是一绝，除了姜葱，什么都不加，却鲜香得出奇，就酒就粥都极好。她还曾用野猪肉做了肉饼，配上芥菜，和乌鱼鲞一起蒸，一笼就够三四个人吃得饱饱的。"

阿榆倾听着，眸中的警惕和疏离渐渐散去，唇角悠悠地弯出了上扬的弧度。

她惆怅地道："我只吃过她用鹿肉做的鱼鲞肉饼。"

秦藜用鹿肉做肉饼时的确说过，她先前曾拿野猪肉做过肉饼，和鹿肉是不同的味道。阿榆因此特地叫人打了头野猪，但彼时正逢过年，秦藜将剩下的鱼鲞交给了父亲秦池，阿榆便将野猪也交了过去。

最终，秦大厨出手做了野猪宴，虽也有肉饼，却是烤制的，并未和鱼鲞同蒸。

既说得出秦藜的闺中之事，这位笑容明亮、艳若牡丹的女子，无疑是秦藜的旧识了。

待喂秦藜喝完药，柳娥已与阿榆十分亲近，向她叙起往事。

柳娥所居的代州，已靠近雁门关那边，比真定府更加偏远。父母逝后，因家贫无依，柳娥决定随义兄宫嵋前往京城谋生。

宫嵋是巧手银匠，柳娥则精通音律，且都是机敏之人，出远门本不是问题。谁知偏在平山脚下遇了临山寨的几名山匪，将盘缠扫荡一空。若非秦家父女经过，连柳娥都得被抓上山去。

平山距边境不远，山匪们常用地利之便下山打劫过往行商。地方官府多次剿匪，因临山寨的大当家裴绩成颇有些能耐，加上平山易守难攻，每每铩羽而归。后来邻国犯边，裴绩成一看地盘不保，便帮着官府一起杀敌。几次合作下来，官匪渐生默契。众匪不会打劫附近村镇，令官府为难；官府年年声称剿匪，但年年只是动动嘴皮子，最狠一次也不过是领着兵马在平山脚下溜达一圈。

于是，柳娥他们的盘缠丢了便是丢了，再也找不回来。

柳娥受了惊吓，又目睹官府的推诿，惊急之下大病了一场。幸亏秦藜伸出援手，将她带回家中养病，又在她病愈之后赠了盘缠，让她和义兄得以顺利进京。

柳娥道："入京后倒是遇见了我命中的贵人。可惜他家人不允我二人在一起，只能先将我安置于此处———一转眼，都快四年过去了。谁想我困居观中，还能遇见故人。"

故人昏迷不醒，也给了她回报昔日之恩的机会。这些日子，柳娥已代替观中弟子，接下了照顾秦藜之事。

阿榆已听得神情恍惚："她这个人，谁都信，谁都帮。我一直觉得她挺傻的。原来傻也不是坏事，连避个难都能遇到故人援手。"

正说话时，一名女弟子入内，禀道："真人，榆小娘子送来的一百贯钱，还有约七两七钱金子、八十两银子，是收入库中，还是供秦小娘子延医调治？"

柳娥、穆清都看向阿榆，空气似有瞬间的凝滞。

阿榆干咳了一声："真人，我知道这点钱必定不够藜姐姐的药钱，我会想法再去弄些钱来。"

穆清似看到她手持剔骨刀，叫人留下买路财的一幕，顿时头痛，神色更冷了："榆儿，我有叫你付钱吗？"

阿榆微笑，却十分认真道："真人，我从不欠人。"

穆清拂袖，懒得再看她一眼。

柳娥笑道："我欠了藜妹妹许多，又正好不缺银钱和药材。榆娘子既要费心藜妹妹的终身大事，又要追查秦家的惨案，不如就把些许银钱的小事交给我，如何？"

阿榆盯了眼柳娥腕上异常简素的紫檀念珠，轻描淡写地说道："好啊，那钱帛之事就交给柳娘子了。作为回报，若有一日柳娘子想宰那位贵人时，不妨给我递个话，我会尽力而为。"

"嗯？"

柳娥怀疑自己是不是听错了。

阿榆认真道："那贵人纵是给你金山银山又如何？他敢在你最好的年华，把你丢在这僻远的道观里虚度光阴，便是该死。你若舍不得，至少也该把他狠狠揍一顿。"

柳娥顿了好一会儿，慢慢道："既如此，我想揍他时，就去寻你帮忙。"

阿榆随手抽出袖中的剔骨刀把玩着，悠悠地答："一言为定！"

笑靥明媚嫣然，天然带了三分纯稚天真；刀锋却冷锐逼人，如霜雪般冰寒刺骨，泛着森然杀意。

柳娥差点维持不住脸上的笑意。

说话就说话吧，好好的，玩什么刀？

送阿榆离去后，柳娥立于穆清身畔，缓缓吐了口气。

柳娥感慨："也不知怎样的人家，养出了这样的女儿。到底年少，不知天高地厚。"

穆清皱眉，转头看向她："她说要宰了你那位贵人时，看了眼你腕间的念珠。"

柳娥怔了下，看向念珠："这不就是一串紫檀念珠？"

事出无奈，那位贵人不得不让她藏身道观，却恨不得把一应私房都搬与她，有的是珍奇宝物。但她行事谨慎，只戴了一串合乎她身份的念珠。以她如今阅历，并未发现这念珠有何不同。

穆清淡淡瞥了她一眼："这紫檀较寻常紫檀颜色更深，纹理更密，香气也稍有差别，乃是外邦进贡之物。若非皇亲国戚或当朝重臣，拿不到这样的念珠。"

柳娥盯了念珠半响，不由得吸气："所以，她看出了这珠子不寻常，猜到了我身后的那个人不是一般人，但还是说……要宰了他？"

这小娘子诚然年少，但这份见识，当真不知天高地厚吗？

柳娥看向穆清，清亮的眸子并不掩饰探究。

"这小娘子，不那么简单吧？"

穆清目光沉沉，眺着阿榆离开的方向，好一会儿才道："她是我故友之女。"

柳娥含笑，继续试探："真人平素不问世事，此番为她冒险救下秦藜，不怕招来大麻烦吗？"

穆清转头看她一眼，嘴角扯出一个似笑非笑的弧度："大麻烦？柳居士，什么麻烦，比你眼前的麻烦更大？"

柳娥脸上始终洋溢的笑容顿时僵住。

"无量寿福！"

穆清一抖拂尘，不紧不慢地举步而去。

女道童走到柳娥身前，小声唤她，"娘子！"

柳娥回过神，笑容再度浮现，和声问："力微，跟真人借的《书经》五十八篇，抄完了吗？"

女道童力微答道："昨日刚抄完。娘子，那些都是讲述上古帝王的文献，晦涩拗口，您又不考科举，学那个做什么？"

柳娥淡淡道："我该学的东西还多着呢！真人那里的《水经注》不全，下次咱家那位过来，记得告诉刘内监，帮我找一套全本的。"

"是！"

力微跟着柳娥往回走，却是无论如何想不通，她们娘子为何那么爱读书。眼看玉泉观收藏的经史典籍都被她读遍了，连稗史传奇都没有放过。

莫不是道观里的生活太闲，真把柳娘子闲坏了？

69

阿涂驾车送阿榆回去的一路，安静得出奇，不时用眼睛余光偷偷瞥向她。

回到食肆时，阿榆才发现他不对劲。

阿榆喝着水，纳闷道："鬼鬼祟祟的，做什么呢？"

阿涂受惊般差点跳起来，伸头往外看了看，确认无人注意，方低声问道："小娘子，你实话告诉我，你怎会认识那个穆清真人？"

阿榆道："我阿娘当初跟她挺要好的。怎么了？"

"那、那你知道她是谁吧？"阿涂嗓子发干，强调着追问，"你知道她爹是谁，她弟弟是谁？"

阿榆道："她爹是前朝的世宗皇帝，先帝的好兄弟；她弟弟是前朝小皇帝，后来将皇位禅让给了先帝。你指的是这个？"

阿涂无法理解，阿榆怎能这般轻描淡写地说起柴穆清的来历。他抱着头叫道："你、你想骗婚也罢，想查案也罢，到底还是本朝之事。这会儿勾结前朝公主，究竟想做什么？"

阿榆将茶盏磕到桌上，似笑非笑地看着阿涂："勾结？"

阿涂吃力地咽了下口水，硬着头皮道："也、也不是勾结，就是……你怎么会跟这……这前朝之人交好？"

从猜出穆清身份开始，他的手脚就开始不受控制，一直抖啊抖的……

他已经认命又努力当一个尽职的小伙计了，小娘子为何还能不断给他带来惊吓？

阿榆根本没当回事："前朝的人又如何？小皇帝禅位后，不是封了王好好安置了吗？何况一个出了家的公主？"

阿涂苦着脸道："可那个小皇帝怪短命的……这位公主又出了家……小娘子，我能不多想吗？"

阿榆忽然觉得，阿涂还不够笨，太见多识广了些。

她想了想，又欣慰起来："阿涂，七娘有时粗疏了些，难为你思虑细致。有你二人在此，以后我不论是查案或离开，就无甚后顾之忧了！"

阿涂哭丧着脸道："你都打算把这店交给你那位美人了，还要拉着我和七娘？"

阿榆愁眉苦脸道："我也不想啊，我那位姐姐，人善心美，太容易被人欺负了。没你们帮衬，她一个人开店，我如何放心得下？"

阿涂一时便不知谁更该愁。

或许，那位被阿榆藏在观里，不惜将辛苦经营的铜钱和坑蒙拐骗的银子全丢过去娇养的美人，是幸福的吧？

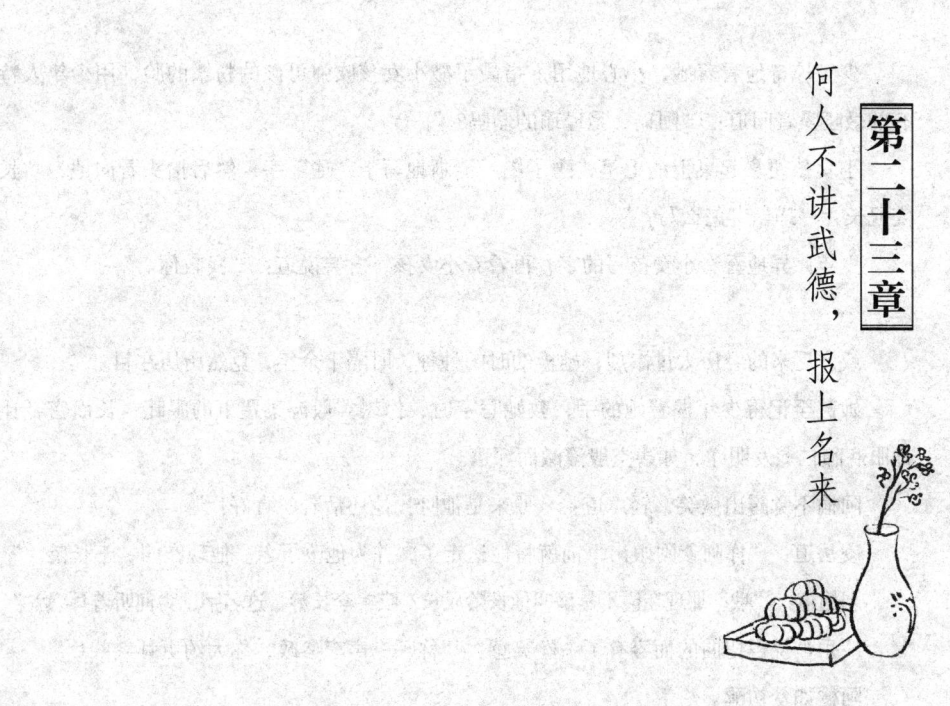

第二十三章 何人不讲武德，报上名来

家破人亡昏迷数月的秦藜自然无法知晓，自己已被某个跑堂的伙计归于幸福之列；而她的某个妹妹正为她的幸福操碎了心，美人计、攻心计一个接一个，眼看快把自己都给搭进去了。

夜间，阿榆听到窗棂被叩响，很快翻身下床，将窗户打开。

自知晓乔娘子之死，凌岳比以前更沉默，更少出现，阿榆白天见他忽然现身警告李三郎，便知他必定查到了什么。

窗外的凌岳没有戴面具，黑眸里有清晰的情感波动。

他轻轻道："小娘子，那个李三郎，是长安小郎君。"

阿榆失神："长、长安兄长？"

哪怕彼时年幼，她都记得那个清瘦秀美的小小少年，李长安。

他并未住在京师内，而是宿在远离京城的一处庄子上。庄子偏远但收拾得很齐整，少年跟她一般，裹着珍贵的白狐裘，眨巴着好看的黑眼睛，好奇地看着她。

阿娘说："长安，这是我最小的女儿，阿瑜。阿瑜，过来拜见长安兄长。"

小小女孩像模像样地行礼。

少年惊奇地看着她，小心地用手指戳了戳小女孩吹弹可破的粉嫩的脸，用少年人特有的微哑嗓音问道："阿瑜，是瑾瑜的瑜吗？"

小女孩便拿起桌上的毛笔，蘸了墨，清晰地写下"瑜"字，然后抬头看向他，"长安兄长，'瑾'字怎么写？"

少年诧异地看看小女孩写的字，再看看小女孩，含笑说道："我教你。"

……

或许后来的经历太过惨烈，她极幼时的种种，时隔十余年，竟然历历在目。

她甚至记得少年握着她的手，教她写字时，像蝶翼般温柔覆下的眼睫，长而密，让他眼底瞳仁愈发明净，如碧空般澄澈而深邃。

阿榆不觉露出微笑，轻声道："原来是他呀！他还活着？真好！"

凌岳道："你阿爹阿娘出事前就将他送走了，并为他改了名。他现在叫，李长龄。"

阿榆道："哦，那现在岂不是该叫他长龄兄长？哎？李长龄，这名字，为何听着耳熟？"

凌岳被烧得扭曲的面容有了一丝笑意："称呼一声李参政，你大约更耳熟些！"

阿榆如梦初醒。

参知政事李长龄。

怪不得乔锦树求告无门，李长龄却接下了他的状纸，交给审刑院。

怪不得鲍廉欲诿过给乔娘子以自保，李长龄却暗示鲍廉失德卑劣。

怪不得凌岳当初探得的消息，当年她家的老宅，成了参政李长龄的府第。

怪不得他会来到这个小小食店，成为店中贵客，自来熟地接近阿榆……

阿榆忽抬头看向凌岳："凌叔，你说，如果我不给他做好吃的，他还会对我的事鼎力相助吗？"

"以他如今的地位，即便不鼎力相助，随手能为你做的事也不少。当然，除了……"凌岳顿了下，"小娘子希望他助你什么事？"

阿榆道："我想请他保个大媒。"

凌岳顿了下，苦笑。看来沈大公子再用心再动情也没用。阿榆最爱的，始终只有她的藜姐姐。

老宅深处，雾气蒸腾，粼粼波光在静谧的月色下荡漾着，平白给夜色添了如许清冷感。

水榭里，李长龄送走了凌岳，一身青衣萧萧，又回到了坐槛之上，慢慢向水中撒入饵料。脸长腿长的大白狗趴在他脚边，漫不经心地打着呵欠。

钱界一边走来，一边惶然地回头看着。

先前离开的那个戴面具的黑衣人，给他的感觉，甚至比之前的秦小娘子还可怕。

小娘子会零零碎碎地剐他的肉，不会要他的小命，但这黑衣人看他不顺眼了，必定一剑封喉。

事后便是官府排查，疑心到这人身上，怕也逮不着这等高来高去的绝世人物。

李长龄扔下饵料，也不回头，只问道："看什么呢？"

钱界不敢隐瞒，只低声答道："刚看到一个陌生人离开。那身手，非我等可比。"

李长龄道："他要去哪里，你们应该拦不住。不过他能在这府里来去自如，是因为我提前吩咐过。"

钱界松了口气："原来是友非敌。那就好，那就好。"

李长龄问："找到李鹊桥了吗？"

钱界忙道："找到了！不过沈惟清手下的王四，似乎也发现他的踪迹了。"

李长龄道："发现了，也好。想来，他知道什么该说，什么不该说。"

钱界道："小的叮嘱过了。横竖这事与主人无甚关系，谅他不敢胡乱攀扯。"

李长龄支颐想了想："秦小娘子是不是给你喂了什么虫？"

钱界见李长龄终于想起他的危机，感激涕零，忙道："天香摄魂虫。"

李长龄道："你中了毒，不敢接活，何以为生？不如就去她的食店帮忙，讨口饭吃吧！她多个使唤的人手，再看你勤谨，满三个月多半会给你解毒了。"

钱界会意，忙行礼道："是。秦小娘子那边有何动静，我必定尽快告知主人。"

李长龄道："护她无恙。"

"是。"

钱界虽应着，却暗自想着，如此强悍的小娘子，需要他护吗？还不知谁护谁，谁砍谁呢！

这时，只闻李长龄淡淡道："她若有一分损伤，我要你的命。"

钱界大骇，连一个字也不敢多说，低头应道："是！"

好在食店没有主人，除了小娘子外，大约都不难拿捏，到时必定以他为首……

李长龄摆摆手，命他离去，沉吟了一会儿，轻笑。

"天香摄魂虫？是毛毛虫，还是泥丸子？调皮！"

他徐徐站起，迎着那轮明月，面容愈发皎洁，眸子却蒙眬起来。

他一直记得那个粉雕玉琢的小女孩，裹在雪团似的狐裘里，清灵得不似俗世中人。

她拿着笔，仰着小小的头颅，娇娇软软地问："长安兄长，'瑾'怎么写？"

他便坐过去，将她抱到膝上，把着她的手，一笔一画地教她写出"瑾"字。

怀中那个小小女孩，香软娇柔，莹白如玉，哪怕彼时的少年懵懂无知，也知这小女孩儿生来就是最珍贵最该被捧在掌心小心呵护的。

彼时，他唯一的感觉，就是握瑾怀瑜，不胜美好。

一别十余年，食店里的小厨娘诡谲多变，狡黠动人，却有着和记忆里同样精致的五官，同样如玉的肌肤。

旁人或许已不能认出她，可他偏能一眼将她认出。

她和他一样，眼底有暗流汹涌，悲怆无限，不甘不屈——都是当年那场变故铭刻下的深深印记。

她既曾唤他一声兄长，若能助她，若能护她，他自然不会吝于出手。

他若有所思地轻笑："沈秦联姻？呵，倒也不是大事。的确得让沈惟清……尽快和秦家女定亲。"

秦家女，自然不是阿榆。阿榆从来不姓秦。

沈惟清已听得安拂风的通风报信，一时苦笑。

粗衣布衫，怕是掩不住他娘子妖精般媚惑人的本领。连他都栽了，其他人动了念头又有什么奇怪的？

如今最要紧的，是弄清阿榆藏起的真相。

他想娶阿榆，不论她是秦家女还是罗家女。但这之前，他至少得弄清她究竟姓秦还是姓罗。

一旦弄清，他娶了这小狐狸回府，还怕她再招蜂引蝶不成？

故而他虽在意，却并未找阿榆追问此事，而是跟着王四留下的线索，摸到了一户民居，从某个小寡妇被窝里，揪出了光溜溜的李鹊桥。

小寡妇大惊，缩在被窝里大叫"非礼"，却不知骂的是李鹊桥，还是沈惟清。

沈惟清也不理会，只微笑着问向李鹊桥："真人修的这是什么道？是不是也写了几本书籍传世？"

李鹊桥狼狈地翻找着衣服，哭丧着脸道："小郎君，你这也太不厚道。若贫道因此不举，你这罪过可就大了！"

沈惟清道："我倒觉得未必是罪过。或许因此还救了世间许多娘子，积了大德呢！"

李鹊桥连连摇头:"缺德的事,贫道从来不做。不信你问问那娘子,是乐意呢,还是非常乐意!"

不知什么时候,小寡妇止了哭叫,从被窝中露出一双眼睛来,担忧地看着李鹊桥。

"……"

沈惟清也算服了。

想想也是,这老骗子骗尽天下人,想骗几个久旷的小寡妇,还不手到擒来?

既藏了身,得了免费的食宿,又避了官府的追索。

若不是王四他们一帮人专在这些下九流的地方混着,从奇谈八卦里听到几桩可疑的风流韵事,还真揪不出这条活泥鳅。

沈惟清看他穿好衣服,一边赔笑,一边眼睛滴溜溜乱转,轻笑:"我知道你滑溜得很,不知多少次从对手那里脱身。但你信不信,未经我允准,你敢乱走一步,我能当场打断你的腿,叫你一步也走不了。"

敢拒捕,别说打断腿,便是送了命,扣一个对抗官府无视皇命的罪名,死了也白死。

李鹊桥赔笑的脸瞬间变成了苦瓜脸,可怜兮兮地看着沈惟清,说道:"小郎君,贫道跟令祖父也算结过一份善缘,能不能放过贫道?"

他称沈惟清小郎君,是因当年去沈府拜见沈老相公时,沈惟清尚年少,被上下人等称作小郎君。

可惜沈惟清根本不曾因此念及故情,冷淡道:"不想死,就跟我来。"

李鹊桥无奈,恋恋不舍地向小寡妇挥了挥手,亦步亦趋地跟着沈惟清离开,果然没敢作妖。

没办法,他早看出来了,沈惟清和他那个祖父一样,不好惹。差异就在于,他祖父沈纶是笑容可掬地阴人,而这位沈郎君则是不动声色地挖坑。

反正在李鹊桥这个骗子的眼中,这俩都不是好人,所以都不能得罪。

一时二人离了小寡妇家,向外面走去。

李鹊桥觑着沈惟清的脸色,小心翼翼地赔笑:"小郎君,我夜间修的这道,虽未写成书籍,但相关的秘戏书册尚存有不少,俱是珍品中的珍品!"

沈惟清顿足,说道:"别绕圈子了,如今你该告诉我,为何拿绣像咒人之事哄骗鲍家?"

李鹊桥叫屈不已:"我何尝哄骗鲍家?我说的全是真话!那绣像就是有问题,会咒人！不信你打听打听，鲍太夫人是不是积年身体不好？"

"鲍太夫人积年身体不好，但死的却是乔娘子。"

李鹊桥支支吾吾："可能……这就是反噬吧……"

沈惟清淡淡睨他："你还真不怕乔娘子半夜找你，拉你同下地狱？"

李鹊桥微微变色，却一副更正经的模样，宣号道："无量寿福，贫道问心无愧。"

沈惟清道："你的心生锈很多年了，锈蚀得太厚，不敲下一层皮，这问心就是白问。"

李鹊桥嘿嘿笑着，不敢答话。

沈惟清又道："若真依你所说，咒术一破，鲍太夫人很快能恢复健康？"

李鹊桥猜测他这话里必定有坑，硬着头皮道："按理是能恢复健康。但给咒的时间长了，未免失了元气，这一两年难免还会虚弱些。待过了今年，大约就完全好了。"

只要他能糊弄着过了今夜，何必再管太夫人过了今年会如何？

沈惟清冷笑："你可知，太夫人前儿已经死了？"

"死、死了？"

李鹊桥真的惊住。

沈惟清淡淡道："不错，因为你一句话，乔娘子死了，乔娘子的侍婢死了，如今，鲍廉死了，鲍太夫人也死了。"

李鹊桥面皮抖了抖，强作镇定地屈指算卦，小声道："待贫道再算一算，再算一算其中玄机。"

沈惟清道："你可以再算一算，当年你站出来指证秦太官的那句证词，又害了多少人。"

"秦、秦池？"李鹊桥顿了下，声音高了些，"我的确看到那些福酒抬给了他，说的都是实话。他失职丢官，与我何干？"

"他丢官离京后，还是有人不肯放过他。几个月前，秦家被灭了满门，烧作了焦土。这些，你指证他时算到了吗？"

李鹊桥变色："死、死了？全死了？"

"全死了。但最初的引子，就是你的一句证词。"沈惟清留意着他的神色变幻，"我记得当时你常跟着楚王鞍前马后，尝了不少秦太官亲手做的饭菜吧？或许你所言不虚，福酒确实交给了秦太官。但你主动或被动当了人家的棋子时，便注定双手会染满秦家人的血！"

清冷的夜风里，李鹊桥额上竟冒出了汗珠，且越冒越多。远远近近的屋宇树木的轮廓，交织成晦暗沉凝的黑影，如怪兽般随时要吞噬周围的一切。

李鹊桥嗓子发干，哑声道："我真的不知道。当时是有个随祭的仆役提醒我，我们是亲历了此事的。我想着就是说实话而已，所以就、就……"

他以为会因此立功受赏，谁知秦池虽因此丢官，但并无一人因此封赏他，且楚王当夜便怒斥他无脑，沈相更是皮笑肉不笑地找他麻烦，让他这个曾当过国朝大典司祝的"得道高人"，地位一落千丈。

沈惟清紧盯着他："那个仆役，叫什么名字？"

李鹊桥摇头："这我哪里记得！也是在祭典上认识的，好像是楚王的人，对我又钦佩得很，所以当时走得近了些。"

"当时走得近，后来呢？"

"后来……祭典结束各自分开，就不知道了。"

李鹊桥面色灰了下去，忍不住揪了下头发。

不用他细说，沈惟清便知这老骗子遇到真狐狸了。人家就是各种逢迎拍马令他放松警惕，然后怂恿他出首了秦池。

由此更见得，当初福酒丢失，根本就是个早就设置好的陷阱。

沈惟清叹气："知道自己造下多大孽了吧？你这条一无是处的贱命，当真百死难辞其咎！"

李鹊桥失魂落魄片刻，忽道："那幅绣像，的确无关巫蛊。"

沈惟清蓦地回头看他。

李鹊桥道："我偶尔路过乔娘子那个院子避雨，因佛道一家，故也曾去她那间小佛堂祭拜过，然后见到了那幅绣像。我并未告诉鲍廉那绣像事关巫蛊之术，而是告诉他，绣像上的人，犯了忌讳。"

"绣像上的人？不是九天玄女吗？"沈惟清虽未亲眼见过那幅绣像的原件，但复制品大差不差，总不会相差太远。

李鹊桥道："是九天玄女，但九天玄女的面容，属于一个说不得的人。"

"说不得的人？犯了忌讳？"

沈惟清隐隐有了猜测。

果然，李鹊桥道："是十一年前死于房州的那位……乔娘子曾是那位的宠婢，心念故主，所以借着九天玄女供奉于她，并日日为她抄写《往生咒》。这事原是鲍家的荣光，只是时过境迁，后来提都不敢提了。"

"原来……"

沈惟清无声一叹。

怪不得乔娘子会有如此丰厚的妆奁，怪不得鲍廉为娶她不惜辜负安四娘！所谓宰相门前七品官，乔父虽只是京中最不起眼的官吏，但乔细雨却能左右最顶端某些人的心思，岂能不受看重？

可惜不久大厦倾覆，鲍廉秉着一双势利眼将她娶回，当然也会秉着一双势利眼将她冷落。

李鹊桥小心翼翼地主动解释："鲍廉知晓此事后自然害怕，当时跟我说，会借巫蛊之说，向她索回绣像毁掉。但这绣像中人关系甚大，指不定鲍廉由此想出生财升官之道，拿了这绣像做投名状呢！这就不是贫道所知的了！"

沈惟清笑了笑："你知道吗？秦家尚有一个孤女从尸山火海里爬了出来，从此性情大变，不惜代价加入了审刑院，将她那把用来做菜的剔骨刀，专门用来剔人骨了。你说，我将你带回去，她会不会听你这些解释？"

他故意夸大了阿榆的凶残，用来吓唬李鹊桥，却不知这些对比阿榆曾经做过的那些，根本不值一提。若是阿涂在这里，若是阿涂敢说真话，必定拿一块刮得干干净净的腿骨来比画给他看——经了小娘子的刀，那骨头都未必还能熬出油星子来。

凶残如斯。

但即便沈惟清所说，也够李鹊桥惊吓的了。

一个失去所有的小娘子，为了泄愤，能将他收拾到求生不得，求死不能吧？

李鹊桥痛苦地摇摇头："小郎君，你就饶了我吧？我这说的都是实话，再多的事，我真的不知道……"

沈惟清笑道："八年前，一个不知哪里来的人诱导你出首秦太官，然后不知所终；八年后，鲍廉因你的挑唆害死乔娘子，夺走绣像交给某人，然后死无对证。总之你就是要断了审刑院的追查之路，让死了的人白死，让你踏着那些人的尸体继续逍遥自在睡女人？"

他的神色蓦地冷了下去："李鹊桥，你以为，世间真的有这等便宜之事？"

李鹊桥汗颜："可我、我真的只知道这么多。"

话未了，水汪汪一波流光悠然闪过，沈惟清的软剑飞出，迅捷无比地在李鹊桥小腿肉厚处划过。

李鹊桥惨叫一声，跌坐在地，小腿血如泉涌。他伸手摸了摸，满手鲜血，更是两眼一黑，痛嚎不已。

沈惟清淡淡道："声音再大些，你那小寡妇应该就能听到，扶你进去治伤了。记得顺路治治脑子，看能不能想起些该想起的事。若想不起来，下次我会过来帮你想。"

李鹊桥哭叫道："你、你不讲武德！"

沈惟清不睬他，唤道："王四。"

王四带着两人不知从哪里钻出来，躬身行礼："少主人。"

沈惟清一指失声痛哭的李鹊桥："看住他，直到他治好脑子。"

王四恭敬道："少主人放心，我等必定封锁此地，不让他逃了。"

沈惟清道："若是再想逃，可以拿剔骨刀试试，为阿榆小娘子积攒些经验才好。"

王四肃然道："小人遵命！"

沈惟清也不再看李鹊桥一眼，身形一晃，很快消失在黑暗中。

王四的一名手下走到瑟瑟发抖的李鹊桥跟前，将他的腿拎起，检查了下伤口，说道："少主人的剑法果然精湛，入肉极深，但未伤筋骨，不需要再补刀了。"

李鹊桥抖得更厉害。

狠人，都是狠人哪！

沈惟清多端稳多沉静的一位贵公子，做事怎会这般凶残？

眼看王四带人消失在黑暗中，为了不致失血而亡，他不得不嘶声向他临时勾搭来的小寡妇求救："静娘，静娘，救我……"

王四等藏于暗处，看着小寡妇静娘吃力地扶李鹊桥离去，留下一溜长长的血迹。

手下问："四兄，我等就在这里守着，不让他逃走？"

王四道："少主人吩咐了，他若逃，就让他逃，盯住他，看他去找谁；他若不逃，便需留意有什么人过来找他，莫叫人将他灭了口。"

手下啧啧："少主人真不简单，早早就料到这牛鼻子老道不会说实话。"

王四叹道："少主人如此谨慎，看来那藏在背后的对手也不简单。都给我抖擞起精神来，莫误了少主人的事！"

手下齐声低应："是！"

阿榆并不知沈惟清夜间已做了这许多，因得知当年的长安兄长尚在人世且活得甚好，居然一夜无梦，睡得极佳。

第二日，阿榆休沐，也因乔娘子案告一段落、秦家案暂无进展，一时无甚要紧之事，便留在食店，随手翻出一些食材，预备做几样好菜。

安拂风、阿涂自是高兴，这次并无特别的客人，或许会随手给前堂食客做几样，但更多的必定是给他们自己吃。

安拂风原想着要不要让沈惟清过来蹭个饭，但仔细衡量后，又觉她跟沈惟清那点交情，实在不足以和一顿上好的美食相提并论，且担心自己离开那一时半刻，让阿涂占了便宜，便决定相机而行。——若阿榆做得多，实在吃不完了，再去寻沈惟清得了。

于是，她哪也不去了，就在厨房帮阿榆递递东西，擦擦汗，其他却不能做了。

即便阿榆，领教其厨艺之可怕后，也对她退避三舍，不敢让她碰自己的食材，唯恐一时不慎被她毁了菜肴。

阿涂也甚是垂涎小娘子的厨艺，将一拨食客送至店门，正准备去厨房看看情况时，眼前忽然一暗。

一抬头，一个极胖极壮的年轻男子堵在门口，挡掉了大半的光线。

阿涂笑了笑："客官用膳吗？请进，请进！"

男子睥睨他一眼："我叫钱界，是来见秦小娘子的。"

阿涂笑容敛了敛："钱兄想见小娘子，不知所为何事？"

钱界见这个小跑堂的居然敢问东问西，一把揪住他领子，将他拎得悬空，方才低声吼道："老子走投无路，过来给小娘子跑堂！你小子可以收拾收拾，准备滚蛋了！"

阿涂懵住，挣手挣脚半天，一双脚总算落了实地，忙退开几步，说道："我走不走，都得小娘子发话！"

如果这胖子来了，能让小娘子自行废了那三年卖身约，也未为不可。

眼见阿涂走向后院，钱界趾气高扬地想跟进去，阿涂瞪他，低声道："你在这里等着，不许跟进来！敢闹腾，当心小娘子剔了你的骨！"

"……"

怎听着这个弱不禁风的小伙计，似乎知晓阿榆小娘子的不寻常？

剔骨？小娘子当初折腾他胳膊的手段，可不就像剔骨一般痛入骨髓？钱界顿住身，真的不敢往里追了。

阿榆正忙着将一只清理好的鸭子泡入调好的桂花卤汁里，听阿涂说起钱界来投之事，偏头想了想，点头。

"是了，小钱儿的钱都送给我了，任务又完不成，诸多顾忌之下，怕是真会饿肚子。"

安拂风好奇,"小钱儿是谁?"

阿榆道:"就是上回想绑架我的那位。人笨笨的,最后花钱跟我买了自己的命。"

安拂风笑道:"原来是那个倒霉蛋。"

阿榆莞尔:"上天有好生之德,既没地方去,就留下吧!阿涂,你去跟他说,他这么胖,饭量必定不小,我可不会给他工钱。"

阿涂一听真得跟那个蛮子共事,摸摸自己的脖子,脸有些黑。

安拂风眼尖,一眼看到他脖颈上的勒痕,问道:"怎么回事?"

阿涂咕哝道:"这人可不简单,说他来了,我们都得听他的,不然全滚蛋!"

安拂风便摸摸佩剑,笑起来:"这小钱儿,有点猖狂啊!"

阿涂可怜兮兮地问:"七娘,他看起来很能打,你还是别过去了,让小娘子跟他理论吧!"

安拂风磨牙:"怕我教训不了他?放心,今天不教他认清自己的位置,我不姓安!"

阿榆轻飘飘道:"别打死了,得留着干活呢!"

"放心,会留他一口气!"

听得阿榆松了口,安拂风一阵风般向外卷去。

阿涂摸摸脖子,迤迤然地跟着走了出去。

不久后,阿榆刚将鸭子放入蒸笼,便听后院阿涂的房间里,传来一阵紧似一阵的惨叫,凄厉得跟杀猪似的。

阿榆啧啧地看着鸭子:"太可怜了!"

也不知是指这蒸了的鸭子,还是指那给胖揍的小钱儿。

阿榆最终听不下去,走出厨房准备去阿涂房间看看时,钱界刚好被推了出来。

人已被打得衣衫破碎,发髻散落,满脸青紫红肿,宛如被打爆了的猪头。两只眼睛尚可辨出,但一只布满血丝,另一只剩了一条缝。

他身后,安拂风一脸的云淡风轻,边走边查看自己打人时有没有损了指甲。

阿涂落在最后,努力装得平静,却掩饰不住大仇得报的得意,睨过去的小眼神不知是警告还是嘲笑。

这死胖子,还敢跟他斗!都不用挑唆小娘子,只消在安七娘那里拱把火,就能烧个半死!

钱界已不知道自己究竟来了怎样的黑店。

一个小娘子便罢了，这个七娘怎么回事？被小伙计在旁挑唆两句，出手越来越重，简直要将他往死里揍！

他垂头丧气地向阿榆行礼："钱界见过小娘子！"

嗯？打哪了？连嗓音都有些变了……

阿榆甚是同情，和气地说道："小钱儿，七娘手重了些，你别介意。"

"……"

钱界想，如果他介意，小娘子会为他出头吗？

大概……不会吧？

而安七娘必定会在小娘子转头走开之际，给予他更沉痛更深切的教训。

果然主人安排的活，没一样是好干的。

他垂下猪头，低声道："不介意，不介意。是我不好，不知尊重七娘和涂兄。"

阿榆更加和气，说道："那就好。既然来店里帮忙，就先做些简单的事吧。帮我跑个腿，去告诉沈府的郎君，我正做菜呢，要不要过来尝尝。"

钱界张张嘴，指指自己："我？我去？"

阿榆道："自然是你。沈郎君认识你，但沈府其他人不认识你，以后常来常往的，还需混个面熟才好。"

钱界不敢反驳，只得整了整衣衫，努力让破碎的布片合身些，然后努力挺起胸膛，端出高手的架势来，大步走向店外。

阿涂看着他不堪的身影，忽然有点心虚，小心问道："小娘子，他这么过去，会不会被人误会，再给打一顿？"

阿榆温柔一笑："他敢抱着搅局的心思来找事，就得将他一次打服。七娘到底温柔，打得远远不够，让沈家再将他痛打一顿才好。"

"……"

小娘子果然还是那个心黑手毒的凶残小娘子。

阿涂暗暗警告自己，万万不可再使小聪明。阿榆之所以由得他挑唆安七娘揍人，完全是因为她瞧出钱界心思不纯，也想胖揍他一顿而已。

安拂风却极欣慰。

到底阿榆了解她，晓得她打人也留手，本质温柔如斯。

阿榆又道："若沈家打了小钱儿，必定心怀歉疚，多多拿银钱予他养伤。他既伤着，买东买西必定不方便，你们就去把那银子收了，留两瓶伤药给他即可。"

这可真是……绝了！

小钱儿的皮肉伤，还能为小娘子挣养美人的钱！

阿涂诚心诚意地夸赞道："小娘子真是算无遗策！"

佳人有约，沈惟清当然很想去食店尽兴地一尝阿榆厨艺，但他偏偏走不开。

参知政事李长龄来了，竟是为沈秦两家保媒。

他的理由也甚是充足：先前尝过太官令秦池的厨艺，如今又尝了秦小娘子的美食，欠了秦小娘子人情，又恰巧听说了些沈秦两家的往事，不忍秦小娘子家破人亡之际孤凄无依，便要来保这个媒。

细论身份，李长龄如今位列宰执，副相之尊，即便沈纶也不敢托大，亲自露面作陪，更别说沈惟清了。

而李长龄所言之事，正是沈家祖孙近日一直考虑的。

已致仕的沈相孙儿，由现任宰执作保媒，简直太合适了。

三人相谈甚欢之际，凄惨到令人发指的钱界成了一道诡异的风景。

管事也尴尬，解释道："这人模样……怪异，我们原以为是个疯子，假借秦小娘子传话。后来问明，好、好像的确是秦小娘子的人，就、就放进来了。"

李长龄上下打量着钱界，似笑非笑。

钱界羞愧到无地自容，再不敢抬头看自家主人。

沈纶笑眯眯道："阿榆那丫头越发顽皮了，怎么派了个这副模样的伙计过来传话？"

沈惟清还算能耐，只和钱界匆匆见过两面，竟从那不辨五官的脸庞上认出他来。

他沉吟了下，问道："钱界，你怎么得罪阿榆了？"

钱界差点跪地。

主人和阿榆让他接触的人，都是些什么精怪？

他刚也是模糊地猜测，自己所为，怕是得罪了阿榆。这个沈郎君，竟然一语道破？

李长龄饶有兴趣地看着钱界："我也很想知道，你怎么得罪秦小娘子了。"

二人都看出这货是被阿榆整了，且都对阿榆有着无穷的探索欲，自然想弄清前因后果。

钱界已不敢小觑沈惟清，何况李长龄发了话，哪还敢推诿，只得将为难小伙计的事提了提。

他哭丧着脸道："我不过看那小伙计不恭顺，教训了两句。想来他含恨在心，跑小娘子和七娘跟前挑拨了什么。"

李长龄道："那伙计叫阿涂吧？有安七娘子镇着，他那性子真是要多平和有多平和了！"

钱界扁扁嘴："主……这位贵人说的是。"

是很平和，从不动手——只在安拂风动手时煽风点火，顺带露出自己被勒出的些微伤痕扮可怜。

沈惟清淡淡道："阿涂不会武艺，性子温软平和，所以安七娘她们常会对他发些小脾气，偶尔当一回受气包。但他们再怎么吵吵闹闹，都有共事的情分在，怎会容你一个外来之人欺负到他的头上？"

李长龄击掌而笑："正是。你一个身强力壮的武者，跑她店里欺负不会武的文弱小伙计，如若不收拾你，日后你岂不是要在她那里称王称霸？"

钱界哭丧着脸道："不敢，小的绝对不敢！"

他哪敢招惹小娘子啊？他胳膊上的伤还没好全哪！

但以他的能耐，小娘子以下，难道不该听他的吗？

谁知那个黑店连跑堂的伙计都能那么黑！

恶如安拂风，奸如阿涂，毒如小娘子，都能组个恶人团了，开什么食店！

沈纶在旁摇头叹气："既是阿榆的人，不许慢待。来人，先带他去治伤。再赏他些钱，让他回去买些好吃的补补吧。"

沈惟清想起阿榆似乎一直很缺钱，忙道："先将钱界带下去。补偿的钱，我稍后带给阿榆便是。"

李长龄眼皮子一跳："沈郎君，我这个保媒的还在，你就打算会佳人去了？河还没过，就想拆桥，有些不厚道。"

沈纶已笑道："李参政在此，清儿怎会舍你而去？走，一起去前面用些便饭吧！"

沈惟清默然，然后躬身领命。

李长龄笑意微微，边跟沈纶客套，边跟着他走了出去。

沈惟清隐约间已觉出，这位参政怕是也馋着阿榆的美食，眼见吃不上，也便不愿他去吃了。

真是损人不利己啊，偏还得承他纡尊降贵保媒的情！

第二十四章 吾之所求，唯汝一人尔

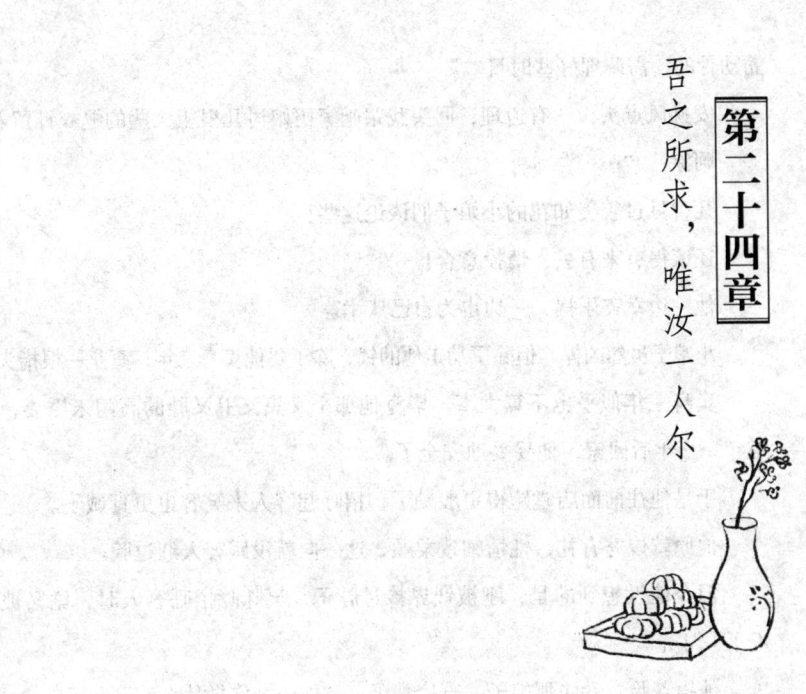

阿榆听说沈惟清见客无法到来，倒也没放在心上。安拂风、阿涂也是暗暗高兴，少个人分食佳肴，自是极好。

三人齐齐遗憾的是，人不人鬼不鬼归来的小钱儿，居然没带回伤害"补偿"。

钱界痛定思痛，终于摆正了自己在食店里的位置，认识到了自己真正的价值所在。

他低眉顺眼地告诉三人："沈郎君说，抱歉家中仆役无礼，改日会亲自上门谢罪。"

上衙天天见面来着，特地跑食店谢罪？分明醉翁之意不在酒。

但只要"诚意"足够，阿榆还是很欢迎的。

于是她摸出一把铜钱，更和气地告诉钱界："去左边的成衣铺子，先买套干净的布衣换上，再回来烧火砍柴吧。"

钱界只得恭敬接过那把钱，俯首帖耳道："是。"

待钱界压着满腹悲愤离开，阿榆道："哎，七娘，下回还是别打脸了。打成这样，去前面端茶送菜什么的，会吓到客人。"

安拂风深以为然："我下次注意，挑他身上肉厚的地方打。"

阿榆道："空手打容易损了指甲，可以用钢针或小刀扎，但不要伤到筋骨。一旦伤

85

筋动骨的,需调理好些时日。"

安拂风点头:"有道理,回头我跟咱家厨娘讨几根粗大些的缝衣针留着吧!"

阿涂:"……"

几曾见过貌美如花的小娘子们谈论这些!

还谈得有来有去,情投意合!

他一边幸灾乐祸,一边也为自己庆幸。

小娘子虽然凶悍,但除了劫走他的钱,除了要他卖身三年,真是一根指头都没碰过他。

卖身三年似乎也不算大事,毕竟他那个又黑又丑又胖的高门未婚妻,大约不会等他三年。三年后回家,他妥妥地安全了。

于是他往前面店堂跑得更殷勤了,招呼起客人来笑容也更真诚了。

他原就俊秀有礼,性情细致柔顺,这一向就没跟客人红过脸。

但令他没想到的是,刚被钱界拎过脖子,笑眯眯招呼客人时,竟又被一位美貌娘子甩了一耳光。

他捂着脸,看向那娘子,直接懵了:"你……你做什么?"

那娘子拿手点点桌案,斥道:"看看这桌子,脏成什么样了?这是给人坐的吗?"

阿涂举目看向这娘子的阵仗。

随身跟着一名婢女,两名侍者;停在外面的马车旁还有数名侍者,个个衣着鲜明,气宇轩昂。

显然是一等一的勋贵人家。

这样的人家,连侍婢都未必会在这等小食店吃饭,更别说主人家的郎君娘子们了。

他退了一步,勉强道:"娘子明鉴,这桌椅我等都细细擦过,只是市井食店用不了珍贵器具。娘子若嫌弃,不如移步樊楼、会仙楼?那些地方不仅豪华宏美,且食不厌精,脍不厌细,才配得起娘子的尊贵。"

那娘子冷笑,上前揪住他,又是一耳光甩过去:"你一个小伙计,敢跟我顶嘴!"

又冲其他人叫道:"给我砸,砸了这不知天高地厚的破店!"

此时食客颇多,目瞪口呆地看着这美貌娘子发作,再一看她的随从也冲进来,逢人就打,遇桌椅就砸,惊得只恨爹娘少生了两条腿,哄然往外逃去。

阿涂又被那些侍者打了好几下,忙冲后院高叫道:"七娘!小娘子!"

阿榆看出安拂风、阿涂垂涎自己做的饭菜,这日兴致颇高,便打算多做几样,让他们吃个痛快。此时忽听前方喧闹,不由一怔。

安拂风怒气冲冲地一按剑:"谁敢在这里闹事?反了天了!"

话未了,钱界已换了身粗布新衣,从院墙外跳了进来,问道:"小娘子,这是怎么回事?我瞧见一个红衣小娘子在店堂里发威,把客人打跑了!"

这时阿涂终于甩开众侍者,捂着脸逃入后院,叫道:"七娘,来了个找茬的娘子,一言不合就打人砸店!"

"红衣?"阿榆、安拂风顿时有所猜测。

安拂风奔到店堂后门,只瞄一眼,便冷笑道:"江九娘!果然是这贱人!"

她一拔剑就要冲过去时,却被阿榆拉住:"哎,杀鸡何用宰牛刀!"

她看向钱界,"你不是游侠儿吗?不介意路见不平拔刀相助吧?"

钱界顿时激动:"能为小娘子效劳,小人之幸!"

阿榆向前方努了努嘴,道:"那还等什么?去吧!记得别把人弄死了!"

安拂风看了眼阿涂脸上红红白白的巴掌印,恶狠狠道:"给我狠狠打那女人的脸!如果晚上回去她爹娘还能认得她,我弄死你!"

钱界打了个寒噤,迅速应了一声,要奔到前堂去时,阿榆一把揪住他,拧向院墙方向。

"做戏做全套,从外面打进去!"

阿榆、安拂风齐齐出脚,踹在钱界屁股上,钱界便腾云驾雾般越过院墙,"扑通"摔了个狗吃屎。

安拂风已从沈惟清口中得知阿榆跟凌岳学过些武艺,如今出脚之际,觉出对方不逊于自己的力道,大为放心,向阿榆一竖拇指。

墙外的钱界揉着屁股站起,却是满腹悲郁。他万万不敢对着那两位恶霸般的小娘子发作,听得那边店里的喧闹声,红了眼睛,抬手抓起巷道边一根大棍棒,嚎叫着冲向店堂。

"路见不平,拔刀相助!看我钱界荡平你们这些宵小之徒!"

他诚然打不过那两个奇葩娘子,但到底当过杀手的人,还能被李长龄看中,身手哪是寻常随从可比?

那棍棒横冲直撞,扫倒一片人,迅速推到江九娘跟前,才略略松了劲,轻轻一荡将侍婢钟儿拂倒,然后指向江九娘。眼看她花容失色,钱界也怕自己下手没个轻重会将她弄死,遂掷了棍子,一把拎住她前襟。

江九娘只觉胸口一紧,羞愧欲死,叫道:"你敢!"

钱界右手已大耳光扇了过去,叫道:"我有什么不敢!你个贱人,敢打砸抢闹,敢欺凌弱小,看老子不扇死你!"

"啪"的一声，江九娘的脸被打得偏在一边，几乎要晕过去。

钱界心里一紧，唯恐真将人弄死了，便抬脚脱下臭鞋，继续扇向江九娘。

江九娘才有些回过神，便闻着臭气熏天，随即脸上火辣辣的，着了一下又一下。她又惊又气，嘶声惨叫道："来人，来人，快来救我！"

随从们本已被打倒在地，此时听得自家小娘子呼救，不敢怠慢，挣扎着爬起救人。

钱界拎起棍子，重将几人放倒，又追上正要逃出店门的江九娘，专心致志地用鞋底打她脸。

七娘吩咐过，要打到她爷娘认不出。

可如果打轻了，晚上消了肿怎么办？如果打重了，把人打死了怎么办？

真是为难啊……

后院中，阿榆想了下，自语道："我的食店被人打砸成这样，我该去报个官吧？"

她随手拍了拍发髻，将头发弄得松散了些，再纵身一跳，已越过院墙，没了踪影。

安拂风看向阿涂，见他委委屈屈地站着，脖子上的勒痕还未消，脸上又多出几根手指印。

"江九娘这贱人，看我怎么收拾她！"她黑着脸，一把拉过阿涂，"走，我去给你冰敷。"

阿涂受宠若惊，不由自主地径直跟着她走向厨房，然后看她找出阿榆用剩的冰，用手帕包了，轻轻敷到他的脸上，小心地挪移着。

阿涂双腿并拢，乖巧地坐着，抬眼之际便是安拂风近在咫尺的面容。

依然冷而美，但肌肤细腻，眼神专注，褐色的瞳仁光彩熠熠，有种奇异的艳丽风姿，诱得他移不开眼，一颗心也不由自主地怦怦乱跳起来。

安拂风道："你瞧瞧，我就说百无一用是书生，打架从来只有吃亏的份！不然回头我教你些简单的招式防身吧！"

神使鬼差般，阿涂道："好！"

安拂风没料到阿涂居然一口应下，反倒怔了下。

她虽粗枝大叶，却不是愚人，深知这小子外表温顺，实则奸猾，背地里不知在阿榆那里给自己穿了多少小鞋——就像今日对付钱界。

钱界猖狂不假，但这小子绝对添油加醋过。所幸阿榆这小娘子不走寻常路，根本不听阿涂的，这才免了姐妹反目。

但安拂风真没想过，阿涂会如此听话地答应跟她习武。

安拂风低头看他，四目相对时，阿涂被烫着似的红了脸，眼神也飘忽起来。

"我是想着……想着不能拖你和小娘子的后腿，不能每次都要你们出面帮忙解决问题。"

听得阿涂居然在反思自己，安拂风大感欣慰，拍拍他肩道："也罢，回头你试试。能学就学，学不会也不用忧心。你看这食店，如今最不缺的就是高手了！以后再遇到挑衅的，你把小钱儿推出来顶上便是。"

正用鞋底专心致志抽江九娘耳光的小钱儿，连打了两个喷嚏，口水沫儿喷了江九娘一脸。

江九娘一张脸已被抽得麻木，开始还乱叫乱骂，此时却连嗓子都哭得哑了。忽觉这猪头丑胖子的口水沫儿溅到了自己大哭的嘴里，更添一阵恶心，当即晕了过去。

城内每三百步便有一处军巡铺，报官并不难。

很快，阿榆便领着一队巡城禁军赶了过来。但见她满眼急怒，跑得鬓发微乱，又柔弱又狼狈，说不出的可怜。

那群被赶出来的食客一是心中不平，二是有心看热闹，大多还在附近，如今见小娘子和官兵一起出现，忙都跑出来，七嘴八舌地议论着。

"好了好了，官兵来了，赶紧把那泼妇送官！"

"幸亏来了位好汉帮忙，不然秦小娘子可就惨了！"

"这是得罪谁了呢？看着是个走野路子的疯妇。"

领着这支巡城禁军的乃是孙巡检，听得阿榆报案，原还有些疑虑，此时见众声一词，直指那疯妇，也便挥手带人冲了进去。

店内桌椅倾覆、碗盏破碎，几名侍者东倒西歪地躺在地上呻吟，江九娘已然晕了过去，只有钱界鼻青脸肿，顶着副猪头模样，傲然看着众人。

阿榆侧头，柔声问向看热闹的食客："就是那位好汉制服了强盗吗？"

众食客正纷纷点头时，钟儿从角落的某张桌案下爬出，指着钱界冲孙巡检等人高叫道："你们可来了！把他抓住，快把他抓住！"

孙巡检领着这些禁军每日在京中巡逻，何等阅历？

不过扫一眼，便知必是哪家勋贵的小娘子仗势欺人，反给不知哪里钻出的游侠儿教训了。

他倒也想睁一只眼闭一只眼就这么过去，偏生那些刚被江家人逐出的食客见钟儿恶人先告状，顿时鼓噪起来，指着钟儿和那群侍者大骂不已。

之前这些人趾高气昂、凶神恶煞的模样早就犯了众怒，且阿涂何等和顺好性情，小娘子何等惹人怜惜，但凡稍有些熟悉的，谁不站出来为他们说话？

一时食客和附近之人的唾沫星子都快将江家人淹死。

江家随从缓过神来，却不敢辩驳，悄咪咪地向后缩着。

钟儿张张嘴，也没勇气再与众人为敌，只扑向江九娘，哭叫道："小娘子，小娘子，快醒来！我们快被欺负死了！"

阿榆眨了眨水润润的眼睛，带着恰到好处的无辜，安静地看着孙巡检："巡检，她说我欺负他们这一大群人。"

孙巡检也觉离谱，只盯着钟儿问道："这是哪家的女眷？"

江九娘终于幽幽醒来，努力睁开肿大的眼，咬牙切齿道："我是太中大夫江诚之女。"

孙巡检一惊，正打量她时，阿榆幽幽道："前儿我去沈老府中送药膳，见过江大夫之女江九娘，似乎不长你这样。"

"你……"江九娘暴跳，然后摸到自己肿大的脸，又羞又怒，一指钟儿，"你不认得我，总该认得她吧？"

阿榆诧异道："她又是哪家的千金？我为何要认得她？"

"……"

钟儿怨愤地盯着她。

虽说她是婢，可毕竟是江家的婢。秦家这小厨娘即便跟沈家有口头婚约，据说未来也就是个妾而已，能比她高贵多少？

孙巡检迟疑："你若是江家娘子，为何会出现在这小食店里？"

江九娘道："路过歇歇脚，不可以吗？"

钱界森森道："然后就打人砸店赶走所有食客吗？我呸！"

他一口血痰喷到江九娘身上。

江九娘惨叫之际，钱界向孙巡检一揖："我钱界是京师游侠儿，但从未作奸犯科，今日因仗义出手被打成如此模样，能否请阁下作主，让他们赔偿我看大夫的银钱？"

江九娘：……

江家众侍者：……

阿榆：……孺子可教！

钟儿怒道："你胡说什么？一直是你打我们，我们何曾打到你？"

钱界一指自己的脸，又一扯衣襟，让人看身上的瘀痕，怒道："那我这一身的伤哪来的？难道是我自己打的？"

他来得极快，又是陌生面孔。混乱之中，除了江家这些人，还真没人注意到他原来是否有伤。

阿榆向孙巡检一行礼："还望巡检做主，还我一个公道，还这位义士一个公道。"

话未了，那边已传来安拂风的声音："若江家不给个说法，少不得告知沈老一声。你五日一次为沈老药膳调理，老人家早就想有所回报；告知韩知院也行，阿榆你现在可是审刑院的人。"

孙巡检回头，正见安拂风按着佩剑，从另一个方向快步而来。

同是京中武将，孙巡检自是认得这位殿前司副都指挥使的爱女："安七娘子？"

安拂风向他一揖，说道："孙巡检，此事证人极多，还望秉公处理，还秦小娘子一个公道。"

孙巡检点头，却纳闷道："七娘子为何在此处？"

安拂风道："我喜欢这家店，为何不能在此处？"

孙巡检想起传言中安七娘与江九娘因沈郎君不时别苗头之事，一时无语。

阿榆却轻笑道："七娘是喜欢我厨艺，时常过来，所以成了我好友。你们李参政也常微服过来，昨儿还跟我们一起吃饭，说要当我兄长呢。只要不打不砸不抢，谁来我都欢迎。"

"李、李参政……"

只是给沈老做饭，只是韩知院下属的一名不起眼的小文吏，孙巡检还要犹豫下，但手握重权简在帝心的李长龄要跟这小娘子认兄妹，他就不能不斟酌了。

话说这小娘子的确生得美，布衣荆钗，难掩风姿绝世。

安拂风不由看向阿榆："李参政？"

孙巡检官位虽不高，到底京城地头蛇，如果虚言恫吓，怕会弄巧成拙。

阿榆一拉安拂风，轻声道："你没看出来吧？昨天和咱们一起吃饭的李三郎，就是李参政。"

安拂风才知昨日被她的牡丹饮子搞得斯文扫地的李三郎，竟是李参政，又是尴尬，又是好笑，说道："原来他竟是李参政！果然传说没错，是个颇有闲情逸致不拘小节的雅人。他三天两头地过来，若见到食店关门，必会追问。"

孙巡检那边在听阿榆说起李三郎时，便知阿榆所言不虚。旁人不知，他们这些时常混迹于京城各处的巡军却清楚得很，李参政雅好美食美景美人，并不拘于门第之见，常化名李三郎微服出行，颇有探芳觅幽之兴致。

那边江九娘已在钟儿搀扶下站起身，努力绷紧肿胀的脸，抬出高高在上的气势，喝道："这位巡检，你听他们胡说什么？李参政、韩知院只要眼不瞎，都不至于为这么个小厨娘出头。"

孙巡检蓦地扭头，冷笑："九娘子莫不是因为人家是个小厨娘，无人作主，所以才践踏律法，跑来打人砸店？"

江九娘怔了下。

哪里不对？

以她的家世，加上姨母、舅舅之威势，本该无往不利才是。

孙巡检却已一挥手，喝命："把这些人都带回马军司，再派个人通知江大夫吧！"

江九娘怒道："你，你……"

话未了，兵士们已冲上前，推搡着要带她走。钟儿和众随从忙上前护着，低劝道："小娘子，莫吃眼前亏！"

江九娘瞪着阿榆，眼珠子都快红了，却也没辙，只能先跟着兵士们离去。

孙巡检又指向钱界道："这钱界义士既因贵店而受伤，不如先让他在贵店休养？此事当有下文，到时还需钱义士出言佐证。"

阿榆笑得极和善："巡检放心，我必好酒好菜招待着。若江家有所赔偿，就让他们将银钱送到这里便是。"

孙巡检笑道："可以。若有给贵店的赔偿，我会命人一并送来。"

阿榆不由笑逐颜开，看向钱界的目光，宛如看一株超大号的摇钱树。

他这身伤可真的太值了，先赚沈家一笔，再赚江家一笔，可谓一鸡两吃，物尽其用。

钱界又要绷着义士的豪勇气度，又要面对小娘子看银子般的"慈爱"眼神，简直欲哭无泪，只能硬着头皮继续扮演他拔刀相助的正直游侠儿。

沈惟清送走李长龄，沈纶笑呵呵看向他："若非阿榆有所暗示，李长龄绝不会冒昧前来，主动保这大媒。看来这丫头对你也算有心了。"

沈惟清想起自己送簪子时，阿榆那发散到令人无语的奇谈怪论，一时沉默。

阿榆那个小变态真的对他有心吗？

沈纶白眉挑了挑："怎么了？你怀疑阿榆对你的心意？"

沈惟清心头一紧，立刻道："不是。"

沈纶便松了口气："阿榆那丫头，看着柔中带刚，宜室宜家的模样，可其实是有点偏执古怪的。若她心中无你，这事压根儿不用谈了。"

"惟清明白。"

"那你心存顾忌，是……因为担心阿榆的身世有问题？"

先前他也有所疑虑，只是想来想去，若非秦家人，不可能如此执着地追缉凶手，并且不计代价地追查往事。而且还是位如此年轻的女子，拥有明显属于秦池传承的厨艺……

沈惟清默了下，很快道："应该不会有错。祖父拟定婚书时，将其身份尽量写明，将'小字阿榆'也写上去。"

别给她钻了空子，说她姓罗，说她是阿榆，说她不是秦藜，不是秦家女……然后掉头跑了。

而且他这小娘子的性子啊……

可他偏偏清醒地知晓，他要娶的，就是这个让他时时头痛却时时萦系的阿榆小娘子。

沈纶看着孙儿沉郁到严肃的神情，叹气："好，好，写上。"

他委实想不通，一个分明陷入爱恋的年轻人，为何会是这等忍痛赴黄泉的模样？

如此痛苦，那就不娶或拖延些日子也成，为何又迫不及待想立下婚书？

年轻人的世界，沈纶承认他看不懂。

他却不知，他的孙儿自己都不懂。

只是沈惟清的直觉告诉他，错过眼前的机会，他未必还能抓得住这个诡谲刁钻的小娘子。

安拂风吃饭吃到一半时，终于想起早上这事不算小，得告诉沈惟清一声。于是她塞了一把钱给某位帮闲的邻居，让他去沈府传个话。

沈府仆役都知阿榆是未来的少主母，刚刚误打了钱界，此时更不敢造次，倒是第一时间就将口讯传去了三端院。

于是，沈惟清匆匆赶到食店，看着满地狼藉惊呆了。

他匆忙冲到后院想找阿榆时，却听得院中阵阵欢声笑语，然后便是浓郁的菜香扑鼻。

阿榆、安拂风、阿涂和店里雇的两名厨娘正围坐在木香树下，钱界一脸讨好地将一锅汤盛到几人碗里，又抱着锅底剩下的一点汤，蹲到角落往自己碗里倒。

"……"

沈惟清如今已百分百确定，这小钱儿很不值钱，就是阿榆送到沈府当沙包的。

钱界倒完汤，蓦地发现沈惟清立于自己跟前。他又看了眼碗中的汤，恋恋不舍将汤递给沈惟清。

"沈郎君，我刚倒的汤，你尝尝？"

沈惟清正要伸手时，便见钱界缩回了递碗的手，为难地道："不过这碗是我先前吃过的，给沈郎君似乎不合适。"

"……"

沈惟清便觉阿榆看人极清，小钱儿当沙包真是太合适了。

此刻他都想打这人一顿。

他们一说话，阿榆等都已转头看来。

阿榆笑道："沈惟清，你不是说不过来吃饭吗？"

沈惟清道："听说这边出了事，过来瞧瞧。"

阿榆道："这事儿已经过去，应该无妨了。你先坐下吃点、吃点……"

她低头瞧了眼，正见阿涂拿了张软饼，蘸了炖肉盆底的汤吃。

其他的碗碟里，竟连汤都极少剩下。

这次她煮的菜委实不少，怎么好像还是不大够？

她略有些苦恼，转而道："想来你已陪客人用过膳了，不吃也不妨。我蒸的桂香鸭还留了半只，稍后你带回家吃吧！"

她本来蒸了两只，打算留一只送给长龄兄长，谁知阿涂看着菜不太够，手快又剁了半只，剩了半只也不值当送人，给沈惟清正合适。

当然，得让他带回家尝去。若是在这会儿切了端来，她身边这些家伙怕是会瞬间下手，顶多给沈惟清留个鸭头或鸭屁股。

因阿榆的另眼相待，沈惟清心情甚好，笑道："好，我正想尝尝你做的鸭子。"

以这些人贪吃的劲儿，能剩下半只鸭子，怕是特地给他留的吧？

或许，阿榆只是性子野，有些混不吝，但心里其实还是有他？

阿涂心中有鬼，行事更加谦恭，立刻奔过去取新鲜荷叶包了那半只鸭子，利落地用麻绳系好，递给沈惟清，说道："小娘子的厨艺，真没的说！沈郎君拿回去就着美酒当夜宵，必是极好的。"

沈惟清拎着半只鸭子，一时不知是该表扬他还是该责备他无脑。

刚来就将夜宵塞他手里，是赶他走吗？

他很自然坐到阿涂方才的位置上，随手放下鸭子，问道："是江九娘捣的鬼？"

安拂风没好气地道："你还问呢，明明是你惹下的风流债，却来招惹阿榆！江家欺软怕硬，你难道就这么袖手旁观？"

沈惟清笑道："沈某的未婚妻，自然不容他人欺凌。此来正是要问明因由，然后去马军司走一遭。"

京师的格局，最里面为皇城；皇城外是旧城，称内城；内城后来往外拓展了一大圈，称为外城。内外城的治安，分别由马军司、步军司管辖，各自巡检使就是马军司和步军司的主将。

阿榆的食店位于内城边缘，属马军司管辖，故而江九娘被孙巡检带去了马军司。

阿榆摩挲着空碗，眼梢微微抬了下："不准备去江家走一遭？"

沈惟清道："我等着江家来找我。"

阿榆笑了起来："好啊，也需让她家知晓，我的店，没那么好砸；我的人，也没那么好欺负！"

阿涂在旁连连点头。

小娘子和七娘子虽凶残，但也护短，护短得没天理。

看看钱界，再看看江九娘，啧啧！

身为食店的伙计，他甚感欣慰和骄傲……

然后阿涂自己都惊着了。

他堂堂高家五郎君，不说学富五车，至少也称得学识不凡，下次科场未必就不能博个功名，怎会因为成了小伙计而骄傲？究竟哪里不对？

但转头看着安拂风郑重点头深以为然的模样，他不觉又跟着点头……

沈惟清顿了下："我会让人透个消息给马军司和江家，我和小娘子的婚事，是由李参政保的大媒。"

李参政既要插一脚，这个势，不借白不借。

阿榆想了下，也觉不错。借长龄兄长的势，坑江家一笔大的，秦蘩的药费和嫁妆可不就齐全了！

安拂风大为兴奋，一拍阿榆的肩，问道："李参政怎会为你们保媒？昨天一起吃饭时，你还不知他的身份吧？"

阿榆笑道："我不知，但凌叔知道了呀！凌叔夜间去过李府，也不知他们怎么聊的，反正回来跟我说，李参政会帮忙。"

95

沈惟清、安拂风顿时再无疑虑。

那个凌岳来历莫测，武艺绝高，自然可以夜闯李府面见李参政，与其有所约定也不稀奇。

沈惟清试探问道："阿榆，你这位凌叔，当真是你无意救下，然后随在你身边护着你？"

上次在玉津园，凌岳从刺客手中救下他们时，阿榆曾随口答他，她挖野菜时救过凌岳。因其言语散漫，沈惟清根本没当真。

先前阿榆又曾说起，她被拐三年，是凌岳得他父母请托，将她从拐子那里救出——她总不可能在五六岁时救的凌岳吧？

阿榆也自知圆不了谎，只轻描淡写道："其实不是我救的，是受过先父恩惠，不忍我孤凄无依，所以愿意护着我。"

安拂风叹道："秦叔叔一定是真正的良善之人，才为阿榆积下这一善缘。"

沈惟清却默然。

沈纶因秦家太爷的一饭之恩救了性命，因此念念于心，不惜以儿女亲事相报；那么巧，下一代，凌岳又因秦池的恩惠而不离不弃护在家破人亡的秦家女儿身畔吗？

他相信世间的巧事，却不相信世间有接二连三的巧事。

或许，成亲之前，阿榆都不会吐露她的秘密。但她终究会是他的娘子，如今甚至已然定亲，他似乎有必要挖掘下她的秘密？

离开食店后，沈惟清果然去马军司走了一趟。在江家和昌平侯府压力下，内城巡检使已准备放出江九娘，但听了沈惟清三言两语，又将江九娘关了回去，还准备将江家侍卫好好审上一审。

打砸一位无名小厨娘的店，和打砸沈家未来少主母的店，完全是两回事。何况沈家少主人亲自过问此事，何况背后还有个李参政……

不用细想，今夜想来会是江家的不眠之夜。好好一个未婚女郎，被逮到马军司大牢里一整夜，这声名若传出去，怎么也不会好听。

沈惟清也不理会江家会如何，径自回了府，命人将带回的桂香鸭切了一小碟送与祖父晚饭时就粥，剩余的果然如阿涂所说，烫了一壶酒来慢慢就着吃。

不油不腻，不腥不臊，鲜香味美，咸而适口，回味悠长，堪称人间至味。

酒还未喝完，那小半只鸭子便已吃尽。沈惟清看着自己吃剩的那堆干干净净的肉骨头，意犹未尽地一声长叹。

若能娶阿榆为妻，三天两头吃上些她亲手做的佳肴，该是何等幸事，何等美事？

但他还没来得及细思跟阿榆的未来，便等到了魏羽从真武镇派来的信使。

信使魏仲，是魏羽的贴身随从，他从京城带过去的得用之人。

三端院中，沈惟清边打开信函，边问向魏仲："魏兄怎会把你遣过来？他那边也离不开你吧？"

魏仲苦笑道："沈郎君看完这信就明白了。"

沈惟清急忙展信而阅，信中果然叙起此事，并说起山匪之事，却极简洁，让具体细问魏仲。

沈惟清颇得人心，跟同僚素来相处甚欢，魏羽亦是他好友，想来有些事不宜在信中言明，才叫魏仲前来，出其口，入其耳，不教他人有机会察觉。

魏仲早知主人遣自己来的缘故，已然说道："主人曾提及，与秦家女儿交好的那位罗氏娘子，在相救秦家女儿后回了慈谷镇。"

沈惟清道："不错，据阿榆所说，罗娘子是慈谷镇一大户人家的女儿，识破凶手是临山寨那群山匪，也不敢在石邑镇久待，所以回了慈谷镇。"

他试探地看向魏仲，"你家主人，没找到罗娘子？"

魏仲道："慈谷镇根本没有一户人家姓罗，更别说姓罗的大户人家。主人得知，亲去慈谷镇，仔细调查了慈谷镇有数的大户人家，怀疑那位罗娘子根本不姓罗，而是姓苏。"

"姓苏？"

饶是沈惟清心智过人，一时也怔了下。

阿榆信誓旦旦说的罗家妹妹，他怀疑她根本说的就是她自己。而阿榆早已来到京城，故而他并不意外魏羽找不到这位罗娘子。

但现在魏羽说罗家娘子姓苏？

魏仲道："慈谷镇最有名望的人家，是苏家。据说苏家四郎极有出息，曾做到从三品的御史中丞。"

沈惟清微惊："御史中丞！"

本朝御史大夫多为虚衔，真正掌管御史台的，正是御史中丞。御史台为帝王之耳目，御史中丞更是官家亲擢，自宰相以下，皆可弹击。这苏四郎能到这等高位，显然简在帝心，才识不凡。

魏仲也不由叹道:"不错,因苏家四郎出息,连带苏家也水涨船高,是整个真定府赫赫有名的望族。可惜苏四郎不幸早逝,孀妻罗氏带着幼女回到老家。罗氏就是我等找到的慈谷镇唯一的姓罗之人,据说生得极美。她的女儿苏小娘子更是聪颖可爱,极得苏家太夫人宠爱。"

沈惟清隐隐猜到些什么,轻声道:"若是如此,苏小娘子虽幼年丧父,有祖母、母亲宠爱,也算平安喜乐。"

"可惜没多久,苏太夫人一病而逝,临终前,将自己大部分私房银子留给了心爱的小孙女。不仅如此,苏四郎当官后挣的偌大家私,原先托付给太夫人照管的,太夫人遗言,也全留给孤儿寡母。"

沈惟清很快想到其中关窍,微微阖目:"匹夫无罪,怀璧其罪。罗氏并非当地人,无得力母家支持,孤儿寡母,保得住这家产吗?"

魏仲面露同情:"可惜罗氏无此远见,还真以为下半辈子富贵无忧。不久后其他三房发难,指责罗氏不守妇道,进而怀疑苏小娘子不是苏家骨血,遂将罗氏囚禁,要侵吞四房家产。"

沈惟清无声一叹,不由得代入了阿榆的性情:"苏小娘子趁乱逃了?"

"不,苏小娘子帮助她阿娘逃了,然后自己被关了起来。之后不久,苏家其他三房,还有苏家一些仆役,先后感染时疫,两三个月间死了很多人。"

沈惟清颇是意外,旋即讶异:"什么时候时疫这么厉害了?还能只针对苏家人?"

"此事的确有破绽,故而当时便有人说,是苏家其余三房欺人太甚,才会遭此报应。这些流言愈演愈烈,以至后来罗氏带着一群人过来讨要家产时,竟无人敢为他们出头——当然也可能是被那群人给吓的,竟由着那群人带走了四房的家当。据说当时他们还曾扣押其他三房的人,又大大敲了一笔,这才扬长而去。苏家也因此没落,不复之前的风光。"

沈惟清一眯眼,"那群人……听着怎么像是一群惯匪?"

魏仲笑道:"沈郎君一语中的!主人找到两名当年在场的老仆仔细查问,然后对照了近日找来的山匪画像,发现罗氏带去对付苏家的领头人,很像临山寨的当家人,裴绩成。"

"临山寨,裴绩成……"

可以想见,那罗氏在幼女帮助下逃脱后无处可去,或偶尔,或刻意,竟孤注一掷,利用美色攀附了裴绩成,再利用这些山匪夺回家产……

与虎谋皮,但对于走到绝境的罗氏未必是一条出路。

沈惟清更牵念那个被关的苏小娘子:"苏小娘子呢?有被救走吗?"

"是和那些家财一起被带走的。这苏小娘子很惨，据说大冬天的被关在柴房整整三个月，几乎没怎么给吃的，从柴房抱出来时只剩了一把骨头。"

魏仲想着那些听来的传闻，也不由流露悯意，叹道："听闻其他三房有过约定，等苏小娘子死了，就平分四房的家产。谁也不知那苏小娘子哪来的毅力，竟硬生生挣扎了三个月，熬死了其他三房一堆染了时疫的人，等来了罗氏带人相救。"

沈惟清想起阿榆那一身旧伤，心头剧震之余，不由得阵阵抽痛，半响方轻声问道："魏兄的意思，秦小娘子口中的罗家妹妹，可能就是苏小娘子？"

"对，十七八岁，与沈郎君所说的罗娘子年龄相符。且慈石镇并不大，我等细细寻访过，其他年纪相类的小娘子，都不曾去过数十里之外的石邑镇，更和罗姓无关。联系这位罗娘子对山匪颇为了解，还敢从他们眼皮子底下救走秦家女，主人大胆猜测，会不会是这位苏小娘子没死，改了母姓，在山匪中长大，又不甘沦落，才藏身于石邑镇，和秦家女成为好友？"

"能不能查到罗氏和苏小娘子被带入临山寨后的事？有人知晓她们在山寨中的处境吗？"

"目前不知晓，但很快应该就能知道了。"

沈惟清眸光一闪，"魏兄找到了线人？"

魏仲摇头："没有。但先前枢密院都承旨江诚奉旨巡边时，听说临山寨山匪都是些被迫上山的穷苦人，常在边境告急之际协助官府共抗强敌，生了爱才之心，故遣使招揽。裴绩成父子也有意投诚，献上大量珍宝犒军。双方一拍即合，故而江大夫此次回京，应该会和枢密院诸公议定此事，条陈招安事宜，一一禀明官家。"

第二十五章 此诚鸳侣天成，宜结琴瑟之欢

朝中二府，政事堂主政，枢密院主军。

若能收伏这支曾屡在边境立功的山匪，也算是枢密院的一件功绩。

沈惟清闭着眼睛都能猜到，不论是官家，还是枢密院，对此事都是乐见其成的。

他忽然想起阿榆当日阅览秦家灭门案的案卷后所说的话。

"只字未提临山寨，只字未提距石邑镇仅仅二十里的地方，盘踞着一群杀人如麻的恶魔！你说，我为何不告知官府？"

"年年剿匪，年年走个过场，你得了功勋，我得了太平，多安逸！"

"死了这么多人，我总得想想办法吧？"

都是千年的狐狸，谁看不穿谁的算计？所谓的招安投诚，哪有那等巧事，一拍即合？

必是眉来眼去，筹谋已久。

阿榆说得一点都没错，果然官匪勾结，蛇鼠一窝。

若阿榆真的是苏小娘子，出身书香之家，曾在富贵丛中受尽娇宠，转眼囚禁幽室受尽折磨，险死还生后，又被带入山匪窝中身不由己地长大……

那她如今的乖僻偏执又狡猾虚伪的性情也就说得过去了。

大起大落的人生，曾张扬耀眼，也曾委屈沉沦；奋力求生之际，能放得下姿态，但丢不开内心骄傲。

挣扎浮沉之下，她能好好长大，还能学得不亚于京城闺秀的好才识，学得将钱界打得服服帖帖的好武艺，还有一手能吊起无数人胃口的好厨艺……夫复何求？

魏仲见沈惟清久久不语，小心道："主人之所以遣小的跑这一趟，其实也是因临山寨山匪招安之事。如果救了秦家女的人，真的是苏小娘子，这二位小娘子必定会联手，指证临山寨山匪是秦家灭门案的凶手，甚至指证他们假借'时疫'谋害苏家上下数十条人命。那这招安之事，怕是要重新斟酌。朝廷可以招安被迫落草的匪人，却不宜招安这等穷凶极恶的凶徒。"

沈惟清忍着闷闷的心疼，低声问："你们在真武府没见过这位苏小娘子？"

"没有。主人说，苏小娘子可能对秦小娘子隐瞒了真实身份，此番借着罗娘子将线索指向慈谷镇，可能是想翻出苏家旧案，但本人并未露面。郎君不妨再细问一下秦小娘子，究竟对她这位好友了解多少？"

魏羽的确称得审刑院的干将，做事极稳妥，哪怕推测出罗娘子的身世，也不曾声张，更不曾打草惊蛇去查那些山匪，而是第一时间派人跟沈惟清陈述利害，由其抉择。

沈惟清思索片刻，慢慢道："招安之事已浮上水面，作为物证的那颗银珠，作为人证的苏小娘子，想来都能得到印证。我希望魏兄能帮我查明两件事，其一，罗氏和苏小娘子是否还在临山寨？若在，二人的地位如何？其二……"

沈惟清顿了下，方道："查一下，苏小娘子是否用过阿榆这个小名，或和'榆'字相似的小名。"

魏仲显然不是卢笋那种成事不足败事有余的货色，也不问沈惟清原因，便躬身一礼："是，小的必将郎君的话，一字一句带到。"

沈惟清点头："替我向魏兄问好！若有结果，务必第一时间传讯于我。"

魏仲道："郎君放心！"

既已传了讯息，魏仲也不再耽搁，竟要连夜回真武府，向魏羽复命。沈惟清封了厚厚的程仪，又让卢笋将魏仲送出府去。

卢笋深感遗憾，如他那么能干的人，竟被少主人排除在书房之外，不曾与闻二人密谈。愈是瞒他，他的好奇心愈烈，一路竟将魏仲送到府外，只为打听二人究竟说了什么。

魏仲被他旁敲侧击问了几次，警惕起来，颇有些疑心这小厮是不是哪位对手安插在沈惟清身边的眼线，立刻紧闭双唇，不肯多说一个字。

卢笋只觉自己如一盆烈火浇在万年不化的坚冰上，十分无趣。

待魏仲走远，他不屑地撇嘴。

"跩什么跩！再怎么着，也不过当跑腿送信的命！换我家郎君，才舍不得我去石邑镇呢，又远，又不吉利。死了那么多人，啧……"

卢笋想起人们形容起秦家人死亡的惨相，哆嗦了下，不敢再看外面黑黢黢的天，匆匆抱了肩，逃一般奔回府中。

他浑未发觉，不远处的一处墙角边，早就有两名江府侍者盯着这边。

其中一人低声道："好像过来商议秦家那案子。"

另一人道："看来沈家真不打算放过九娘子，没出门找江家交涉的意思。便是九娘子有不是之处，有条件尽管开来，何至于要逼她在狱中过夜？白瞎了九娘子对他的一片心意！"

先前那人便道："我们先回去将这事告知主人，或许主人能借着秦家之事做点什么？"

另一人点头。

二人趁着夜色，悄无声息地离去，再不曾惊动一个人。

三端院中，沈惟清一脚将试图跟他打探消息的卢笋踹出门外，边喝之前剩下的酒，边细细复盘阿榆前后跟他说的那些真假难辨的讯息，并推断阿榆真正的过去。

沈惟清认同魏羽的推断，阿榆口中的罗家妹妹，就是苏小娘子，也就是阿榆本人。

阿榆在她无力自保时随母去了平山，入了临山寨，成了山匪中的一员。但她看不惯山匪视人命如蝼蚁的做法，长大后悄悄离开临山寨，以罗小娘子的身份定居石邑镇，并成为秦家小娘子们的好友。

秦家惨祸，山匪的残忍坚定了她离开的决心。

她既打算为小姐妹复仇，又打算借秦家女的身份洗白曾经身为山匪的过往，或许还看中了沈家足以护住她的实力，才决定嫁给沈惟清，过她本该拥有的富贵安闲生活。

沈惟清已领教过阿榆的缺心眼，即便她记得给他留半只鸭子，他也不会盲目自信到认为对方爱恋自己。他更相信，他和沈家，只是阿榆权衡利弊后做出的选择。若他实力不济，或有追求者展现出比他更强大的实力，只怕她立刻会选择弃他而去，转投强大者的怀抱。

这小娘子，就是这么势利而自私。

但他当然得原谅她。

虽然那三年的被拐生涯可能是假的，但她被族人虐待三个月必定是真的，入了临山寨或许还受过山匪的虐待——那身陈年旧伤，完全作不了假。

她想活下去，好好地活下去，自然得学会察言观色、见风使舵乃至谎话张口就来的本事。

若她是苏小娘子，如今才十七八岁。

他既年长她数岁，原该多包容她、引领她，让她感受世间的信任和温暖，或许能让她寻回在那些坎坷岁月里丢失的真诚和烂漫。

阿榆当初的确有意引人将目光投向苏家，以及苏家的某些人，某些事。

但她并不知先前露出的些微破绽，先让沈惟清猜测她才是罗家妹妹，进而已在猜疑她就是苏小娘子。她如今更关心江家的态度和江九娘的惩罚。

安拂风着实是个妙人，记恨着阿涂被打、食店被砸之事，回家后竟让父亲安泰派人拿了他的名帖去马军司，追问如何处置江九娘。

安泰妻子早逝，膝下独安拂风一女，素来百依百顺，想入审刑院也好，跟沈惟清打赌也好，天天跑小食店跑堂也好，都随她心意，才养成她骄傲疏狂的性子。

唯一一件没依到安七娘心意的，就是她跟高家的亲事。

安泰原本只是和高御史随口说笑，谁知意外与高家那位排行第五的小郎君有所交集，只觉那小郎君斯文清秀，软糯好欺……哦不，是温柔好性，立时觉得女儿若嫁了这郎君，必定事事遂心，不会因为太过张扬跋扈被嫌弃，且高家书香世家，高御史清流文官，名声也好听，禀性都不错，不像会欺负新妇的模样，遂也不怕人嘲笑倒贴，拎了一坛酒跑高御史家，灌了高御史半坛酒，愣是让他在酩酊大醉时把婚事给应了。

高御史醒后未必不后悔，只是读书人的执拗性子，最看重一言九鼎，再一想这幼子性情温弱，有个厉害些的媳妇指不定还能帮着支撑门户。

再说了，安泰是官家跟前红人，总不能因为自食其言，让结亲变成结仇吧？

高家最终强作欢颜地下了聘。

但谁也没想到的是，定亲第二天，软糯好欺的小郎君便卷了一些金银之物逃之夭夭。

高家见自家小郎君逃婚，十分心虚；安泰听说他的乖女儿曾带着一个既黑且胖的丑妇偷偷找过高郎君，更加心虚。

两厢心虚之下，这亲事没人说结，也没人说退，就那么拖着。两亲家在禁中见面还笑哈哈地彼此见个礼，亲热得真同一家人一般，分开后却各自抹把汗，唉声叹气。

安泰想，等高家找到儿子，跟小郎君解释清楚，再决定要不要结亲吧！

高御史也没太担心自家儿子。所谓路上有钱，心里不慌。何况他家途儿看着温顺，心眼子多得很，玩够了自然会回老家抱老祖父的大腿，求老祖父出面为他解决难题。

安泰连吓跑未来女婿的事都不曾责怪过乖女儿，为乖女儿送张帖子问问事态发展而已，又有何难？

于是，马军司又接到了殿前司副都指挥使的帖子，问他们准备如何处置江九娘。

彼时昌平侯府的管事就在旁边，闻言脸都黑了。

他问安家仆从："那家食店跟安家有关吗？"

安家仆从坦荡荡道："我家七娘子一直在那家食店管账兼跑堂，谁知眼错不见，那店差点没了！"

"……"

见惯钟鸣鼎食炊金馔玉的贵人们，昌平侯府的管事完全无法理解安七娘子这些奇葩的爱好。

习武练剑倒也罢了，还想进审刑院跟着一群男人办案；进审刑院好歹还算是个正经差使，去食店管账跑堂是什么鬼？

眼错不见那店差点没了，难道不是因为那食店实在小得可怜吗……

看着一脸烦恼为难的内城巡检使和一脸尴尬无奈的孙巡检，这管事也算明白过来，即便昌平侯府，也无法强压着马军司放人了。再闹下去，只会连马军司一起得罪。

待管事恭敬地辞别而去，巡检使道："嗯，我瞧着，江家应该很快会去那个什么、什么食店来着？"

孙巡检尴尬道："秦氏食店。这食店并未取名，秦是店铺娘子的姓。"

"……"

这得小成啥样啊？

搞事的江九娘子疯了吗？

管账的安七娘子疯了吗？

那些个愿意为这破店出头的贵人们都疯了吗？

于是，第二天傍晚阿榆从衙门回来，进了自己的店，又退了出去，抬头瞧瞧外面挑的青白色商幡还在，端端正正写了个"秦"字。

没错，这是她的店。

仅仅一个白天，食店已被整饬一新。

杂木的桌椅全换成了清一色的榉木材质，质地坚硬，且有着流畅漂亮的天然纹路，看着比先前不知华贵多少；粗瓷的碗盏盘碟一概换成了官窑的细瓷，细腻莹润；周围的墙壁都用上好的材料重新粉刷过，连原先没被砸坏的柜台都漆了一层清漆，放了些颇为精致的陈设。

阿榆正观察时，却见一群人簇拥着一名头戴帷帽的娘子，从后院绕了进来。

他们身旁，安拂风、阿涂脸色怪异，一个像吃了屎，一个像见了鬼。

那娘子走到阿榆跟前，轻轻撩起帷帽，露出一张青紫狼藉的脸。

竟是江九娘。

她显然在狱中便上过药，脸上的伤痕已消退了些，至少能辨得出她是谁了。

气色虽然差，她却肩背挺直，一副坦坦荡荡无畏无惧的模样睥睨着他人，仿若在说，在座列位都是奸佞小人……

但看到阿榆，江九娘竟无一丝怨怼之意，甚至向阿榆敛衽一礼，满脸的坦诚和歉意，郑重说道："秦娘子，昨日九娘一时冲动，是九娘失礼，九娘在此跟秦娘子赔罪！店中所有损失的桌椅器具，九娘都已让人修复或更换，秦娘子和那位小郎君受此惊吓，我也备下压惊钱，还请秦娘子与小郎君勿嫌简薄！"

江九娘身后，江家管事一挥手，两个仆役抬了一口小箱子过来，打开，里面满满都是钱，估摸着至少有五六十贯。

江九娘柔声道："秦娘子不如看看，这许多钱，够不够给你和那小郎君压惊？"

阿榆也算知道安拂风为何是吃了屎的表情。

这般居高临下的施舍，你受还是不受？

不受，是你不识抬举；受，于你尚算丰厚的一笔钱，于她只是指间漏出来的，素日赏下人都不只这许多。

如果阿榆真的只是寻常小厨娘，自认低人一等，怕是能喜滋滋地受了这钱。

如今么……

阿榆笑了笑，轻言慢语道："九娘子觉得这点钱用来压惊很多吗？如果我们不小心让九娘子受了惊吓，是不是也只需给这么些钱？如果是那我就放心了！"

江九娘差点端不住，嘴角的笑意渐冷，死死盯着阿榆。

江家管事微微沉了脸："秦娘子这话，什么意思？"

阿榆顿时向后一缩，惊惧的模样："这位贵人，是九娘子的父亲吗？果然气势非凡！"

江家管事傻眼，看了眼江九娘，怒斥道："你满口胡说什么？我是江家管事而已！江大夫岂会到这种地方来？"

安拂风终于有了插话的机会，立刻喝道："这地方怎么了？昨天也好，今天也好，难道是秦小娘子请你们来的？一会儿做小伏低装模作样，一会儿张扬跋扈恨不得当场吃人。你们这是来道歉的，还是来示威的？"

阿榆柔声道："七娘莫这样说。你看他们今天这许多人过来，若不领情，怕他们会把咱们打一顿，再拆了这店。"

江九娘听得眼睛里突突冒火，努力维持着风度，说道："秦小娘子，讲良心，昨天究竟是你们打了我们，还是我们打了你们？"

阿榆眨眨眼睛，责备地看向阿涂："原来昨天你也打了他们？"

阿涂立时叫屈连天，指着脸上的瘀青道："我一个沦落到跑堂的读书人，能打谁？明明是这个凶婆娘打的我！七娘给我敷了老半天的冰，隔了一夜还是青了！"

江九娘忍不住怒气，冷声道："那我脸上的伤呢？"

阿涂道："你脸上的伤，谁打的找谁去，与我们何干？"

江九娘："……"

对于那个凭空冒出来的"义士"钱界，江家当然也怀疑他是受了秦小娘子或安拂风的指使，但连夜调查后发现，这人的确是在京师混迹多年并小有名气的游侠儿，根本没在秦氏食店出现过，想扣锅都扣不上。

阿榆此时却又道："阿涂，做人不能这么不义气。这次钱义士出手相救是真，为救我们被江家人打得躺在床上起不来也是真，岂能唆使江家人再去打他？"

江家人：……

躲在阿涂房间养伤的钱界：……

江九娘怒道："我既诚心与你和好，岂会再去打他？"

阿榆向后一缩，小鸟依人般躲到安拂风身后，委屈道："你这样子，的确不像要打人，却像要吃人！"

江九娘噎住，低头瞧瞧自己，竟有些自我怀疑，她真的演技这么差，或者真的面目可憎，让秦小娘子对她有了凶神恶煞之感？

她终究咽下怒气，尽量柔和地说道："我诚心与秦娘子化敌为友，还望秦娘子莫要多心！"

她又一指地上的钱箱，说道："这真的只是压惊钱，回头我还会奉上厚礼，以表我交好之心！"

阿榆立时展颜一笑，神情瞬间变幻，变得大度超脱的模样，温文笑道："九娘子既这般说，我岂能辜负了九娘子的心意？阿涂，快将九娘子的心意收了！话说钱界那粗人，委实过了，怎能对九娘子这样的美人下此狠手？"

阿涂忙应了一声，奋力抱起钱箱，奔往后院。

江九娘只觉这小娘子此刻的表现，宛如她自己正挥斥方遒指点众人，从容大气，气度不凡……

可这小娘子从温婉小白花变身爽利女当家，为何这般自然流畅？

这演的，即便算不上出神入化，至少也比她江九娘娴熟多了……

江九娘正有些挫败感时，阿榆已亲亲热热地牵过江九娘的手，说道："九娘，你既来了，可不许急着离开。七娘，厨娘们不在，不如你去给咱们泡壶茶，再做俩菜，煮个汤？"

江九娘本待拒绝，忽听得竟是支使安七娘这个出名冷傲的死对头煮饭烹汤，立时来了精神，抬起青肿的脸，傲然看向安拂风。

安拂风只听得阿榆让她煮茶，而且还有人翘首企盼，同样来了精神，笑道："等着，我这便去做！"

于是，江九娘略带矜持得意，跟阿榆来到店堂，在中间的一张桌案边对面而坐，笑道："时间匆促了，没能找到更合适的桌椅。但这些好歹干净，能坐了。"

阿涂很快端了茶送过来，闻言暗恨。

都给打成这样了，还敢嫌他擦桌子不够干净？若不是已经走到堂内，他真想往那茶壶里吐些口水。

自然，当着小娘子，他还是恭恭敬敬放下茶壶茶盏，恭恭敬敬倒了茶，甚至有点谄媚地冲江九娘笑了笑，说道："江九娘子请喝茶。安七娘子的茶，我也才只喝过一回。"

喝一回就够够的了，今生今世都不会想着喝第二次。

至于七娘亲手做的"美味佳肴"……

阿涂远远退到后边，看了眼江九娘，不觉流露一丝怜悯。

他果然还是当初那个温柔好性的小郎君，会帮助夜半迷路的彪形大汉，也会同情欺凌自己的嚣张娘子。

江九娘见阿榆坦坦荡荡喝了一口，眉眼舒然，并无丝毫异样，这才满意地端起茶盏，啜了一口。

嗯？

她有些不敢相信自己的舌尖，忍不住又啜了一口，便有"噗"地一口喷出去的冲动。

但抬眼看见阿榆安闲自若的模样，想起自己此行的目的是修好，不是结仇，只得压着舌尖，忍着那又咸又苦说不出的怪异味道，硬生生咽了下去，缓了好一会儿，方道："安七娘平时不太泡茶吧？"

阿榆抿嘴笑道："七娘的心思巧，有时喜欢翻些古书，按古法制茶做菜。我倒吃得习惯了，毕竟古法有古法的妙处。"

"古法呀……"

听着真是既玄妙，又高古，格调不俗。

江九娘一时不敢评判传说中的古法的好坏，沉默了下，到底把茶盏推开了些。

气度重要，性命更重要。

她不想没被秦小娘子怄死，却被安七娘子躺死。

阿涂不声不响地走出店堂，才掩住嘴，"咕咕咕"地笑弯了腰。

听到厨房里安拂风在喊端菜，阿涂应一声，健步如飞地奔往厨房。

嗯，安拂风的茶只是序章，"精心"搞出来的菜肴才是正题。

于是，江九娘离开食店后，脸色阴沉得发黑。

她怎么也想不出，那些鬼东西，阿榆为什么就能笑盈盈地一口一口吃下去？

能做出这些玩意儿的安七娘，太可怕了！

能笑盈盈吃下这些玩意儿的秦小娘子，更可怕！

好在她与阿榆交好的目的已然达到，再想起跟她斗了许多年的安拂风，居然亲手做菜给她吃，就跟她家低贱的厨娘一般……

江九娘这般想时，迈出的步履便自信多了，颇有些傲视群侪的睥睨感。

另一边，安拂风却平生第一次看江九娘如此顺眼。

江九娘居然吃她做的菜！

居然只眉头微微皱了下，便大口咽了下去！

这是不是说明，她做的菜并没有那样不堪？至少还是有人能下咽的。

看来她于做菜一道，前途未必黑暗，未来大有可为。

阿榆得了一笔钱，桌椅陈设也焕然一新，除地段和门面，比起寻常正店也不遑多让，喜滋滋道："回头将门面也修整下，大约真能引些有钱的客人来？"

因地处偏僻，器物粗疏，如今来这里的食客，大多还是附近的市井百姓，略有些余钱的寻常人家。

如沈惟清、李长龄等前来，冲的可不是这食店，而是秦家或阿榆本人。

阿榆想起未来还要阿涂帮着搬铜钱，顺手拿了一贯给阿涂。阿涂自从将身家"献给"阿榆，已许久没拥有过如此多的钱，顿时眼睛发亮，心里盘算着，或许能买个什么送给七娘，毕竟她对自己还是挺维护，昨日给自己上药时他甚至还品出一丝……温柔？

想起"温柔"二字，阿涂心头"咚咚"地猛地跳了几下，莫名地有些兴奋和紧张。

再想了想，等他回去求一求祖父，父母给他准备的那个不知哪位武将家的丑胖新娘，必定是能退婚的；安家虽不俗，可他高家翰林清流，也称得清贵。

咦，他的思维发散得好像有点远了……但想想似乎也不错？

安拂风虽然做饭难吃，但他做饭不错啊；安拂风虽爱舞刀弄枪，但从没对他动过粗；安拂风虽然脾气坏，但他脾气好啊……

于是，食店诸人皆大欢喜，连厨娘都因每人多得了一把赏钱压惊而笑逐颜开。

至于食物链最底端的钱界，早已摆正自己的位置，正安静地躲在阿涂房中，乖巧地保持沉默。

没人想起奖赏他，但也没人想起痛揍他。

真好。

安拂风最烦层出不穷的明争暗斗，但对人心魍魉见识得也不少——便是原来父亲宠溺，被沈惟清算计一回，多少也有了些警觉。

她道："阿榆，这江九娘是不是有毛病？被咱们设计痛打一顿，又在马军司关了一夜，居然巴巴地赶来道歉求和好？"

不管别人信不信，反正她是不信的。

阿榆对江九娘的示好自然是不解的，却也不放心上。

她慢悠悠地拍着木香花，扑打落雪簌簌，慢悠悠道："无事献殷勤，非奸即盗。"

安拂风便道："你和她都是小娘子，奸字可以免了。盗呢？难道她看上你这小食店？"

阿涂便冷笑道："她自然不是看上小娘子的食店。她看上的，是小娘子的未婚夫婿。"

安拂风翻了个白眼："想得美！便是阿榆同意，她也得问问我手里的剑！"

阿涂心中紧了紧，笑道："难道小娘子同意，七娘便要去跟江九娘争一争沈郎君？"

安拂风道："我争那只狐狸做什么？剥了皮做冬装吗？但江九娘想靠威逼利诱让阿

榆退让，那是万万不行的！"

她的小姐妹，岂能容忍其他人欺负？

阿榆笑嘻嘻道："我不会同意的。秦家相中的人，只能是秦家的。"

如此有志气的小姐妹，安拂风很满意。

阿涂刚因试探出七娘无意于沈惟清而高兴，此时又因阿榆的话心里打了个突。

秦家相中的人，秦家的……

哪怕阿榆的厨艺再高，甚至有人品出这的确是秦池的厨艺，阿涂都不认为她真的是什么秦小娘子。

所以，阿榆藏在玉泉观的美人，那个阿榆为之苦心筹谋的娘子，才是真正的秦家女儿吧？

夜间，阿涂瞅着安拂风离开，悄悄蹚到阿榆房间，夸了几句阿榆的机智聪明能文能武能赚钱，然后打听起小娘子们的爱好。

彼时阿榆正把玩着一只青草编的蚂蚱，正是之前和安拂风游过州桥的隔天去街市上买的。她的小桌子上，还放着青草编的燕子，大蝴蝶形状的小糖人，一些泥捏的童子和动物，几本蒙学书，还有一根吃了一半的糖葫芦。

听得阿涂的话，阿榆晃了晃手中的蚂蚱，又指了指桌上那堆玩意儿，说道："应该喜欢这个吧？要不然桌上那些？"

阿涂："……"

他是没追过小娘子，但没吃过猪肉难道没见过猪跑？谁家小娘子会喜欢小孩子的玩意儿？

阿榆看出阿涂并不认同她的答案，认真想了想，犹豫地指了指檐前悬着的那串贝壳风铃："这个呢？"

阿涂也跟着犹豫了一下，总算没被带偏，轻声道："好像……也不太合适？你觉得七娘会喜欢这个？"

"你想送七娘？"阿榆感兴趣了，绕着阿涂转了两圈，眼睛发亮，"你打什么主意呢？"

阿涂顿时红了脸，咕哝道："我能打什么主意？七娘这两次着实帮我，我总得谢谢人家！"

阿榆便没了兴趣，只是回想最初见到阿涂时，他似乎也是个衣饰华美缠资颇丰的少年郎，便道："其实我觉得你跟七娘还挺般配。"

110

阿涂不由红了脸，咧嘴笑道："这个、这个事，以后再说。为表谢意，我先谢她个什么东西。"

阿榆便道："傻子，七娘能缺什么？你还不如多给她做些她爱的美食，她喜欢了，只会待你更好。她最初喜欢我，不就是因为我做的菜特别美味！"

阿涂开始听得点头，后来便觉出些不对了。他指望的"喜欢"，是七娘对阿榆的那种喜欢吗？

他仔细想了下，沮丧地发现，即便安拂风真的喜欢上什么人，大约也越不过对阿榆的好。

他踌躇片刻，到底又提醒道："小娘子，我瞧来瞧去，都觉得沈郎君中意的是你，不会喜欢秦家女儿。"

阿榆"噗"地笑了，"你说说，他喜欢我什么？"

阿涂怔了下。

沈郎君会喜欢阿榆什么？

喜怒无常？势利虚伪？狡黠阴险？凶残无情？

好一会儿，阿涂道："小娘子生得极好，为人义气，还能烧一手好菜。"

他能想到的阿榆的好处，似乎就这么些。

阿榆大大地松了口气，笑逐颜开道："这不就结了！我家美人生得也好，待我更义气，做菜更是没的说，我的厨艺都是她教的。"

阿涂终于确认玉泉观那位美人就是真正的秦家娘子，忽然间便好生同情沈惟清。

他看上的这"未婚妻"，是个怎样的小怪物啊！

如今他最忐忑的是，有朝一日沈惟清知晓真相，会不会一怒拆了这小食店，顺带连他这小身板也拆了？

于是，第二天沈惟清来接阿榆，阿涂隐约听到婚书二字，头皮便开始发炸。

喜欢如此可怕的小娘子，还不如喜欢安拂风！

虽然安拂风一点就炸，但一眼就能看到底，哪有这小祖宗邪性可怕？

可惜沈惟清全然不知阿涂所思所想，见阿涂眼神躲闪，思量着或许又被七娘收拾了，于是他也没放在心上，径自告诉阿榆，婚书已经备好，并约着阿榆下衙后一起回沈府，再将婚书确认下。

衙中自然有别的案子，但阿榆冲着秦氏灭门案而来，对其他案子并无兴趣。问明魏

111

羽还在真定府调查，并无确切消息传来，她又钻研了一回八年前的案卷，无奈所得有限，郁闷地伏在桌案上睡了一觉。

国宴事关皇家体面，纵然知晓大致流程，想弄清其中牵涉的人或事，或许真的只能如当初韩平北所言，进入光禄寺，参与到饮福宴中？

或许她该向李长龄打听打听，如何参与到饮福宴中。

审刑院众人知她和沈惟清关系不一般，跟韩平北也要好，加之都尝过阿榆相赠的糕饼，反怜惜她为查自家灭门案费尽心思，倒也无人计较她躲懒。

韩平北思量着沈惟清这狐狸性子，莫非让阿榆不高兴了？有意想叫醒她时，却被花绯然唤住，拉他出去聊阿榆的往事。

聊着聊着，花绯然告诉他，阿榆曾和沈惟清一起去过落霞楼，对其菜式十分欣赏，并说可以看到对面青楼馆阁的许多美人。

不久后，韩平北就和花绯然一起坐在了落霞楼的某个临街的包间内，赏了一回盛世京师的繁华旖旎，汴河落日的绚烂壮丽。

至于美人……

落霞楼所对是个码头，抬货物的脚夫们身着短褐，个个热得袒胸露背，虽力量感十足，可哪里跟美人沾边了？

韩平北没怀疑花绯然的话，只是怀疑起阿榆的审美水准。沈惟清人面那啥心的，阿榆都敢扑上前，他就不该对阿榆的判断力抱有指望。

再抬头看看眼前的花绯然，眉目疏朗，黑眸清亮，此时边说边笑，嘴角边竟有一对浅浅的笑涡，让她明朗大气的容色平添了几分甜和媚。

好吧，美人就在眼前，看对岸那些臭男人做什么？

只要不想着当年花绯然提着仇人的脑袋，自火海中步出时的煞气冲天，一切还是很和谐的。

于是，美人，美酒，美味佳肴，韩平北这一日过得甚是舒心。

下衙后，阿榆跟着沈惟清回到沈府，去了他的三端院，果然看到了一式两份的婚书。

"兹凭媒议，开封府太康县沈世卿长男与成都府华阳县秦池爱女缔亲。秦氏女字阿榆，才慧凤成，贤孝德范；沈氏子字惟清，惟敦惟诚，乡评茂著。此诚鸳侣天成，宜结琴瑟之欢。故合二姓以嘉姻，订百年之良缘，所愿夫妻偕老，花好月圆，特立此婚书为证。"

右边则是沈惟清之父沈世卿的签名和印鉴，然后空了一处留给秦家长辈签名。

右侧稍下方，是见证人李长龄的签名，甚至还加了印鉴。

阿榆盯着"惟敦惟诚"四字，暗想着这起草人若不是瞎，就是给沈惟清表现出的假象蒙蔽了双眼。"惟敦惟诚"这四字，跟沈惟清这装模作样的狐狸有何干系？

然后她才注意到婚书上的"阿榆"二字。

她微微吸气，抬头，不悦道："我又不是没有大名。我叫秦藜。为何不写上我大名？"

沈惟清笑道："哦？但家人称呼你最多的，难道不是阿榆？你又不许我叫你藜儿，若写上藜儿，我怕你会以为我娶的是旁人。"

微沉的烛光下，他的眼睛黑亮灼人，似能照耀出人心。

阿榆被他灼灼地看着，无来由地耳根子发烫，顿了半晌，低声道："罢了，你承认娶的是秦家小娘子，便足够了。"

沈惟清眼睫微微跳了下："我想娶的是秦家小娘子阿榆。"

阿榆怔了下，抬头看他。

沈惟清只是静静看她，眼睛一眨也不眨。他的眸心炙热，如有波澜汹涌，又似有烈焰如焚，欲将阿榆淹没其中。

阿榆心跳蓦地漏了一拍，然后不由得心虚起来，咕哝道："可谁家婚书上写小名的？"

"更多的连小名都不写，只写明行几，便算订下了。"

但阿榆看来看去，似乎也没写秦家女行几？

沈惟清盯着她，笑得浅淡温柔："何况这婚书要改，怕有些不易。父亲因祖父催得厉害，才将在两张空白纸笺上预签了姓名和印鉴，方便祖父直接定下婚书。若你要改，得再去信给父亲，而父亲近日去了下方州府巡查，不知几时才回官衙。"

"这……"

迟恐生变，阿榆自然不愿拖的，思忖片刻，无奈道："好吧，你要娶阿榆，那就娶阿榆吧。"

顶多她把阿榆这个小名送给藜姐姐便是。

横竖，她从来不是阿榆。

是某个虚伪恶妇的自以为是，才让她有了阿榆这名儿……

她失神之际，沈惟清的神情已因她的认可而缓和许多，握了她的手，轻笑道："秦家在真定府虽然没了长辈，但尚有些同族在成都府。或许可以请你那些族人为你签下这婚书。"

阿榆摇头道："我不认得他们，怕被他们卖了……"

"……"

沈惟清一时无语，可细一想，那位苏小娘子，可不是险些被自己叔伯给害死？

也不知她当年所说的三年拐卖经历是这三个月的幻觉，还是后来真的发生过。

他思索片刻，轻声道："不然，请你凌叔来签？"

阿榆又摇头："我不要他签。他也不敢签。"

即便阿榆沦落为小厨娘，凌岳也只会将她当作小主人，怎敢做主签下她的婚事？

何况，她的婚姻，也容不得任何人做主。

她想了想，提笔在婚书落款处，写下"秦藜"二字。

笔锋内敛，沉凝温婉的两个字，迥然不同于往日的飘逸随性。

"这是……"

沈惟清眯了眯眼，本能地觉出些不对劲。

这个小没良心的，是不是在给他挖坑？

阿榆一直在心里暗骂沈惟清是只狐狸，沈惟清何尝不认为阿榆狡黠如狐？

阿榆却随手将另一份婚书也签了，坦然道："既只剩一人，女子亦可当门立户。我的婚事，自然由我自己做主。"

按律，无夫无子可立女户，阿榆独自一人，自己做主，似乎也无可厚非？

秦藜为阿榆许婚……

沈惟清默然推算着，若秦藜和罗家小娘子真是形同姐妹的两个人，应该算秦藜自己放弃了这门婚事，将阿榆许给了他？

于是，沈惟清道："好，我就当秦藜将阿榆许配给了我。从此，不许反悔！"

阿榆愣怔了下，低头看看下面签的姓名。

她想说这不是秦藜的字，可即便秦藜自己来了，指不定都能认作是她自己的字。

为何她就能学啥像啥呢？

有时候人太聪明了，真不是好事啊！

第二十六章 姐妹方是至亲，郎君何足道哉

阿榆感慨时，沈惟清也是万般无奈。

四十年前的婚约，他曾觉得荒唐；如今这有长辈有证婚人认可的婚约，难道就不荒唐？

他想娶之人是眼前的小娘子，但婚约已定，他依然不知道这小娘子姓苏还是姓秦，甚至不能确定她对他的心意究竟有几分。

既以秦藜之名许亲，她是一心代替秦家女嫁与他吧？

或许，只是因为沈家未来宗妇之名，足以饰去她那些无法与众人分说的难堪过往。

她应是想重新开始。

那他是不是该庆幸，他能成为她攀向新的人生的起点？

然而他自诩沉着冷静，为何竟因自己尚有利用价值而庆幸？

看着阿榆灯光下略显呆萌的粉白面颊，他抚额一叹，无端冒出了"色令智昏"这几个字。

阿榆将婚书又看了两遍，虽有些不满，可自个儿心底有鬼，也不好太过挑剔，遂吹干墨渍，小心翼翼收了一份，转头笑道："你怎么整治那个江九娘了？她那态度，比唾面自干还要谦抑几分，差点跪地送上脸来，让我再踩几下！"

沈惟清摇头轻笑："阿榆，为何你会觉得她是受了我的教训，而不是受了你的教训？"

将江九娘送进去的，难道不是阿榆自己？他充其量就是添了把柴，加了把火。

阿榆细细一想，江九娘前倨后恭，怕不是哪一个人的功劳。自己心黑手毒，口蜜腹剑，沈惟清也毫不客气地去马军司走了一回，安副指挥使又不见外地递了回名帖，长龄兄长也不是大善人，指不定暗恻恻也做了点什么。江家纵然势大，应该不敢再明着欺凌为难她了——但暗着呢？

阿榆眼珠转了转，叹道："可我不觉得她真的受了教训。真怕她下回使个什么了不得的绊子啊！"

沈惟清瞅来瞅去，偏生能看出她看似哀婉无奈的神情后，有种唯恐天下不乱的兴奋和跃跃欲试。

天真纯良与狡黠魅惑，本该截然相反的气质，竟在她身上诡异地和谐并存着，让人心怀忌惧却又不由得生出探索之心、亲昵之意。

沈惟清怀疑自己便是如此被狐媚了，乃至如今的欲罢不能，连被她利用都甘之如饴。

他无奈一叹，真诚地说道："阿榆，她若欺负你时，你不妨欺负回去。若觉得不凑手，可以喊我搭把手。"

阿榆笑道："那不是坏了你京师第一世家公子的风范？"

沈惟清淡淡一笑："本来就没有的东西，谈什么坏不坏？"

阿榆失笑，不由得又打量了下眼前这位贵公子。

高门大族诗书传家的蕴养，父祖润物细无声的教养，让沈惟清天然一副端静沉稳的气度，加上自幼胸有丘壑，处事有条不紊，成了长辈眼中最合适的儿郎模样。连在安拂风眼里，他也是个端方君子的标杆，一不小心便着了道，不得不守诺听命于他。

可沈惟清从未刻意骗她，也未刻意让世人将他当作什么标杆什么风范。

如果说，祖父沈纶诙谐圆滑的谈吐下，蕴着士大夫固执守诺、刚直不阿的风骨，沈惟清沉静自持的外表下，同样有着温文随性、天然通达的心胸。

终是这端静秀逸的皮相，欺骗了世人；就如阿榆天真纯良的笑容下，满是破败不堪的沧桑过往。

相比而言，沈惟清比她幸运多了吧？

以后的岁月，沈惟清和秦藜，都会这般幸运下去吧？

鬼使神差地，阿榆抬起手指，轻轻戳了戳他白皙的面庞。

沈惟清微微吸气，身体蓦地紧绷，黑眸深邃，黑睫低垂，温默地看着阿榆。

阿榆只觉他的眼神怪异，清晰地倒映着她的面庞，如一口不见底的井，黑黑亮亮的一汪，深深的，似欲将她摄入其中。

她的面颊便无端地有些发烫，戳向沈惟清的手指忽然麻麻的。

本能地，阿榆觉出哪里不对，下意识地要缩回手时，她的手腕已被沈惟清捉住，同时她的腰间一紧，已被沈惟清揽住，有力地带了一把，将她拥入怀中。

她的鼻尖擦过他的下颌，面颊恰好埋入了他的颈窝。

他急促湿润的呼吸便一下一下地扑在她的脖颈。

阿榆：……

这是秦藜的男人，秦藜的未婚夫！

她如受惊的兔子般猛地蹦跶起来，力道之大，竟将沈惟清推得趔趄了下。

沈惟清才略略感觉了温香软玉抱满怀的愉悦，瞬间怀中一空，片刻才回过神，"呵"地轻笑出声。

阿榆面颊绯红，摸着方才被他抱过的手臂，愠道："你笑什么？"

沈惟清流连着怀中淡淡的木香花气息，咳了一声："没什么。只是想起，你孤身在外不便，的确该早些娶进门才是。"

阿榆道："没什么不便，我不着急。"

她不着急，只是着急秦藜无依无靠，未来堪忧。

她的臂腕间，沈惟清残留的力道似乎久久地凝滞着。她又用力捏了几下，才挺直脊背，端着身子，如一只骄傲的白鹤，不疾不缓地向外走去。

沈惟清看着她骄傲的背影，笑意微微，忽扬声道："阿榆，你要怎样都好。这一生一世，你不负我，我必不负你！"

阿榆正走到门槛边，闻言差点被门槛绊一跤。

她忙扶着门框站稳，回想起沈惟清深深看她的眼神，竟不肯回头看一眼，反而加快了步伐，转眼走得无影无踪。

但就在那一瞬，沈惟清已看清她耳根子泛起的红。

艳艳的，如染了春色的桃花，晃到他的眼睛里，连透窗而过的夜风都带了春风般的清甜和温柔。

阿榆这是……害羞了！

秦小娘子也罢，苏小娘子也罢，他终究在走近她的心吧？

阿榆离开时心惊胆战，真情实意地觉得自己被沈惟清的表白给吓到了。

她的脑子里如同装了糨糊，许久都有转不开的感觉。

骑着她的犟驴，她从州桥一路飞奔许久，眼见食店在望，想起安拂风、阿涂或关切或探究的目光，她莫名有丝心虚，鬼使神差般拍了拍驴背，继续向前走着。

婚书既然定下，她只要为秦藜守住沈惟清，不让他被江九娘之流横刀夺爱。待秦藜苏醒，她也该功成身退了。

因自幼的经历，她对男女之情的反应远比一般人迟钝。

只是沈惟清的眼神和表白已十分直接，她便是再傻，也看出这郎君对自己非同一般——连婚书上都要凿定欲娶之人是她阿榆，而非秦家可能存在的其他任何女子。

这便有些不妙了。

她不能负了秦藜，不能让秦藜醒来一无所有，凄惶无依。

不久后，阿榆已出现在玉泉观，站在秦藜的床榻前。

榻上美人松松绾着发髻，阖眼如睡，肌肤如雪，唇边已有了一抹淡红的血色，气色比上次见面时又好了不少。

服侍柳娥的女道童力微正给秦藜擦着手，见阿榆过来，笑道："柳娘子寻了许多珍稀药材为秦娘子补益身体，颇是见效。穆清真人说，秦娘子应该恢复得差不多了，或许再有几日便能苏醒了！"

阿榆欣慰，感慨道："醒了好，醒了好！再不醒，我让谁跟沈郎君成亲去？"

力微便踌躇地看向她："榆娘子当真打算让沈郎君娶秦娘子？"

阿榆听得这话蹊跷，料得柳娥必定说过什么，力微才有此一问，遂笑道："若不当真，我何苦跑京师闹这一出一出的？闲得慌了？"

力微便不响了。

柳娥的确曾忧虑说起，沈郎君家世门第，品貌才识，俱是上上之品。阿榆对秦家之事了如指掌，若以秦家娘子身份接近，又一心一意为秦家翻案的模样，凭谁都不会疑心她的身世。

若阿榆被沈家富贵迷了眼，或被沈家郎君惑了心，弄假成真嫁过去，以秦藜性情，多半不会与其计较。

可秦藜之未来又当如何？

阿榆隐约猜出柳娥之意，却也欣慰。

除了她之外，这世间居然还有一人全心全意地想要护住秦藜，真好。

她只作没听出力微的言外之意，只笑问：“今日怎不见柳娘子？”

力微便有些忸怩，顿了下方道：“她有事出门了。”

阿榆很快便知道了柳娥为何出门。

她牵着犟驴准备离开玉泉观时，正见观外停着一辆低调简朴但十分宽大的马车。

拉车的两匹马毛色不一，看似寻常，但细看它们骨肉匀称，身姿矫健，腿部刚劲有力，分明都不是凡品。

阿榆正猜度是哪位贵人微服出游时，便见车上跳下一年轻男子，眉眼清朗，高华雍贵，穿的却是极不起眼的石青色衣袍。但此人腰间玉佩白润无瑕，麟吐玉书的纹理亦雕得精致细巧，不见穿凿痕迹，连玉佩上扣着的丝绦都是市面上极少见的清亮的天青色。

男子温柔含笑，正小心地从车中扶下一名明艳如牡丹的娘子——正是柳娥。

柳娥一眼瞧见阿榆，已然挑出一抹喜色，笑问：“榆妹妹几时来的？先前入城，原想去找你来着，郎君却说，你应该去了沈府。”

"哦！”阿榆眸光流转，凝向那年轻男子，“这位便是柳姐姐命中的贵人？将柳姐姐在这观里藏了四年的那位贵人？”

柳娥一滞，不动声色地越身挡到年轻男子身前，轻笑道：“榆妹妹，我与郎君相知相爱，倒不计较这些。妹妹当知，世间原有许多事，逃不过情非得已这四个字。”

阿榆笑道：“可我不信情非得已，只信事在人为。”

"事在人为么……"

柳娥微微失神，转头看了眼年轻男子，一双璨若星辰的美眸似蒙上了水雾。

年轻男子顿时紧张起来，一把握住柳娥的手，有些急切地解释道：“娥儿，我不会就此罢休，必定设法将你迎入府中，不叫你再受半分委屈！”

柳娥不答，只静静地看着男子，神情更见愁郁。

男子急了，举手立誓道：“娥儿，我赵远伋对天发誓，今生今世，绝不负你！哦，对，事在人为！我便是跪死在爹爹跟前，也必为你争个名分！”

柳娥此时方敛了愁郁，冲他勉强一笑，柔声道："榆妹妹说事在人为，又没让你舍生忘死。若你跪死君前，我焉能活命？榆妹妹一心为我，言语急切了些，但此事还需从长计议，务必找出一个既能相守，又能保住你我的万全之策。”

男子便连连点头道："好，我都听娥儿的。”

柳娥便嫣然一笑，与他十指紧扣。

四目相对之际，连绵不绝的情愫流转，如有实质般扎得阿榆眼睛涨痛。

这便是柳娥甘于无名无分蛰伏于玉泉观"清修"的缘由？

阿榆揉了揉眼睛，方叹息道："原来柳姐姐的贵人竟是寿王。那的确是我误会他了。从来天意高难问，以卵击石、自不量力的事，自然还是少做的好。"

男子方才已说了姓名，倒也不意外阿榆猜出自己身份，也不计较她言语间的冲撞，柔声笑道："榆妹妹说的是。"

寿王赵远侃，正是当今官家的第三子，与八年前疯了的大皇子楚王乃是一母所出。

或许因大哥楚王之事，寿王行事更加谨慎，性情温软绵柔，文韬武略虽不逊他人，却极少与人争竞。即便二皇子许王，也不曾将这位三弟当作真正的对手。

正因寿王无意争竞，时常寄情山水，素来避忌大位之争的沈家长孙沈惟清才会与其结为好友，时常在一处品茶饮酒，踏青垂钓。寿王也因此知晓沈惟清今日会找阿榆补上婚书，确定二人终身。只是他也不曾料到，阿榆会在此时出现在城外这处僻远的玉泉观。

寿王想起沈惟清，那黏在柳娥身上的眼神才转向阿榆，纳闷道："榆妹妹，惟清今日没邀你去沈府吗？他还与我说，今日是个黄道吉日，他瞧见了自己红鸾星动，打算顺应天命做些什么。"

阿榆见寿王跟随柳娥称呼自己，并无半分天家之子的傲气，神情和缓了些，笑答道："对呀，沈惟清红鸾星动，正式定下了跟秦家的婚约。"

柳娥顿时了然阿榆的来意，振奋道："藜娘也该醒了。"

"藜娘？惟清的婚约，与她有何相干？"

因柳娥的缘故，寿王这几个月为秦藜寻了无数救人药材，自然知晓她的来历。此时见阿榆并无回答之意，柳娥欲言又止，他低头想了下，然后悚然而惊。

"我记得，藜娘……也姓秦？"

柳娥笑道："郎君，此事，我以后再细细与你分说。"

寿王看出他心爱的柳娘子分明是知情者，甚至可能是参与者，便道："好。娥儿做事向来有分寸，我放心得很。"

阿榆不知何时已上了她的小犟驴，把玩着手里的剔骨刀，轻笑道："寿王厚道人，做事也有分寸，想来不会毁人良缘，我也放心得很。"

寿王眼前忽然白光一闪，顿有莫名寒意闪过，周身毛发悚然，正愣怔而退时，腰间一紧一松，忙低头瞧时，腰间那块麟吐玉书的羊脂玉佩已失了踪影。

再抬头，阿榆手中，剔骨刀已然不见，但多了块柔润无瑕的玉佩，玉佩上还悬了色泽极罕见的天青色丝绦。

阿榆道："这丝绦编得不错，借我研究几日，想来寿王不会在意吧？"

寿王尚未及回答，阿榆一拍犟驴的背，迎着那抹绚红的夕阳余晖，"嘚儿嘚儿"地远去了。

寿王此时才回过神，指着阿榆背影，眉眼间有了愠意。

"她、她在威胁我！"

柳娥不在意地轻笑一声："小孩子的把戏，无非仗着郎君仁厚温善，不与她计较罢了！"

寿王心胸一畅，果然觉得也不是什么了不得的事，只笑道："难道惟清那份婚约，订的是那位昏迷至今的藜娘？可我听惟清口吻，他放到心里的那位，怕不是藜娘，而是这位强盗般的小娘子吧？"

这也正是柳娥素日之隐忧。

她蹙眉叹道："郎君，是不是男子更喜欢这些跳出窠臼、不走寻常路的小娘子？"

寿王笑了起来："胡说！谁喜欢动不动被人拿着刀子威胁？娶妻娶贤，娶这样的娘子回来，找虐吗？"

说到这里，他却顿了下，迟疑道："不过……惟清这人，还真有些说不准。他喜好魏晋之风，骨子里洒脱随性，并非如世人所见的那般循规蹈矩。或许，他会欣赏这等率性而为的小女郎？"

柳娥愁道："这就是了。沈惟清已过冠年，却迟迟未娶，应该并不喜欢京师那些教养得极好的闺阁小娘子。"

寿王忙安慰道："或许只是没看对眼？何况沈惟清这体质，招惹的小娘子都是奇葩。你瞧瞧，安七娘，江九娘，哪个是省心的？"

柳娥便"扑哧"一笑："也对，这些人，哪里比得过阿藜那温婉美貌？"

寿王闻言，不由得暗暗比较了下秦藜和阿榆。然后他骇然发现，端静自持的沈惟清，绝对会将眼神投向那位鲜活灵秀、脾性古怪的坏娘子，而非温婉美貌的贤惠人。

当着柳娥的面，他断然不敢这般说，只道："那些小娘子的确不招人喜欢。"

他想了下，啧了一声，又道："尤其是这位榆娘子，以后我瞧见她，还是远远绕着走吧！"

被如此凶残可怕的美人算计，沈惟清也真倒霉！

对于才识武艺处处压人一头的沈惟清，寿王第一次心生怜悯。

阿榆并不担心寿王会向沈惟清揭穿她的身世。

寿王不会顾忌她，但一定会顾忌柳娥。

以柳娥对秦藜的重视，以寿王对柳娥的歉疚，加上寿王本身温软的性情，此事必定不会声张到沈惟清跟前。

为了柳娥，寿王大约也不会在意担个重色轻友的名声。

知晓秦藜将醒，又和柳娥一番交谈，阿榆心情渐复，回到食店便将定下婚约之事告诉安拂风等人。

安拂风闻言甚是欣慰，又欲下厨一展身手以示庆贺。阿涂正因沈秦结亲之事已成定局而愁肠百结，再一听安七娘要做菜，当真惊得肝胆欲裂。

想起七娘的厨艺，他开始犹豫要不要送七娘礼物了。

万一他送了礼物，七娘一高兴，煮一大锅黑不溜秋或黄不拉唧的玩意儿给他，他倒是吃呢，还是不吃呢？如果不吃，七娘会不会觉得他不领情，反手让他吃一剑？

好在阿榆虽尝不出味道，却也受够了安拂风那些菜的气味和色泽，和颜悦色地说道："既是我的喜事，我便下厨做几道菜吧！"

安拂风立时打消了做菜的念头，笑眯眯道："那我就不做菜了，沾沾小娘子的喜气再说！"

阿涂顿时放下心来，乖巧地跟在阿榆身边打下手，好容易窥到独处的机会，忙凑上前悄声问道："小娘子，你这个，算不算骗婚？"

阿榆道："骗什么骗，沈惟清本来要娶的，不就是秦家小娘子吗？"

阿涂苦着脸道："沈郎君想娶的，是开这食店的秦家小娘子。"

阿榆道："对啊，他要娶的是秦家小娘子，我又不是秦家小娘子。"

阿涂："……"

阿涂深感无力。小娘子装糊涂歪扯起来，真不是他一个跑堂的能反驳的。

阿涂败退后，钱界也来了。

他比阿涂更胆怯，战战兢兢地问："小娘子，你订亲这事，有没有跟李参政说过？"

阿榆眸光闪了闪："为何要跟李参政说？"

钱界努力挤出憨笑，道："小人总觉得，终身大事，还是跟这些大人物请教请教才好。"

阿榆乐了："跟他请教这个？小钱儿，你是不是傻！他比我大十来岁，至今都没娶上妻，可见他于此事上，七窍大约只通了六窍。"

钱界道："七窍通六窍，也挺厉害了！"

阿榆如看白痴："是一窍不通啊！小钱儿，你武艺稀松平常，那好歹学学阿涂的脑子呀。蠢成这样，当初找你办事的人是不是瞎？"

"……"

钱界败退。

且因为他的蠢带累了背后的主子被诟病，他后来甚至没敢将此事告知李长龄。

所幸阿榆已与李长龄相认，倒未因这事疑心小钱儿的来历。

便是疑心，这么一个不要工钱的伙计，还是个随时能推出去挡刀的人肉盾牌兼免费打手，她也是舍不得放的。

这夜阿榆做了荷叶蒸排骨、糖醋鲤鱼、肉酱炒茄子、干煸豆角，炖了莲子百合鸡汤，还用肉末、蒜末炒了饭。

一顿吃完，阿涂对阿榆恢复了膜拜，早忘了这是个骗婚的劫匪小祖宗；钱界对逐他前来的主人李长龄感激涕零，若非如此，只怕他这一辈子也吃不上秦小娘子做的菜。

独安拂风上进好学，大快朵颐后还在认真地思索着做菜的技巧，不时虚心求教。

阿榆耐心地回答着，坚定地认为她家七娘的厨艺，应该有极大的进步空间——至少有希望做出能让正常人下咽的饭菜。

阿涂在旁胆战心惊，确定安七娘准备将学习厨艺当作人生大事进行到底时，悄然将袖中藏的礼物向内掖了掖。

人生苦短，活着不易，还是不要为难自己了吧！

酒足饭饱气氛和谐之际，江九娘的贴身侍婢钟儿带着两名随从赶来，恭恭敬敬送上一份请帖。

"九娘子忆及前日之事，时常愧悔，一心想与秦小娘子修好，故此遣小婢前来送上请帖，盼秦小娘子参与此次荼蘼宴。"

阿榆困惑，"荼蘼宴？"

安拂风忙解释道："荼蘼花开，春将归，夏将至。有些贵家娘子不舍一朝花逝，常会举办送春宴或荼蘼宴，引各府小娘子相聚，各自施展才艺，或咏诗或弹琴或画画，甚至舞剑、投壶亦可。一些名望极高的贵人也会受邀列席，欣赏点评。若有出挑的小娘子受贵人看重，宴后传出才名，父母家人固然面上有光，未来夫婿也会高看几分。故而这等盛宴甚少有人拒绝，京中女郎多以收到这请帖为荣。"

阿榆接了请帖看时，只见那请帖纸质紧密厚实，浓郁的檀香气息绵密地从请帖之上传出，不知那香料是藏在纸张之中，还是蕴于墨汁之内。

请帖内果然写邀请秦家娘子三日后赴宴之事，设宴人竟是昌平侯夫人，地点也是在昌平侯府内。

"昌平侯府……"阿榆面露疑惑，"我近日是不是听谁说起过昌平侯这个人？"

钟儿抬了抬下巴："昌平侯乃是许王妃和我们主母的大兄。想来因着前日之事，有人跟小娘子说起来昌平侯？"

"应该不是……"阿榆细细想着，然后笑弯了眼，"记起来了，我先前办案时偶遇一名医官，曾替昌平侯夫人办过事。也不是什么了不得的，就是昌平侯养的外室怀上了，昌平侯夫人得知，叫医官开了堕胎药给那外室灌了下去。"

阿榆说着，杏眸微抬，亮晶晶带着恰到好处的疑惑和天真，问道："听闻那外室当晚就死了，一尸两命呢。昌平侯是许王妃的兄长吧，居然不在意原配娘子弄死自己的情人和孩子？真是难得！"

安拂风张口便道："昌平侯为三司左计使，掌天下半数钱谷事，诚然算得当朝显贵。可惜他亦薄情好色，搞得家宅不宁，连许王都看不上眼，当着众人几次将这大舅兄说得下不了台。若不是因为许王妃，指不定许王都能断了这门亲戚！如今许王那边，倒对侯夫人更看重些，你说昌平侯敢不敢找许王夫妇来评理？"

钟儿惊呆，吃吃地道："这可、可荒唐了！这岂能是未婚小娘子们能议论的？"

阿榆点头："我明白了。这些事，昌平侯府的主人主母做得，昌平侯府的客人说不得？"

钟儿忙道："我没这般说！"

阿榆敲了敲请帖，从容道："那你想如何说？昌平侯夫人一边行凶恶之事，一边赏风月无边，而我还得跟着去捧场？"

眉眼安然，却句句讥刺。

哪怕钟儿来前得过嘱咐，此时也被气得不轻。这女子说到底也只是个小厨娘而已，若非狐媚子勾得某些大人物的看重，其身份甚至远远不如她一个小侍婢，怎敢这般言行无忌，目中无人？

她咬了咬唇，忽道："你若不去也成。但沈郎君那日是必去的，你到时别后悔就成！"

阿榆微讶，看向安拂风。

安拂风想了下，方道："唔，小娘子们出行，多有父兄护持。因知晓赴宴女子多为适龄未婚女郎，故而各家呼朋唤友，招来的也多是未婚郎君。虽分开设宴，但园中偶遇看对眼，就此结下良缘的，倒也不是没有。嗯，听闻也有结下孽缘的，甚至结下珠胎的，闹到后面两家打得头破血流，鸡犬不宁。"

钟儿忙道："七娘子慎言！都是有规矩的大家闺秀相聚，何曾有过这些事？"

安拂风不屑道："我阿爹亲自处理过，亲口讲与我听的。江九娘孤陋寡闻，怕是真不知晓。不如叫她问问父兄，或问问她那位动不动给人打胎的姑姑去！"

"……"

只怕江九娘都不敢相信，自己没亲身过来，还能隔空被这瘟神俩踩上几脚。

阿榆却已笑了起来，歪着头道："听着……有点意思了。回去告诉你家九娘子，这宴会，我一定去！"

钟儿松了口气，再不想跟阿榆等多说一句话，草草行了礼，逃一般地离去了。

待钟儿走了，阿涂才小心地踅上前，不平地问道："七娘，他们这个荼蘼宴，为何没邀请你？"

安家虽不如某些世家源远流长，根底雄厚，但安泰却是实实在在的殿前司副都指挥使，官家跟前的红人。他的宝贝独生女，可不是一般人所能看轻的。

安拂风不以为然道："当初也邀请过我，我听了阿爹嘱咐，要顾忌彼此脸面，所以很配合地上去舞了回剑。谁知那些人明着夸我英姿飒爽，有木兰之风，转头便议论我是武将之女，粗鄙不堪。我一怒，便拿了根绳子，将那群小娘子串成一串锁进了茅房，临走又往茅坑丢了几块砖头，溅了她们一头一身的金汁，让她们哭去叫去。不是说我粗鄙吗？那就粗鄙给她们看呗！"

阿涂噤声，又觉得七娘待自己真真算是十分温柔了，和满身的"金汁"比，骂几声说几句，根本不算事儿。

钱界有些不服，低声道："有这等事？我在市井间混迹这许久，竟未听说过。"

安拂风尚未答话，阿涂已冷笑道："你是不是傻？因为说人是非被泼了一身粪水，这名声得多难听！那些官宦人家何等精明，怎肯将此事传扬出去？"

只是吃了这闷亏，难免会在别处找补。无怪安七娘那边稍有风吹草动，便有流言四起，传得沸沸扬扬。

阿涂这般想着，不由心疼七娘，转头又向安拂风道："七娘，你也不用理会那些人。越是京师热闹之处，越是容易人心败坏。日后你可以去别处……嗯，就像我长大的唐州、随州一带，民风便淳朴许多，不少人家都是娘子撑起门户，并不会有人嘲讽，只会夸这家娘子贤惠能干。"

安拂风虽不在意那些流言蜚语，但见阿涂恳切关怀的模样，心底不觉一热，笑道："好，以后我将食店做成樊楼、会仙楼那样的正店，便将分店开到唐州、随州去，到时一起去看看那边的人情风光。"

阿涂听得眼睛都亮了，连连点头道："那边我家颇有些田庄店铺，到时我带你四处逛逛去。"

安拂风正要点头，忽然疑惑了："颇有些田庄店铺？那你做甚跑京城来做个小伙计？"

阿涂顿时苦了脸，偷窥了一眼阿榆，自是不敢说遭遇劫匪祖宗的事，只咕哝道："其实，其实就是我们高家的，也不算我家的吧！"

安拂风想起安家家大业大，有父亲这样的御前红人，也有安四娘那等走向没落的堂族，立时理解了，甚至拍了拍阿涂的肩，说道："宗族兴旺也是好事，只要你出息，自然会搭把手助你。我看你算术虽然不行，文采却还过得去。跑堂之余多温温书，未必没有重振家业的机会。"

阿榆抱肩在一旁看着，忽然生了些罪恶感。

她不会耽误了一位博学才子的大好前程吧？

她抬手，点了点钱界的胳膊："阿涂的确科举有望，不能耽误了他温书。以后跑堂那些事，你勤快些多走动走动，就当减肥了。"

钱界只觉阿榆所点之处，正是当日被剔骨之处，那钻心的疼痛记忆立时涌上，哪还敢说半个不字？

他战战兢兢道："是……是。我的确、的确该减肥了！小娘子也是为我好。"

直到阿榆满意离去，钱界才松了口气，抹了把头上的汗。

这两日他已经很乖很听话了，为何小娘子还不时警告他一下？

第二日去衙门，沈惟清听阿榆说起荼蘼宴之事，淡然道："想去就去，我便不信，她敢拿你如何。"

阿榆支颐笑道："我不担心她拿我如何，只担心她拿你如何。"

沈惟清悟了过来，盯向阿榆，也笑了起来："你去赴这个宴，莫不是为了看住我？"

阿榆脸上有些发烫。

他这是什么眼神？

她的确是要看住沈惟清，可她是要为秦蓁看住沈惟清呀。

可惜这话终究不好说出口。

沈惟清虽得了邀请，并未确定前去赴宴。只是阿榆如今要去，他倒不能不去了。此时他略一思索，便轻笑道："你莫担心，她算计不了我。"

阿榆此时也觉得自己多虑了，失笑道："嗯，你这样的狐……你这样聪明，狐狸也算计不了你。"

沈惟清笑道："真的吗？可我怎觉得，我早就被一只狐狸给算计了？"

阿榆愕然。

沈惟清已起身，飘然而去。

阿榆又跟花绯然打听茶蘼宴之事，花绯然摇头道："自先父离世，我便未收过这些请帖。"

阿榆默然。

花家本非大族，花父官位亦不算高，先前因在天子跟前说得上话，旁人尚会高看一眼。待花父殉职，花家没落，谁还看得上一个混迹于男人堆里的娘子？

自强自立，自尊自爱，于男子是加分项，于女子则未必了。

花绯然看出阿榆眼底的悯意，若无其事地笑了笑："无妨，我对那些并不感兴趣。"

阿榆笑道："韩郎君并无姐妹，应该不会去这些宴会。"

"总会有三五好友召唤着一同前往。沈郎君都不能免俗，何况平北？"花绯然一叹，并不掩饰失落之意，"他终归要择一位如他心意的娘子的，去或不去，其实无甚差别。"

有才有识如花绯然，也难免因于家世之扰，不敢轻易言爱，也不敢放手逐爱……

阿榆顿了片刻，轻笑道："绯然姐，若韩郎君错过你，必定懊悔一世。但若绯然姐舍下韩郎君，必能潇洒一世。"

花绯然挑眉，笑了起来："阿榆，你是不是太高看我了？"

阿榆摇头："韩郎君性情，若无绯然姐的教导指引，娶一位寻常小娘子，无非凑合过日子。至于出人头地或有所作为，那是想都不用想的。可绯然姐若是舍得放手，不必顾忌他人目光，不必顾念未来如何，必能过得自在逍遥，羡煞那些茶米油盐琐事缠身的娘子们。"

花绯然听得失神，半晌方轻笑道："阿榆，你说得甚有道理。可世间至难，怕就是'放手'二字。"

阿榆深以为然，点头道："有个姐姐跟我很要好，我也见不得她受苦。若为护她，再多难事我也不会轻言放弃。"

花绯然失笑："我原以为你会拿沈郎君相比。"

阿榆怔了下，思量片刻方道："曾有古人言，兄弟如手足，女人如衣物。世人既轻

127

贱女人，我等更该守望相助才是。于男子，兄弟是手足；于女子，姐妹方是至亲。至于郎君，何足道哉！"

花绯然听得心胸一畅，笑道："我也瞧不上那些为了如意郎君不惜姐妹成仇的娘子。至于其他，随缘而去吧！"

阿榆笑而不答，却暗暗想着，秦藜的婚事，万万不能随缘。不然以沈惟清的矫情，多半会让随缘而去，变作随风而去。

无论如何，自家姐妹，她得护持到底。

阿榆手中并无其他案件，在秦家案子进展不明、福酒失窃案全无头绪的状态下，公务并不多，想告假前去参加荼蘼宴并不难。

至于韩平北、沈惟清，一个只是在院里行走学习，另一个根基已稳，查案办事有相当的自由度，想去赴宴同样不难。

但阿榆只想低调地为秦藜守住沈惟清，顺便也为花绯然盯一盯韩平北，没打算张扬，故而也没跟二人同行，只跟安拂风借了马车，让安拂风送自己前往昌平侯府。

到了昌平侯府外，安拂风犹豫道："不如，我跟你一起进去？她们纵不喜我，也断不敢招惹我。"

阿榆摇头："既然两厢无趣，你还是别去的好。"

不敢招惹，却也难免讥嘲议论。若再寻些事端传扬出去，只会让安家七娘子更加声名狼藉。

见安拂风还有些不放心的模样，阿榆笑道："放心，我也不是泥捏的好性儿。你不好招惹，难道我就好招惹？"

安拂风想起江九娘，想起钱界，想起原来一心悔婚的沈惟清，也笑了起来。

她道："罢了，那我就先回食店瞧瞧。阿涂也不知是不是看上哪位小娘子了，这几日心不在焉的，还偷偷地冲着一对老鼠耳坠傻笑，我得盯着些，可别糊涂算错了账，亏了咱们的本钱。"

阿榆早知阿涂想送礼物给七娘，也知阿涂买了一样首饰想送与七娘。

可老鼠耳坠是什么鬼？

阿榆自认猜不透阿涂的小心思，一时想不通，也便不想了。

就是阿涂真的送了七娘一对老鼠耳坠，七娘顶多将他打一顿，也不至于将他打死，她何必操这份心！

第二十七章 残雪孤竹,绝境里崛起的生机

阿榆进了昌平侯府,将请帖交给阍者,立时便有仆婢前来接引,送她入园中与众小娘子相聚。

江九娘不知用了多少化瘀活血的药,容貌已然恢复,又经过精心装扮,换了身绣有牡丹花枝的崭新红裙,显得艳色夺目,光彩照人。

听得钟儿回报,她满脸堆笑迎来,挽了阿榆的手。

"我正记挂着秦娘子,可巧便来了!"

她一拉阿榆,顾自往花团锦簇处走去,将她引向那群正说笑着的小娘子,高声道:"各位姐妹,这位便是秦小娘子,审刑院沈郎君放在心坎上的那位。"

江九娘已听说沈惟清声称食店那小娘子是其未婚妻之事,但终归不信沈家竟甘心娶这个一无所有的小厨娘。

可她已在阿榆那里吃了大亏,明白这小娘子绝非善茬,多半凭着其俊妍不俗的容色和精灵古怪的性情赢得了沈郎君的青睐。她当着众人点明其是沈惟清中意之人,却是笑眯眯将她架到了火上烤。

阿榆也不在意江九娘这些小心机,淡淡目光扫过众位小娘子。

华衣堆锦绣，珠翠炫眼目，衬着或娇媚或明艳或清丽的各色年轻面庞，说不出的富贵骄矜，足以令寻常人家的小娘子自惭形秽，望而却步。

这些天之骄女，未必都倾心或好感沈家郎君，但若提起嫁娶，必然会将家世品行无可挑剔的沈家郎君列为考虑对象。

只是沈郎君眼界高，性子冷，又有江九娘、安七娘等人常伴身侧，实在不是寻常小娘子肖想得了的。

谁能想，她们得不到的男子，竟会心仪这么一个妖精似的小厨娘呢？

小娘子们交换了眼神，不由得都有了些不平不服之意。

一个黄衣小娘子开口便道："要得俏，三分孝，此话果然不假。"

园中群芳争竞，哪个小娘子不是用尽心思？衣饰色泽自然也求个新鲜出众，便是常见的红黄蓝绿，也要略略变个花样，求个贵而不妖，奢而不俗。

而阿榆以秦家还在孝中，并未刻意装扮，依然是素白衫子，只是裙子裁剪时刻意放宽了尺度，腰带披帛用了如碧水般浅淡的颜色略作点缀，淡化了冲撞主家的服孝感，行走之际又多了几分缥缈出尘之气，哪怕跟一身艳烈红衣的江九娘站在一起，都不曾落了下风。

若以容貌论，阿榆肌肤莹白，五官精致，杏眸瑶鼻，甚至将江九娘明艳的面庞衬出了几分粗犷。

江九娘自己无感，旁的小娘子瞧着，却看阿榆更不顺眼，竟拿她的穿着做起文章。

江九娘成功撩起众人的敌忾之心，暗自得意，却故露紧张之色，悄声道："阿榆，那小娘子是枢密院范副都承旨的爱女，不可无礼。"

阿榆诧异地看向江九娘，问："你父亲是太中大夫，枢密院都承旨，怎么如此害怕范小娘子？莫不是你父亲在枢密院挂着虚职？或者早被副都承旨架空了？"

江九娘：……

她好意提醒，阿榆怎能如此说？还有，这些揣测的话，居然能当着众人的面就说出来吗？

范小娘子：……

这秦娘子是不是傻？难道看不出她是在附和江九娘吗？真让人以为她爹有架空都承旨之意，她爹还能在枢密院立足吗？

阿榆自听说安拂风被这些小娘子挤兑得一怒动手，还用上了"金汁"，便知这群人捧着江九娘，或者说，捧着江九娘背后的昌平侯府及许王夫妇，绝不可能改变立场，才会不惯着她们。

她继续向范小娘子道:"听范小娘子之意,似颇为艳羡这身孝服?若令尊不介意,范小娘子日日孝服也无不可。"

范小娘子怒道:"谁艳羡这孝服了?"

好好的穿一身孝,怕不被健在的父母打死?

阿榆轻叹:"我这身衣衫因秦家灭门而穿,范小娘子不艳羡这孝服,难道艳羡我满门被灭?抑或嫉妒我生得好,拿秦家灭门之事讥刺于我?"

众娘子立时想起秦家满门被灭之惨烈,顿时噤声。

便是范小娘子,羞恼之余,也觉借孝服讥刺于她太过无礼,发白的嘴唇颤了几颤,竟道:"是我说错话了,不该拿此事取笑。秦小娘子尚请节哀,青天在上,必有云破月出、真相大白之日。"

阿榆原想乘胜追击,务要毕全功于一役,免得再被这些娘子纠缠为难。待听得范小娘子的言语,不由哑了声。

再细瞧其他娘子,虽还有不甘不平之意,但大多眼底都流露一丝隐晦的同情。

人心虽功利,但多少都会保有一份良善。

她们跟阿榆并无化不开的深仇大恨,虽不喜阿榆,但想起阿榆身世之惨,不由得歇了为难她的心思。

江九娘甚感无趣,还得热情地招待阿榆,甚至将她领到自己旁边坐了,殷殷地向她介绍各位小娘子都是哪家的千金,父兄何等位高权重,家世如何尊贵了得。

阿榆耐着性子听她说完,才似笑非笑地看向她:"她们再怎样,也需听九娘子的,对九娘子恭恭敬敬,是也不是?"

江九娘再度直了眼。

这个……又是能说出来的吗?

将她暗搓搓想嘚瑟的话都挑明了,让她说什么?秦家这小娘子莫不是在穷乡僻壤待得久了,连起码的人情世故都不通了?

再想想去秦家食店后吃过的亏、受过的苦,江九娘磨了磨牙,不得不承认,在这个不按牌理出牌的小娘子面前,她的炫耀或施压,常常成了笑话。

好在这时侍婢快步上前,急急道:"侯夫人领着众夫人过来了!"

众娘子们静了静,立时都站起身来,迎向回廊方向。那厢衣香鬓影,一群衣饰鲜明的侍婢前拥后簇,正领着若干贵夫人走了过来。

这七八位贵夫人显然也有高低尊卑之分。领头那位是位三十七八岁的妇人，身材高挑，容貌昳丽，只是眉梢眼角俱有细纹浮现，颇有沧桑之意——正是此间女主人，昌平侯夫人。其余夫人家世不如她，只在后方跟着，并不敢逾越一步。

　　但此时昌平侯夫人亦是陪衬。她满脸堆笑，正为一名锦衣华饰的年轻娘子引着路，神态恭敬又不失亲昵——显然这娘子地位极高，却与昌平侯夫人甚是亲近。

　　江九娘明显也有些意外，立时轻声提醒身周娘子，说道："是我小姨，许王妃。"

　　小娘子们有一瞬的慌乱，但都娴知礼仪，很快垂眸躬身，恭谨行礼道："见过许王妃，见过众位夫人！"

　　原来这位竟然是许王妃！

　　据闻许王不喜昌平侯那朝三暮四的薄情性子，且认为昌平侯掌管钱粮后，越来越市侩，对其屡表不满，许王妃颇是头疼，便不得不多照管些兄嫂。

　　尤其太夫人年纪老迈，这些年糊涂得连昌平侯、许王妃都认不大出，倒是认得向来随在身侧的昌平侯夫人。即便为老母亲计，许王妃待这嫂嫂也会格外亲近些。

　　如今赶在这时候过来，想必又是为嫂嫂长脸撑场面来了。

　　阿榆瞥一眼许王妃，便随众人一起行下礼去。

　　江九娘原想着阿榆无人教导，此际手忙脚乱怕会出个大丑，正想着要不要为她解围时，目光一转，阿榆屈膝敛衽，端端正正地行着礼，标准得快能当模板了，凭谁也挑不出半分的错处。

　　江九娘目瞪口呆。

　　这秦小娘子，到底是懂礼，还是不懂礼？

　　许王妃面薄腰纤，身姿袅娜，算不得绝世美人，但她眉眼清致，黑眸幽幽流转，如山间烟岚般朦胧如谜，有种奇异的让人心醉神驰的魅力。

　　她的目光扫过下方这群莺莺燕燕，和声道："不必多礼，都坐吧！"

　　她的声音既清而灵，泠泠然如山间泉水，和悦动听，似一位不食人间烟火的仙子，正低下头颅，温存怜悯地跟信众叙话，令人感激涕零之余，好感油然而生。

　　众小娘子再起身时，看向许王妃的眼神都多了几分景慕。

　　京师之中，若论神仙眷侣，许王夫妇称第二，便无人敢称第一了。

　　传说，许王最为专情，钟爱者唯王妃一人。许王府中虽有姬妾，多为官家所赐或部曲所赠。最终能在府中站稳脚跟、不曾沦为贱婢或被赶逐离开的，都是知情识趣，知道远离许王并忠诚王妃的聪明人。

神奇的是，许王妃并未因此落下善妒之名。

不论是许王还是相熟亲友，抑或臣僚仆役，提起许王妃，大多会赞其温善、贤良、怜贫惜弱……

总之许王妃就是个在群狼环伺里过得如鱼得水的小白兔，还得到群狼的交口称赞。

这样的小白兔，不管别人信不信，反正阿榆是不信的。

此时她跟随众人落座，也用景慕的眼神看着许王妃，一脸的纯良无瑕——同样如一只无辜无害的小白兔。

许王妃笑意温软，正和昌平侯夫人说道："原也是偶尔回娘家看看，不料见着这许多品貌出众的小娘子，倒是来得巧了。"

昌平侯夫人笑道："这些孩子虽不错，但论起气韵出尘，风姿无双，却远远比不得王妃。"

许王妃柔和地笑："大嫂偏心我，才觉得我处处皆好。但我瞧着，这些水葱似的小娘子，年华正好，人也灵秀，却是我们这年纪无论如何比不得的。"

昌平侯夫人便不吱声了。

昌平侯找的那些姬妾，养的那些外室，可不就是水葱似的年少小娘子？可当年她也曾年少过，也曾灵秀过……

许王妃看出其心思，淡淡一笑，转头看向江九娘，柔声问道："九儿，前儿你跟我说，认识了一位有趣的小娘子？"

江九娘见自家尊贵的小姨还记得自己偶尔提及的只言片语，欣喜不胜，且觉面上有光，一把将阿榆拉起，笑道："小姨，便是这位秦小娘子。你瞧她是不是生得格外出众？性格也与众不同，跟九儿可谓不打不相识。"

阿榆自许王妃提到什么有趣的小娘子，猜到江九娘不知何时已卖了自己，早早敛了气势，乖觉地任凭江九娘拉起，小鹿般的眼神惶乱地在许王妃身上一转，才匆匆行了一礼。

许王妃看阿榆行了礼，唇边的笑意便似更深了些。

她笑道："看着分明是位乖巧懂事的小娘子。九儿，你与人家比，终究是浮躁了些。"

江九娘也全无素日的嚣张，乖巧地应了，说道："小姨教训得是，我当多跟秦小娘子学学为人处世之道。"

作为被对比的别人家，阿榆尚有几分自知之明。见许王妃又看向自己，她立刻红着眼圈道："九娘子过谦了。家中未出事前，我比九娘子淘气百倍，不知闯了多少的祸，令父母操了多少的心。九娘子能有如今的豁达随性，是王妃和江大夫的护佑，也是她的福分，阿榆羡慕得很呢。"

卖惨这事儿，她已做得十分得心应手。即便许王妃跟她是同类人，也未必比得过她。

毕竟，秦家灭门，那是实打实的天塌下来般的惨祸。

果然，许王妃沉默了一瞬，声音愈加柔和："往事已矣，秦小娘子还是看开些。想来你逝去的亲人，也盼你走出阴霾，过好你的一生。"

若秦藜在此，她言语间的温柔真挚，必能令她潸然泪下。

阿榆哭不出来，但沉默垂下头去的姿态倒也是够了。

许王妃叹了一声，转头向众人说道："虽是送春之宴，也不可错过这荼蘼花开。我不过偶逢其会，坐坐便走。小娘子们还是尽兴玩自己的才是。"

众小娘子忙又起身，齐齐应了。不一时，便有大胆些的闺秀出列，搬来瑶琴，弹奏起来；其他人也意识到这是在许王妃跟前露脸的好机会，拿乐器的拿乐器，拿笔墨的拿笔墨，还有拿着丝线出来，想露一出过人的女红。

阿榆便想起当年也跟乔细雨学过打丝绦，当日还想着编一条来着，可惜被钱界那个不解事的给扰了，那打了一半的丝绦也不知丢哪里去了，不由一叹。

江九娘正令人搬出琵琶，见状忙问道："秦小娘子的厨艺，有些不方便施展呢。要不，我让人在此处搭个灶台？"

在这些诗画乐器之间搭个灶台……

眼见挑拨计划成功被阿榆的卖惨击溃，这是换了种方法奚落她？

到底顶着秦家的名头，不能让人小瞧了秦家女儿啊……

阿榆恍若未听出江九娘言语间的恶意，轻叹道："我阿爹到底离京太久，世人大约已不记得，他除了厨艺好，当年书画也极好。"

江九娘闻言差点掉了下巴："你、你会书画？"

阿榆道："不曾延请过名师，只阿爹教过一些。阿爹说我能耐有限，只是仗着小聪明，字画才勉强能看。"

言外之意，于字画一道，竟颇有天分？

那厢已有人在作画，也有人刚刚取出笔墨，将纸铺上书案，听得阿榆如此说，便将狼毫笔递来，笑道："秦小娘子既有这才情，何不一试？"

阿榆想着为真正的秦家女儿结些善缘，并未打算如安拂风那般用"金汁"教训人。此时见有人送上笔墨，也就大大方方地接过，挥毫。

许王妃对小娘子们的争竞并不感兴趣，其实已预备离开。此时见阿榆落笔姿态，却面露讶异:"这起势……未曾延请过名师吗?"

她竟又缓缓地坐了回去,品着茶,继续与昌平侯夫人闲聊。

那边已有手快的小娘子写了一幅字,急急呈上给贵人们品评;也有人拿出团扇,请贵人品鉴扇面的刺绣——虽非现场所绣,但现场收上最后几针,也能勉强让人瞧见绣工。

倒是那边搬出琴瑟的,因见江九娘抱来琵琶,立时装模作样地调着弦,不敢与江九娘争竞。

江九娘刻意以技压人,且要显出些不同寻常娘子的气势,所奏竟是一曲《兵马行》。但闻曲调铿锵,边疆守将驱除贼寇的昂扬斗志,怀念家乡亲人的绵长思念,刚柔并济,情景交融,以弦音娓娓叙出,气势雄浑苍凉,令人魄动神驰。

许王妃不觉听住,一曲毕,点头道:"这两年九儿也是用了心思了。这支琵琶曲激昂大气,其心胸连寻常儿郎也未必能及。"

昌平侯夫人笑道:"年初她到我们府上辞行,要跟她老子去北境走一遭,我还说她女孩儿家出这样的远门,终归不妥。她却说了,读万卷书,不如行万里路。如今看来,她便是在边疆时历练了心境,才能奏出这样的曲调。"

江九娘得了二人如此点评,不禁面有得色。

其他小娘子也有精通音律的,只是各有所擅,又看出许王妃、昌平侯夫人刻意想为自家后辈长脸,一时都踌躇着,不知该不该跟着奏上一曲。

若是弹奏得好,压了江九娘一头,会不会损了许王妃和昌平侯夫人的颜面?若是弹奏得不如江九娘,岂不是白白当了江九娘的垫脚石?

抱着乐器的娘子们烦恼之际,阿榆已搁了笔,带着几分萧索,垂眸看着自己的画,低声道:"我画完了。"

众小娘子不觉都看了过去。

画画不抵书法,尤其想在这样的场合脱颖而出的画,从画面构思布局,到每一处细节的勾画,都需要耗费相当大的心神。这么快便画完,难道是最简单的梅兰竹菊吗?

那边已有侍婢将阿榆的画悬起,穿过众人,提到许王妃等人跟前。

这一路过来,江九娘等都已看清了这幅画。

画的竟然真的只是竹子。

嶙峋石块,苔痕斑驳,三两枯草生于石隙;又有残雪零落,覆于山石之上,枯草之端,冬日肃杀之感直透纸背。但就在这片肃杀之中,一根新竹破土而出,如一支细细的剑,直刺青空。连顶端刚刚生出的数片竹叶,亦如小刀般锋锐凌厉,倏地斜欹而出。

若论这整张画,线条寥寥,山石、草、竹,甚至残雪,俱勾勒得极简洁,却有种不屈不挠的刚硬跃然欲出,气势凛然。

确切地说,这幅画所展现的画功甚是平常,但画中所展现的万物萧索和勃勃生机,偏和谐地相辅相生着。

因那竹,山石残雪愈显荒凉孤寞;因那山石残雪,那株孤竹愈显劲健昂扬,似在寻找着一切机会,想要打破桎梏,寻出不属于它的春日生机。

许王妃起初没觉得这个京外来的小厨娘能画出什么好画儿,漫不经心地一眼瞥过去,本来缥缈如云烟般的眼眸缩了缩,凝神细看起那幅画。

昌平侯夫人不过粗通文墨,所知有限,见许王妃盯着那画,便笑道:"论起赏画,我虽不懂,只是瞧着这画儿似乎有些不对劲。"

许王妃黑眸深寂如潭,轻笑:"大嫂觉得哪里不对了?"

昌平侯夫人道:"既是小娘子们的比试,作的画总该有些朝气,或颂江山如画,或颂盛世繁华。哪怕画一朵盛绽的牡丹,也比这枯燥丧气的画儿强。"

许王妃微微一挑眉,没有答话。

昌平侯夫人立时觉出许王妃并不认可自己的话,忙又描补道:"当然,这画本身也不差,秦小娘子小小年纪能有如此画功,已是难得了。只是这作画的时机,委实不合时宜。"

江九娘因是许王妃的姨侄女儿,远比他人亲近,奏完琵琶后便走到许王妃近前侍奉着,此时也凑趣道:"舅母可曾发现,秦小娘子这幅画,有一处极大的错讹?"

昌平侯夫人得其提醒,又细细看了一回画,已然笑起来,"果然错了!这冬雪时节,杂草都生不出来,怎么可能生得出新竹?秦小娘子到底年轻,竟不留意这些细节。"

江九娘目的达到,也便不再说话,笑吟吟地看向阿榆。

阿榆也不解释,只静静地看向许王妃。

许王妃抬眸,那双美眸依然深而静,云绕雾罩般让人看不清。

她柔声问:"听闻你曾经做过厨娘?"

阿榆坦然笑道:"不是曾经做过厨娘,而是目前还是一名厨娘。食色,性也。顺应人的本性,去做好吃的菜,我不觉得这就低人一等。"

许王妃道:"这话有理。我有时也下厨,为许王做些他爱吃的羹汤或家常菜肴。但凡我做的,他都会觉得可口些;但凡他吃得半点不剩,我那日也会格外开心,连睡觉也似香甜不少。"

阿榆怀疑许王妃在炫夫炫恩爱，但周围的娘子们并未觉出不妥，甚至流露向往之色。

连做个菜吃个饭都透着股缠绵之意呢，谁不想与夫婿过这般相互取悦的日子？

这么说来，为心爱之人洗手做羹汤，当然不能算低人一等。这等"厨娘"，是多少娘子求都求不来的幸运！

许王妃继续道："因我为许王做菜，所以在时令菜蔬上格外留意。何时笋脆嫩，何种笋鲜香，甚至不同的做菜手法，该在何时需往何处寻笋，都有其讲究。冬雪时节长不出笋，常人都知晓，厨娘又怎会不知晓？何况，这食笋的时节刚刚才过去，我不信秦小娘子会犯这样的错讹。"

江九娘怔了怔："可是，小姨，她画的节气，就是对不上的。"

许王妃道："对不上，那就对了。雪中新竹，于不可能处绝境求生。秦小娘子，你是这个意思吧？"

阿榆不得不承认，这位王妃，当真不简单。

她浅浅一笑，慢慢道："王妃明鉴，竟一眼看出小女子挣扎求生之意。"

许王妃便怜悯一叹，轻声道："从那样的大祸中脱身，的确不易。难为你不仅懂事，还颇有才情，区区一幅画，立意竟能如此高明。来人，赏！"

她随身的侍婢既来参加这样的盛会，自然早就备下赏赐之物。听出许王妃言语间的欣赏之意，侍婢立刻取了一对玉簪、一只装了金钱的荷包，以及两匹极好的丝缎，一起呈到阿榆跟前。

阿榆道了谢，大大方方地收了赏赐，依然安安静静地坐回原来的位置。

江九娘的脸有些黑，却努力挤出一丝笑意，说道："我只知秦小娘子会厨艺，不想还如此有才。对自家姐妹如此藏拙，阿榆，你这可有点不厚道了！"

明明指责阿榆留了后手，却用这等娇嗔含笑的语气，让阿榆无法发作，摆明了想让她堵心。

阿榆正在袖子里数着荷包里有多少枚金钱，心情甚好，温软轻笑道："我也只是心有所感，偶借笔墨舒展胸臆，画功其实寻常，贵在情真意切而已。是许王妃怜我孤苦，格外高看我几分。"

江九娘心下也觉阿榆借着家世之惨占了大便宜。论起情真意切，难道她为学琵琶在边境锤炼感悟所受的苦楚是假的？

许王妃看着闲淡饮茶，却将二人言语尽数听入耳内，叹道："九儿，你还没看出哪里不如秦小娘子吗？你在边疆历练，体悟的终究是他人心境；但秦小娘子亲历杀劫而归，满心满念俱是她亲历之事。画中的绝地新竹，是她破开绝望、苦求一线光明的心。这等所求、所欲，岂是你边疆走一遭便能明白的？"

江九娘听得憋屈，只是断不敢反驳许王妃，还得恭敬答应，硬着头皮听昌平侯夫人及其他贵夫人附和许王妃的言语。

好在许王妃也无意多待，向昌平侯夫人叮嘱了几句"家和万事兴"之类的言语，便带人离开。

大约因打落外室胎儿之事，昌平侯夫妻俩起了龃龉。许王妃此来应是想让昌平侯夫妇和好如初。

一个养外室，一个擅打胎，阿榆其实想不通，这样心狠无耻的夫妻有什么好撮合的。不过既然在一起了，的确该锁死焊牢，千万别分开，免得祸害了其他人。

许王妃一离开，昌平侯夫人和其余夫人们立时松了口气，其他小娘子们也少了许多顾忌，终于敢尽情地展现自己才艺，或弹或唱，或诗或画，纵然比不了阿榆、江九娘，但只要夫人们给面子褒奖几句，到底面上有光。

阿榆自认做完了该做的事，若至此结束，结局简直完美。

但江九娘忍耻与她结交，好容易请她来到昌平侯府，会容她如此占尽便宜，然后轻轻松松地功成身退吗？

她不由回头，看了眼回廊的另一侧。

另一侧挖着一口莲花池，不大，但背靠假山，前拥水榭，倒也秀致精美。如今那水榭内外聚了许多门第不俗的年轻郎君，或是送姐妹而来，或因友人相约而来，或"恰巧"前来拜访——终不过是借口罢了，谁不知他们冲的是对面那些年貌相当的小娘子？

阿榆略一留意，便瞧见韩平北正歪在坐槛上，边喂鱼边跟人吹牛；再往水榭内看时，正与沈惟清的目光遥遥相对。

沈惟清坐的位置，正对着阿榆她们这些娘子所在的方向。

阿榆甚至怀疑，先前她和江九娘明里暗里的交锋，以及作画和应对之事，已尽数被沈惟清瞧见。

正思忖间，又见两名仆役将一幅画送了过去，供榭中郎君观赏。

众郎君便都凑过去赏画，始则不解，后来有人解释过，便露出恍然之色。

随即韩平北不知说了什么，众郎君便都看向了沈惟清，面露调侃。

沈惟清眉眼依然沉静安然，但嘴角却已弯起上扬的弧度，与有荣焉地看向了阿榆的方向。

四目相对，阿榆猛地悟出，那幅画，就是她画的那一幅。

撇开家世，就秦家小娘子自身而言，其实并不逊色于任何一位京师小娘子。

首先，阿榆生得极好。虽说娶妻娶贤，可谁不愿意娶一位赏心悦目的美貌娘子？再者，小厨娘的名声不好听，但拥有一手好厨艺的妻子，绝对是加分项。

如今阿榆展示这一手画作，虽比不上名家水准，但于京师闺秀里也算是出类拔萃，何况其立意高远，得了许王妃等人逾扬，自此坚韧有才的声名算是稳了。

一个落难的小厨娘，自然配不上沈相嫡孙；但一个落难的才女，只要身家清白，配谁都能成就一段佳话，不致承受太多非议。

这正是沈惟清想看到的。

不论阿榆姓秦还是姓苏，周围人不断释放的善意和微笑，必定能帮助她走出那些不堪的过去，恢复健全的心性。

彼时，他所迎娶的妻子，方是最完整，也是最优秀的。

隔着水，隔着廊，阿榆都觉出了沈惟清眼底深藏的炽热，让她心底酥酥的，又毛毛的。

阿榆正有些不安时，那边又有人来找沈惟清说话，聊了几句，竟将沈惟清拖走了。

阿榆略略有些担心，旋即想起，她该为算计沈惟清的人担心才是。

就如江九娘屡屡想算计她，却屡屡吃亏，还为她带来钱财，带来声名，连小食店都因为她换了崭新的家具陈设，生意也因此好了不少呢。

简直就是她的福星！

阿榆举目四顾，出完风头的江九娘已不见了踪影。

或许，她又给沈惟清送福去了？

阿榆便不再理会，回到自己座次，边欣赏小娘子们的才艺，边品尝昌平侯府的干果美食，顺便又将许王妃赏的荷包拿出来，又数了一遍金钱。

总共十枚金钱，一枚约二钱重，加起来二两重呢。

虽说朝廷铸的这些金钱、银钱大多用于赏人，并未像铜钱一样在市面上流通，但金子毕竟是金子，何况还是朝廷发放的限量金子，愿意高价收去传家的土豪们多的是。

那对玉簪也不错，真要变卖起来，绝对比沈惟清用尽心思为她做的骨珀檀木簪值钱。

秦藜醒后簪饰无多，或许她应该留给秦藜？

犹记得她刚到石邑镇时，性子孤僻怪异，衣饰看着像没人管的野孩子，根本不懂该如何收拾，如何成为一个正常的小娘子。

凌岳经历那几年的大起大落，意气风发的英姿剑客活成了历尽沧桑的糙汉，见阿榆将山匪追得上天无路入地无门，还顺手阉了几个好色的，便默认他家小娘子大致已是个正常人。

独有秦藜，注意到这小妹妹跟周围小娘子的格格不入，耐心地教她人情世故，并拿出她的私房钱，从头到脚为她置办簪饰衣履——至少让她表面看起来跟其他小娘子并无差别。

秦池避居乡野，虽有余财，但也称不上富足，秦藜能攒的钱便有限。算来那两年秦藜几乎将手边所有的钱都花在了阿榆身上，连秦萱都心生妒意，抱怨姐姐待外人比待她这个亲妹妹还好。

阿榆开始不懂其中关窍，后来悟了过来，跑去打劫了几次山匪，置了些金玉饰物赠予秦家姐妹，这才让秦萱平息了怨念。

如今，得换她为秦藜置办簪饰衣物了吧？

还有秦藜的嫁妆，也得预备起来……

阿榆正感压力颇大时，一名侍婢慌里慌张地走来，急促地说道："秦小娘子，总算找到你了！"

阿榆左右看了看，然后看向侍婢，宛如看傻子。

"我一直坐在这里，需要劳烦你苦苦寻找吗？还是你有眼疾？需要我给你开个清心明目的药膳方子吗？"

侍婢窘了，红着脸道："是、是婢子一时着急，说错话了！只是沈郎君那边，出事了！"

来了！

就知道此次不可能只是斗琴比画这点小算计。

阿榆精神一振，饶有兴趣地追问："出了什么事？"

侍婢道："沈郎君闯进了一位小娘子的卧房，生了些误会，如今正闹着呢。"

阿榆环顾四周，叹息："那小娘子是丑得不能见人，还是坏得遍体流脓？又或者，蠢到人神共弃？这样的大日子，略有些平头正脸的小娘子，不都在这里一展才艺了吗？"

侍婢抓狂。

这小娘子的脑回路为何如此清奇？这时候她不是应该担心夫婿被人抢走吗？为何会考虑这些？

她只得道："秦小娘子，我只是好意来通知你罢了，怎知那小娘子为何与沈郎君生出误会？秦小娘子若是不想理会，那就留在这里，不用理会吧！"

侍婢掉头便走。

阿榆忙道："罢了，我跟你去瞧瞧吧！"

不得不承认，侍婢这招欲擒故纵还是很有用的。

她委实很好奇，沈惟清会如何应对这些不入流的算计。

侍婢见阿榆跟去，立马得意起来，说道："婢子还以为，秦小娘子真的不在意沈郎君跟其他小娘子如何呢！"

阿榆温软地笑了笑："阿母常说，身为女郎，第一要务便是贤惠。沈郎君真跟其他小娘子如何了，我便为他纳个小妾吧！等我跟沈郎君成了亲，便让她在我跟前立规矩，天天给我洗衣擦地，还可以让她给我和郎君暖被窝，等于多个不费一文钱的奴婢，于公于私都是一件好事。"

侍婢差点一趔趄："秦小娘子，能在昌平侯府有卧房的小娘子，岂是寻常人？岂会给人做妾？"

阿榆道："不然呢？难道让我做妾？我和沈郎君的婚事，是李参政保的媒。你觉得沈家敢为一个不三不四还不要脸的小娘子，做贬妻为妾的缺德事，自毁前程？"

侍婢这下真的意外了，然后沉默了。

刚传出才女之名的秦小娘子，看着很不好糊弄，更不好欺负。

她现在退出还来得及吗？

她能去找九娘子聊聊，劝她改变主意吗？

阿榆见她沉默，反而问道："你叫什么名字？是伺候哪位娘子的侍婢？"

侍婢只得道："我叫磬儿，是侍奉侯夫人的。"

竟是那位打胎能人的侍婢……

阿榆笑了笑，继续问道："那位小娘子究竟是什么人？能在昌平侯府作妖，必定来头不小吧？"

磬儿只得答道："婢子不知。今日来做客的小娘子，委实不少，哪能个个都认识。"

阿榆便温柔一笑："不想磬儿你如此仗义，既不认识那小娘子，也不认识我，却愿意为我两肋插刀，曝出昌平侯府发生的丑事……"

磬儿期期艾艾道："秦小娘子身世可怜，又如此有才，原该多照应些。"

阿榆笑吟吟道："哦，我可记住你说的话了，会多多照应我。"

磬儿偷偷瞥过去一眼，只觉阿榆笑得既美且柔，但眸子黑黢黢的，如同冰冷的深渊，随时要将自己吞没……

她有了转头奔逃的冲动，但举目向前，却不得不道："秦小娘子，就是那里。"

前方竹林葱茏，还掩映着一栋竹楼，又闻得水声潺潺，想来这竹楼竟是建于流水之侧。

阿榆信步走着，悠悠道："怎么听不见闹起来的声音？莫不是吵着吵着看对眼，索性好上了？倒是个风光不错的地儿，适合情人幽会。我若此时捉奸，会不会坏了他们的雅兴？"

磬儿只得道："想知晓发生了什么事，入内一观不就清楚了？"

此时磬儿退无可退，只得硬着头皮走到前方，绕到前方廊道，往里侧的屋子走去。她走得心不在焉，不时往身后看去，像是在担心阿榆，怕她会不慎掉落河里。

此处水流应与之前的荷花池应是同一水源，但这段甚是宽广，竹楼倒有一半建于溪流之上，廊下差不多已在水流中央，一眼看不到底。

不算杀人放火的好地儿，却太适宜耍弄阴私手段了。

阿榆只作一无所觉，若无其事地跟在磬儿身后，脚下加了力，试了试廊下铺的木板；又借着扶栏杆之际，将栏杆晃了晃。

嗯，都挺结实。想将人丢下水去，需要些力气。

她笑眯眯地看向磬儿，磬儿正扭头看她，眼底闪过一丝紧张。

感觉磬儿目光忽有一丝飘忽，阿榆忽然向后一退。

恰在此时，左侧窗户撞出一个壮硕的身影，直扑向阿榆原先的位置，瞧模样竟是想将阿榆一头撞入水中。

若阿榆真是寻常小娘子，被这么撞下，即便不曾摔落水中，也会给撞得半死不活，由人摆布。

这是多大仇，多大恨？

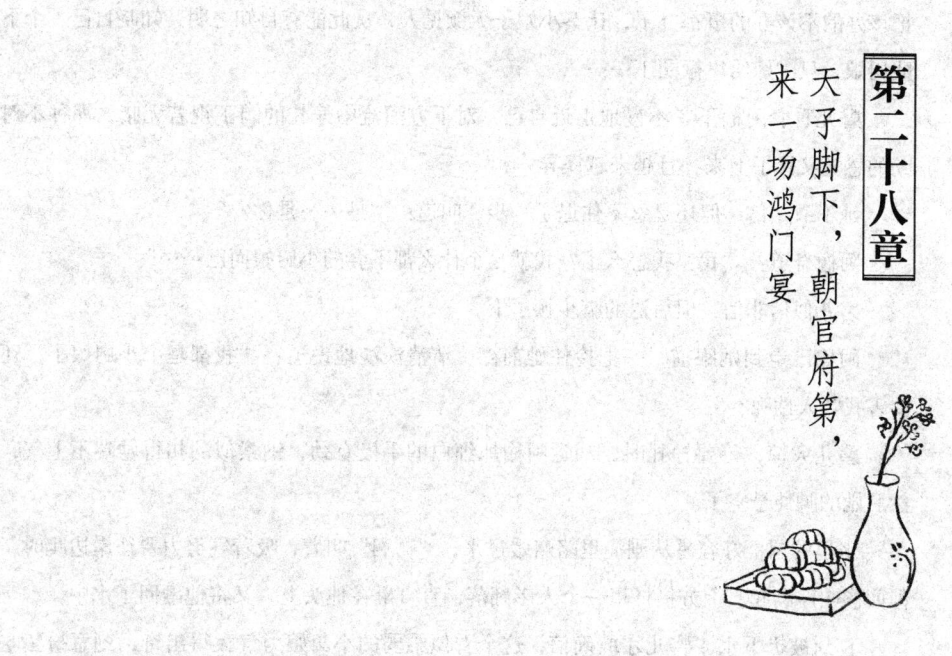

第二十八章　天子脚下，朝官府第，来一场鸿门宴

阿榆的笑容冷了，眼看那壮汉一头扑空，要扑住栏杆，借着栏杆挡住去势时，她抬脚便是一踹，正中其裆下。

壮汉痛得惨叫，双手不由得缩回，捂向裤裆。

阿榆此时已在惊惶叫道："这人怎么了？为何如此想不开？"

她一边叫着，一边伸手向前，看着似要拉住壮汉，却在按住他肩膀时骤然加力，将其猛地拍向栏杆外。

但闻"扑通"一声，壮汉已然落水。

在水中扑腾之际，他竟未停止惨叫，又痛苦又绝望……

阿榆再抬头，磬儿怔怔地看看阿榆，又看看壮汉，闹不清那一瞬究竟发生了何事。

阿榆睁大无辜的眼睛，问道："磬儿，这人是谁？为何想不开跳河？"

磬儿嗫嚅道："他……好像是此处的园丁。"

可他哪会想不开跳河？

开什么玩笑！

这园丁可是江九娘为秦小娘子准备的大礼，就准备在秦小娘子半死不活时出手救人，

143

把该办的不该办的事都办了，让秦小娘子无颜见人，从此能有自知之明，知晓自己一个下贱厨娘，只配嫁给卑微园丁……

磬儿看着阿榆不紧不慢地走近自己，对下方河流中挣扎的园丁视若无睹，那种不对劲的感觉又冒了上来，且越来越怪异。

她不敢相信，但还是忍不住退了一步，叫道："是……是你？"

阿榆奇道："我？我怎么了？我就是个什么都不会的小厨娘而已……"

磬儿似信非信，但后退的脚步顿了下。

阿榆已走到她跟前，一把拎住她前襟，清清淡淡地说道："我都是个小厨娘了，还要害我？人性呢？"

磬儿大惊，待要挣扎时，却觉阿榆那细白的手极有劲，钢索似的扣得她喘不上气，然后她的脚便悬空了。

水里的园丁好容易从剧痛里略略缓过来，"啊啊"叫着，吸着气努力要往岸边爬时，但闻惨叫声响起，上方栏杆里一个人影翻落，直直砸在他头上，又将他砸回了水中。

直到被扔下水，磬儿才敢确信，这个看似柔弱的小厨娘力气大得出奇，刻意扮猪吃老虎，先阴了那园丁，又阴了她。

好在她会些三脚猫的泳技，扑腾几下，终于艰难地从水中露出了头。

还未及换口气，便听阿榆惊惶叫道："快，快抓住这竹子！"

磬儿还没来得及思索该答应还是拒绝，一根竹子便当头砸下，正扫在她肩膀上，痛得她尖叫一声，又向水中沉去。

那边园丁醒悟得早，虽被磬儿砸得眼前一黑，回过神时什么也顾不得，往对岸疯了般划过去。

阿榆随手一竹竿捅过去，又将他压入水中，口中却叫道："喂，喂，岸在这边，你往哪里游？被淹迷糊了吗？"

园丁哪还有力气跟她争辩，只想着快快逃离这根要命的竹竿。可那竹竿有意无意地撩过他眼睛，让他睁不开眼睛，根本辨不出该往哪个方向逃。

然后，那根竹竿，毫不犹豫地捅了过去。

又狠又准……

园丁惨叫一声，沉了下去。

这一回，他没能再浮起来。

浑浊的河水里，咕噜咕噜地冒着水泡。

磬儿在稍远处浮上了头，惊恐地看着水面，以及水面上持着竹竿的小娘子。

这小娘子还在忧愁地惋叹道："他怎么回事，为何要想不开？磬儿，原来你会水呀。赶紧救他，救他啊！"

那根要命的竹竿捅向磬儿，要赶逐她奔赴园丁沉没的方向。

磬儿跟见了鬼似的惨叫一声，一头钻入水中。

若不被捅着，她、她应该没那么容易被淹死吧？

阿榆也不着急，提着竹竿走在廊前看着水纹的波动，依然一脸的担忧关切："磬儿，你真的去救他了吗？真是……感天动地啊！"

说话之际，她已察觉磬儿的方位，正要有所动作时，却听廊道尽头那间屋子窗扇吱呀声传来，似有人正开窗，不觉怔了下。

还真有人在这里？

阿榆丢下竹竿，快步奔过去时，正见一名女子的身影遁入竹林中。

那身影，竟有几分眼熟。

但这边的廊道只到竹楼尽头，并无通向岸边的道路。

阿榆心有疑惑，忙奔入尽头那间屋子，看那窗扇依然开着，正对着岸边竹林。

窗外，竹林葱翠，风声萧萧，那女子早不见了踪影。

昌平侯府另一处布置得富贵闲适的花厅里，沈惟清正和寿王对面而坐，专心致志地对弈着。

江九娘在茶蘼宴上露了脸，许王妃又已离开，她此时早不在意跟那些小娘子的争竞，只殷勤地以半个主人家的身份招待着贵客。

沈惟清见她不时往外瞧着，懒懒道："九娘子事多，便不必守在这里了吧？"

江九娘忙笑道："寿王殿下亲至，又劳烦惟清作陪，我岂能躲懒？若让舅父知晓，必定责备我失礼！"

寿王笑道："我一时兴起来找沈郎君对弈，也是图个自在。若昌平侯他们这般拘礼，反而无趣了！"

江九娘笑道："难道妾身作陪，也会让寿王殿下觉得无趣？"

寿王一笑不答。

沈惟清却道："不是寿王觉得无趣，是我觉得无趣。说好昌平侯请我品茗，仆役却将我引去小娘子更衣之所，若非寿王微服来寻我，愿意为我做证，这登徒子之名，怕已落到我头上了吧？此等仆役，此等'巧合'，谁会觉得有趣？"

江九娘讪讪道："惟清，咱们不是说开了嘛？这就是一桩误会。"

沈惟清道："此等误会，天时、地利、人和，缺一不可，真真世所罕见。"

寿王笑呵呵道："九娘子，这事儿我得说句公道话了！惟清刚订下亲事，就在侯府遇到这样的怪事，凭谁都要疑心几分。还有，此事要解释，是不是该由昌平侯或你表哥过来解释？你毕竟女儿家，先前苦追惟清，惹过不少闲言碎语，此时还不避讳，他们有没有顾忌过你的声名？"

江九娘幽幽看了眼沈惟清，说道："我坦荡做人，何惧人言？"

沈惟清叹息一声，掷下棋子，抚额。

寿王忙问："惟清怎么了？"

沈惟清道："没什么，就觉得我读书太少，一时竟不知何为坦荡了！"

江九娘顿时涨红了脸："你不信我？"

沈惟清道："你家仆役将我往沟里带，我还信你？江九娘，你是不是觉得，这世间就你一个聪明人，其他人全是傻子，任由你玩得团团转？"

江九娘急急辩解道："那仆役是新来的，今天之事真的只是误会。"

沈惟清道："我已订亲，寿王也已娶妻，一心想避嫌，九娘子却如此不避忌地作陪，回头寿王妃和秦小娘子问起，是不是还要责备她们不解你品格高尚，误会了你？"

江九娘早知沈惟清性子，但素日沈惟清还算保留了几分君子之风，疏离但从不失礼，何曾如今日这般踩着她的脸往泥地里碾？

她颤着唇，哑着嗓子道："你如今待我这么无情，都是因为那个阿榆吧？她究竟有什么好？"

沈惟清笑了笑："我本来觉得她满身缺点，的确没什么好。如今瞧见你，才觉阿榆真是千好万好。娶到她，我算是捡到宝了！"

寿王莞尔。

这沈惟清看着端静守礼，可一旦开启嘲讽模式，当真不留情面，一字一刀，句句狠怼，不把人气死绝不罢手，可谓口毒心黑。

江九娘真的要吐血了，咬牙道："既如斯深情，我偏好好看看，你究竟会不会娶她！"

沈惟清眉眼淡淡，已懒得答她，但看她的眼神宛若看着一个疯子。

钟儿忽然快步奔来，面露惊惶，禀道："九娘子，寿王，沈郎君，你们快去瞧瞧，秦小娘子好像出事了！"

寿王愕然，江九娘却露出一丝得色，盯向沈惟清。

沈惟清淡然扫了钟儿一眼："她好好的在筵席上数她的赏钱，只要无人招她，便不会出事。"

江九娘抿抿唇，叱向钟儿："没听沈郎君说吗？秦小娘子才不会出事，你慌什么慌！"

钟儿缩缩头，硬着头皮道："可听松楼那边好几个仆役跑来回禀，说秦小娘子在那里喊救命，好像……好像出了什么大事。"

江九娘扭头看沈惟清，却见他八风不动，根本无意起身干预的模样，灰了的心又活泛起来。

难道沈惟清并非真的爱那阿榆，想借她的手断绝这门长辈胡乱掺和的婚事不成？

她心头立时舒坦许多，挺直身道："既是今日来的小娘子出事，我却不能不管。罢了，多叫几个人，跟我一起前往听松楼，瞧瞧究竟出了何事！"

钟儿连忙点头称是。

至于同行的人，她自然也知道越多越好，甚至早就唤上了三四个素日跟江九娘要好的小娘子同行，务要许多人看到秦小娘子出事的情形。

——若是沈惟清发现自己未婚妻赤着身子被园丁抱在怀里占尽便宜，还会娶她为妻吗？

寿王眼见江九娘离开，沈惟清依然平静地坐在棋盘前，甚至稳稳当当地落下了一颗棋子，不由道："惟清，你不去瞧瞧？"

沈惟清叹道："我想过这次前来昌平侯府大约不会太平，特地请你过来帮镇着些。可如今瞧来，他们竟未因此多出顾忌，生生将这侯府打造成了我夫妻二人的龙潭虎穴。"

寿王目光闪了闪："这里是二皇兄的岳家，的确不用顾忌我。"

楚王疯了后，二皇子许王无疑是最瞩目的储君人选。

许王姿貌雄毅，做事沉稳干练，颇有些肖似官家之处，甚得官家宠爱，更令许多臣僚相信，这位必是未来的太子。若因此提前站队，便难免跟寿王等皇子保持距离。

毕竟，寿王排行仅次于许王，且自幼受名师教导，博学多才，仁善温和，同样是官家眼里极听话的好儿郎。支持许王之人想夺这从龙之功，自然不希望寿王逆袭，暗地里使的绊子并不少。

昌平侯再不受许王待见，也是许王妃的长兄，虽不敢对寿王失了礼数，但也谈不上敬惧。

如今，竟是当着他的面，算计沈惟清和他的未婚妻吗？

寿王沉吟着待要落子时，抬头见沈惟清目光飘向厅外，大笑道："还说不担心，这心都飞出去了吧？"

沈惟清摇头："殿下有所不知，我那娘子还有些本领不为人知。我怕这侯府和江九娘惹怒她，闹出了人命，那便不好收拾了！"

寿王一愕，忽想起阿榆轻易劫走他玉佩之事，只觉心都痒了起来，随手掷了棋子，乱了棋局，大笑道："怕她闹出人命？罢了，即便你不好奇，我也好奇了。咱们且去看看，那株残雪中成长起来的新竹，能不能捅破这天吧！"

沈惟清、寿王赶到时，正听到江九娘尖厉到变调的嗓音。

"秦小娘子，你竟敢杀人！你竟敢杀了这园丁！"

寿王既骇且笑，不可置信地看向沈惟清。

沈惟清抚额，"还……还真闹出人命了不成？"

那园丁的尸体已被打捞上来，置于竹楼外的平地上。

被刻意带来的众多小娘子、侍婢，加上附近的仆役、闻声赶来的客人，已在那里围得里三层外三层。

沈惟清带着寿王挤进去时，阿榆娇娇俏俏，靠在一丛翠竹边看着江九娘，却是一脸的无辜和迷惑。

其他人看看这个纤巧柔美的小娘子，看看地上高壮健硕的园丁尸体，然后再看着江九娘，同样满脸的不解和不信。

不说男女间的体力差距，就说二者间的体型差距，手无寸铁的阿榆怎可能杀了这园丁？又为何要杀这园丁？

这江九娘一过来就给秦小娘子定罪，莫不是疯了？

沈惟清看出阿榆眼底的冷漠和戏谑，苦笑一声，却不得不出头道："九娘子，你说阿榆杀了这园丁，可有证据？可有证人、证物？若无证人证物，却咬定阿榆是杀手，那你就是诬陷。大理寺或许不敢管你江家的事，可阿榆如今在审刑院任职，审刑院不介意管上一管！"

江九娘顿了顿，钟儿又扯她的袖子给她使眼色，她才留意到周围人的神情。眼见寿王和沈惟清掺和进来，她不得不压了压性子，冷笑道："方才从河里救上来的侍婢磬儿亲口说了，是秦小娘子淹死了这园丁。"

沈惟清便看向阿榆:"阿榆,伸出你的双手,给大家看下。"

阿榆听话地抬起胳膊,让人看她飘动的素纱袖子,以及干燥纤美的双手。她指尖甚至还有一方手帕随风飘动,半点水渍俱无。

沈惟清点头:"请教九娘子,还有那位证人侍婢,阿榆是怎么淹死此人的?又是怎么做到淹死人后,连双手和袖子都不曾沾染水渍的?"

磬儿虽被救上来,并裹上了厚实的毯子,但河水的凉意似渗到了骨血里,令她哆嗦得站不起身。她边往后缩着,边尖叫道:"是她,是她用竹竿捅园丁,不许他上岸!她、她还想着淹死我!"

沈惟清追问:"你们是如何落的水?"

磬儿指向阿榆,继续尖叫:"是她推的,都是她推的!"

寿王忍不住插话道:"你是说,这位首次前来昌平侯府的小娘子,跑到这僻静之地,推了你们两个落水,要淹死你们?"

磬儿语无伦次地叫道:"不错,不错!就在那边廊道上,她先将园丁推落水,又把我推落水……"

寿王问:"你们从前得罪过她?她为何要推你们落水?又如何推得了你们?你们是站在水边,一动不动让她推的吗?"

磬儿恐惧道:"不、不是!她有妖法,有妖法!对,对,她是厉鬼,她是来索我命的厉鬼!"

别说寿王,便是围观众人也无法再信她半句了。

阿榆一脸无奈,怜悯地看着磬儿,叹息道:"寿王殿下别见怪,这侍婢显然是落水后受惊,给吓疯了!"

疯子的话,自然是不能采信的。

江九娘再不料磬儿竟被惊吓得心智失常,怒道:"你何必装好人!他们见到你后一个死一个疯,难道你不需要给一个解释吗?"

阿榆惊愕道:"九娘子,这事为何需要我解释?那园丁忽然投河,磬儿也跟着跳下去救人,我急得拿竹竿想救人,又一直在喊人救命,想来最先赶到的客人和仆役们都曾听到过。"

她的眼睛准确地看向了人群中的两名年轻男子——正是今日前来做客的男宾。

这二人对小娘子的才艺不感兴趣,正让人领着游览侯府,谁知未到竹林便听到了阿榆的呼救声,连忙赶过去帮忙,这才将磬儿救上来。

此时二人见江九娘、磬儿指责阿榆，早有不平之色。听闻阿榆所言，其中一人立刻道："我等的确是听到秦小娘子呼救才赶去相助。若不是我等及时将那侍婢救上来，只怕她也活不成了。"

沈惟清点头，淡淡道："所以，是阿榆的呼救声，保住了那侍婢的性命？"

阿榆叹道："可惜没救下那名园丁。但我力小体弱，又不会水……救不了人难道是我的错？"

那边的年轻男子已忙安慰道："自然不是小娘子的错。"

江九娘快要咬碎了牙："你编出花来也没用！那园丁不可能投河自尽！"

沈惟清道："那你可有证据，证明我未婚妻不是救人，而是杀人？侍婢既带她来到此处，这竹楼内外必定有不少仆役伺候，九娘子可曾问过这些仆役，究竟发生过何事？"

江九娘道："谁说这里就得有人伺候了？我怎知秦小娘子会出现在这里？"

阿榆好整以暇道："原来九娘子竟不知我会出现在这里！但磬儿引我前来时说得明白，沈郎君正在此处和某位小娘子纠缠，劝我过来帮着解决。此事筵席上不少小娘子都曾目睹，都能为我做证。可我到了此处，既不见沈郎君，也不见什么小娘子，只有这位园丁忽然出现，在我跟前投入水中。"

她幽幽叹息："我曾呼救良久，别说这竹楼，连竹林内外都似被人刻意清空过，竟连一个仆役都没有，最终还是靠府上的客人救下了磬儿。此事如此诡异，疑点如此之多，我也想要一个答案。府上虽死了个园丁，可我也莫名陷入了一桩杀人凶案。九娘子，你既跟那个磬儿相熟，想必知晓内情，不知能否解我之惑？"

江九娘恼道："磬儿又不是我的侍婢，你问我做甚？"

沈惟清道："不是你的侍婢，你却因为她的疯言疯语，指责阿榆是凶手？阿榆是你的朋友，是你亲自请入府的客人！"

江九娘一时语塞。

几人说话之际，闻讯赶来看热闹的客人已越来越多。

小娘子们闻得出了命案，多在稍远处不敢靠近，故而赶来的大半是先前在水榭中观望的郎君。

韩平北也在此时才知阿榆这边出了事，一时气得鼻子都歪了。

他冷笑道："先前绯然姐跟我说，这侯府于阿榆，怕是一处险地。我还想着是她多心了，天子脚下，朝官府第，小娘子们一次小聚而已，难道还能摆个鸿门宴？如今看来，还真给她说中了。如果那二位兄台不曾听到呼救赶来，园丁和那侍婢先后死去，下面死的会不会是阿榆？赴别家的宴，顶多送钱；赴你家的宴，却是送命！"

众人听得毛发悚然。

若园丁投河、侍婢栽赃都是人为安排，明显是想对付阿榆。

而江九娘先前对阿榆的恶意满满，所有人都看在眼里，即便口中不言，也会推测这是江九娘的又一重算计。

如今阿榆安然无恙，众人只能归结于两位救人的郎君无意间破了江九娘的局，救了秦小娘子一命。

寿王犹豫了下，轻声道："九娘子，姻缘自有天定。此等算计，不妥！"

江九娘环顾四周，众人看她的眼神如看蛇蝎，连侍役们都面露惊悸，悄无声息地向后挪了挪脚步，生怕这位娘子会牺牲他们，就如牺牲那园丁一般。

江九娘羞辱之极，叫道："不是我！我没有！"

她怨毒地看向阿榆，恨不得将她撕成碎片："是你！是你利用园丁之死在害我，要我身败名裂，前途尽毁，对不对？"

阿榆眨眨眼，"难道不是你想害我？要我身败名裂，前途尽毁？"

江九娘猛地想起，她的确是想利用园丁侮辱阿榆，令她身败名裂，前途尽毁……

这小娘子知道！她早就知道！

所以，这一切真的是阿榆搞出来的！

害死园丁，逼疯磬儿，让她当众出丑，身败名裂！

"秦藜，我跟你没完！"

江九娘大叫一声，就要冲上前撕打阿榆。

阿榆眉眼淡淡地看着她，并无躲闪之意。

果然，那边韩平北等年轻郎君虽不便去拉扯江九娘，却下意识地挡到阿榆跟前，结作人墙，不容江九娘接近；其他围观的小娘子和侍婢们心知江九娘此举极为不智，也连忙劝说着将江九娘拖住。

纷乱之际，昌平侯夫人终于赶来。

她脸色极阴沉，却不得不努力挤出笑容，向众人道："各位，我刚刚听说此事，匆忙打听了下，此事应是贱婢磬儿所为，那园丁也是磬儿引去的，与其他人无关，江家九娘子、秦家小娘子更是无辜被牵连。希望大家莫要因此误会了昌平侯府，也莫要将今日之事传出去，免得坏了两位娘子名声。"

阿榆柔声道："侯夫人，磬儿为何会引我过去，园丁为何落水，这中间究竟有何关联,还是需要查个水落石出吧?毕竟,人命比我等声名更要紧。"

围观众人纷纷点头。

毕竟关系人命,又关系两名小娘子的清誉,此事不该草率收场。

江九娘虽不知为何会是这样的结果,但对前因却是清清楚楚。园丁不该死,磬儿不该疯,阿榆该声名狼藉,该在众人鄙夷的目光下哭得痛不欲生、求死不能……

而不是像如今这般,备受众人敬重怜惜,并能立于高处评判是非,如一朵盛放的大白莲,将她和昌平侯府衬成了一池污臭的烂泥!

她赤红着眼睛,叫道:"秦藜,你这毒妇,明明是你害了这园丁,还敢装模作样!你不得好死!"

阿榆两次听她唤秦藜的名字,这次更是诅咒连连,暗为秦藜叫声晦气。

她恼火之际,神情愈发悲悯无奈,叹息一声,轻轻柔柔地说道:"九娘子,何至于斯?沈家与秦家早有婚约在先,并非我横刀夺爱。可你如今变作这般模样,我看着都不忍。这样吧,若沈郎君愿意求娶于你,我便与沈郎君解除婚约,成全于你,可好?"

沈惟清眯了眯眼,侧头看向阿榆。

江九娘不敢相信自己的耳朵,也盯紧阿榆:"你说什么?"

对于一无所有的秦小娘子来说,她的未来,她的倚仗,无不系于这桩婚姻。

如今她竟然说,可以解除婚约?

昌平侯夫人已觉出不对,喝道:"九儿,莫听她诓你!"

阿榆温柔而笑:"当着这许多人的面,我岂会出尔反尔?只要沈郎君要你,我便将他让与你!"

不同的言辞,重复了同样的意思,却多出一些完全不同的意味。

江九娘正想一口应下,猛地看清阿榆眼底的讥刺,还有围观众人的怪异目光,立时觉出不对,却也不愿错失此次机会,脱口道:"什么让不让的!只要你跟他解了婚约,沈郎君自然是我的!"

昌平侯夫人差点脱口骂出"蠢货"二字。

阿榆让出沈惟清解除婚约的前提,是沈惟清要江九娘。

江九娘再怎么嘴硬,只要接了阿榆的话,就是将自己放在货物般由人挑选的位置,卑贱可笑。

紧跟着,是给江九娘一个台阶下,还是在她送上门的美艳脸蛋上踩一脚,主动权全在沈惟清。

阿榆笑得更愉悦，双眸灿亮地看向沈惟清，眉眼间尽是调侃。

韩平北在人群中悄悄缩了缩脖子，只觉这世间生得好的娘子们当真没一个好惹。

安拂风面冷性烈，动辄拔刀相向，江九娘是个自以为是的疯子，阿榆看着就是个温婉纯良的落难小仙子，却这么着不动声色地给江九娘挖坑，给沈惟清挖坑……

这一个个的，还不如花绯然靠谱。

只是花绯然当年拎着一串血淋淋的脑袋，浴血冲出火场的画面，实在太震撼，也实在太可怕了——从此便成了他一世的阴影。

不小心掉坑的沈惟清自然不会站在坑底等人填土。

他扬起唇，露出极真挚、极深情的笑容，宠纵地摇摇头，不紧不慢地走向阿榆。

"阿榆明知我待你之心意，何苦还要试探于我？昨夜你我西窗剪烛、共赏明月之际，我已与你说了，海可枯，石可烂，你我情缘不可断。"

"……"

阿榆目瞪口呆。

这、这些话从何说起？

沈惟清泰然自若地走上前，深情款款地握了阿榆的手，柔声道："你我情投意合，又共过患难，有过海誓山盟，祖父又极疼你，父母也说会视你如亲生，难道还有叫你不放心之处？你且一一说出来，只要我能做到，一定都依你。"

阿榆太阳穴突突地跳。

这是情话吗？

这是情话吧？

她倒不介意听几句情话，但她很介意大庭广众之下听这等真情告白，尤其这告白居然出自素以端稳出名的沈惟清之口……

她磨磨牙，轻声道："你能不能要点脸？"

只是她既利用了人家，还想坑人家一把，这责骂的话却是不能叫别人听到的，甚至脸上还得浮出笑容来掩饰内心的恼怒。

于是，众人眼里，便是阿榆听了沈惟清的话，可爱地笑着，凑到沈惟清耳边说了句悄悄话。

沈惟清便浅浅淡淡笑起来，眸中愈见暧昧情浓。

他用附近之人俱能听清的声调，低低说道："你说那条给我打了一半的丝绦？在我那里呢，早上收拾床铺时瞧见落在枕边了！"

153

众人哗然。

他们听到了什么了不得的事？

阿榆杏眼睁圆，克制不住地想伸手挠他一脸。

但沈惟清早有准备，紧紧握住了她的双手，笑意绵绵地看着她，轻声道："或许我不该说出此事，但总要绝了某些人不该有的念头，对不对？"

被指为"某些人"的江九娘听清二人的对话，当真无地自容，身体一晃跌坐在地，白着脸哭叫道："沈惟清，秦藜，你们不要脸！"

阿榆听到她唤秦藜的名字便恼恨，越发柔声道："九娘子，你别这样。惟清不是有心伤你，只是太过看重沈秦两家的婚约，才会不要你。你这般失态，我看着也不好受。回头我一定好好说他，不要你就不要你了，何必这时候跟我说这些，岂不是让这许多人看了你的笑话？"

江九娘听得眼前发黑，抬手拔下鬓间金钗，扎向阿榆，尖叫道："我杀了你这贱人！"

昌平侯夫人大惊，忙高叫道："快拦住她！"

不用昌平侯夫人提醒，在旁吃瓜吃撑了的围观人群已纷纷拥上前，轻易便用人墙将江九娘阻住。

昌平侯夫人急急道："九娘子怕是被那亡人魇住了，赶紧送她回房休息！快去寻道长为九娘子驱魔……"

"……"

打胎能人的确能干，江九娘做错再多事说错再多话，一句"被亡人魇住"就能推得一干二净。可怜那园丁，死后还需为他亲爱的主人们发挥余热，也算被利用得彻底。

阿榆心里犯嘀咕，沈惟清却已懒得再看这些人的拙劣把戏，向昌平侯夫人一揖："事已至此，我们就不耽误贵府处理家事了！但那园丁之死牵涉到我沈家未来宗妇，还望贵府能给一个交代。"

昌平侯夫人脸色极差，还得强撑着客套一番，安排管事恭恭敬敬地送二人离府。

因中途出现的命案，这次荼蘼宴不得不匆匆收场。

不到半日，命案前后发生的事便都传了出去。

园丁之死，侍婢之疯，固然引来诸多猜测，但更让人津津乐道的，则是沈惟清和二位小娘子的爱恨纠葛。

据在场郎君娘子们私下推测，园丁、侍婢引走秦小娘子，应该是受了江九娘之命有所图谋，但中间不知出了何事，秦小娘子安然无恙，那两个却一死一疯，难免叫人猜疑，是不是沈家或许沈惟清暗中做了点什么，让那二位自食恶果。

毕竟，秦小娘子不仅和沈家郎君定了亲，还一起西窗剪烛，共赏明月，最后打个丝绦都打到沈家郎君床上去了。——这等如胶似漆，沈家怎会坐视江九娘暗算秦小娘子？

虽说在世人眼里，一无所有的秦氏孤女绝对配不上沈府长孙，但阿榆那幅雪中新竹着实拉好感，令人赞赏惋叹之余，也乐见这落难小才女能有个好归宿。

何况见证了那场闹剧的客人不是傻子。

即便当时被阿榆的"柔弱"所迷惑，事后细细回想，必能看出阿榆是以退为进，以柔克刚，步步紧逼，将看似强势的江九娘激得一步错，步步错，最后竟在自家地盘大败亏输，成了荼蘼宴上最大的笑话。

如此容色绝丽、头脑不俗的小娘子，难怪把沈家郎君迷得神魂颠倒，竟在大庭广众之下说了那许多不该说的话……

安拂风、钱界、阿涂等自然也很快听说了发生何事。

钱界吃吃道："小娘子真的在沈郎君那边留宿过？这沈郎君真是……胆大包天啊！"

这等凶残的小娘子都敢碰，都敢娶，需要何等的勇气和毅力。

钱界不过略想了想，便觉身上好容易愈合的伤处又在钻心般疼痛了。

阿涂却寻思道："若真的留宿过……也没什么不好。"

指不定小娘子弄假成真，真做了沈家的娘子呢！若是如此，他就不必担心小娘子骗婚之事暴露，也不必担心他这个跑堂的小伙计跟着鸡飞狗跳。

安拂风沉着脸想了一会儿，转头去找阿榆。

阿榆正无精打采地躺在她的小床榻上，四仰八叉，风度全无。

见安拂风进来，她有气无力地问道："七娘，我的名声，被沈狐狸败完了吧？"

安拂风立时明白过来："他胡扯的？"

阿榆眼睛水汪汪的，看着格外委屈："他应该在报复我逼他表态，认为我将他当作对付江九娘的挡箭牌了！"

安拂风顿时气不打一处来："那又如何？江九娘不正是他惹出的桃花债吗？他不该表明立场？不该掐了自己的烂桃花？也亏你好性儿，换了我，早将这对奸夫淫妇打得满地爬！"

阿榆深以为然："我也觉得我这性子太软和了些。"

虽说沈惟清是为了打脸江九娘，但也没必要用这种腻味的手段吧？

江九娘是给刺激到崩溃了，她不也给闹得目瞪口呆，半天回不过神？

彼时怎就那般心虚，不敢甩开他的手，高声将他的话驳回去呢？

因为将来嫁沈惟清的是秦藜，不是她阿榆？

她其实不太在意这些流言，也可以无视世人各异的目光。可如果秦藜醒来听到这些流言，又该怎样看她？

阿榆一把扯了被子蒙到头上，郁闷得不想说话了。

安拂风忙安慰道："其实也不妨事，你和沈惟清早晚是夫妻，便是真睡了，这郎才女貌的，无非是桩风流韵事，连丑闻都谈不上。当着那许多人，江九娘的名声算是完了。如今昌平侯府和江府正四处放话，说江九娘被竹林里的阴气迷了心智，才会胡言乱语。可实情如何谁不知道！还像模像样找了一堆道士去那竹林作法，把人都当傻子！"

阿榆听她提起道士，猛地坐起身，叫道："钱界呢？我不是让他去找那个李鹊桥的下落，他查哪儿去了？天天窝在这里混吃等死，莫不是跑我这里养老来了？"

在外面听壁角的阿涂哆嗦了下，悄无声息地退开，心下已在寻思，以后得对钱界温柔些，别将他吓跑了。

如果小钱儿不在，这劫匪小祖宗迁怒的，必定就是他了。

阿榆想找但一直没找到的李鹊桥，第二天终于有行动了。

小寡妇虽好，可在他波澜起伏的行骗……哦不，成为仙长的生涯里，终究只是一个平平无奇的过客。

他虽不算什么大人物，但也经历过大风大雨的，岂能被一个黄毛小子盯死在那间小院里？

让小寡妇出去，想办法找了两个与他身形相似的男子，换上他的衣衫，先后在院门附近鬼鬼祟祟地晃上几晃，便引走了两个，再引走一个，剩下的那位满腹狐疑之际，被走出来的小寡妇撒了一脸迷药，也瞬间倒地。

于是，李鹊桥的腿还瘸着，人已坐到了杏春茶坊的一个雅阁里。

"本真人一时不慎，才着了你这兔崽子的道而已！"李鹊桥冷笑着，得意地想晃晃腿，却疼得直吸气，忙不迭地按着伤处，兀自咬牙切齿，"年纪不大，心倒歹毒！不过仗着家世好些，还真以为没人收拾得了你？"

雅阁的门忽然被人推开，一个藏蓝绸衫的中年人不急不缓地走了进来。

李鹊桥也不顾疼痛，立刻站起身来，欣喜道："那位是否允了见我？"

对面那人低叹："李鹊桥，你可知，你被人跟踪了！"

李鹊桥一时不敢相信："啊！我、我是自己施计脱了身，怎可能……"

他想到一种可能，忽然闭了嘴。

"你猜到了？没错，人家就是故意装作中计，才好引出背后之人。"绸衫人淡淡道。

"那位先前就说了，沈家郎君是条不折不扣的狐狸。你，斗不过他。"

第二十九章　我活着，也会让你活着

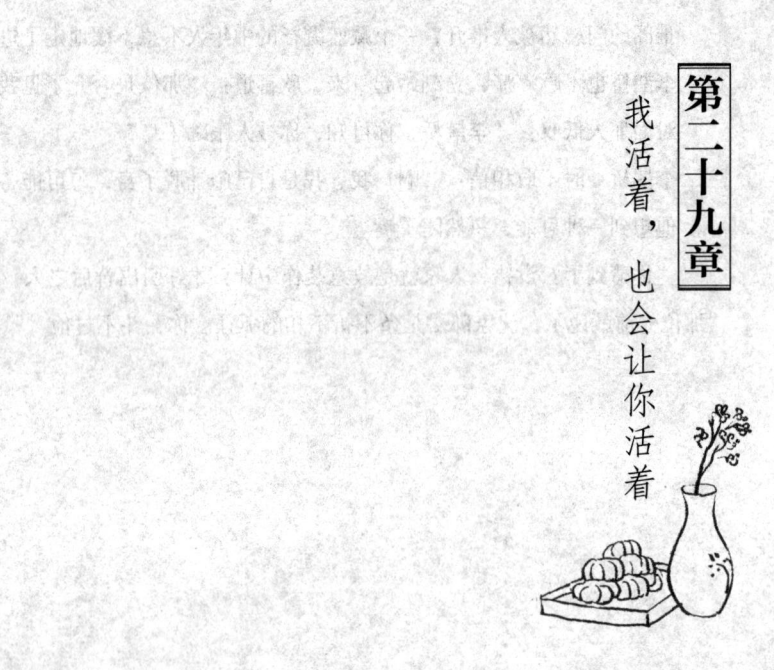

杏春茶坊前方，正是碧波粼粼的汴河。

水碧如蓝，花明如绣，画舫与扁舟行于其间，交杂着属于国都的繁华和旖旎，如一幅盛大而细致的宏美画卷，令人目不暇接，乐而忘返。

泊于岸边的一艘画舫里，沈惟清、韩平北正靠在窗边喝茶，王四侍立于画舫门前，边照应二人，边察看着外面的动静。

韩平北摸着下巴，正看向杏春楼，一脸的纳闷。

韩平北道："惟清，你怎么会猜到李鹊桥今天会有动静？巧合是吧？一定是巧合？"

王四绝不愿意放过如此好的拍马机会，赔笑道："韩郎君，昨夜少主人特地派人通知小的，说这老道会有所动作，让留意他的动静。小的得知，特地又调了八名手下去盯着，果然发现这老道作妖了！"

本来只有四人在盯李鹊桥，李鹊桥也的确如愿将那四人尽数放倒。怎奈王四谨慎惯了的，足足加了双倍的人手过去。李鹊桥放倒四人，那八人十六只眼睛几乎一眨都不敢眨地盯紧了他，怎么可能还让他逃脱？

韩平北呆了呆："那……你究竟怎么猜到的？难不成他送你祖父的卜算书籍，真有几分门道在，给你研究出了什么六爻还是八卦的卜算术？"

沈惟清无奈道："我那位不省心的娘子就够我费心的，哪有兴致再研究什么卜算术？"

"那你为何……"

"李鹊桥生性贪婪，又以得道高人自居，京师中相信他的人很多。听闻昌平侯府尤其相信他，大事小事都会叫他来卜上一卜。"

韩平北终于明白过来："昨天昌平侯府出事，正在寻找各种'高人'作法，又是驱魔又是招魂的，赏钱必定丰厚。如果鹊桥真人出现，以他的名声以及他与昌平侯府的关系，必能成为这群'高人'之首，得着大头的赏钱。"

沈惟清向对面指了指："故而只要我透露这些消息过去，他一定会有所动作。"

"所以，李鹊桥能得到昌平侯府的消息，是你故意让人透露过去的？"

韩平北感慨着沈惟清的奸猾，忽又想到一事，背脊上"嗖"地冒出一层冰冷粟粒。

"你把江九娘激成那副模样，难道也是故意的？你早就算准，一旦江九娘疯得不可收拾，不论是不是真的魇住，昌平侯府便会找这些'高人'做法？"

沈惟清摇头，笑了笑："只是想起昌平侯夫人特别信这个，或许会有这么一种可能性，顺势而为罢了！"

可世间哪有什么算无遗策？

不都是冲着某种可能，详加推算，然后有所布局！

韩平北半晌才叹道："沈惟清，我原来想着江九娘可怕，阿榆也不是善茬，如今看着，你才是真正的狠角儿哪！我差点以为你对阿榆真的情根深种，才会做出那等逾矩之事！敢情你这般信口胡扯，只是为了刺激江九娘！"

沈惟清瞅他一眼，却不肯再解释了。

难道跟他说，他怀疑阿榆不是秦家小娘子，怕她另有打算，才故意在众人面前坐实二人关系，令阿榆无法反悔，无法另嫁他人？

作为沈家长孙而言，这真的有点丢人。

沈秦两家联姻，门第差距极大，他本该是高高在上俯视他家小娘子才对。可为何如今是他在患得患失？

一再卑微地试探她的心意，甚至不惜使出这些手段……

沈惟清正垂眸反思时，王四忽然叫道："茶坊里……是不是出事了？"

沈惟清、韩平北忙看过去时，却见对面那家杏春茶坊忽然跟煮沸了似的混乱起来，有慌乱想跑出来的，也有好奇要奔进去的，更有一脸紧张的管事冲到门边，指挥伙计们关门落锁，不让茶客们进出。

隔了那么远，犹听到那主事在叫道："各位别慌，出了点事，等官府来了，自然会给各位一个交代。"

韩平北道："莫不是有人打架打出了人命案子？看来马军司和大理寺有事做了！"

沈惟清看着对面某个窗口冲着这边打手势的眼线，脸色却沉了下去："怕是我们有事做了！"

王四已然看出那人手势的含义，骇然道："他说……说鹊桥真人死了？"

"啊！"

韩平北傻住。

不过一时好奇跟着沈惟清出来溜达下，这也能碰上人命案子？死的还是十几个人盯住的李鹊桥？

李鹊桥确实死了。

被人一刀封喉，死在陈设极雅致的天字第三号雅阁里。

沈惟清等赶过去时，李鹊桥的血还在流，半边地面全是鲜红的血，甚至还是温热的。他睁着眼，脸上维持着死亡前那一瞬的惊愕和不可置信，已死得不能再死。

马军司、大理寺很快有人赶到，听说是审刑院盯着的某位疑犯出事，自然不愿多事，很快办了交接，将案子丢给沈惟清。

沈惟清看着李鹊桥，无奈摇头，叹道："本想着你精明半世，滑得跟泥鳅似的，总该自保有余，就没提醒你小心给灭了口。"

韩平北苦笑："他这个算什么？千方百计逃出来找死？"

沈惟清道："以此人的油滑，但凡嗅出一丝危险，必定有多远跑多远，然后找个乌龟壳藏身。看来和他约在此处见面之人，是他信任之人，至少绝不认为对方会杀自己。"

韩平北怔了下，看向桌上的茶具，说道："你确定他约了人？确定是他约的人是杀他之人？你看此间茶具，一壶茶配了四只茶盏，却只倒了一盏，应该是他自己所用。既未倒茶，他约的人应该还未至吧？"

沈惟清道："他并未倒茶，可能因为相约之人刚到，未及倒茶；也可能因为相约之人不愿或不喜喝茶，李鹊桥与他相熟，便不会客套地为他倒茶。"

说话间，王四已快步入内，禀道："少主人，盯着这雅阁的兄弟，抓到了嫌犯！"

韩平北眼睛一亮："可以啊，逮着现行了！"

王四便面露尴尬，为难道："但小的不敢确定。或许，其中有所误会？"

沈惟清听出蹊跷："这人……有什么不对？"

王四道："他……少主人和秦小娘子都认识。"

王四击掌，两名乔作寻常茶客的手下，将一个五花大绑的大胖子推了进来。

沈惟清怔了下："小钱儿？"

因着这亲昵里带着种猥琐无耻的叫法，沈惟清在玉津园第一次见到钱界就记住了他。

沈惟清还知道，这个倒霉的游侠儿，不幸绑架了"柔弱"的秦小娘子，从此生活发生了翻天覆地的变化——活儿没了，钱被劫了，游侠儿当不成了，饿得实在没法，投奔了始作俑者当伙计，必要时还得当沙包，受众人千百种锤炼……

钱界见到沈惟清，松了口气，哭丧着脸叫道："沈郎君，不是我！"

沈惟清淡淡道："你不是小钱儿？"

钱界舌头打了下结，方能答道："我是……钱界。但不是我杀的人！我进来时李鹊桥已经死了！"

沈惟清看向押他进来的王四手下。

那手下慌忙答道："少主人，我等发现李鹊桥进入这处雅阁后，立刻盯紧了门窗。其间只有一名伙计入内送过茶，后来掌柜和伙计进去打过招呼，然后就这人鬼鬼祟祟从门边溜进去，好一会儿才白着脸出来。我等觉得不对，奔过来看时，便见李鹊桥倒在地上。眼看这人要跑，所以赶紧拿下了他。"

钱界叫屈道："我进去时他就已经死了，不是我干的！要不然我也不会由着你们抓了！"

他其实也想过反抗，可一想撞上这等祸事，不小心牵连了阿榆，那个再三叮嘱他护住阿榆的主人，不知会怎样收拾他。

何况小娘子自身也凶残，那什么天香摄魂虫，能让他死都不知道怎么死。

韩平北纳闷道："你是阿榆店里那个新来的伙计？你不在店里招呼客人，跑这里来喝茶？"

钱界真的要哭了："小娘子昨晚忽然问我有没有查到鹊桥真人的下落，我说没有，她便说要我何用？然后安、安七娘子将我一脚踹出来了，我只好赶紧打听消息……"

这一打听，还真让他打听到了。还未及去那小寡妇家寻找，今天又听同行告知，这位出现在了杏春茶坊，他自然不肯错过机会，匆匆赶过来。

谁知见到的竟是一具刚被杀害的尸体呢？

161

王四疑惑道："钱兄，不是我信不过你，但我手下说，你在屋里待了好一会儿。既然发现凶案，为何不赶紧叫人报官，却在屋内盘桓？"

钱界苦着脸道："他是小娘子让找的人，如今忽然死了，我总得看看有无线索，小娘子问起时才好给一个交代吧！"

沈惟清淡淡问："那你查到了什么？准备给阿榆怎样的交代？"

"……"钱界沮丧得胖脸快要垂到地上，"没有。我在屋里找了找，没见其他人或凶器。"

什么都没找到，还被当成了凶手……

王四道："可钱兄，我的人一直盯着这里呢，除了你，就没见旁人出入过这间屋子。"

"或许，有人跳窗进来的呢？"

"窗户也盯着呢，三个人盯门，两个人盯窗，还有一个人负责给我们传讯。茶坊外也有几个人盯着，看有无可疑人等出入，同时防着李鹊桥出逃。"

王四安排的人不可谓不多，留意的方向不可谓不细，谁知那么多双眼睛盯着，他却自己死在了雅阁里呢？

王四也很沮丧。

钱界是不是凶手且不说，少主人希望李鹊桥能诱出幕后之人，但幕后之人总不会是钱界吧？

"把见过钱界的伙计和掌柜请过来，同时继续排查可疑人等。"沈惟清盯了钱界一眼，吩咐，"至于他，通知我家娘子过来商量下吧！"

这算是……叫家长，但没立刻让他蹲大狱？

钱界不知道他是盼阿榆来，还是盼阿榆别来。他扭着手指头默默蹲到角落，努力缩小那肥硕身形的存在感。

那边先前到过雅阁的伙计很快被叫来，却是一脸的惶恐后怕。

他道："晨间我见真人进店，说要一个雅阁，我便招呼进来，急急上了茶，又告诉了掌柜。"

韩平北纳闷道："李鹊桥来了，你告诉掌柜做什么？"

伙计道："郎君有所不知，鹊桥真人是我们茶坊的常客，打赏颇丰，又和诸多贵人有来往，偏这些日子没了踪影，掌柜先前便在说，不知是否我等言语不慎，得罪了这位。故而我见到真人，立刻告知了掌柜。"

沈惟清问："把你见到鹊桥真人后，他说过的话、做过的事、见过的人都说出来，不许遗漏一处细节！"

伙计不敢怠慢，果然绞尽脑汁回想着，说起鹊桥真人入店堂经过。

李鹊桥来的时候戴着斗笠，走路微微有些瘸，似不想被人认出。但伙计见他次数多了，还是一眼将他认出，并热情招呼他到楼上用茶吃点心。李鹊桥见伙计将他认出，也不装了，拿出往日的气势，让带去最好的雅阁。途中亦有相识的茶客打招呼，李鹊桥也负着手笑呵呵地应了，并无半丝异常。

伙计将李鹊桥引入天字三号房后便去备茶，趁着这空隙还找掌柜说了声。掌柜听闻，便跟他一起去了天字三号房，恭恭敬敬送完茶，便告退，彼时李鹊桥矜持地点点头，待伙计走到门口，才端起茶来饮用。

"他的神情并无异常？"

"没有！"伙计肯定地回了一声，随即又迟疑，"但好像没往日精神，总是东张西望，倒像怕着什么似的。对了，我出门时下面有客人摔碎了一只茶盅，他竟然吓得手一哆嗦。见我看过去，才咳了一声，说刚算了一卦，好像有人要倒霉？我当时以为他在说我，或说那个摔碎茶盅的人，也不敢问，赔着笑脸离开了。"

王四默然看了眼沈惟清。

李鹊桥被沈惟清很不客气地教训了一回，费尽心机才逃出罗网，风声鹤唳自是意料中事。彼时他担心的，必然是王四等人追来，而不是藏在暗处的凶手。

伙计见沈惟清皱眉不语，硬着头皮道："或许只是小人想多了？或许他真的算了一卦，算到自己会有大难，要倒大霉？"

沈惟清的目光再次扫过小小的雅阁，忽问道："李鹊桥为何指定要这个雅阁？"

伙计呆了下："真人……并没有指定要这里。一般客人要雅阁，我们必然先安排靠窗或离楼梯近的。天字三号房虽不靠窗，但离楼梯最近，我便将真人带过来了。"

这正是商家们素日用的套路。

人都有从众心理，茶坊酒肆越是人多热闹，越见得格调不凡，风味正宗，也就越受人欢迎。窗扇临街，行人能看到里面的客人；离楼梯近，前来品茶的客人也能看到雅阁内人头攒动。故而新来的客人，伙计都会优先引向临窗或临近楼梯、廊道的雅阁。

"彼时还有别的雅阁可供选择吗？"

"有、有，对面天字四号房是临窗的，当时也空着；还有先前经过的天字二号房更近些，但客人刚离开，还未及收拾妥当。如果真人再晚来片刻，那我应该会带他去二号房。"

沈惟清挥手令伙计退下，沉吟不语。

韩平北看出其中门道，问道："惟清，你怀疑李鹊桥跟人约在了这间，对方有了准备，提前潜伏在这里杀人？"

"没什么不可能。"沈惟清一叹，"但如果雅阁真是这伙计随机进的，凶手便不太可能提前埋伏着。"

韩平北眼睛亮了下："方才那伙计也说了，他最可能进的，就这三间。如果幕后元凶在这三间都埋伏了人呢？"

王四忙道："韩郎君，李鹊桥进去后，一直有人盯着，并未见到其他人离开。"

韩平北不屑道："你们盯着也无用，如果人家早有计划，多半有脱身之策。"

"可门窗都被盯着，他们怎么脱身？"

"或许想办法转移了你们的注意力，或许有了什么障眼法……你我做不到，不代表凶手做不到。等你多看些案宗就知道了！"

韩平北老神在在地指点江山，王四嘴唇动了动，再动了动，瞅了眼沈惟清，默默闭嘴。毕竟他字都不认识几个，更别说去看那些佶屈聱牙的卷宗了，怎么争得过这位衙内？

韩平北得意，向沈惟清道："惟清，这茶坊掌柜不是早早将前后门都封锁了吗？依我看，凶手必定还在其中，咱多调些人手，挨个排查，必有斩获！"

沈惟清无奈道："平北，如果凶手能在一堆人盯着的情况下，在这小小房间里杀人，然后从容脱身，你认为他会留在茶坊里吗？"

韩平北一呆，顿时也闭嘴了。

沈惟清转头看向钱界："你进来时，可曾发现这里有其他人出现的痕迹？"

钱界忙不迭地解释道："没有。我看到鹊桥真人躺在地上，自然担心凶手不曾离开，会对我下手，所以第一时间就留意了四周，桌底墙角全细看过，不仅没人，也看不出有人藏身过的痕迹。"

沈惟清叹道："所以，如果你不曾杀人，那真凶应该早就离开了。"

按王四手下所言，钱界在雅阁里待了不短的时间，真凶得手后有足够的时间逃离，怎么可能留在这里等着被人抓？

韩平北忍不住踢了踢钱界，怒道："发现死了人，你不赶紧叫人，故意磨磨蹭蹭，莫不是在为凶手逃离争取时间？"

钱界道："我没有……我真的只是想看下周围有无线索……"

毕竟李鹊桥跟他主人有点关系，跟他有点关系，甚至跟小娘子有点关系……

沈惟清淡淡道："这话你留着解释给阿榆听吧！"

钱界登时瘫在地上，一脸绝望。

办事办成这副模样，秦氏食店那群黑心肠的，不知会怎么收拾他……

杏春茶坊的掌柜夏炎此时擦着汗匆匆赶过来，气喘吁吁地道："小人夏炎，见过沈郎君，韩郎君！抱歉抱歉，我怕他们安排不好，放走了要紧的人犯，所以多吩咐了几句。没耽搁二位的要紧事吧？"

沈惟清摇头："罢了，你也有心了。且说说，你见到的鹊桥真人，是死是活？"

"活的，当然是活的！"夏炎瞥一眼地上的尸体，圆胖的脸上红白不定，额上汗珠滚得更多了，"不瞒二位郎君，这位鹊桥真人，说话虽然虚了些，未必可以尽信，却着实为我们茶坊介绍了不少客人，几处王府、侯府的内知、管事们，甚至府上的小郎君、小娘子，常在此处喝茶听曲儿。故而我听伙计报知他过来了，赶紧过来寒暄了几句，又问了问他的近况。"

"他如何说？"

"他说近日甚好，但在一位娘子家捉狐妖时，被那狐狸临死反扑，在腿上咬了一记，不得不在那娘子家休养着，顺便享享艳福……"

"……"

沈惟清脸黑了黑，王四也不敢看少主人的神色。

韩平北左右一瞄，笑出了声："沈惟清，你不会就是那个咬了李鹊桥的狐狸吧？"

"他得庆幸自个儿死得早。"沈惟清淡淡说着，又看向夏炎，"还有呢？"

夏炎也明白过来，汗水滴得更多，讷讷道："我、我恭维了他几句，又为他添了茶，就离开了。离开时他也是好端端的……"

夏炎转头看向钱界："算时间，距离这位进去，顶多只有半刻钟吧？"

说话间，审判院的衙差们也已赶过来候命，夏炎忙又去帮着众衙差查问茶坊里的客人，指望能从众茶客的口中得出些有用线索。

韩平北看众人忙乱，悄悄扯了扯沈惟清的袖子："哎，我越来越觉得，定是有人提前埋伏在此处杀人。半刻钟时间，一进一出杀人，还要瞒过众人的眼睛，怎么可能！要不然，凶手就是他！"

韩平北的手，直直指向了钱界。

钱界有气无力地趴在地上，一脸的听天由命。

冤枉二字，他已说得倦了。

这时卢笙奔入，身后却是空无一人。

沈惟清讶异："阿榆呢？怎么没过来？"

李鹊桥不仅关系乔娘子的那幅画像，跟八年前的福酒被盗案也脱不了干系，阿榆得讯，本该第一时间赶到才是。

卢笙道："秦小娘子不在。"

"嗯？"

"说是做了些肴馔，送往李府去了。"

"……"

去谢李长龄保了他们的大媒吗？

相识这许久，阿榆似乎都不曾特地为他做过一顿饭菜……

阿榆的确在李长龄府上，并且在李长龄惯常待的那间水榭里。

但李长龄并没有像以前那样对着佳肴大快朵颐。他随口尝着菜肴，眼睛却一直盯着阿榆。

阿榆面色发白，竭力保持着平静，目光却不由得四处逡巡，支颐的手不安地搓揉着，指尖有着克制不住的颤意。

水榭两边，分别栽种着桂花和玉兰花，取"金玉满堂"之意。这两株树都已有了些年份，生得枝干遒劲，森然葱翠。

但阿榆却记得，这玉兰开的花是罕见的粉紫，美艳明亮，高雅不俗，在婀娜的枝形间招摇绽放，傲然初春；而桂花则是金桂，香味浓郁得出奇，每次阿娘牵着她经过时，她都会顿下小小的身子，多多嗅上几回。阿娘见了，便叫人多多采集桂花，制了数瓶桂花香油，让她抹在发梢上。于是，那种香甜而馥郁的桂花芬芳，常年都能包围在她身周。

后来，某个夕阳如血的傍晚，他们匆匆离京，她便再也没有闻过那般馥郁温馨的桂香。

阿榆轻声问："当年主院外的墙边植着好大一株木香，如今还在吗？"

李长龄无声地捏紧袖子，有些紧张地答道："那株木香应是被后来接手的人挪走了，转到我手边时，那里栽着一株石榴。我想着石榴喻意也好，便没再特地去寻木香了。若你喜欢，我便移株木香回来。"

阿榆摇头："不用，我只是随口问问。何况，木香的确喻意不太好。"

李长龄分明是念旧之人，却不曾挪回木香；沈惟清更是连她戴着木香花也看得不舒服，悄悄为她准备了骨珀的小栀子花。

李长龄见阿榆目光幽然，想起当年那个娇憨无邪的娇贵小女孩，心口揪了揪，轻声道："阿榆，其实许多地方并未改变多少。不如，我带你四处走走？"

阿榆摇头："算了，物是人非，何如不看？"

李长龄微笑："虽说物是人非，可毕竟你还在，我还在。你若愿意，你和四叔、四婶当年的屋子，我都可以按照当年的模样重新布置出来。"

阿榆勉强一笑，声音却喑哑了："不必了。长龄兄长身居高位，一举一动必定有人关注，若被有心人察觉，必于长龄兄长不利。"

"这个不用忧心。我能允你，便有办法不叫人察觉异常。"

"这样啊……"阿榆似乎认真地回想了下，一声喟叹，"可我当时年幼，如今哪里还记得那些屋子是什么模样？倒是记得，先前曾在阿爹阿母的主院前，堆过一个很大的雪人。"

李长龄顿了下，深深看向阿榆。

这小娘子如此早慧，记得这里的水榭，这里的玉兰金桂，记得主院的木香花，还记得他，记得他教她写字，又怎会记不得她自己住过的卧房？

她还是怕连累他吧？

那个玉琢般无瑕的小娘子，究竟经历了多少磨难，才养成了如今这般锋锐又隐忍的性子？

许久，李长龄道："好，等下雪时，我带你在那院前堆一个很大的雪人。"

阿榆嫣然一笑："但我带这些好吃的过来，可不只想请长龄兄长带我堆雪人。"

李长龄笑了笑："哦？"

阿榆道："我想进光禄寺，想参与下一轮的饮福大宴，不知可有机会？"

李长龄轻叹："你想查八年前秦池那个案子？"

阿榆愁道："我若不查，藜姐姐醒来，必定自己去查。若她去查，必定死得很快。兄长也看到了，为了她，这些日子我多辛苦。我可不能白费了这番心血。"

李长龄苦笑："她……究竟为你做过什么？值得你付出这许多？"

阿榆便偏了脑袋，仔细想着："她……为我做过饭菜，为我梳过头，盖过被子，还教过我打穗子……可惜我才学了一半，没学会怎么收尾。"

李长龄等她说出感天动地的事迹来，结果……

他无奈地看着这小娘子，如看着一个小傻子："就为这些？"

167

阿榆认真地看着他："还不够吗？"

够吗？

李长龄试图去理解阿榆的思路，却终究无法理解。

阿榆看出李长龄的困惑，想了下，慢慢道："我刚入临山寨那段时间，过得不太好。为了活命，什么都吃。从野菜树皮，到野兔青蛙，甚至毒蛇老鼠……毒不死我的，全是我的食物。有一次饿极了，我大约生吃了老鼠，可能也生吃了正逮老鼠的那条蛇……吃完不久便晕了过去，醒来时两眼发花，嘴里发麻，连记忆力都变差了，先前很多事都想不起来了……"

李长龄神情不动，眉眼却冷凝起来，沉默地看着阿榆，听她继续往下说着。

"从那之后，我的舌尖便一直麻麻的，闻着再香的吃食，也尝不出丝毫味道。凌叔找到我后，寻了不少能人异士为我诊治，有说中了蛇毒，有说心境异常，各自开过许多药，但吃下去全无效用。直到十四岁那年，我尝到了秦藜姐姐做的饭菜。"

阿榆当时只是想见见继兄裴潜看上的小娘子究竟是何模样，私入秦宅对于她来说就是桩微不足道的小事。她的嗅觉灵敏，被秦藜做的羹汤香味吸引过去，便也随手盛来吃了。

可她万万没想到，原来迟钝发麻的舌尖，竟意外品出了一丝食物的鲜香。

秦藜是温厚之人，看着小女孩渴望的眼神，不仅不曾计较她的偷食行径，还继续为她做吃食，细致地照顾着这个看着十分可怜的小妹妹。哪怕后来知晓阿榆来历，依然信任维护着她——如同信任维护自己的家人，自己的姐妹。

"或许真是我心境出了问题吧？我总觉得，藜姐姐做的某些菜式，跟阿娘做的有点像，所以我才能尝出些饭菜的香味。她帮我梳头，带我裁衣、观灯会、挑衣饰时的感觉，也很像阿娘。"

李长龄迟疑道："阿榆，四婶的性情……和寻常娘子并不一样。"

那样的爽利、坚强，又那样的温婉、重情。

阿榆便笑起来："她们当然不一样，只是，她们待我的感觉是一样的，是……很真实，护着我的感觉。"

虽然当时的阿榆已是临山寨的小魔星，根本不需要秦藜的保护。

李长龄蓦地明悟："阿榆，你将秦藜当作了你的亲人。"

阿榆道："是她先将我当作亲人。那感觉……很好，所以后来我就在石邑镇住下了，一住三年，甚至常常住在秦家……"

她渴盼亲人和亲情，而她的身边，真正的亲人已经缺席太久太久了。

那些年半真半假的相处里，秦池夫妇怜惜她，秦藜疼她如亲妹，一无私心，二无杂念，纯粹地将她当作孤弱的年少娘子照顾着，不知不觉间弥补着她缺失的感情，也顺理成章地被她当作了亲友和姐妹。

因这些年所受的折磨，她早已满身戾气，仿若自地狱中爬出的小魔头，遍体竖着尖刺，用恶意的目光，警惕着所有人，并对可能的敌人虎视眈眈，随时准备暴起反击。

而秦藜和秦家，让她看到了光，可以穿越阴霾驱散她心底阴暗的光。

如果继续相处下去，或许有一日，她能恢复过来，像其他小娘子那样，会哭会笑，会爱恋会欢喜，活得像一个人，而不是从地狱中爬出的行尸走肉。

看着阿榆恍惚里带着渴求的目光，李长龄终于明白过来，忍不住抬手，轻轻拍了拍她的头，叹道："既然秦家真心护你，兄长也感谢秦家和秦藜。只是饮福大宴那桩案子，应该极不简单。阿榆，你若追查此事，找不出线索还好，若是找出线索……怕有人会像对付秦家那样对付你。"

"对付我？"阿榆悠悠地笑了起来，"灭我的门吗？可我家只剩了我一人……"

"……"李长龄半晌才轻轻一笑，"不只，还有我。"

阿榆道："你不是，你不是我家的人。你得活着。"

她说得清清淡淡，无情得仿若浑身尖刺竖起的刺猬。独那句"你得活着"，如钟磬般无声地敲击着谁的胸膛。

李长龄默然，然后轻声道："阿榆，你想做什么，便去做吧。我会活着，也让你……好好活着。"

阿榆笑了起来："那参与饮福大宴的事……"

"此事你若寻我，正是舍近求远，反而会让人留意到你。"

"兄长的意思是……"

"去找寿王藏在玉泉观的那位美人。"李长龄轻轻往后一靠，神情已恢复了素日的从容恬淡，笑容也惬意起来，"寿王高华贵重，雅好饕餮之道，又与沈惟清交好，举荐你才叫顺理成章。以他皇子之尊，必定事半功倍，绝少有人敢刁难于你。"

阿榆细品，立时眉眼舒展，笑道："好，我这便去寻柳娥。藜姐姐脸皮薄，便是厨艺再好，也不会开这个口。而我素来最爱做恶人了，正好还能看看她家那位贵人，对她究竟有几分上心！"

李长龄笑道："我也想瞧瞧，这位寿王殿下，究竟是与世无争，还是深藏不露！"

阿榆对寿王是怎样的人并无兴趣，撇撇嘴道："他若不好，正好让柳娥认清他这个人，免得在一棵歪脖子树下吊死。辜负了大好的青春，如花的容貌，划不来！"

她站起身，拍了拍腿边温顺的大白狗，说道："我走了。让你府上的暗卫离我远些，刀剑无眼，不小心杀了那么几个，怕兄长的俸禄不够贴补他们的抚恤金。"

李长龄无奈摇头："放心，我早吩咐过了，你和凌兄若来了，他们必定躲得远远的，绕开你们走，如何？"

阿榆满意，身形一掠，很快消失于花木山石之中。

眉眼宛然如昔……

可这性子，跟幼年时真是天差地别了！

可似乎也没什么不好。

毕竟他要活下去，她也要活下去。

或许他该庆幸，隔了漫长而坎坷的岁月，他们居然还能在彼此身上感受到一如往昔的温度，找回失落多年的情感。

于他，于她，都弥足珍贵。

李长龄怅惘片刻，重新举箸，夹起一片凉了的鸭肉，细细咀嚼，品味。

身边凉风掠过，忽有人影扑下。

李长龄一惊，顿时呛住，咳得那张安闲出尘的面容几乎要扭曲。

待看清来者竟是阿榆去而复返，他抖着筷子继续咳着，看着她一时竟说不出话。

阿榆眨眨眼，遗憾道："哎，我回来是想告诉长龄兄长，见兄长这一面，我也放心多了。毕竟柳娥的事连官家或许王都不知晓，你却连她跟秦黎的关系都一清二楚，可见兄长筹谋深远，智珠在握，足以自保……嗯，我这不成器的妹妹，就不用为兄长操心了。"

李长龄终于缓过来，放下筷子，整理了仪容，正要说话时，阿榆抢着又道："兄长你慢慢用膳吧，我就不打扰你了！"

不待李长龄有所反应，阿榆已纵身而起，飞一般地离去，瞬间不见踪影。

李长龄看看眼前的美食，忽然有点难以下咽了。

他开始有些懊恼，不该沉浸于往昔的温情中，毫不犹豫毫无原则地答应阿榆的所有要求。

撤走所有的暗卫，由她自由来去，如同出入自家后院……

他怕半夜醒来，一个女飞贼坐在他枕边玩着剔骨刀——那就不是呛死或噎死，而是吓死了。

阿榆回到食店，才看到一脸苦相等在食店的卢笋。

一见阿榆，卢笋如见救命稻草，叫唤道："我的娘耶，小娘子，你这是去哪了？再找不着你，我可得被我家郎君拆了骨头了！"

阿榆奇道："我走时不是跟阿涂交代过吗？我去给李参政送些吃食，谢他保媒之恩。他不曾跟你讲？"

卢笋道："讲了。我回去禀了郎君，郎君又让我去李参政府上找。但守门人说秦小娘子不曾来过。"

阿榆想了下："你是不是问他们，有没有一位姓秦的小厨娘过来送吃食？"

卢笋连连点头："我还说了你的衣着、容貌、来历，他们若见了你，不会没印象。"

秦小娘子居然撒谎，他这少主母居然撒谎！

考虑到这位是未来的沈家宗妇，得罪不起，他已天人交战许久，究竟要不要将这事告诉郎君。

天可怜见的，他在这里干等着，没给郎君传个讯，指不定郎君会怎样不满呢！

阿榆转了两个圈，疑惑地问："卢笋，沈惟清有没有说过你很笨？"

很……很笨？

沈惟清的确说过。

但这是一个未过门的小娘子该质问的吗？

阿榆看他强忍愤懑的模样，只得点拨道："如果有素不相识、素无来往的厨娘给沈老送吃的，沈府的阍者会让进吗？"

卢笋道："不会。"

阿榆道："如果有小娘子上前，温文尔雅地让阍者通禀，有饕餮故友，携玉真公主亲酿之瑶池醴泉酒、太白先生手作之石髓青粳饭，应约而来，你会通禀吗？"

卢笋呆了呆："会。"

"这不就结了！你跑到李府，不问姓秦的女性贵客，却问什么送吃食的小厨娘，人不把你打出来就算好的。李参政会缺这口吃的？"阿榆叹息，"这么笨，沈惟清必定很不省心吧？不如也留下来做几个月跑堂，跟我家阿涂学学？"

旁边眼观鼻、鼻观心的阿涂："……"

近来小娘子真是越来越抬举他了。难道看着钱界要吃官司了，想再捞个不要钱的伙计回来？

卢笋已在抱屈："小娘子，我对郎君忠心得很哪，又怎会让他费心？"

阿榆道："忠心？我回来后，你跟我掰扯这半天，就为分辩你的辛苦，你的为难，还有我的不靠谱。可你家郎君为何派人找我，你到现在都没提一个字！如果这叫忠心，你赶紧把这忠心喂了狗吧！留着这'忠心'侍奉你家主子，主子得折了十年寿。咦，沈惟清是个聪明人，怎会把你这蠢货留在身边。莫不是把你当作磨刀石，想磨砺自己的耐心？"

磨刀石……

会是这样吗？他的"忠心"真的这等无用，只会坏事，只会拖累他家主子吗？

卢笋直愣愣看着阿榆，开始怀疑人生。

阿涂已看不下去，上前道："小娘子，钱界在杏春茶坊追踪李鹊桥时，李鹊桥被杀，钱界也被当作凶手扣住。沈郎君负责此案，故此派人相请小娘子前去商议。七娘得知消息，已赶去杏春茶坊了。"

阿榆便转头看向卢笋："我要听的就是这些。你刚跟我说的，都是什么？亏我不是你家主人，若我是，忠心不忠心我可以不管，敢误我的事立马给我滚蛋。这苦瓜脸怨妇似的，演给谁看？要不要送你去瓦舍唱几出大戏？"

阿榆翻了个大白眼，转身又骑上驴，赶往杏春茶坊。

阿涂一推卢笋："小娘子都去茶坊了，你不跟着去吗？"

卢笋幽怨地看向阿涂，"我真的这般无用吗？我真的不算忠心吗？"

阿涂退了两步，指向卢笋："我跟你说，你千万别想着留在我们这里跑堂！你这种人，去灶下烧火我都嫌聒噪！"

他转头离开，兀自摇着头："以为钱界是个糊涂蛋，没想到居然还有这种拎不清又不长脑子的。神佛保佑，小娘子千万别想不开，把这种人收过来做跑堂……"

卢笋听得呆了。

离了他家郎君，他连当个跑堂的都不配吗？

这人生，瞬间灰暗了……

第三十章 人生一世，总要分个峥嵘高下

阿榆赶到杏春茶坊时，天都快黑了。好在沈惟清对卢笋那德行一清二楚，倒也没多问，径直将李鹊桥被杀前后的事告诉了她。

阿榆听得他之前竟有了这许多布置，笑道："我以为你已经忘了李鹊桥和玄女像的事儿，没想到一直盯着呢。"

沈惟清道："玄女像背后之人怕是不简单，所以我想暗中先查了再说。凡事总要心中有数，才不至被人牵着鼻子走。"

阿榆忽然想起李长龄，悄无声息便查了寿王和柳娥的事。他未必会掺和储位之争，却能未雨绸缪，事事心如明镜。或许这便是他年纪轻轻得登高位的原因之一？

她不由笑道："你们心眼子真多。"

沈惟清目带探究："你们？"

阿榆笑了笑："想起另一只狐狸。"

沈惟清颇有自知之明，深知自己在她心里便是一只狡狐，至于另一只……

"李参政？"他忽然便有些不舒服，笑问，"他做什么了？得你如此评价？"

一个喜欢美食的年轻高官，对偏僻食店的小厨娘另眼相待，并相约过府，本已怪异，

如今阿榆与他在一处，却想着那位，口吻不像嘲讽笑骂，倒像亲昵薄嗔……

阿榆并未在意沈惟清言语间的异样，轻描淡写道："没什么，就觉得他走到今日，是个让人放心的聪明人。"

入仕不到十年，做到宰执之位，极得官家宠信，谁都不能否认，李长龄是聪明人，甚至称得绝顶聪明之人。

沈惟清自我反省了下，资历不如那位，年岁不如那位，最初还对阿榆抱有成见，说过些不太中听的话……不过后来阿榆愿意与他结亲，他算不算能让她放心的聪明人？

阿榆正四下打量着："茶客们这边没找到线索吗？"

沈惟清也敛了心神，扫了眼周围还在忙碌的衙差们："前来喝茶之人多有同伴，排查并不困难。如今绝大部分茶客的嫌疑已然洗清，但并无确切指向真凶的线索。"

阿榆叹气："想来凶手已然离开，不在这些茶客中。重点应该排查那个时间段离开的茶客。"

"这便是麻烦之处。此间茶坊生意颇好，伙计每日迎来送往，除非是常来的熟客，或者长相性情有明显的特征，根本不可能留下印象。"

换而言之，凶手离去时掩饰得很好，茶客们并未发现异常。沈惟清说着，领阿榆去雅阁查看李鹊桥尸体。

那边件作早已验完尸，见二人过来，立时将填好的尸格呈上。除了前些日子被沈惟清在小腿上割出的皮肉伤，便只有脖颈上的那处致命伤。是被一柄窄而利的短刀所斩，一刀毙命。

阿榆看了尸格，又亲去看了尸体，分析道："从伤口位置和短刀入肉的深度来看，凶手应该学过武艺，出刀的力度大，角度刁钻，速度极快，以至于李鹊桥死得很快，很可能都没来得及发出惨叫声。"

沈惟清点头："凶手应该是熟人，出其不意动手偷袭，这老泥鳅完全没有准备，才会中招。"

阿榆左右打量着这间屋子："你们怀疑有人事先藏身他可能去的屋子？"

"有此可能。在那么多双眼睛的监视下，想潜入雅阁杀人，再悄无声息离开，并不容易。如果事先藏身，能善用环境影响，趁着监视者一时疏忽，或许还能寻到机会悄然逃离。"

"可如果根本没人暗中潜入呢？"

"那凶手只能是进过那雅阁的三人之一。伙计，掌柜，或你家那位小钱儿。"

阿榆听沈惟清提到小钱儿，叹了口气，说道："他跟你家那个卢笋，堪称一时瑜亮。"

沈惟清会意，苦笑着摇摇头："卢笋在李参政那里碰了壁，又在你那里闹了笑话？"

"还好，至少他不会武艺，闹不出人命官司。"

阿榆忽然有些理解沈惟清为何还愿意留着卢笋。卢笋虽然蠢，但也笨啊，干不了大事，也便闯不了大祸。她无精打采地问："我那位捅破天的跑堂呢？"

阿榆本想着好好教训教训钱界，让他长长记性，免得回回惹麻烦。但看到钱界后，她只能摸摸鼻子，问道："七娘来过了？"

"来……来过了……"

自从绑架阿榆失败后，钱界身上的伤便没好过。

前些天给打出的瘀青还未及消失，这会儿便又青青紫紫浮了上来，肿胀得连猪头都不足以形容，甚至视物说话都困难了。——他一只眼睛青着，另一只眼睛肿得只剩下一条细缝，嘴巴也给打歪了，边说话边漏着口水。

想起安拂风先一步赶过来，阿榆立时猜到这是她的手笔。

阿榆叹息道："说来你是得吃点教训。我让你找李鹊桥，你却能把自己折腾成杀李鹊桥的凶手，这能耐也忒大了！"

钱界悲愤道："既然找到他，我总得将他带回去见小娘子。谁知他却死了呢？"

阿榆嘲讽道："他死了，于是你也要学审刑院查案，留在现场寻找凶手吗？"

钱界叫屈道："小娘子，我在谁面前撒谎，也不敢在小娘子面前撒谎呀！眼看小娘子让我找的人死了，我总得给小娘子一个交代吧？如果什么线索都没有，我怎么跟小娘子说？自然要细找找。"

"那你找到没有？"

"没、没有。"钱界面如土色，"可我这次真的没谎言。"

"为了我的吩咐，这般敬业？"不知什么时候，阿榆把玩起了她的剔骨刀，眉眼安闲，"你觉得我会信吗？"

"小、小娘子，你必须得信呀。"

"理由？"

"天香摄魂虫。"

"天香摄魂虫？"

这是什么玩意儿？怎么听着有些耳熟？

钱界看着阿榆没心没肝的模样，一阵绝望："小娘子，你不会忘了你在我身上下过天香摄魂虫吧？我、我最近感觉那虫已经不老实了，常在我身体里这里钻钻，那里钻钻，害得我这里那里的，不是痛就是痒。"

"……"阿榆终于记起了"天香摄魂虫"的由来。

当时她随手摸出了几样香料，揉揉捏捏搓成长条状，塞入了他喉咙，哄他说是要命的虫……香料又不能成精，怎么可能这里钻钻，那里钻钻？但钱界总是被打，总是被打得这么惨，难免这里痛，那里痒……

何况他打心底地相信秦氏食店是家黑店，黑心肝的小娘子还指使安七娘天天打他，连阿涂这书呆子都时时损他欺负他，随手扔个毒虫子当属正常操作……他怎会想到阿榆竟是信口胡诌！于是哪里疼了，痒了，都觉得是阿榆扔的那条虫子作祟了……

眼见无人信他，钱界努力用被捆缚的手捏住阿榆衣角，涕泗横流："小娘子，你得信我，不能由着他们把我推上去顶罪啊！"

如果找不出凶手，小娘子也不帮他，作为现场唯一被逮住的嫌犯，他可能真要被判作凶手了……

至于他那位暗处的主人，看他办砸了小娘子的事，指不定会给小娘子递刀子。

阿榆不觉得钱界有杀李鹊桥的动机，见他哭得凄惨，便拍拍他脑袋，说道："放心，一时半会儿应该不会认定你是凶手，毕竟没从你身上搜出凶器。"

钱界愣愣地抬起头，欲言又止。

阿榆忽觉不妙："你别告诉我，你身上带着短刀。"

钱界嗫嚅道："我随身没带刀剑，但带着把利匕防身……"

"……"

"我检查鹊桥真人尸体时，衣衫上还沾了些血迹……"

"……"

阿榆懊恼，她为何派这么个蠢货找人呢？交给不懂武艺的阿涂都不至砸成这样。

她无奈道："怎会沾上血迹？难道你难道挪动了尸体？"

钱界道："我当时看着鹊桥真人倒在地上，总觉得他像在看着一处地方，就试着把他扶了扶，想弄清他看的到底是哪里。"

阿榆抚额："你看出了没？"

钱界精神略振："看出来了，他当时应该在看着门口。"

"门口？"阿榆想了下，"难道凶手是从门口离开的？"

钱界一呆："对呀，他被一刀毙命，死前必定盯着凶手，所以，他看的不是门口，而是凶手的背影！小娘子，只要查一下在我之前进入雅阁的人是谁，凶手就出来了！"

阿榆叹气："在你之前进入过雅阁的，一个是茶坊伙计，一个是茶坊掌柜。你觉得他们像凶手，还是你像凶手？若你不动那尸体，直接唤人，沈郎君他们据此有所判断，或许能信你几分。"

钱界抱头："我怎么这么倒霉！"

阿榆道："我倒觉得你是求仁得仁。下面去了大牢，应该没人打你了，睡觉都能安心不少。记得好好吃饭，好好休养。伤养好了，回食店干活才利索。"

"……"钱界无言以对。唯一庆幸的是，小娘子似乎相信他不是凶手了。

对杏春茶坊的排查，最终筛出了三个可疑之人，没有不在场证据，且言语或来历蹊跷。再费了几日细细追究下去，一个是想找某部使送礼，求他为自家犯事的子侄说情；一个是约了某太师门下，想谋个实缺；剩的一个最是鬼鬼祟祟，形迹可疑，查到最后竟和学士院某大员的夫人暗通款曲。

全京城都在看那位学士院大员的笑话时，李鹊桥的案子却真正陷入了僵局。

沈惟清先前已从李鹊桥那里问到些事，不愿阿榆沾惹那些说不得的是非，便让阿榆回去休息。阿榆想着那幅绣像牵涉的过往，估摸着此事可能急不来，当下便应了，径自回了食店。

安拂风那日教训完钱界，眼见茶坊那些细碎活儿帮不上忙，记挂着食店无人打理，早就赶了回去，跟阿涂二人，男主内，女主外，将食店经营得红红火火。

托江九娘的福，食店内外的陈设都换了一遍，如今看着颇有格调，加上食店又有几样出挑的招牌菜，还有安拂风这位抱着宝剑迎客的冷美人，竟吸引了不少寻幽觅胜的文士光顾，点的都是最贵的几样菜式。

据安拂风估算，这些人眼高于顶，有着自己的交游圈子，很快会将秦氏食店的名声在同好者间传播开去，到时这食店想不赚钱都难。

阿榆对此自然满意，准备回食店换件衣服，便去玉泉观看望秦藜，顺便和柳娥聊聊饮福大宴的事。但一到食店，便觉气氛怪怪的。

阿涂一脸的做贼心虚，时不时偷看安拂风一眼，满脸的忐忑；安拂风有些气恼的模样，却难得地忍耐着，和颜悦色地跟阿涂没话找话地说着闲话。

阿榆纳闷，且不急着离开，悄悄唤了阿涂问道："怎么了？是你做了亏心事，还是七娘做了亏心事？"

阿涂郁闷道："我想谢七娘几度帮我，所以准备了礼物，晨间得闲便送她了。"

阿榆精神一振："嗯，她收下了？"

阿涂道："她看到我送她礼物，一脸的稀奇，等打开那盒子，却又满脸怒意。我以为她要打我呢，谁知她一转眼又换了笑脸，说她收下了，让我别难过，专心做事。"

阿榆听得莫名其妙："收了你的礼物？让你别难过，专心做事？"

阿涂道："是不是很奇怪？她很不喜欢我送的耳坠，收下时十分勉强的样子，后来还说我活该，说以后没人要的东西别给她了，她又不是收破烂的。我寻思着，我那耳坠虽不怎样，也算不得破烂。莫不是她觉得我这番心意是破烂？"

"耳坠？"阿榆依稀记得安拂风提过什么耳坠，"什么耳坠？"

"兔子耳坠。七娘属兔，我特地请匠人琢了一对白玉兔子的耳坠。"阿涂将自己的耳朵往下按了按，示意给阿榆看，"那兔子这么耷着耳朵，很像七娘冷着脸的模样。"

听着阿涂应该很有心，特地打的耳坠，特地雕琢的样式……

但阿榆终于记起了当日安拂风说过的话，觉出了哪里不对，转头就去找了安拂风。

安拂风提到这事便面有愠色，却很快转作无奈。

她道："上回我不是跟你说过，这阿涂念着哪位小娘子，偷偷拿着一对老鼠耳坠傻笑吗？想来那小娘子看不上这老鼠耳坠，不肯收。阿涂这杀千刀的，竟一转头将耳坠送给了我！是不是我看着好欺负，才将别人嫌弃的垃圾给我！"

"……"阿榆想了下，"你确定，那耳坠是别的小娘子不要的垃圾？"

安拂风道："这个还用问！老鼠耳坠，谁会要？我也是瞧着这小子可笑又可怜，难得有勇气跟个小娘子表白，却尽出昏招。眼看被拒了，魂不守舍的，我也不好跟他计较，还得收了这破耳坠，好生安慰他几句。哎，老鼠耳坠，何处想来？"

阿榆叹气："你确定，那是老鼠耳坠？阿涂偶尔有些呆，可从没做过蠢事。"

安拂风便在身上翻了翻，找出帕子裹着的一对耳坠，不屑道："瞧瞧，就这耳坠。说是白玉，但玉质寻常，不够温润，又是这等小件，何况雕工也寻常，你看，这只老鼠尾巴都没有！他拿这玩意儿送人，人家小娘子不打他一顿算好了，怎么可能收下！啧啧，我看着都为他急！"

阿榆将耳坠左瞧瞧，右瞧瞧，慢慢道："七娘，你没发现，两只耳坠是对称的，都没有尾巴？"

安拂风定睛细看，纳闷道："也对……这匠人也太偷懒，竟连尾巴都没雕！"

"因为人家雕的是兔子，不是老鼠。"

安拂风不由得拿起耳坠对着明亮处细瞧,研究这玩意儿究竟是老鼠,还是兔子。

"兔子?兔子耳朵是这样的吗?"

"兔子耳朵可以竖着,也可以向后耷着。你看这两边耷下去的,不是耳朵吗?"

"我以为是老鼠身上的花纹……"

"……"

"七娘,这雕的确实是只兔子。"阿榆难得地苦口婆心,"阿涂没钱,上回给了他一贯钱,怕是他全部家当了。一贯钱能买到上好的玉石吗?能请到上好的匠人吗?也亏得阿涂机灵,能想到利用这样的白玉碎料,不然怕是只能买一对最寻常的银耳坠。"

安拂风看了半日,终于认可了阿榆的看法:"没错,真是一对兔子。"

阿榆还未及欣慰,便听她纳闷道:"既然是对玉兔,那小娘子为何没收?难道也认作了老鼠?"

阿榆头痛:"七娘,你为何认定阿涂想送给其他小娘子?"

"没吃过猪肉,难道还没见过猪跑?以为我是你这样的榆木脑袋?"安拂风很是鄙夷,"我当时可瞧得清楚,他背着人握着这耳坠儿,就是一副思春的模样!还有,他见到我的神情,跟见了鬼似的,脸都红到耳根子了,还不是被我看穿了心思,心虚!"

阿榆连连点头:"我的确是榆木脑袋,没能看出这些。不过,七娘,阿涂先前清清楚楚告诉我,他要用那一贯钱,送个礼物给你,谢你照拂之恩。刚刚他又明明白白地告诉我,他终于将礼物送给你了,是一对兔子耳坠。"

安拂风呆住,认真看向手中耳坠:"不是送心仪的小娘子的,是送我的?"

阿榆再不开窍,此时也已看出门道,笑道:"或许,他送给你,就是送心仪的小娘子呢?"

安拂风蓦地涨红了脸:"阿榆,不许胡说!"

阿榆笑嘻嘻道:"他要送你,是他自己说的;他要送心仪的小娘子,是你自己说的。我胡说什么了?对了……"

"阿涂说,你属兔,他才雕了个兔子。"阿榆将白净净的耳朵向下一压,俏皮地笑,"兔子耳朵这样耷着时,很像你冷着脸的模样,冷冷酷酷的模样,却一点也不吓人,还特别可爱。"

"你、你还胡说!"安拂风恼了,抬手要捏阿榆的脸。

阿榆笑着忙逃向店外,一边逃,一边高叫道:"七娘,我是榆木脑袋,你可不是!你赶紧细想想阿涂这兔子耳坠究竟是怎么回事吧!"

"你还说！"安拂风扭头瞧了瞧，没见阿涂，顿时松了口气，也顾不得再追阿榆，继续细看那耳坠。

不知怎的，被阿榆这么一说，她也觉得这耳坠雕的是兔子了。

圆圆身子，没有尾巴，紧紧收着耳朵，警惕地蹲坐于地，向前张望。这不就是只兔子嘛！而且很生动，很可爱，真的有点……像她？！安拂风怔怔看着，一时痴了。

在她看不到的角落，阿涂脸红红的，捂着嘴，悄无声息地偷笑。

诚如他之所想，小娘子果然会找七娘。他的这番心思，总算没白费。

还说小娘子榆木脑袋呢，她自己明明也是个榆木脑袋。故意让她瞧见自己在耳坠上倾注的情意，她居然认为是送给其他小娘子的，还说什么老鼠耳坠……什么眼神呢？幸亏他家小娘子万事不靠谱，这次难得的善解人意，当了一回好人。

阿榆浑不知自己被发了好人卡，正在玉泉观努力当坏人。秦藜依然未醒，但阿榆此次前来的目的却是柳娥。

"我不确定参与饮福大宴，能不能找出当年的线索。但如果不去找，秦家阿爹只能继续蒙冤，秦家的灭门血仇，便是抓到那些山匪，也只是拿住了别人手里的一把刀。柳姐姐，我不甘心幕后元凶就此逍遥法外。"

柳娥放下手中的《水经注》，妩媚的眼睛里闪过困惑："就为秦家的案子，你不仅开了食店，进了审刑院，如今还想参与饮福大宴？你可曾想过，秦家之所以被灭门，很可能是因为秦家叔叔在那次饮福大宴上，得罪了他根本得罪不起的人？"

阿榆道："也可能知晓了他根本不该知晓的秘密。若不小心探究到了一星半点，对方的屠刀所指，可能便是我。"

"那你还要去掺和？"

"我可以不掺和，但藜姐姐呢？她满门被灭，会就此放手吗？如果换了藜姐姐请求你帮忙，柳姐姐你能拒绝吗？对方屠刀所指若是我，我学过武艺，尚有自保之力；若是藜姐姐卷入其中，她又该如何自保？"

柳娥不由眸光沉了沉。若阿榆陷入危险，她或许会在能力所及时相助一臂之力，但也不可能为她做更多；但秦藜当年于她是救命之恩，举目无亲，若陷入风波，她断不可能袖手旁观……

柳娥沉吟着，终于道："让寿王举荐一位厨艺高明的厨娘参加国宴，的确不难。只是秦家之事必有隐秘，他素来不喜参与这些事，若因此连累他卷入纷争，恐怕不妥。"

阿榆笑了起来:"寿王真是皇子吗?既担心官家责难,又忧虑朝官参奏,只怕还担心挡了谁的大位之路,于是处处避退三舍,寄情诗文山水,以示并无争竞之心。但退让至此,他又得了什么?胞兄出事,不敢援手;情人生离,托身庙观。如此畏首畏尾的郎君,纵然深情不改,姐姐认为他有机会履行承诺,光明正大接你回府吗?"

柳娥勉强一笑:"榆妹妹,他再如何,也是官家的亲子。虽然顾忌多多,但只要他愿意,寻常人难如登天之事,于他可能只需一句话便能办到。"

阿榆摇头:"官家亲子又如何?柳姐姐,恕我直言,官家第一看重的是江山,能放在眼里的皇子,必定是能镇得住这江山之人。窝囊成这样,你以为官家便瞧得上?既于江山社稷无益,便是跪死陛前,官家都懒得理会,甚至还会厌他怯弱无能,沉溺女色,损了皇家威名。柳姐姐,连名分都给不了你的郎君,当真是你良人吗?夜夜残烛相伴,虚耗此生最好年华,就为一个无望的承诺,柳姐姐,这值得吗?"

柳娥慢慢道:"你都将他说得跟脚底烂泥似的无用了,你说值得吗?不然,我这便收拾收拾离开,与他一刀两断如何?"

阿榆噎住。她有意激将,无非盼柳娥施压寿王,逼寿王插手此事。若真的一刀两断,寿王哪还会帮她?

但她再一想,立时便道:"趁着年轻,一刀两断也好。以姐姐容色才识,另找个年轻专情的相守,绝非难事。"

柳娥不过调侃相试,见她如此说,反而愕然,片刻后方叹道:"寿王虽不问事,但若知晓你这般挑唆,怕也会想法子教训教训你,至少给你使个绊子什么的。"

再不管事的皇子也是皇子,何况年长的皇子就那么几个,寿王虽看着不如许王出挑,但仁厚博学,颇得官家和老臣们称许,绝非阿榆所言那般无用或窝囊。若他刻意找茬,阿榆想做什么,必定事倍功半。

阿榆却不在乎,笑道:"他若找茬,我在京城待不下去了,等藜姐姐醒来,既要在沈家立足,又要费心报仇之事,必定困难重重,步步危机。柳姐姐好容易救了她,岂会对她的事坐视不理?若柳姐姐不顾一切站出来要护藜姐姐,不知寿王殿下是继续韬光养晦、装聋作哑呢,还是冲冠一怒、不惜代价挡到你们跟前?寿王只是不想管事,又不是蠢,自然情愿我拉着沈惟清挡在那些风雨前。"

所以阿榆便是再招惹或激怒寿王,寿王都不会对她怎样——除非他真的想和柳娥一拍两散。

柳娥却听得有些恍惚的模样,叹道:"阿榆,其实我也想知道,若有一日我危在旦夕，他却无能为力时，他会选择放弃我，还是选择与我同生共死？"

阿榆摇头："柳姐姐，你清醒些。那是皇子，天家的皇子！"

天家意志，既尊贵，又无情，怎可能与一介民女同生共死？

柳娥没有接话，黑而浓的睫在眼睑下方投落一片淡淡的阴影，半晌方道："饮福宴的事，就交给我吧。我会让寿王找一个合适的时机举荐你去饮福宴，但如何立足、如何查案，都要靠你自己。"

"那是自然。"阿榆喜悦，又有点纳闷，"你舍得让寿王卷入这些事了？"

柳娥清清淡淡地笑："诚如你所说，夜夜残烛相伴，虚耗此生年华，我付出得不少。如果他连这点事都不肯为我做，我又怎能指望他接我入府，与我厮守终身？"

阿榆笑道："既如此，我们就说定了！哎，在这之前，还得先找出杀李鹊桥的凶手，不然我那个跑堂的得在大牢里过完夏天了！"

见来此目的已然达到，阿榆又去看了眼秦黎，骑了她的小犟驴，在夜色里逍遥离去。

若是旁的美貌小娘子，在城外荒凉之地，走夜路必定提心吊胆；而阿榆全无此忧，甚至有些盼望能遇到个把不长眼的，就如收服阿涂遭遇的劫匪那次，让她平白发了笔小财，还多了几个可以使唤的人手。

柳娥目送阿榆离开，返身回到自己屋中，沉默地环顾四周。

屋子布置得很低调，檀木的床榻不敢雕以花纹，饰以珠玉；妆匣里倒是满满的珠玉簪饰，但妆匣本身也只是寻常的松木所制；桌椅是观里备的，极寻常，谁又能注意到，桌上的壶盏是官窑所制的最上品瓷具呢？

若非懂行之人，一眼看去，真会将这里当作寻常居士房间。

若说最特别之处，当是那整面墙的书架，满架子的书。连书架前方的书案上，亦是堆满了书册，以及她阅书后所做的笔记。

四年，她困囿于此，如一株菟丝花攀援于院墙之内，自以为明媚，却始终见不得光。

明明她与寿王相识于前，相爱于先，明明她的学识才干并不逊于那些闺阁千金，为何她再努力，依然只能一身素袍，一杆素笔，于观庙之中沉寂着，苟且着，为他们确定的爱情，卑微地等候一个不确定的未来。

力微忐忑地上前，轻声道："娘子是明白人，素来体谅殿下苦衷，对殿下的心意也再清楚不过。榆娘子什么都不知道，什么都不懂，娘子大可不必理会她说的那些话。"

柳娥淡淡道："力微，你错了。她什么都知道，什么都懂。同样的境地下，殿下必定步步为营，她却当一往无前。我无法确定他们的选择是对还是错，我也可以继续等下去。可我……"

她的目光从案上孤烛，缓缓移向那满架书册。天文地理，文史典籍，似浓缩了上下数千载的岁月悲欢。有极尽尊荣，也有穷途末路。

柳娥抚向那些史册，顿于武周的那一卷，出了片刻神，缓缓道："我不能容忍未来都是这样的岁月，一眼望得到尽头，无趣得紧。说什么力微休负重，可人生一世，草木一春，总要分个峥嵘高下，岂能束手待毙，白白来这人世一遭？"

力微看着灯烛下明媚得有些陌生的柳娘子，一阵茫然。寿王殿下看她会些武艺，且忠心耿耿，才遣她来侍奉柳娘子，并赐名"力微"。可她似乎只能看着柳娘子越来越不开心……

作为京城知名的几大茶坊之一，杏春茶坊在短暂的关停后，已然重新开张。

到了夜间，如阿榆那等偏僻处的食店早已打烊，但杏春茶坊这等临近州桥的地段，高悬的灯烛将茶坊内外照得亮如白昼，门口的彩楼欢门愈显辉煌绚烂，引来人流如织，竟比白天还要热闹几分。

李鹊桥出事的天字第三号，以及邻近的第二号、第四号依然保留着，留给沈惟清和审刑院的衙差们办案用。

虽说是办案，掌柜和伙计哪有没眼色的，但凡楼中的上好茶水和糕点，无不流水般送了进去，甚至还打算遣些乐伎进去助兴。

但即便如韩平北这等浪荡衙内，也不敢在查案时搞这些，立时将乐伎退了回去。

可办案之际，时时闻得乐声婉转，笑语喧哗，难免人心浮动。

沈惟清冷眼瞧着该盘查的已查得差不多，遂将大部分衙差遣了回去，自己和韩平北留了下来，也不去雅阁，反而到下边大堂寻了一处人少的角落喝茶听曲。

韩平北纳闷，问道："沈惟清，便是此案不好查，你也不至于如此自暴自弃吧？"

沈惟清笑了笑："如果案子陷入僵局，说明原来的思路有所偏差，需要换一种思路。"

"换一种思路？"韩平北品了口茶，"茶挺香的，曲儿也不错。不过这和换个思路查案有关系？"

沈惟清向上努嘴："看到没？"

韩平北顺着他的目光看过去，点头："茶坊那位夏掌柜真是玲珑人，做事滴水不漏。你看看，他如今亲去招呼的那几名茶客像是外地来的，但衣饰不俗，非富即贵。这么快便能说说笑笑，以后多半也会成为这里的常客。"

沈惟清道："夏炎是京城人氏，其父祖就曾开过茶坊，只是后来连年战乱，不得不带着他回乡避祸。太宗皇帝平定天下，夏炎才又回到京城，开了这座杏春茶坊。算来他虽是土生土长的京城人，身家清白，却有十余年不在京中。"

"避乱嘛，回乡也正常。当年我祖父当初也动过回乡避祸的念头。"韩平北随手拿糕点啃着，"这糕点其实寻常，不如阿榆做的，甚至不如落霞楼的。"

他想起上次与花绯然去落霞楼吃饭之事，正思量着什么时候再去一次时，只闻沈惟清道："夏炎或许就在那十余年间，学过些武艺，体力和耐力也比寻常人强。"

韩平北差点呛住："不是吧，你怀疑他？他一个生意人，和气生财，连你我过来喝茶，都会特地过来送些茶水糕点什么的，还时时赔着笑脸，唯恐得罪了人。而且先前仵作也说了，杀人者多半会武，至少体格健壮，动作灵敏，才可能一刀毙命。可你看他走路都带喘的模样，像会武艺或有力气的人吗？"

沈惟清淡淡道："从我们喝第一盅茶开始，他就在那里招呼客人，走路带喘；但我们在这里坐了近一个时辰了，他还在那里招呼客人，走路带喘。可他脚下很稳，额上也没汗水，招呼客人时驾轻就熟，毫不吃力。先前有个乐伎跟他隔了七八张桌子，走路时崴了下，他立时留意到，立刻看过去，足见他根本没有表现出来的那般体虚力弱。"

韩平北咋舌："你特地跑大厅来喝茶，不会就是为了监视他吧？"

沈惟清随口道："当然也得关注下两次进过雅阁的伙计。如果回到最初的思路，杀人者并没有事先藏身雅阁的话，凶手很可能就是掌柜、伙计或钱界中间的一个。"

韩平北思忖片刻，激动道："那一定是夏掌柜！如果是伙计第一次进雅阁时杀的人，掌柜进去后必定发现，当时就该嚷出来了！既然没嚷，说明当时李鹊桥还没死！二人寒暄时，伙计第二次进去，送了茶。随后伙计离开，又只剩下夏掌柜和李鹊桥二人共处于一室。再之后夏掌柜离开，小钱儿进去时，李鹊桥却死了！除了夏掌柜，这凶手还能是谁？"

沈惟清轻叩桌案："听着有理。可你之前为何一直没想过是夏掌柜？"

韩平北怔了下，开始认真思索："夏掌柜是个商人，怎可能在自家茶坊杀人？便是彼此有仇隙，这等奸商有的是更隐蔽的法子，事先买凶也好，茶水下毒也好，都比这种血淋淋的强。何况如果不是小钱儿恰好出现，他便是最后一个进去的，怎么也逃不脱嫌疑。"

韩平北还没说完，就觉出不对了。他又看了眼夏炎，沮丧道："这掌柜不可能是凶手。他又没疯，怎会将自己置身如此绝境？"

沈惟清轻叹："我原先也是这么想的。"

韩平北忙凑过去："你现在不这么想？你还真的怀疑这位掌柜？可……"

韩平北又想扭头去看夏炎，却被沈惟清按住脑袋，不容他转头。

沈惟清道："你看他的次数太多了，他注意到了。"

"……"

那沈惟清是怎么做到观察人家一个时辰，都不曾被发现的？

韩平北忧伤，却更好奇，继续追问："究竟怎么回事？他明明不可能是凶手，又这么配合，你还疑心他？"

沈惟清叹道："我并无他是凶手的证据。但是否有一种可能，有人想杀李鹊桥灭口，而夏炎恰与这幕后之人有关？这血淋淋的杀人手法，令我们考虑真凶时下意识地忽略了他，将目光投向钱界，是否也在他的意料之中？"

韩平北悚然而惊："他早知道钱界盯上了李鹊桥？"

沈惟清道："我问过王四的人，钱界到了茶坊后并没有立刻去找李鹊桥，而是在楼下观察了一番，又到雅阁附近仔细察看过。连王四的人都注意到他的异常，若夏炎包藏祸心，以夏炎的警觉，会注意不到他吗？"

韩平北差点冒出冷汗："也就是说，如果夏炎是凶手，他在杀李鹊桥之前，便已决定推钱界出来顶罪？"

"钱界是以武犯禁的游侠儿，又绑架过阿榆，动机不清不楚，一旦背上杀人的罪名，跳进黄河都洗不清。"沈惟清啜了口茶，眉眼温淡含笑，"只是凶手应该没想到，阿榆虽不喜钱界，却相信他，无意将他推出去顶罪。查了几日我们还这般在杏春茶坊盘桓，夏掌柜应该也很郁闷吧！"

他一边说着，一边向远处看过来的夏炎点了点头，以示招呼。

夏炎连忙躬身赔笑，不一时又带人送了茶水和果脯过来："二位郎君，是否有事吩咐小的？"

沈惟清心知韩平北不时看过去的眼神引了他疑心，温声道："没事，我正和平北说呢，若他不想科举，学夏掌柜开间这样的茶坊也不错。不仅宾客满京师，友人遍天下，还不缺这些吃的玩的乐的，真是既逍遥，又自在。"

夏炎笑起来："沈郎君说笑了！我等苦哈哈赚些小钱，哪能入二位郎君的眼！"

他似信了沈惟清所言，又招呼了两句，方才舒了口气离去。

韩平北忙凑到沈惟清身畔，低声问："他对我们如此关注，怕真的心里有鬼。"

沈惟清淡淡道："他先前就对我们十分关注，还曾帮助审刑院排查安抚茶坊客人。可惜，这些都算不得证据。"

185

第三十一章 平生勘不破，是美人关

　　沈惟清、韩平北正在议论时，忽听得卢笋大呼小叫的声音。二人举目，正见卢笋分开众人，领着一发髻松散、衣衫破碎的年轻男子奔了过来。

　　"魏仲？"

　　竟是他们的同僚魏羽的侍从魏仲。

　　魏仲红着眼圈见礼之际，卢笋已道："郎君，魏刑详给你寄的书信，被人劫走了！"

　　劫书信？

　　沈惟清蹙眉，立时站起了身："跟我来。"

　　卢笋忙要跟着离开时，沈惟清又道："卢笋，你在这里侍奉韩兄喝茶。"

　　韩平北看出沈惟清眉间闪过的急切和隐忧，不免好奇，忙问向卢笋："什么书信？怎么鬼鬼祟祟，瞧着不太对劲的样子？"

　　卢笋茫然道："我也不知。上回他过来时，郎君便支开了我……"

　　但他由此也知，魏羽特地派人传回的消息，必定极其重要，故而见到寻来的魏仲，第一时间便将他带到了主人跟前。

　　韩平北自然对他的答案不满意，挥手喝令他退开："去去去，我又不是没手没脚，要你侍奉喝茶？什么都办不了，要你何用？"

"……"

卢笋心碎一地。

被秦小娘子嫌弃，被跑堂的伙计嫌弃，连以前很喜欢他的韩郎君也觉得他一无是处了……

茶坊人多嘴杂，沈惟清连雅阁都不愿待，直接将魏仲带到汴河边，看四下无人，方问道："怎么回事？谁劫了魏兄的书信？"

魏仲急急道："沈郎君，小的也不知。傍晚我刚入城，便被人盯上了。开始我还以为是错觉，后来发现不对，想摆脱他们时，前方忽然有人打架，那些人趁机逼向我，硬生生将我带到小巷里，搜走了书信。"

沈惟清心头剧跳："你可知书信里写了什么？"

"应该是榆娘子的一些秘事。"

"榆娘子？"

"是。招安临山寨已成定局，这些日子山匪们不时下山，出入官府商议投诚事宜，山寨里的事也便不再是秘密。临山寨大当家裴绩成携夫人出现时，苏家老仆一眼认出裴夫人便是当年苏四郎的妻子，罗氏。上次沈郎君特地传话，让问苏小娘子是否用过'阿榆'这个小名，恰罗氏女所生女儿，便被人唤作榆娘子。"

沈惟清深吸一口气："所以，榆娘子……真是姓苏？"

魏仲摇头："不，她姓裴。裴绩成交上去的山寨名录里，特地标注了家人的姓名，夫人罗氏，名金缕，子裴潜，女裴榆。"

"裴……榆？"

"是，榆娘子无疑便是苏四郎之女。但罗氏改嫁，她既被接过去，自然跟着改了姓。听闻裴绩成夫妇对其极为宠爱，吃穿用度给的都是最好的，犹胜亲子裴潜。"

"极为宠爱？"沈惟清心头说不出的怪异，"你确定？"

魏仲犹豫了下，点头："确定。沈郎君当日问及罗氏母女在山寨中的处境，主人也有心调查，曾带着小人近距离观察过裴绩成夫妇。罗氏年近四十，但保养极好，犹是少妇模样，十分美丽，裴绩成对其百依百顺，十分宠爱。若是如此，这位裴大当家爱屋及乌，对继女视同亲生，便也不奇了。"

"因为裴家夫妇感情好，你们便判断这位苏……这榆娘子很受宠？"

"沈郎君，我是亲耳听过山匪们若干言语，也亲眼瞧见他们提及榆娘子时又惧又敬的模样，方才有此判断。我还听说，榆娘子在山寨里的房间，陈设得极奢华，便是真定府的官宦小姐们都未必比得上。主人似乎不很相信，还特地找过两名山匪细问，知道的更多，应该都写在信上了。但他盘问山匪时我并不在身边，具体如何说的我便不清楚了！"

沈惟清听魏仲说着，不由暗暗皱眉。

若按年龄与经历推断，阿榆无疑就是苏家小娘子。但阿榆有意无意透露的少时经历，状况怎一个惨字了得，绝对跟"宠爱"二字沾不上边。

阿榆所言，或有诸多不尽不实之处。但沈惟清相信自己直觉，阿榆所言幼年所受苦楚之事，绝非虚假。

再则，她的确失去了味觉。——能眼都不眨吃掉安拂风亲手做的吃食，绝非常人所能为。

难道阿榆被苏家其他三房囚禁的那段时间，迷失了心智，所以记忆错乱，误认为裴家虐待了她？

但年长之后呢？

隔了这许多年，纵然幼年经历再可怕，也该有了真实的记忆和判断力。

如果阿榆真的很受宠，在山寨中公主般过活，怎会出现在石邑镇，和秦家人混在一处？又怎会毫不犹豫站在秦家那边，明明白白地告诉他，临山寨众匪是秦家灭门元凶？

须知她若只是秦家孤女，这些言语只是一面之词的揣测；而她若是匪首养女，山匪中的一员，她这些话，能直接当作证词采信，成为裴绩成定罪的实证之一。

养父和生母宠她惯她，她却想他们死，甚至打算连同幕后之人，连根拔起？

沈惟清好一会儿才问："被劫走的信函里，除了榆娘子的事，有没有提及其他？比如，秦家案子？"

魏仲立时肯定地答道："没有。"

沈惟清看向他。

魏仲解释道："主人将信函交与我时说得明白，榆娘子的一些事，不宜让我知晓，所以才写在信中告知沈郎君。但临山寨招安一事，关系枢密院和官家的决定，他怕招惹事端，所以和上次一般，只让我带话，不准备落于纸端。"

他虽被劫走书信，却不甚紧张，也是因为这个。最要紧的事都记在心里，被劫走的只是阿榆在山匪中的某些讯息，对沈惟清或许重要，对其他人则没有太大意义。

说到此处，魏仲甚至笑了笑："小的仔细想过，劫我书信的，多半是枢密院或跟临山寨交好之人。定是有人担心主人在这节骨眼上查到临山寨，想知道如今查到了哪个地步，或许还想拦着他和沈郎君交换讯息，所以才劫了书信，不让坏了招安之事。"

沈惟清隐隐觉得没那么简单，一时也说不上哪里不对，只问道："秦家的案子，确定是临山寨的人做的？"

"确定。郎君向山匪打听榆娘子消息时，也让山匪辨认过火场遗落的那颗银珠，的确是临山寨少当家裴潜之物。郎君还曾拿过裴潜等人画像，让秦宅附近见过凶手之人辨认，身形面容十分相像。另外有些山匪也透出口风，秦家出事那晚，裴潜曾带人出去干了一笔大的。"魏仲观察着沈惟清的神色，压低了声音，"主人让我回来，便是想跟沈郎君讨一个回复。这案子，是查下去，还是缓一缓？"

说到底，魏羽想弄清，沈家会不会为了秦家，毁了快要完成的招安计划。

魏羽目前所掌握的证据、证人，能轻易将临山寨这群山匪拖入泥沼。

乱世初平，边境未靖，朝堂愿意许以重利，接收帮助官府共抗外敌的山寇，赦免其被迫落草时犯下的罪行。

但如此大规模灭人满门，遇害者还是曾经的京官，堪称穷凶极恶，若轻易招揽入朝，御史们的口水能将枢密使、枢密副使们淹死。

沈惟清顿了下，轻声道："你听闻的消息，裴绩成夫妇宠爱榆娘子，那榆娘子呢？她待她的继父、继兄以及那些山匪们的态度如何？"

魏仲怔了下，半晌方道："这个我不曾细问过，但看山匪们的语气，榆娘子对寻常山匪似乎不太好，才令他们对她颇有惧意？主人应该仔细了解过，多半写入给郎君的信函中了。可惜那信函……"

沈惟清沉默许久，缓缓道："请你转告魏兄，秦家灭门案……缓一缓吧。"

魏仲意外："缓一缓？"

沈惟清沉默得更久，苦笑："如你所言，言及阿榆身世和秘密的信函已经落入不明人士手中，若招安之事不成，阿榆未来以何等身份在京城立足？"

魏仲恍然大悟："小的明白了！"

若信函不曾被劫，阿榆身世之秘尚能掩盖，以秦家女身份立足或嫁入沈家，都不会有问题。如今信函被劫，招安之事一旦不成，对方必然报复。

阿榆对继父不满，坏了此事，对方不会饶她；沈惟清掺和此事，对方动不了审刑院和沈家，却能拿阿榆山匪之女的身份大做文章，毁去他中意的这门亲事。

即便阿榆能证实她是苏四郎之女，谁又能证明她十年的山匪生涯清清白白？

何况，冒用秦氏女开店骗亲之事，足以将她的诚信毁去，谁还会相信她的话？若御史们翻出裴绩成宠爱继女的记录，更该指责阿榆品行不良、不孝不义了……

沈惟清沉吟着，又细问了劫信之人年貌特征，便让魏仲休息一夜即刻返程，问明魏羽信中究竟是何内容。

若此信对阿榆威胁不大，或许还来得及筹谋应对。

魏仲不是多话之人，但临走时还是忍不住问道："沈郎君，榆娘子并非秦家孤女，你还打算娶她为妻吗？"

沈惟清坦荡道："你可告知你家主人，我新近签了婚书，所娶之人，小名便是阿榆。"

魏仲汗颜："沈老相公他……会同意吗？"

沈惟清淡淡道："阿榆敢冒名而来，应是确定秦家女不会出来拆穿她。真正的秦家女一世不出现，难不成一世不许我成亲？"

更何况，沈纶对阿榆甚是满意，只要阿榆不是见不得光的匪首之女，问题应该不大。

待裴绩成投诚，受了朝廷封赏，阿榆便能由匪首之女摇身变作官宦千金，便是受人非议，终也拦不住他们的亲事。

沈惟清又吩咐了几句，将魏仲送走，默然立于汴河边，看着来来往往的行人和舟楫，脑仁一阵阵地疼痛。

他那狡黠刁钻的小未婚妻，究竟瞒了他多少事？

沈惟清头疼时，阿榆却心情极好。

寿王韬光养晦也好，胆小避事也好，到底辜负了柳娥，深怀歉疚，只要柳娥出言相求，他断无拒绝之理，必会为她争取参与饮福大宴的机会。

至于后续可能遇到的麻烦，会不会拖寿王下水，阿榆并未顾忌太多。

遇到麻烦，便解决麻烦；解决不了，只要安顿好秦藜，她大可一走了之。

寿王若出手相助，她算是承了他和柳娥的情；若袖手旁观，正好让柳娥看出他对她的情义价值几何，还能趁着年轻早作决断。

待回到食店，安拂风正准备回家。

她依然冷着脸，甚至比平时更冷几分，耳朵上却戴了那对玉兔耳坠。

玉兔很小只，玉质显得腻白莹润，与她洁白的肌肤相得益彰。

见阿榆看向她的耳坠，安拂风有瞬间的不自在，但很快扬起头，不屑般说道："毕竟阿涂一番心意，倒不好拂了他脸面。何况我既属兔，就戴上两日，权作哄哄他吧，也好让他踏实给咱们干活。"

为了让阿涂为她们干活？

阿榆继续盯着耳坠："哦！"

安拂风恼了，怒道："哦什么哦？若不是为了你这店，我才不领他的情！"

阿榆无辜地眨眨眼，笑道："行，七娘领阿涂的情，我领七娘的情！"

安拂风总觉得阿榆笑得狡黠，但又说不上哪里不对。

又或许，不对的是她？

她其实只是出于礼貌，去谢了下阿涂。阿涂那小子不知怎的胆子就大了，居然敢求她戴上让他看看。

彼时他看向她的眼神，有祈求有希冀，如一只求抚摸的小狗，可怜兮兮的。

她一向觉得耳坠贴着脸颊摇来晃去的，容易分心，影响她拔剑的速度，素来是不戴的。只是那一刻她对上他水汪汪的黑眼睛，心里莫名地软塌塌的，就觉得戴一戴也没什么，毕竟这小子费了番心思。

谁能想，她戴上那耳坠后，这小子跟疯了似的激动呢？

夸她美丽动人，夸她优雅大方，夸她眉眼出挑，夸她肌肤如雪跟那小兔子相得益彰……有的没的一大堆好听的话，听得她晕头转向。

等她回过神，已被阿涂拉在妆镜前了。

她真的从没想过，有一天自己会端端正正坐在镜子前，跟人一起欣赏自己的容貌，品评怎样收拾能让自己的容貌更上层楼……

阿榆都没这样过，其他小娘子畏她如虎，更没这样过。

怎么这个畏畏缩缩的小伙计，忽然就不怕她了呢？甚至还这般靠近她，近得她能看清楚，他的眼睛又水又亮，睫毛柔软细长，小奶狗般惹人怜爱，且看着十分地清秀文气？

于是，阿涂说让她继续戴着，别取下来时，她竟真的没取下来。

阿涂还说，等下次有了钱，再给她买别的时，她竟有了一丝期待，期待这小子下次给她带来的惊喜。

但这些簪饰赘物，其实让她有些慌乱的。

它们真的不会影响她拔剑的速度吗？

于是，她顾不得研究可以让江九娘食用的肴馔，顾不得研究可以让丑白不发疯的饮子，打算先回去静静心，顺便用她房中落灰已久的大妆镜观察下，那耳坠究竟有何特别。

如果真的能让她变美，又不影响她拔剑速度，或许真的可以每天戴着？

安拂风也理不清自己是何思绪，便也无法跟阿榆计较，匆匆离开。

阿榆深感自己距离某桩八卦十分之近，兴冲冲地又去找阿涂。

阿涂正在后院的木香树下转着圈儿，激动地揉搓着双手，满脸都是掩饰不住的兴奋。

见阿榆过来，他也不似以往拘谨，一把拉住阿榆道："小娘子，七娘戴着我送的耳坠子，你瞧见没有！是不是很美！我从没见过她这么美过！"

院里只厨房门外的一盏灯笼亮着，投到木香树下的光线十分暗淡，却完全掩不住阿涂眼底的光芒，璀璨得如同此刻天空的星辰。

阿榆见状自然愉悦，点头笑道："我也觉得她今天格外好看，眉眼舒展，又美又灵，却不知是不是因那耳坠的缘故。"

阿涂激动道："对对对，特别灵动！她看向我时，我觉得我骨头发软，人都要飘起来。可、可也不会只是因为耳坠。小娘子，你说，她、她是不是因为是我送了她耳坠？"

阿榆摇头："这个我可看不出。不过我看出来了，你见她戴了耳坠，开心得快把尾巴都给摇没了！"

阿涂涨红了脸："我哪来的尾巴？"

阿榆道："哦，可我看你就像丑白看到骨头的模样，不仅尾巴快摇没了，连眼睛都在冒绿光。"

"我……我没有。"

"嗯，你眼睛没冒绿光，但心里在冒坏水。"

"我没有！"阿涂抗辩，"对着她、她的剑，我能冒什么坏水？"

想起那冷冰冰的剑，满肚子的坏水能吓得哆嗦回去，想冒也冒不出。

不过七娘的剑从不会对着他，只会保护他！何况她又是保家卫国的武将之女，这安全感，真是妥妥的！让他对着眼前这位劫匪小祖宗也不那么害怕了！

见阿榆不说话，只冲着他咕咕地笑，他越性跳起来叫道："可别笑话我了，想想怎么跟你那位美人交代吧！不瞎的都能看出沈郎君心悦于你，冲着你才订下的婚约！回头见你要了他，不肯娶那美人，或娶回去苛待了她，我看你何以自处！"

阿榆不由得脸一黑："反了天了，怎么跟我说话呢！"

阿涂顿时怕了，抱着头往自己房间跑去，兀自不甘地叫道："我实话实说而已。哪有女孩儿家连婚姻都这般粗暴谋划的？"

阿榆道："如果不是他存了毁婚之心，我还需这般筹谋？而且藜姐姐品貌厨艺犹在我之上，他既能喜欢我，自然更会喜欢她了！"

阿涂凌乱："小娘子，喜欢或不喜欢，不是这般计算的。"

"那该如何计算？"

"……"

阿涂长到二十岁，情窦初开，只觉出阿榆的想法大错特错，却也说不上究竟错在哪里。

他关了房门，将阿榆关在房外，挠头细想了片刻，才道："小娘子，以前我爹给我说亲时，我就想象过未来妻子的模样，务必要温柔娴静，通女红，懂诗文，能持家，能孝顺祖父，照顾儿女……我还盼着她能美貌出众，但娶妻娶贤，真若不够美，倒也不妨。"

阿榆听得一怔，才知眼前这个温和软弱的伙计，其实并没那么糊涂，甚至早早就勾画了未来妻子的性情模样。只是他如今心悦的安拂风，跟他预想中的妻子，着实南辕北辙了些。

果然，阿涂接着便道："可如今我遇到了七娘，便觉得那什么性情好模样好，都不打紧，只要是七娘就行。小娘子，你不知我今日有多高兴。若能一直这般看着她，哪怕做一辈子的小伙计，我也心甘情愿。"

阿榆心里蓦地有些乱。

她忽然想起，沈惟清这些日子似乎很喜欢盯着她看。

哪怕去昌平侯府，隔着河流和园林，他的目光也追随着她的方向，似乎无时无刻不在关注她。她所作的残雪孤竹图会出现在男宾们所在的水榭，怕也是他的诱导或安排。

她轻声问："喜欢一个人，会一直看向她的方向？"

阿涂肯定道："那是自然。以前我没感觉，但这两日，尤其是今日，我控制不住地只想跟在她身边。只要看着她，我便心满意足，欢喜之极。"

控制不住只想跟在她身边？

阿榆仔细想了想，沈惟清似乎没这毛病，想来就来，想走就走，利落又潇洒，没觉出有多留恋的模样。

或许，阿涂想太多了。

于是，她似乎不用想太多？

阿榆放下心来，叮嘱道："真喜欢七娘，就专心一意待她好，她自然会明白。只要她愿意，你是皇子也好，是乞丐也好，都不是问题。"

只要安拂风愿意带回去，大约安泰都不会有意见。

旁人不知，她可是听沈惟清提过，安拂风赶走了未婚夫，安泰正为她的婚事愁着呢，唉声叹气地说，哪怕她愿意从大街上拎个秀才回来也好。

阿榆没问过阿涂是不是秀才，却也晓得这家伙还是像模像样读过几年书的。

从当日所劫阿涂那些财物，再结合他的谈吐见识，阿涂家怕也不是寻常百姓人家。

何况阿涂生得人模狗样，性情又好，安指副都指挥使怎会不满意？——真不满意了，关上门打一顿，还怕教育不好？

阿涂没想那么远，红着脸暗自思量，他是不是该写封信回老家，求老祖父帮他退了那丑妇的亲事？若被安拂风知晓他尚有婚约在身，还敢招惹她，怕会将他打个半死，再不看他一眼——那往后的日子岂不是无趣之极？

二人各自思量之际，店门被敲响。

阿涂便高叫道："打烊了，客人明日请早！"

但店外的人似乎根本没听到，敲门声执着地继续响着。

阿涂嘀咕："什么人呢！"

他正要过去开门，阿榆本能觉出哪里不对，搭了他的肩拦住他，说道："等等，我去开。"

阿涂怔了怔，一缩脖子，立时退到阿榆身后，紧张地握着拳，小心地跟随阿榆走到店门前。

阿榆立定，看向门外，平静地问道："外面的客人，有事吗？"

阿涂一低头，瞧见阿榆手里多出的剔骨刀，无声地呼出一口气。

能剔人骨的刀虽然可怕，但若能护在自己前方，实在是太有安全感了。

外面没有声音，却有一封书信从下方门缝递了进来，然后便是快步离开的脚步声。

阿榆脸一沉："装神弄鬼！"

她迅速拉开门奔了出去，正见那人影走出不多远，立时追了过去。

那人穿着黑袍，头上压着低低的斗笠，正想快步逃离。

转头看到阿榆追过来，他似有些愕然，顿了下脚步，犹豫要不要拿拳头教这小娘子做人，再看阿涂也提着盏灯笼跟在小娘子身后，立时又改了主意，闷头向前逃去。

这时耳边风响，然后脸上便着了一下，顿时耳内连着脑袋"嗡嗡"作响，站立不稳撞向旁边的墙壁。

"怎么着？若我一个人追出来，还想打我一顿不成？"阿榆吹了吹拳头，皱眉，"哎，还真有些皮实，怪不得有点底气！阿涂，打他！"

阿涂傻眼："啊？"

"以后跟在七娘身边，不学会打人怎么成！"阿榆打量着她家身娇体弱的小伙计，"若怕手疼，踹他也行！"

哎，也对！

阿涂抬脚，"砰"地踹向那人的腹部。

他力气虽不够，但读书多，头脑灵活，知道身体哪里最脆弱最可欺。

黑衣人还没从那莫名的一拳冲击中缓过神，小腹上又重重地着了下，整个人撞在墙壁上，斗篷被撞得脱落下来，露了一张惊骇莫名的脸。

阿榆伸手一拍，拍在他额头上，却是将他脑袋重重撞上了身后的墙壁。她温温柔柔地笑："这位英雄，为何鬼鬼祟祟盯上我这个手无缚鸡之力的小娘子？"

黑衣"英雄"被撞了这么一下，只觉浑身发软，力气半点也使不上来。

他惊恐地看着眼前这"柔弱"的小娘子，一时也辨不出是她太会装了，还是自己太倒霉了，怎么会被这俩小鸡崽般的人儿弄得如此狼狈？

"是你！"

阿涂看清黑衣人的脸，却怒了起来，一拳砸了过去，又是冲着黑衣人软绵绵的腹部。

阿榆见阿涂居然动了手，倒是诧异，忙问道："他是谁？"

阿涂道："小娘子，你也见过他的，就是当日跟着江九娘的侍仆。当日他还帮着江九娘打我！打我的脸！"

虽然因此有了安拂风为他冰敷的事，但被人打还被人打脸之事，始终让他耿耿于怀。

想想还是他善良，打人只打肚子，疼不疼的另说，至少脸还能看，且他自己的手不会疼。

阿涂这么想着，上去又是两拳。

哪怕他力气不够大，那江家侍者连着几下，也痛得直不起身，五官都皱到了一起。

阿榆仔细辨别了一番，惊叹道："阿涂，还是你眼力好，我看着江家那些随侍的仆从，长得全是一个样……说说，江九娘叫你来做什么？"

那黑衣侍仆已缓过来了些，见有了说话的机会，哭丧着脸道："我过来做什么，你们不是见到了吗？"

阿涂打了几拳甚是上瘾，闻言又打了一拳过去，喝道："小娘子问什么你就答什么，不会吗？"

黑衣侍仆疼得又一次弓起腰，怨毒地盯了阿涂一眼，叫道："匿名信！九娘子遭我过来送封匿名信！"

阿榆这才想起门缝下塞入的信。

阿涂比她细致得多，早就将那信捡了揣在怀里，见黑衣侍仆提起，立刻取出信递过去，并抬高手中的灯笼为其照明。

阿榆展信迅速览过，脸色已沉了下去。

信件未署落款来历，却直指阿榆并非秦家孤女，而是临山寨匪首的女儿，前来京城就为冒名骗婚。"若想保住身世来历的秘密，后日申初三刻，杏春茶坊见。"

阿榆品其信中口吻，对其身份十分肯定，竟无丝毫犹疑的模样。

这江九娘，从何处知晓她那匪首之女的身份？

京城之中，只有穆清真人、李长龄等二三人知其根底，但绝不会说出她是"匪首之女"的言语；其他如柳娥、寿王等人知晓她来自真定府，和穆清真人有亲故，却不知她和裴绩成的关系。

电光石火间，阿榆忽想起当日在昌平侯府收拾园丁之际，从竹楼中逃逸而去的女子身影。

很眼熟，但不像近期见过之人。

难道来自真定府，是江九娘带过来的？

可真定府的那些官宦家小娘子，她并未见过。

虽跟着秦藜认识了一些石邑镇的同龄小娘子，但这些娘子根本不知晓她来自临山寨。

难道是裴绩成的人？

临山寨的确有几位娘子，多是姬妾丫鬟之类。阿榆跟她们不熟，但她们一定知道她。

可这些娘子怎会跟江九娘或昌平侯府有所牵扯？

阿榆百思不得其解，转头问那黑衣侍仆："这信上的秘密，九娘子从哪儿听来的？"

黑衣侍仆趁着阿榆看信的空隙，身体已有所恢复，悄悄积蓄着力量预备反击，嘴里已愤愤说道："要使人莫知，除非己莫为！小娘子若是心虚，乖乖照信里的盼咐去做便是！"

嗯，什么鬼？

看来这位根本不知道信里内容，摆了架势想恐吓她？

阿榆瞅了瞅他，抬头一弹他的脑袋，微笑道："嗯，我心虚，我害怕？江九娘的蠢和坏，传染给你们了？"

黑衣侍仆满怀愤懑，正蓄势要将这小娘子一击拿下，可不知怎的，被她这般轻轻一弹，刚缓过来些的脑袋"嗡"地剧痛起来，几乎让他惨叫出声，好容易攒起的力量一扫而空。

这时，只闻阿榆道："阿涂，拿他练练胆，继续打！"

阿涂应一声，将灯笼放在地上，吹了吹拳头，继续拿黑衣侍仆的小腹当沙袋，嘴里絮絮地教训道："都这样了，还敢狂，还敢狂！比钱界还讨打！"

惨叫声中，阿榆闲闲地问："英雄，再想想，可曾想起来什么？"

黑衣侍仆疼得哭出了声："小、小娘子，小人真不知道！九娘子身边的人让小人跑腿送个信，我也听命送个信而已！九娘子身份何等尊贵！她的内院小人根本进不去，怎会知道她的消息从何而来？至于信里写着什么，小人没看过，也全不知晓……"

偌高的汉子，一边诉说一边涕泗横流，端的惨淡无比。

阿涂摸摸自个儿泛红的拳头，有些打不下去了，转头看向阿榆。

阿榆叹气："这也不知，那也不知，要你何用？"

她摆摆手，示意阿涂放过那人，捡起地下的灯笼，摇着头走向食店，脸上已颇有些愁意，"哎，算了！这个江九娘，连做坏事都做不好，我真怕她蠢死自己，再连累了我们。"

阿涂也无意再打，丢下那侍仆，快步跟上阿榆，低声问道："小娘子，信里写的是什么？"

阿榆叹气："阿涂，俗语有云，不知者不罪。你还是继续当你的小糊涂蛋吧，纵然苦了些，到底安全。"

阿涂："……"

虽然给骂糊涂蛋了，可莫名有些感动呢。

说话间，二人已回到食店，重新关上了门。

阿涂此时方低声道："小娘子，我不糊涂。江九娘是不是知道了你是假冒的秦娘子？"

阿榆叹道："果然有些小聪明！有你的头脑，七娘的手段，这小食店或许真的能发展成另一个会仙楼或落霞楼。"

她提起灯笼，打量着店堂里的陈设，颇有些恋恋之意。

阿涂紧张起来："小、小娘子，你不会被这么一吓，就准备舍了这食店跑了吧？"

阿榆沉吟道："如果江九娘真的拿到了我冒名顶替的证据，我还真得舍了这食店。"

阿涂急了："那……那我怎么办？我和七娘怎么办？"

小娘子不在食店了，七娘还会尽心尽力折腾这么个小食店吗？

以安泰的财力，可以轻易在最繁华处寻到好的铺面供女儿开店玩儿，还能找一堆忠心的手下帮她。到时七娘可还记得他这个偶尔偷奸耍滑的小伙计？

阿榆却有些恼了，瞪他道："你是不是忘了，我这食店是给我家美人开的！便是我离开，我家那位美人迟早也会回来。难道你们不准备帮她一把？"

阿涂忙道："如果七娘愿帮那美人，我自然也要帮着的。"

阿榆虽于男女之情上反应迟钝了些，但经历了幼年的颠沛流离，比寻常人更懂得察言观色，于人情世故看得极通透，一看阿涂那神情，晓得他即便留下帮秦藜，也是冲着她或安拂风。

何况眼下秦藜还在昏睡着，不知多久才能醒来。

她叹了口气，说道："罢了，先看看这江九娘在搞什么鬼吧！真有把握对付我，没道理拐弯抹角搞这一出匿名信！有空细想这些，还不如早早睡觉，养好精神！"

阿榆打个呵欠，径直往自己房间走去。

阿涂见阿榆似乎并未将匿名信当作大事，再一想，阿榆背后还有个身手了不得的凌大叔，真闹大了，想带阿榆脱身也不难。

至于他，到时攀着七娘，再没过不去的坎儿。

如此一想，阿涂也不将此事放在心上了。

被恐吓的二人各自回房睡觉时，那个倒霉的黑衣侍仆终于缓过神，扶着墙慢慢站起，跟跟跄跄地奔逃而去。

不远处的屋脊上，凌岳眼见黑衣侍仆走远，露出身形，眯了眯眼，有些不解江家为何派出这么一位无能之辈过来送信。但他想了想，江九娘又坏又蠢，派出的人又能聪明到哪里去？

于是，凌岳也释然了，一纵身，悄然隐没于黑暗之中。

黑衣侍仆全然不知自己差点又被毒打一顿，跌跌撞撞地往回走着。

走出不多远，他忽然顿住，眼底多了几分狂热，几分欢喜。他快步奔向前，向墙根那一道纤薄的黑影行礼道："宣娘子！"

那黑影一动，身姿翩跹，款步而行时，竟如一片轻淡的云，飘然走到黑衣随从身畔。

竟是一戴着帷帽的黑袍女子，虽不见容貌，却只觉袅娜温柔，有种说不出的斯斯文文的书香气息。

隔着帷幕，她打量着黑衣仆从，诧异问道："沐风，你怎么了？莫不是此行不顺？"

她的声线清润，即便诧异，也有种不疾不徐的温雅，听来如山间泉水叮咚而落，极是悦耳。

黑衣侍仆沐风红着脸嗫嚅道:"宣娘子,对不起。我特地看着安七娘子和其他厨娘们都离开了,这才将那信丢了进去,可不知怎的还是被秦小娘子和他那个伙计发现,就、就……"

沐风惭愧地低了头,一时说不下去。

黑袍女子叹息:"你是吃了那秦小娘子的亏吧?"

"不、不是……"

沐风想辩解,是那个叫阿涂的伙计下的手,却忽然间迟疑了。

踹他打他的,的确是阿涂,下手看起来的确不轻。

可那小娘子看着温柔娇俏,可先拍了下他额头,又弹了下他脑袋,看着轻轻松松,根本没用力气似的,却叫他晕头转向,瞬间失去抵抗之力……

黑袍女子看他神情,便已了然,轻叹道:"想起来了?是那小娘子的手段吧?"

沐风垂头道:"应、应该是。但我也不知怎么就中了招……"

黑袍女子惆怅道:"何止你,很多人都不知如何中了她的招。被她算计,不亏。"

"可秦小娘子……"

沐风想着秦小娘子娇柔明媚的模样,一时无法置信。

黑袍女子继续轻柔地问他:"她问你信里的事了吧?你如何答的?"

"我、我什么没说,只让她按信里的去做。"

"她知道你是江府的人了?"

"是,她还问我,九娘子那信中的消息从何而来。"

黑袍女子却似留了神,立时问道:"你如何回答来着?"

沐风忙紧张地解释道:"我只说九娘子身在内院,我身份低微,无从知晓。"

"嗯,甚好。"

黑袍女子话语间有着柔而暖的笑意,显然心情愉悦。

沐风看不到她的脸庞,只听着她含笑的声音,眼底已露出难掩的痴迷。

黑袍女子似未察觉他的异常,反而向他走近了一步,低声道:"你可知晓,信中所说的消息,究竟是何秘密?"

沐风想起自己平白挨的这顿毒打,再闻得那女子身上飘来的淡淡幽香,紧张得浑身都绷起,结结巴巴地问:"是、是何秘密?能、能告诉我?"

"告诉你,自是无妨。"

黑袍女子便缓缓贴了过去，似要在他耳边悄悄说起。沐风神魂俱飞，不觉将凑了过去。犹未听清女子说什么，腹部忽然一凉。

沐风低头，正见女子持着利匕的手缩回，雪色的匕锋正缓缓滚落血滴。

"宣、宣……"

沐风向女子伸出手，却见女子轻轻巧巧地向后退了数步，刚好退到他无法触及的地方。

她依然用非常悦耳好听的声音，歉疚甚至带着几分哽咽，轻声说道："对不起，沐风。"

沐风挣扎着吐字："为、为什么……"

女子终究不曾回答他，纤薄的身形飘然而去，一如她来时的模样，温柔从容的书香气息，令人见之忘俗。

沐风眼前渐渐模糊，初见这女子的那一刻却格外地清晰起来。

"木头？你的真名不会是木头吧？"

"不、不是。小人姓沐，沐风。"

"沐风？这名字，真是好听。"她的眸子若一泓清泉，倒映着沐风憨厚的面容，浮上了悲悯与怜惜，"可沐风栉雨，听来好生辛苦。"

沐风不懂何为"沐风栉雨"，特地去跟账房里的先生请教了，才知那是风梳发、雨洗头的意思。

想来他父母给他取名时也不曾想过那许多，毕竟天底下没有谁会希望自家孩子迎风冒雨地在外奔波。

自知晓他的名字，宣娘子从不曾像其他人喊他"木头"，而是温柔怜惜地唤他"沐风"。

平和直视他的眼神，让他蓦地明悟出，这位温雅清丽的才女，并未像江九娘那般视她如仆，而是平等地看他，待他，视他如友。

他不该心生妄想。

可对着这样的小娘子，谁能不心生妄想呢？

沐风最后转过的念头，是一声悲凉的长叹，居然生不出半点恨怨来。

她应该是有苦衷的吧？

那样才情无双的小娘子，慈悲如圣女一般，若非不得已，怎会杀他呢……

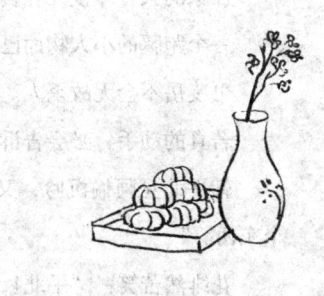

第三十二章 无数秘密背后，重情亦无情

次日，阿榆去审刑院时并未看到沈惟清。

花绯然微笑着解释："说是杏春茶坊那里还有些细节有待斟酌，不仅没回衙，还又调了些衙差过去帮忙。横竖院里也没什么事，你要不要过去看看？"

李鹊桥遇害之事，显然与乔细雨那幅不知所终的九天玄女绣像有关。阿榆对此案自然关注，因此这些日子时常和沈惟清一起在杏春茶坊查验核对，试图找出凶手。

花绯然等人知晓二人订亲之事，在他们看来，这自是二人感情好，不舍得分开，故而会提醒阿榆过去瞧瞧。

阿榆想着昨日阿涂肯定地说起沈惟清心悦她的事，不由有些心虚，迟疑道："韩郎君不是跟着他吗？也犯不着去那许多的人。"

花绯然笑道："平北没跟着去，来院里了。我特地问了一嘴，他说惟清不拿他当自家人，懒得理他了。瞧着这是又吵架了。"

话未了，便听韩平北在外说道："谁会跟他吵架？那么一个无趣人，又不讲义气，就想着离他远些而已！"

花绯然摇头而笑时，韩平北已大步走进来，说道："阿榆，你也别在这里待着了，赶紧回食店瞧瞧吧？"

阿榆一愣："食店？"

"嗯，其实和你那食店关系也不大，就在离你那边不远的一处巷子里，昨夜死了个人。马军司的孙巡检赶过去，认出了那是江家的一名侍仆，已经派人通知江家去了。"

韩平北顿了下："孙巡检之所以认出那人，是因为那人曾跟着江九娘在你食店闹事。如今他死在食店附近，他们指不定会找上你。"

阿榆心头一跳。

江家的人？昨夜死在食店附近？难道是昨晚那个送匿名信的黑衣侍仆？

一个跑腿的小人物而已，她和阿涂不过教训了他一顿，怎会死去？莫非是凌岳干的？

可凌岳不会无故杀人。

若真的动手，必会告诉她因由，且绝不会让人死在食店附近，惹人猜疑。

韩平北见阿榆沉吟，又说道："你真别去找沈惟清了，那家伙，薄情寡义，真不是个东西。"

花绯然苦笑："平北！"

韩平北暴躁道："真的，我这些日子起早贪黑地跟他查案，没功劳也有苦劳吧？便是魏羽，是他同僚，也算我同僚吧？传个话也要避忌我！"

阿榆忙问道："魏羽？莫不是前去真定府查秦家灭门案的那位？"

韩平北道："可不是！说来魏羽也算是精明人，派回来送信的家伙却白长了个精明样。据说刚到京城，魏羽让他转交沈惟清的信就被人劫了！哎，哎，阿榆，你去哪儿？"

阿榆听得说真定府传回的消息，哪里还坐得住，听了一半便拔腿跑了。

韩平北愕然之际，花绯然叹息道："平北，你是傻了吧？你忘了她为何前来审刑院了？"

韩平北恍然大悟，"嘻"了一声，说道："你若不说，我还真忘了这事了！其实她若能看开些，别将这仇恨放在心上，往后的日子也不会差。"

哪怕他对沈惟清再不满，也不能不承认，对世间绝大多数女子来说，沈家都是好夫家，沈惟清都算好夫婿。

花绯然却从韩平北的话里话外品出些别的意味，疑惑道："平北，你觉得，阿榆很难查明秦家灭门案的真相，为她的家人报仇？"

韩平北叹道："我偶尔听阿爹提过一嘴，说秦家的案子没那么简单。不然你以为阿榆为何执着地去翻八年前的饮福大宴案卷？"

花绯然默然片刻，轻声道："若不能为家人报仇，恐怕她这辈子心里都过不去。"

韩平北见其眉眼低垂，又想起当年她拎着仇人血淋淋的脑袋从火海中奔出的情形，心悸之余，又觉有些心疼。他干笑两声，说道："你近来在复核哪桩案子？不如我陪你走一遭？"

花绯然意外，随即莞尔："那敢情好，手边这案子，我正想着找人参谋下！"

她随即翻看着手边的公文，心下沉吟，到底该复核宠妾灭妻案呢，还是夜半沉尸案？

虽说都血淋淋的，但那沉尸地点风景颇美，或许适宜邀他同赏？那边野味也不错，正好她刚跟阿榆讨来些调料，或许可以炖个野鸡、烤个野兔什么的。

于是，花绯然毫不犹豫地拿起沉尸案的案卷，微笑道："这个案子我们怕是要去城外走一遭。我没有车，便乘你的马车同去吧！"

韩平北一听又要跟她同乘一车，心下别扭，只是既已应了她，自不好反悔，强笑道："行，便乘我的车。只是我总嫌车厢闷，此次出行得卷起帘子，吹吹风。"

若是车帘敞着，就不会有与她同处一处的不自在感了吧？

花绯然自然没意见。

不过待二人上了马车，韩平北没待马车驶离审刑院，便悔青了肠子。

无他，卷着帘子，几乎大半个审刑院的同僚都瞪大眼睛瞧了过去，待瞧清楚后嘴角都流露出心照不宣的暧昧笑意。

更过分的事，韩知院恰从廊上经过，也瞧见了二人出行。可他竟咳了一声，装作没看到，转过脸跟旁边的幕僚说话，装模作样地商议什么——但那眼睛余光，分明还是瞥着车内的二人！

韩平北只觉一世清名都被自己的愚蠢给毁了，迫不及待地赶紧垂下帘子，然后便感觉更不对了。

出了审刑院，根本没人瞧他了，他却放下了帘子，和花绯然在幽暗狭小的空间里四目相对……

世间最愚蠢之事，莫过于连犯两次蠢，连做两次蠢事。

于是，这一路他都涨红着脸，想抽自己几耳光。

而花绯然看着他的目光，却更柔和了……

阿榆赶到杏春茶坊时，并未见到沈惟清。倒是茶坊掌柜夏炎闻讯匆匆赶来，赔着笑脸问道："秦娘子过来喝茶？可有需要我等帮忙的？"

阿榆问:"沈郎君今日没过来?"

夏炎忙道:"今早沈郎君带人过来,在雅阁商量了一会儿就离开了,还把留在这边的两名衙差也带走了。"

阿榆怔了下。

若是魏羽带来了秦家灭门案的进展,沈惟清本该第一时间告知她。即便没有进展,也该跟她提一嘴。他一早赶来杏春茶坊,阿榆还以为是李鹊桥的案子有了突破。如今却没在杏春茶坊,难道是别处有了线索?

夏炎看阿榆皱眉思量,便笑道:"不如小娘子在茶坊里边听曲子边等着?我叫人给您备上最好的茶水点心,管叫小娘子满意。"

阿榆嘴角一弯,露出温文纯良的笑容,说道:"不用了,你们家茶水倒也罢了,点心闻着就腻味,还是换个好些的厨娘,别搞那什么歌伎舞娘那套了,中看不中用。"

"……"

夏炎一僵,看着阿榆转身离去,尴尬地顿在那里。

这明媚娇妍的秦小娘子,为何能如此诚恳地说着如此刻毒的话?

阿榆想起沈惟清居然撇开她查案,心绪莫名地低落起来。

她忽想起阿涂所说,喜欢一个人,目光必定无时无刻不追随着对方。如沈惟清这般,办事都不愿跟她说起,对她应该也谈不上喜欢吧?

多半就是看着还算顺眼,遂顺了老祖父心愿,允了这门亲事罢了。

若是如此,只要他眼不瞎,都会更满意才识性情俱佳的秦藜。

阿榆这般想着时,仿若松了口气,但心头不知为何有了某种不适感,被压住般闷闷地钝痛着。

她正困惑这不适感从何而来时,眼前忽然一亮。

长街的另一头,沈惟清步履匆匆,正快步向她这边走来。

他自然是不瞎的。

不仅不瞎,且双目炯炯,明澈而坚定地看着她。

哪怕隔得老远,哪怕街上行人众多,阿榆也能感觉得到,他那双眼睛里,满满都是自己,还略微带了些紧张,似怕她会平白消失一般。

"阿榆。"

他含笑唤着,神情倒是一如往昔,清淡而温和。

对上他灼亮的眼神时，阿榆心头的不适感顿时消散，却有另一种心慌和紧张浮了上来。

莫不是他眼底的紧张，传染给了她？

阿榆定定神，看向他："案子有进展？"

她没提是哪个案子，但沈惟清必定会解释他一早正因何而忙碌。

果然，沈惟清道："嗯，刚安排了人手，正要跟你说。"

他一把拉过阿榆的手，携她走向河岸边人迹稀少处。

阿榆被他握紧手，那种心慌和紧张感又浮了上来。

她困惑地欲要抽出手时，沈惟清指间却加了力，将她的手握得更紧，还转脸冲她轻轻一笑。

"怕被人瞧见吗？倒也不必顾忌什么，咱俩的亲事，如今谁不知晓？"

何止知晓他们的亲事，还知晓了他们的风流韵事，什么秉烛赏月，什么遗落在枕边的丝绦，令人浮想联翩，暧昧之下，据说已经被人编成了一出活色生香的戏文。

阿榆听他提到此事，气不打一处来，愠道："还不是怪你！当众说出那些话，江九娘难堪，我也成笑话了！"

沈惟清温软道："嗯，是我思虑不周，我给你赔罪。"

"……"

这狐狸不知有多少心眼子，会思虑不周，说出这等不着调的话？

阿榆瞅他一眼，希望能从他的眼里看到一丝心虚。

可惜沈惟清脸不红，气不喘，携她立于一处摇曳蒲苇边，才松开了她的手，转头看向她，说道："魏羽在真定府查秦家案子，应该有了些头绪，昨晚派人回来了。"

"嗯？"

阿榆正摸着沈惟清握过的手，闻言顾不得置气，漆黑的眼睛看住沈惟清。

沈惟清只觉她眼里满满都是自己，不由心胸充盈。可惜他要告诉她的消息，却不太好。

"魏羽派来的随从，名唤魏仲，行事细致周到，却在刚入京城之际便被人盯住，寻机劫走了魏羽给我的信函。"

阿榆先前已听韩平北提过，忙问道："谁干的？有无线索？"

沈惟清道："不清楚。但我问明了劫信人的形貌特征，连夜出了画像，叫人备了数份，晨间已分发给衙差们，让他们分头寻访劫信之人。"

"可曾有线索了？"

"暂时还没有。但只要这些人没离开京城，我必能将他们找出来！"

阿榆不觉想起昨晚的匿名信。

魏羽传回的信函丢失后，阿榆那边便收到了戳穿其根底的匿名信。世间岂会有这等巧合？

阿榆思量着，缓缓道："有没有可能，是江九娘派人干的？"

沈惟清目光一闪："你怎会想到江九娘？"

阿榆不屑道："先前在昌平侯府，她用的不也是这等不入流的卑劣手段？后来被我揭穿，她声誉扫地，必定恨我入骨，知我一心报仇，自然要想法子让我破不了案。中途劫了魏郎君的书信，既可阻拦我第一时间得到案件讯息，又可查看信函内容，以此寻找有无挟制我或为难我的把柄。又或许，那蠢货也没想太多，就是不想让我如愿，不想让我报仇而已！"

沈惟清微一凝眉，目光投下阳光下的汴河："我想过是不是山匪背后的人在动手，但也猜疑过江家，所以也安排了人手去调查江家的人。"

阿榆因匿名信的事，倒没往秦家灭门案的幕后元凶上想。

她听沈惟清说着，不觉点头，看向了沈惟清，继续追问："那个魏仲有没有说起过信件的内容？"

沈惟清眸光闪了闪，叹道："他也不清楚。向魏羽问明信函内容倒也不难，只是这一来一去，至少也需七八日了。"

说话之际，他依然看着汴河水。

汴河悠悠，粼粼波光在阳光下碎金闪烁，宏阔却旖旎，叫人看不清河底的暗流激涌。

阿榆无心欣赏汴河，犹豫了下，问道："魏仲去慈谷镇做什么？"

沈惟清这才转过脸，静静地看着阿榆："你说过，那位帮过你的罗小娘子去了慈谷镇。她还曾拿出在火场捡拾的银珠，作为指证山匪的证物。如此重要的证人，魏羽得知，自然要派人前去寻访的。"

阿榆长长的眼睫眨了眨，垂落眼睑，眸子黑冷起来："他寻访到了吗？"

"没有。他查遍慈谷镇，未发现你所说的那位罗小娘子。"沈惟清紧盯着阿榆的神色，"慈谷镇唯一一位罗姓娘子，是苏家早寡的四夫人。但这位苏四夫人在很多年前就离开了。阿榆，你对你这位罗家妹妹，了解多少？"

阿榆唇角牵了牵，笑容纯良，慢慢说道："她是后来搬到石邑镇的，的确跟我说，她来自慈谷镇。或许她有什么难言之隐，所以掩饰了她真正的来历？但我相信，她是我最值得信任的姐妹。"

沈惟清盯着她黑而淡漠的眸子，展颜一笑，"若你信得过她，我便也信得过她。"

阿榆惊异地看向沈惟清。

沈惟清却已转过了脸，说道："魏羽特地给我信函，案件多半有所进展。当务之急，是查明何人劫了那封信函。"

阿榆记挂着韩平北说起的江家侍仆横死之事，便道："若有消息，还请沈郎君告知我一声。阿涂晨间说没睡好，不太舒服，我回去瞧瞧要不要为他请个郎中。"

沈惟清含笑道："好。"

阿榆应了，转身往回走，只觉被沈惟清握过的手还是有些酥麻感，仿佛他指掌间的触感和温度烙在她肌肤上一般。

但沈惟清应该没那么喜欢她吧？

他跟她交谈之际，眼睛常看着汴河，根本没看她；她离开之际，他说得虽温和体贴，但同样眼神飘忽，也没有看向她——仿佛刚相见的那刻，他眼底满满都是她，只是她一时的错觉。

阿榆这么想着时，忍不住回过头，又看了沈惟清一眼，然后心一抽，整个人都有些心慌意乱了。

沈惟清身姿挺直，眼神不再飘忽，正深深地看着她，目送她离开。

见她回头，他柔和地弯了弯唇角，向她挥了挥手。

汴河悠悠，蒲苇飘摇，沿河大街满目繁华，而她的目光却越过了无尽风光，径直撞到他的眼底。

他的瞳仁黑亮清澄，满满盛的，都是她。

阿榆忽然便觉得，她不能再自欺欺人了。

阿涂说的，应该是真的。

沈惟清，秦藜的未婚夫，心悦于她。

可她所做的一切，都是为了秦藜有个好归宿，她怎能让他对她生出爱悦之心？

而她对他……是不是也有点不对劲？

毕竟这世上，除了凌岳、李长龄，再无其他人会如沈惟清这般，将她当作亲人或爱人看待，一心一意地对她好。

这感觉，可要不得，也要不起。

阿榆甩了甩依然酥酥麻麻的手，逃一般快步离开。

沈惟清在阿榆回头之际，意外看到了阿榆面颊上浮起的一抹红，再看向阿榆奔逃的身影，心情蓦地大好，唇角的笑容也愈发明亮起来。

阿榆隐瞒了他许多，他为了她，为了他们的未来，同样隐瞒了许多，甚至叙说时不敢看她的眼睛。

但他想，她大概也是爱悦他的，十分爱悦他。

若是如此，便是日后发现他坐视临山众匪招安、拖延秦家灭门案的破案时机，应该也会原谅他吧？

回到食店时，阿榆心情已然平复，见阿涂没在店堂招呼客人，便赶到后院寻找。

阿涂果然正在后院的木香树下团团转着，又惊又急的模样。

他郁闷道："我只是踹了他几下，怎就死了呢？远远瞧着，身下汪了一大滩的血……"

阿榆听着便不对劲："身下都是血？你踹的那几下，能让他疼上一时半刻便算是狠的了，怎会流出许多的血？"

阿涂道："七娘问明经过，也是这么说的，让我不用着急，帮我去现场打听去了。"

阿榆道："那你还着急什么？"

阿涂道："我怕她一言不合跟人打起来。若是受了伤，那可怎么好！"

"……"阿榆好一会儿才能说道，"阿涂，你确定，去查案的人敢跟她打？马军司巡检不想干了，还是开封府衙嫌太平得太久了？"

阿榆或许好欺负，安七娘么，除了沈惟清这种背景强大实力不俗的高门子弟，谁敢欺负？不怕安副指挥使拆了他们的官衙？

阿涂听了略略放心，却还伸长了脖子，不住地往外看着。

阿榆拍拍他的肩："莫怕，待我也去瞧一眼究竟是怎么回事。"

她说着，便快步往外走去。

她的身形纤细单薄，远比不上安七娘高挑有力，但阿涂看着她的背影，竟格外安心。

七娘那种直性子，自然容易吃亏。可劫匪小祖宗出马，还怕什么恶人！

阿榆沿着沐风当初离开的方向走着，赶到沐风遇害现场时，已确定沐风这是走在回江家的路上。

原先围观的百姓都已被赶逐离开，沐风的尸体已被搬到一边，正由开封府的仵作验尸。马军司的孙巡检正和开封府的丁推官各自带着手下，在一旁等候着验尸结果。

安拂风怀抱长剑，也正立于一旁等候。若孙巡检和丁推官讨论些什么，她便毫不避讳地侧耳听着。孙巡检、丁推官偶尔瞥过她，神情间颇是无奈，倒无赶逐之意。

看到阿榆过来，安拂风忙招手道："阿榆，快来，这位开封府的丁推官正想提审你呢！"

丁推官是个精干的瘦老头，闻言忙咳了一声，干笑道："误会，误会！既是审刑院的，必定都是误会！"

孙巡检已悄悄告诉了他，这位秦小娘子背景大得邪乎，沈家韩家安家都护着她，多半很快会是沈家未来宗妇。

沈老相公虽致仕，其门生子侄颇有些身居高位的，其子沈世卿更是一方大吏，轻忽不得。他家认定的宗妇，岂是他一个开封府推官能随意审问定罪的？

但受害者是江家仆从，若她真是凶手，开封府也不怕沈家不交人。

阿榆倒不计较丁推官的言语，向孙巡检、丁推官行了礼，方瞥过那沐风尸体，诧异道："还真是这个人！"

丁推官、孙巡检听阿榆这般说，都盯向了她。

孙巡检道："秦娘子是否有线索？"

安拂风忙道："阿榆，先前有食店附近的百姓说，昨晚曾听到秦娘子跟人说话，后来出来看时，并未见着秦娘子，只看到了这人跌跌撞撞往这边走。"

正因如此，丁推官才想着审问阿榆，安拂风才会如此神情不善。如今安拂风生恐阿榆说出惹来自身嫌疑的话语，才赶在阿榆开口前将听来的消息先说了。

阿榆知安拂风之意，走到尸体旁细看了一眼，方泰然自若道："没错，昨夜我的确见过此人。他戴着斗笠，鬼鬼祟祟的，窜入我屋子里翻着什么。我便悄悄叫了食店的伙计去堵他，趁他不备拿擀面杖打了他的后脑勺，我那伙计也赶上前踹了几下。他可能被打懵了，也不敢跟我们缠斗，跳墙跑了。我跟我伙计追出去时，黑漆漆的不见人影，想着他会武艺，便有些害怕，虚张声势对着暗处恐吓了几句，便赶紧回店关门。谁知他竟会死在这里。总不会是我们下手重了，不小心将他打死了吧？看着又不太像。"

若是头部或腹部受伤而死，多是内伤，根本不可能留下那么一大摊血迹。

孙巡检、丁推官交换了下眼神，倒有几分相信阿榆所言。

毕竟她所言这些，一个不慎，很容易让她自己沾惹杀人嫌疑。

丁推官道："秦娘子，你说他在你屋里翻东西，那有没有被盗走物品？"

阿榆拍手道："说来此事最奇，我妆奁内几样金银的簪饰被翻了出来，竟随意丢在一边，根本不曾带走。柜子也被翻过，但里面都是些极寻常的被褥衣裙。所以我始终都想

209

不明白，他究竟在我屋子里找什么？"

说话间，仵作已验尸完毕，上前回道："捕头，小的已验明伤情。此人是被人以利器快速刺入心肺而死，脑后有钝伤，腹部有瘀青，应是生前所受之伤。"

阿榆赶紧问："脑后钝伤和腹部瘀青，并不致命吧？"

仵作道："从现今的伤处看，这二者都是小伤。"

阿榆便松了口气般，不再追问。

丁推官目光在她脸上掠过，盯向仵作："可看得出是何利器？"

仵作道："从伤口尺寸看，应该是一把宽不盈寸、长约半尺左右的利匕。"

孙巡检目光在阿榆身上和沐风的尸体上转来转去，忽道："秦娘子，本官已查明此人身份。他名唤沐风，乃是江家的侍仆，曾随江九娘大闹过你们食店。"

"江九娘的人？"

阿榆一脸诧异，快步走到尸体旁，仔细看向尸体脸部，神情渐渐困惑。

丁推官忙问："秦娘子可曾发现什么？"

阿榆清澄的眼睛眨了眨，露出苦笑："我真的佩服孙巡检，居然一眼认出他是谁。我、我脸盲，看他眼生得很，不记得之前有没有见过他了。"

"……"丁推官无语半响，方向，"此处既离食店不远，可否请秦娘子陪我们去食店看下？"

阿榆笑道："自然没问题。"

安拂风抬抬手想阻拦，又悄无声息地放了下来。

武力且不讲，阿榆的脑子她还是佩服的。

毕竟，这是个能收服沈惟清那只狐狸的小狐狸精。

孙巡检见状，交代了几句，正式将此案移交给丁推官，收队离去。

在阿榆、安拂风的带领下，丁推官带着若干衙差很快来到了食店。

此时店内尚有不少食客，见阿榆领人进来，阿涂暗惊，连忙迎上前，笑道："小娘子，这是将衙门里的朋友带回来了？"

食客们见官差进来，本有些惊讶，闻言再无疑心，照旧该吃的吃，该喝的喝，依旧一派和谐热闹。

安拂风看向阿涂的目光不觉又多了几分满意。

小娘子总说阿涂糊涂，可这等眼力，这等随机应变，天下大可去得。

便是带回家，父亲也会接纳吧？

不过她只是刚收了他一对耳坠而已，是不是想得太远了？

说话间，阿榆已带丁推官一行人来到后院，指点着自己的房间说道："便是那里。我刚回来，听得里面有动静，便去厨房拿了擀面杖，唤了阿涂，冲上去给了他后脑勺一下子。"

阿涂何等机灵，只听阿榆前半句，便猜到阿榆用意，连声道："对对对，我趁着他给打得弯下腰时，也上前踹了几下。可惜还是让他逃了。"

丁推官打量着这窄小得不像话的屋子，一边感慨秦家之没落，秦家孤女之辛苦不易，一边也能理解为何那人身负武艺竟被这两人压着打。

这巴掌大的地方，阿榆挥动擀面敲过去，别说没留神，就是留神躲闪，也没地儿躲去。

再看桌案上简朴的陈设，还有旁边的小柜子，他皱眉问："当时他就在柜子里翻东西吗？"

阿榆道："我妆奁里的簪饰当时都倒在桌上，柜子里的衣物也大半被拿到了桌上，但后来收拾时清点过，并未发现丢了什么，实在不知他在翻找何物。方才你们又说他是江家的侍仆，江家的人，应该看不上我这点东西吧？"

阿榆说话间，已将桌上那小小的妆奁打开，里面果然只有几样银饰或铜质鎏金的簪饰。江家既富且贵，只怕钟儿等侍女的私藏都比这些强。

阿涂看着阿榆眉眼间恰到好处的困惑，心如明镜，低咳了一声，嗫嚅道："小娘子，江家……哦不对，应该说是江九娘子，只是看不上你……"

阿榆瞪向阿涂。

丁推官瞥了阿涂一眼，也暗自摇头。天底下哪来这等糊涂虫，居然这般贬低自家小娘子，还有点眼色吗？

阿涂被阿榆一瞪，惊吓地缩了缩脖子，赶紧描补道："我是说，江九娘子应该只是看不上小娘子……看不上小娘子居然能跟沈家结亲。"

这描补，跟之前说的有差别？还不是江九娘看不上小娘子，认为她配不上沈家郎君？

丁推官早就耳闻江九娘痴恋沈惟清之事，也听孙巡检说起江九娘大闹秦氏食店，灰头土脸收场的事。

这伙计这般实诚，应该不会撒谎，那江九娘必定流露过对秦家孤女的嫉恨和恼怒。

案件的关键点，莫不是在这桩婚约上？

丁推官霍地抬头，看向阿榆，"你的婚书何在？"

"婚书？"

"对，你与沈家，应该签有婚书吧？"

"有。"阿榆睁大疑惑的眼睛，"上回无意带去了审刑院，便和我那些公文一起锁在衙门里了。丁推官，你是怀疑……"

丁推官已有了判断："没错，我怀疑他是冲着婚书来的。我且问你，若你的婚书遗失，沈家会补上一份吗？"

阿榆毫不犹豫道："会。何况婚书一式二份，沈郎君那里还有一份呢。"

丁推官顿觉眼前这小娘子单纯得可笑。只要她这份丢了，江九娘大可利用许王和昌平侯府向沈家施加压力，逼其否认这桩婚事，继而夺回心上人。

现在他要考虑的是，沐风到底是因为没盗得婚书被杀呢，还是因为对方以为他盗得了婚书，一见面就杀了他？

至于为何不等他回了江家再动手，大约因为这事瞒着江家长辈？何况，江家的人如果在秦氏食店出现后，又死在秦氏食店不远处，秦小娘子可就逃不脱杀人的嫌疑了！

丁推官自认为推断出了前因后果，叹道："这事……或许得惊动大理寺了！"

他思忖片刻，也不和阿榆等说起自己的猜测，便告辞而去，先抬了沐风尸体回开封府复命。

待人都走光了，安拂风才松了口气，不再端着那副生人难近的冷傲架势，一头雾水地问向阿榆："怎么回事？他怎么就这么走了？"

阿涂已笑道："这还用说！他怀疑江九娘派了这人过来盗婚书，然后杀了此人灭口。牵涉江家，所以临行前说，此事可能得惊动大理寺。"

按本朝律令，维持京师秩序的，是孙巡检这类马军司、步军司遣出的禁军；但发生命案一般会由开封府衙接手。若是干系较大的命案要案，则由大理寺负责侦办，或和开封府共同侦办。——便如之前的乔娘子案，因其身份特殊，鲍廉又是朝廷命官，开封府不便管辖，只能由大理寺出面查办。

如今死的只是江家的一名侍者，来的自然是开封府的人。但如果牵涉到江家和江九娘，开封府力有不逮，便只能上报大理寺了。

安拂风却还听得一头雾水，却知此事无疑和阿榆、阿涂方才的一唱一和有关。

她想了片刻，有些不敢相信地看向阿榆，压着嗓子问："你刻意引导他们查向江九娘？这事会跟江九娘相关吗？"

她禀性磊落正直，先前听阿涂说起过昨夜之事，深知沐风过来只是送了一封内容不明的匿名信，什么偷盗被打根本子虚乌有。她虽不喜江九娘，却也不想冤了她。

阿榆清楚其中道理，立时道："江九娘派沐风送来的信里，提及我和秦家一个秘密，以此逼我去见她。我闭着眼睛都能想出这蠢女人的算盘，无非是想大大地羞辱我一顿，然后以此要挟我主动退婚。七娘，你觉得，我该由她摆布？"

安拂风还未听完，脸上便有了怒色，冷笑道："这么个蠢货，还想把人玩弄于股掌之中！也不看看自己的能耐！"

她并不意外阿榆有秘密，毕竟秦家灭门惨祸不会来得无缘无故，但此时也不由得踌躇起来："你那秘密，很要紧？怎会让江九娘知晓？"

"那秘密，至少也能让我无法在京师立足吧！"阿榆无奈地叹息，"听闻详议官魏羽寄给沈惟清的信函，刚到京师就被来历不明的人劫走了。我思量着，莫不是江九娘盯着沈惟清时有所察觉，有心抓我把柄，便派人劫了那信？但想劫那信并不容易，至少得弄清魏官人派出的信使是谁、何时到京，才可能预作安排，设计夺走那信。我总觉得以这位的头脑，应该无法计算到如此周密。"

安拂风冷笑道："这有何奇？你忘了，她曾陪她父亲江大夫巡视北境，在真定府待过不短的时间。以江大夫的官位，加上江家联姻的昌平侯府、许王府，那些地方官谁不巴结着？她想了解魏羽动向，不过举手之劳。"

她这般一细想，只觉阿榆孤立无援，可怜之至，若非为人机警，又有些自保之力，早被人拆得骨头都不剩了。于是她不仅不再觉得阿榆有错，还好生安慰她几句，方踱去前堂招呼客人。

阿涂目送安拂风离开，转头看向阿榆，如同看一头怪物。

阿榆惋惜地勾下木香树下最后几朵残花，懒洋洋道："阿涂你这什么眼神？我脸上长花了？"

阿涂摇头："小娘子，我现在觉得，不娶你，或许是沈郎君之幸。"

"因为我很坏？"

"不，小娘子不坏，但小娘子太懂攻心之策。"

"哦？"

"小娘子早有成算，却装憨卖傻不明说，让丁推官自己推测，沐风是奉了江九娘之命前来盗取婚书；又让七娘自己猜到，江九娘凭借家中势力，探到了魏官人的行踪。只因他们是自己推测出的结论，自然相信那些便是事实；便是后面证实有误，小娘子什么也没说，自然也不关小娘子的事。"

阿榆抬起细白的手，接下一瓣枯黄的木香花，轻声道："所以，你觉得我这种人很可怕，做我的夫婿会很倒霉？"

"不是倒霉，而是……会很伤心。"阿涂细长的眸里闪过犹豫，还是说道，"小娘子在计算人心。可人心计算得太清，容易无情。小娘子……还是会辜负沈郎君吗？"

若换了从前，阿涂打死也不敢问这问题。但如今他看出阿榆并不会真的剔他的骨，与七娘渐入佳境之际，便看不得小娘子的负心薄幸。

阿榆想起沈惟清看自己的眼神，眉眼也淡了淡："唔，若真能无情，挺好的。"

阿涂无奈了，叹气："我想不通，究竟怎样的过去，让小娘子变成这性子？"

阿榆看着花朵尽落却枝繁叶茂、生机勃勃的木香树，好一会儿才慢悠悠道："如果你从小就遇到这些算计，你也会是这性子。若我不谨慎些，会跟乔娘子一样，化作孤坟下的一具枯骨。哦，不对，我连枯骨都不会有。若五六岁时死了，多半就直接被人扔到野外喂狼了吧？"

她笑了笑，依然甜美无瑕，但阿涂却觉出她那娇妍的肌肤透出的白皙，是凝了冰霜般的冷白，连声音里也透着与她年龄不符的苍凉。

阿涂不敢再问，干笑着转开话题："其实小娘子这次办得极好，不仅洗脱了我们的嫌疑，还让江九娘被大理寺、开封府盯上，够江家头疼的了。至于小娘子的秘密，江九娘到底是偷来的，还想用来威胁小娘子，想必暂时不会泄露出去。"

真泄露出去了，阿榆大可飘然离京，将食店连同沈惟清，交还给她藏在玉泉观那位美人……

他不知那位真正的秦家美人会不会开心，但沈惟清大概会伤心了。

天底下怎会有这样的小娘子？

天真却深沉，重情却无情。

幸亏，他遇到的是真正耿直重情的安七娘。

他已通过递铺辗转寄了信给祖父，请他代为解决父亲酒后糊涂定下的亲事，然后就可以寻机跟安家提亲了……

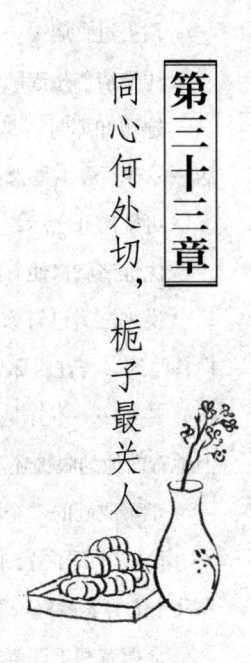

第三十三章 同心何处切，栀子最关人

杏春茶坊里，沈惟清听完衙差和王四等人的回复，终于确认，夺信之人果然是江家之人，且极可能是受了江九娘之命。

他正思忖下一步行动时，卢笋慌里慌张地跑过来，急急道："大理寺和开封府的人到江家去了！"

"大理寺？开封府？"

沈惟清不知所以，转头看向身畔的衙差和王四等人。

衙差茫无所知，王四处处揣摩少主人心思，深知他对秦小娘子的看重，也清楚小娘子的不凡之处，倒是早早便关注了食店那边的事。他忙道："少主人，听闻昨夜小娘子食店附近死了个人，是当日大闹过食店的江家侍仆。"

"江家侍仆？"沈惟清看向卢笋，"大理寺、开封府前往江家，与阿榆有关？"

卢笋摇头，又点头，"跟小娘子应该没关系……不过开封府的人的确去过食店一次，也不知道小娘子有没有说什么，或者他们早就查出了和江家有关的线索，所以才会跑江家去。"

他自认自己的推测十分有道理，说完还用力点了下头。

"去过食店……"

沈惟清忽想起阿榆上午过来找他，却不曾与他一起追寻夺信之人。

她明知那封信是魏羽所寄，关系着秦家的案子，甚至可能威胁到她自己，却回了食店……难不成她是为了江家侍仆之死？

可她离开之际，竟只字未曾向他提起。

沈惟清胸口便有些闷。

说来二人已订亲，虽不曾将你侬我侬诉之于口，但也算真情流露，有过半明半晦的白首盟约。若食店那里出了事，为何只字不跟他提起？

甚至……不知是不是他的错觉，订下婚约后，因李鹊桥之死，他们常在一处查案，但她看向他的眼神还不如之前热烈——那是一种明确带有企图的热烈。

难不成她的"企图"，从来不是他，而是这桩能让她洗白匪首之女身份的婚事？

沈惟清顿了片刻，轻声道："既然大理寺的人在，咱们先不去凑热闹了。你们去将那几个人盯紧就好。"

众衙差和王四等人连忙应了，转身离去。

沈惟清也迈步向外走去。

卢笋忙跟上，急急问道："郎君，咱们去哪里？"

沈惟清淡淡道："找阿榆。"

他并不知晓阿榆收到匿名信之事，却知晓魏羽信函里有着阿榆的秘密。江九娘若是得知阿榆竟是冒名顶替，竟是山匪之女，必定会好好利用此事，威胁甚至羞辱阿榆。

可阿榆也不是善茬。

阿榆身后，还有个修为深不可测的绝世大高手，绝不会容忍有人欺到她头上。

于是，江家侍仆的死，究竟与阿榆有无干系？她有没有听他的，隐忍一时，以律法为准绳，还是非以果报？

若真与她相关，她是怎样做到让大理寺、开封府齐齐将矛头指向江家的？

若她卷入命案，他又该如何处理？

公平，公正，以律法为准绳……

原来看着理所当然的一切，忽然间如山如壁，横亘于心间。

沈惟清赶到食店时已是傍晚，店堂并无客人，只闻得院中传来阵阵说笑声。

还能笑得如此开怀，瞧来阿榆应该与江家侍仆被杀之事无关。

沈惟清心神一松，不由弯了弯唇，先前的恼意不觉间消散。

他快步走了进去。

那个据说病着的阿涂，面色红润，眉开眼笑，正将一盘脆皮银鱼端给安拂风，说道："你方才尝过小娘子炸的银鱼，这会儿便尝尝我的，瞧瞧味儿比小娘子的如何。"

安拂风端坐于木香树下，随手接了银鱼，放到面前的石桌上，不悦地瞪向阿涂，"我不是跟你说了，别每日在这些锅碗瓢盆间纠结，得空好好温书要紧。"

阿涂笑道："你前日拿来的那些书，我都背过，夫子当日的教导我也都记得。不信你出题考我，看我能不能答。"

"都、都背过？"安拂风呆了呆，"我父亲书房里，放在最高处的就是这几本，你都会？"

阿涂道："安伯伯武将出身，看得最多的必然是兵书。你若拿他常看的兵书来，我可就不会了！"

"哦，哦，那些……那些你倒是不用读。"

安拂风尴尬地敷衍着，随手拿起脆皮银鱼要尝时，却听身后传来一声轻笑。

转头看到沈惟清，安拂风恼了："沈惟清，你笑什么？"

沈惟清笑道："没什么。就记得安殿帅年轻时也曾以好学闻名，请先生努力学过几年，最终认得了几百个字，可以自己签押批阅，军报也能看懂大半，不必被人糊弄了！"

安拂风怒道："他是武将，会打仗就够了！少认得几个字，打什么紧？"

阿涂干笑着将银鱼又往安拂风面前推了推，道："正是，正是。来，七娘，吃鱼。"

安拂风怒意稍息，取了一只银鱼尝时，只觉外层酥脆，香而不腻；里层绵软滑嫩，浓郁的鱼香被吊出，包裹于酥脆和滑嫩之间，口感丰富，令人满心充沛，流连不已。

她啧了一声，毫不犹豫地又抓起一条鱼品尝。

沈惟清四下看了一眼，坐到安拂风对面："阿榆呢？"

阿涂怕影响了安拂风食鱼的心情，忙道："小娘子说，上回允了李参政送些亲做的吃食过去，所以就做了一份糖薄脆、一份脆皮酥鱼，亲自送李府去了。"

又是糖薄脆！

分给过这许多人吃，独他这个未婚夫，只吃过些微碎屑！

但他眼下更介意另一件事。

"又去了李参政府上？他们倒是……走得亲近。"

阿涂怔了下，想起小娘子的居心叵测，一时不敢答。

安拂风见状便道:"李参政也算当朝名臣,若他赞上几句,指不定咱这食店也能借他打出名气。"

沈惟清不说话。

他沈惟清的娘子,需要靠这食店生存吗?需要借别的男子扬名吗?

阿涂何等眼力,见状忙将银鱼往沈惟清手边略略一推,笑道:"沈郎君何妨尝尝这个,边吃边等?银鱼是小娘子码的味,面糊也是小娘子亲手调的,备了两盘的量。她炸了一盘带着,我只是跟着炸了剩下的,火候有差别,但还能入口。"

安拂风便微微地笑:"我尝着无甚差别,很是美味。"

沈惟清便也取过银鱼尝着,眼睛却盯向了阿涂:"那我便在这边等着,顺便听你讲讲那位死去的江家侍仆之事吧!"

阿涂笑容一僵,额际无声地沁出了汗水。

这里没有小娘子跟他一唱一和,沈惟清也不是丁推官能比的,何况身畔还有个安拂风,根本是个没心眼的……

他家不靠谱的小娘子,能不能赶紧回来?

李府的临湖水榭里,李长龄、阿榆各自靠着一张竹制圈椅,一个懒洋洋地喝茶,一个懒洋洋地尝着银鱼。二人中间放了一张小几,摆的正是阿榆带来的糖薄脆和脆皮银鱼,和李长龄素日所饮的茶水。

小几前,丑白懒洋洋地趴在地上,不时拿脑袋蹭蹭阿榆的鞋,或拿鼻子拱拱李长龄的腿。

李长龄悠悠道:"阿榆,你这是越来越敷衍我了。上回送来的那烤饼材料虽寻常,好歹看得出做烤饼时用了巧思。今日这两样,怕是随手做来凑数的吧?"

上回烤的饼,细致地做成了松鹤的形状,连饼身都雕了松鹤的花纹,取的是松鹤长龄之意。

难得阿榆字迹娟秀,烤熟后也未变形,烤出的焦黄纹路甚至令那松鹤多了几分古朴自然的气息。

且不说这烤饼值不值钱,美不美味,单论这等技艺,便让李长龄挑不出刺来。

这次么,一甜一咸,都只能当作零嘴儿,卖相着实寻常。

阿榆嗅着茶香,用僵麻失味的舌仔细品了片刻,确定的确尝不出茶水里有何名士高人的意境,失望地叹了口气,才转头看向李长龄,说道:"长龄兄长,你若不喜,下次我就空手来了。"

"……"

李长龄转头看向阿榆，见她依然闲适悠然的模样，确认这小娘子是当真的，若他嫌弃，下回她当真会空手而来。

她空手而来，难道他还能将她赶走？

他无奈地叹了口气，自己找台阶下："细微沾水族，风俗当园蔬。人肆银花乱，倾箱雪片虚。罢了，这银鱼也曾得杜工部喜爱，倒也不算太俗。说来这种鱼还是在水下时最美，体柔无骨，穿梭如银，远远瞧着便是风景。"

阿榆随口道："可惜被人捕去后瞬间失了风采，还被曝干以货四方，煎炸蒸煮做成了盘中餐。"

李长龄正将一只银鱼送入口中，闻言差点咬了手指头。

他转眸盯向阿榆。

阿榆全无所觉，饮了口茶，目光只看向水榭门口："兄长派往江家的人，还没消息传回？"

李长龄慢慢垂下眼，轻笑："应该快了。我不想被人煎炸蒸煮，总得多做些准备，留些后手。"

所谓的准备和后手，自然是指在江家以及其他权臣那里暗暗安插或收买的耳目。

唯有耳聪目明，方能游走于不同势力间，如鱼得水，游刃有余。

阿榆清楚这道理，感慨道："这手段，啧啧！再隔十年，或许沈惟清也会是你这副模样，步步为营，处处算计？"

李长龄轻笑道："他有家族和沈老的故旧支持，想在这条路走下去，应该会比我轻松些。"

阿榆沉吟道："他的性子却和你不一样，或许长辈会觉得他行事端静沉稳，但真到了官场之上，只怕又会被人嫌弃古板自傲，不知变通。"

"古板自傲，不知变通？"李长龄笑了起来，"沈相那种老滑头教出的好孙儿，你觉得他会不知变通？他以六品秘书丞领了审刑院的差遣，是六名详议官之一，官位不算高，却深孚众望，难道你以为这是因为韩殊格外照拂他？"

阿榆想起沈惟清算计安拂风的手段，破案时的缜密和不拘一格，再想想审刑院上下待他的态度，也觉得自己多虑了，点头道："也是，我瞧着他就是外忠内奸，或许这端稳刚直，正是刻意做给人看的呢？"

若师长想提拔，同样有才有识，当然更愿意提拔他这种行事沉稳的。

李长龄看着阿榆唇边漾出的笑意，连眸子都似有着清莹的流光闪动，心念一跳，慢悠悠端起了茶盅，笑道："阿榆，你很关心沈惟清以及……他的前程。"

阿榆脱口道："那是自然。总要他过得好，藜姐姐才能过得好。"

这念头是她在心里说过无数遍。

对着穆清真人和柳娥，她也多次提过，她进京所做的一切，都是为了无枝可依的秦家孤女秦藜。

可不知为何，这次说完之后，她忽然想起他长身玉立，负手立于汴河之畔，眸中如蕴了河水般清澈悠长的情意，一瞬不瞬地看着她的背影，目送她离去。见她回眸，他笑容明亮得连岸边的青青蒲苇都显得妩媚起来。

阿榆用力地捏了捏自己的手，同样用力地高声道："藜姐姐那般好，等藜姐姐醒来，他一定会接纳藜姐姐。"

李长龄的目光飘过她的手，轻轻道："可你也这般好。"

"……"想到某种可能性，阿榆连茶香都闻不出了，沉着脸靠在圈椅上，愠道，"他若敢有别的念头，我捆了他丢汴河喂鱼！"

李长龄失笑。

眼前这小娘子，同样历经坎坷，哪怕眉眼宛然，也已不是十多年前那个香软娇贵的小女孩了。

该有的决断和煞气，她都有。

幼年的她和成年的她，不经意在心头交汇，忽似有什么轻轻将他心弦撩拨了下。

他也向圈椅上一靠，轻笑道："嗯，如果需要我搭把手，吱一声。"

阿榆便有种说不出的挫败和懊恼，嘀咕道："我又不是老鼠，吱什么吱！"

李长龄也不计较，但一眼瞥过不远处，目光里的调侃一敛，依然是平日的闲散优雅。他温和道："阿榆，去江家的人，回来了。"

说话间，一名暗卫快步走向水榭，向二人行礼。

李长龄随意挥手示意其免礼，道："说说。"

暗卫不敢怠慢，忙将江家的事一一道来。

前去江家的，是钱少坤和丁推官。因江家如日中天，二人也不敢轻忽，分别携了大理寺卿、开封府尹的名帖，循礼拜访江府。

太中大夫江诚刚刚下朝，见这两处官衙的人来访，自是诧异。待听得二人来意，立时沉了脸，矢口否认女儿指使沐风偷盗婚书。

因为江九娘这几日一直被禁足闺中，根本出不了门。

那日江九娘在昌平侯府算计阿榆不成，反而闹出了人命，传得沸沸扬扬，江家和昌平侯府虽竭力平息，但江九娘狠毒无德的名声早已传开。

江九娘固然恨极阿榆，江诚未必不懊恼。他本来算计着，待临山寨招安之事了结，有许王暗中相助，那枢密副使的差遣，定能落到自己头上。可女儿这事一出，难保清流文官发难，扣他一个治家无能、教女无方的帽子。

所谓一室不扫，何以扫天下。

连女儿都管教不了，朝廷敢将军政大事交到他手上？

然而他再恼怒，江九娘再不争气，他也无法真的重责她。

他的正妻江夫人乃是许王妃的嫡亲大姐。他能从小吏爬到如今的高位，全仗结了这门好亲事，娶了这位好娘子。江夫人将女儿宠上了天，深信她是中了秦家小妖女的圈套，他又能将女儿怎样？

于是最终只将江九娘禁足了事。

只要她不出现，避过这段时间的议论，待有新的八卦出来，众人的目光自然会投向新的目标。

待时日一久，人们淡忘了此事，再安排江九娘做些善事，寻机展示展示才貌，谁还记得一个小园丁的死？再放些流言，指不定能将罪名扣到秦家妖女身上，还女儿一个清白呢？

夫妻俩将道理掰开揉碎讲给江九娘听了，江九娘虽委屈，却也知晓厉害，何况也不想听那些闲言碎语，这些日子倒也安分守己，每日除了请安，几乎不曾离过闺房。

江诚每日听妻子说起女儿如何悲伤如何听话，怎会相信女儿在这时候做出派人盗婚书的蠢事，更别说指使杀人了。

可惜钱少坤、丁推官听了江诚的话，更起疑心。

先前还装作跟人家和好呢，转头背刺一刀；如今委屈怨怼，不甘之下怎会坐以待毙？这盗婚书也罢，杀人灭口也好，无非动动嘴皮子的事，哪桩需要这位尊贵的九娘子亲自动手？

丁推官言语耿直，可到底身份悬殊，遭了两记白眼，便闭嘴不言；钱少坤跟鹂儿待久了，颇学了些以柔克刚的本事，见状明捧暗贬，阴阳怪气，连江诚都招架不住，只得唤出了江九娘。

江九娘只觉人在屋里坐，祸从天上来，啼哭着差点抓花钱少坤的脸。

跟随江九娘的侍婢也纷纷站了出来，证实江九娘这些日子并未跟外院仆从传过话，不可能安排这些事。

钱少坤手中并无实据，眼见问不出结果，只得捂着脸和丁推官告辞而去，心下暗暗庆幸自己没有娶回如江九娘这种恶毒娘子。

待二人离去，江诚屏退众人，喝问女儿："说，你到底做了什么？大理寺、开封府明着过来问的这事倒也罢了，为何审刑院暗地里派了许多人手在查我们府上的仆从？"

暗卫传来的消息，至此戛然而止。

显然，江诚屏退众人之际，李长龄安插在江家的人也离开了。但最后一句话传递出的消息很有价值。

江诚不愧是官场老手，耳聪目明，察觉了沈惟清派出的人正在调查江家。他甚至感觉出，沈惟清所查的，跟钱少坤等人追查的，并不是一桩事。

沐风的案子目前不归审刑院管，但沈惟清想参与也不难。他若跟着过来，不消几句，怕江九娘又得当场崩溃。

李长龄挥手让暗卫退下，转头看向阿榆："沈惟清应该在搜那封信。阿榆，要阻拦他吗？"

阿榆叹气："这次拦了他又如何？等魏羽再次来信，或将我的事告诉信使，他还是会知道我是个骗子。我只好奇江九娘会将此事告诉她父亲吗？"

若江九娘说了，她这个"匪首之女"真的只能跑路了。即便有李长龄护着，她也无法明目张胆地再在京师出现。

李长龄眸中幽幽流光闪过，轻声道："既然她并未跟父亲坦承此事，必定有自己的小算盘。"

"比如，利用这个秘密，逼我离开沈惟清？但她只要公布此事，我的秘密自然保不住。"

"若公布这个秘密，无疑承认是她夺了魏刑详给沈惟清的信函。此事可公可私，可大可小，若沈惟清执意说成江九娘盗取审刑院机密，江家便是炮制再多的神鬼之说也糊弄不过去。"

李长龄的手指有节奏地一下下叩着小几："她想要的是沈惟清，又不是吃牢饭，自然拿着要挟你更妥当。"

阿榆便啧了一声："为了沈惟清，她也算吃了两次大亏了，怎么就不长记性呢？"

李长龄摇头："情之所钟，心不由己。阿榆，这些你不懂。"

阿榆鄙视："我不懂，你懂？所以快三十的人了，还未成亲？"

李长龄笑了笑："我没成亲，是因为我不想成亲。"

阿榆不知这位兄长的身世来历，却记得阿爹阿娘提起长安兄长的惋叹，料得这位兄长必定半生坎坷，也不去探问他的伤心事，只站起身，伸了个懒腰。

"罢了，兵来将挡，水来土掩，我便回去等着看这位九娘子出什么招吧！胆又肥，人又蠢，但愿她别把自己给整死了！"

李长龄笑道："正是。若是死了，以你和她的纠葛，怕是会有些麻烦。"

阿榆无奈地一摊手，转身便要离开。

李长龄若有所思地看着，忽又唤住了她。

"阿榆，其实你要知晓江家的事，找沈惟清必定也能问个明白，为何不去问他？"

阿榆顿了下："兄长，我不想欠他更多。"

"你…觉得欠他？"

"唔……我原来没觉得欠他，索回的不过是他欠秦家的婚约而已。可现在……"阿榆目光飘忽了下，"可能良心发现，我觉得欠了他。话说我良心也就剩下了这么一点，全丢下了，我怕死后下十八层地狱。"

她说得含糊，李长龄却听得明白："唔，你的良心……是因为他喜欢你？"

"好像是……所以得想办法离他远些。他必须喜欢藜姐姐，不能喜欢我。"

阿榆声音低了下去，眸子忽然变得很黑，很静，如不抱期待的夜。

她抱抱肩，仰头看了看天，快步向外走去。

浅淡的夕晖打在她纤薄的身形上，却拂不去她一身的冷寂和孤独。

她仿佛会一直这样走下去，不管前方是繁花还是荆棘，是华堂还是茅屋，于她都是走在荒漠。

孤零零的，一个人走在荒漠。

李长龄沉默地看着，待她走得不见了人影，依然看着她离开的那一处。

许久，他轻轻道："可你明明这般讨人喜欢，怎么办呢？"

他叹了口气，压抑着低咳了几声，无声地按住胸口。

阿榆回到食店时，天色已黑透了，安拂风、阿涂的脸色都不太好，见阿榆回来，抬起头齐刷刷地看向她，神情一言难尽。

阿榆目光转过，一盏灯笼悬于木香花枝上，照亮下方的石桌。桌上的脆皮银鱼居然足足还剩了半盘。

她便纳闷了，"怎么了？今儿阿涂做的银鱼不好吃？"

她拿起一只银鱼来嗅了嗅，捏了捏，点评道："没刚出锅时香脆，裹着的鱼肉也有些柴，想来口感差了不少。但刚出锅时应该还不错。哎，你们怎会没吃完？"

这着实不对劲。

尤其是安拂风。

可以说，她能与阿榆成为好友，一半是因天生的侠义心肠，另一半则完全是被她那手厨艺所征服。

阿涂叹气道："七娘看着沈郎君吃不下，便吃不下了。我瞧着七娘吃不下，自然也是吃不下的。"

阿榆诧异："沈惟清来了？"

安拂风道："没错，你离开不久，他便过来了，在这里等到天黑。本来也在吃这银鱼的，听阿涂说起昨晚有人前来盗婚书之事，便住了手。后来王四去探了三次，三次回报说你还在李参政府上，没有离开。沈惟清听了一句话也没说，就在这里坐到了天黑，起身便走了。"

阿榆便点头道："嗯，我见沈惟清那边丢了信，猜想是江九娘盗了关于我的信来威胁我，沈惟清听得江家侍从死在食店附近，定然也会想起和那封信联系起来，所以会来寻我。"

安拂风无奈道："阿榆，重点不是这个。"

阿榆睁大了眼睛，依然小鹿般无辜："嗯？"

安拂风道："沈惟清等了你许久。"

阿榆叹道："我怎知他过来？阿涂你也是，既知他寻我有事，去李府传个话应该不难吧？"

李府阍者都知她与主人关系不寻常，绝不会拦着不给传话。

阿涂苦笑："娘子，沈郎君不让我去寻你。"

阿榆讶然："他不让你寻我？那他这般等着岂不是自找的？为何生气？"

阿涂无语望天。

小娘子说聪颖委实聪颖，可迟钝起来简直比安拂风迟钝百倍。

或许，这是因为安拂风心里有他，至少在意他，而小娘子从未真正在意过沈惟清？

安拂风同样无语，敲了下阿榆的脑袋，轻斥道："你是不是傻？他是你未婚夫，在

224

这边苦等你，你却给一个位高权重的年轻高官送吃食，一去半日不归，叫他怎样想？"

她是知晓匿名信之事的，见阿榆撒着弥天大谎，陪在一旁委实度日如年。亏得阿涂机灵，虽然紧张，但已配合阿榆应对过丁推官，向沈惟清说起时，倒也未露破绽。

当然，沈惟清当时心不在焉，怕是也不曾细细推究阿涂所言。

阿涂想着沈惟清枯坐于此的神情，也不由得面露同情："说来，沈郎君还从未尝过你特地为他做的吃食呢！上回那半只鸭子，本来也是打算送给李参政的。"

阿榆并非不通世故，但的确不曾想过这些。

她怔了下，轻声道："他以后自然能吃到许多好吃的。"

未来，秦藜会给夫婿做很多好吃的，比她做的更要美味。她想做的，只是为秦藜守住这个夫婿。

若一不小心将秦藜压了一头，坏了她的姻缘，岂不是她的过错？

可沈惟清会因此有何想法，她似乎一直没有考虑过。

见安拂风、阿涂还盯着她，阿榆无奈地抓了抓头发，说道："其实……我从没想过，以沈惟清的心胸，会计较这些琐事。"

阿涂忍不住了，嘀咕道："只要是个男人，就不可能不计较这些。除非他不曾动心。"

安拂风换位思考了下，如果阿涂背着她给哪位美貌娘子送亲手做的吃食，她会怎样？

如今尚未定亲，并无名分，不便将他阉了，但必定会一顿毒打然后分道扬镳。

于是，她也道："阿榆，你真把沈惟清当未婚夫吗？"

"……"

这是怎样的灵魂拷问？

阿涂不由对安拂风刮目相看。

七娘处处都好，但他真的没对她那一根筋的脑袋抱有过幻想。出于保护自己，也保护七娘的考虑，他从不敢将阿榆的秘事透露半分。

可这回，竟连七娘也看出阿榆不对劲了……

阿榆不由又想起沈惟清立于堤岸边，袍袖随风，眸含笑意，深深望来的模样。她忍不住又挠头，将本就蓬乱的发髻挠得更松了，那根檀木簪便压不住，立时跌落在地，连镶嵌的骨珀栀子花也脱落了两朵。

她怔了下，弯腰捡起。

安拂风抚额："小祖宗，赶紧寻匠人修下。不然明日沈惟清瞧见你没戴着，也不知会怄成啥样。"

阿榆问:"我若不戴,他会不会很失望,然后冷落我?"

"若解释明白了,应该……"

安拂风正想说应该不至于,忽见阿涂正在拼命跟自己使眼色,忙转了口风,说道,"应该会更生气吧?怕是会恼怒许久。"

阿涂原意想让安拂风别乱说话,闻言无语地一拍脑门,悄悄窥向阿榆。

"这样啊……"

阿榆捻着脱落的栀子花,忽然想起当日沈惟清赠簪时念的诗句。

"两叶虽为赠,交情永未因。同心何处切,栀子最关人。"

当日听来寻常,以为只是友人间彼此关切之情。

可此时想起,她心头竟有些抽痛,同时夹杂了莫名的酸涩和甜蜜——如此诡异的感觉,自然是不对的,也是她不想要的。

辜负便辜负吧,横竖她从来不是好人,不仅是匪首之女,还是山匪都畏如猛虎的榆娘子,何必逼着自己做什么贤良娘子?

她抬眸,冲二人一笑:"我明白了!"

灯笼在树枝间摇曳,投下明明暗暗的光,笼着阿榆,便让她那纯稚美好的笑容多了几分诡谲,美得近乎妖异。

安拂风心大,倒也罢了;阿涂却看得心尖都在发颤。

沈惟清太可怜了,怎会恋慕如此危险残忍的小娘子呢?

论纯良,其实他家七娘才是最纯良的小白花。

沈惟清第二日并未去衙门。

他遣人盯着江家,先后绑走了两名参与夺信的侍仆,随后便见江府内外持械巡逻之人多了不少,且青壮年仆从不再离府,便知江府察觉丢了人,有了戒备。

他素有耐心,此时也不着急,只命手下衙差将抓到的两名侍仆带入沈家的一间别院细细讯问,自己则回到杏春茶坊,问明无人来寻自己,一时默然。

昨日他听阿涂说起江家侍仆之死,立时便知阿榆为何匆匆赶回食店,连关系到秦家灭门案的信函都顾不得追踪。

既已定亲,未来夫妻一体,如此大事,为何对他只字不提,还要隐瞒撒谎?

她去李长龄那里,当真只是送吃食吗?

她想在京城立足,想为秦家报仇时压力小些,对这等高官心生交好之意,乃至攀附之念，都不为奇。

可寻常送吃食，心意送到便可，何故一再去李府，且盘桓两三个时辰，至天黑都不曾离去？

以李长龄身份地位，除了品尝美味，也不该与身怀隐秘的小厨娘有太多交集。

可沈惟清心里清楚，他那位小娘子，看着纯良，本质却是个不择手段的无良小妖狐，根本不能以常理来推断。

时至今日，婚约在手，他还不知他的未婚妻是秦小娘子、苏小娘子、罗小娘子，还是裴小娘子。

但她若有一分在意他，知晓他昨天去过，等过，并因她前往李府久久不归拂袖而去，都该过来解释一声。

若她心里别扭，径直去了审刑院，见他不在，也该想到他还在为李鹊桥的案子或被劫走的信函奔波，总该来寻他。

但直到午间，直至午后，沈惟清始终没等到阿榆。

卢笋在杏春茶坊前进进出出，不时看向沈惟清的方向，心下早已忐忑。

他踌躇了片刻，到底走上前，轻声唤道："郎君，我刚去审刑院看了下，秦、秦小娘子已经回食店去了。"

沈惟清垂眸看向身畔飘摇的蒲苇，淡淡道："哦？这会儿才回去，莫非院里很忙？"

提到这个，卢笋不由愤懑："哪有什么忙的？本来她要跟着花大娘子复核一个什么沉尸案的，但昨日韩郎君已经陪花大娘子去过了，她便推说不好再插手，跑牢里去探望一回小钱儿，便回食店了。"

沈惟清良久无言。

阿榆能注意到花绯然的心思，一力撮合成全；也记得她那个不争气的临时伙计还蒙冤关着，前去探望安慰……

却想不起未婚夫正在等她的解释。

卢笋见状也是心疼，愤愤道："小娘子也真是，鹊桥真人是乔娘子那案留下的尾巴，丢失的信函更关系她秦家的冤仇，郎君这些日子辛苦奔忙，说到底都是为了她。可她倒好，拣着高枝儿攀去了，也不想想，她早晚是沈家的人！李参政是副相，了不起，难道能比得上咱家老主人？咱们老主人可是正儿八经的开国宰执！"

他越说越顺口，渐渐拾回了些当日被阿榆、韩平北打压下去的自信，却未发现沈惟清已皱紧了眉。

"住口！李参政一介书生，能走到如今高位，绝非侥幸。你既是沈家之人，人前人后，若是言语轻忽，必然招惹是非。"

卢笙虽应了，却不服地嘀咕道："我也就在郎君跟前说说，何曾跟人说起过这些要紧的事？顶多聊些鸡毛蒜皮的闲言碎语罢了。"

沈惟清道："你是否觉得，你说些闲言碎语都不打紧？先前人人将我和安七娘看作一对，是不是你的手笔？我与阿榆都快定亲了，你又在外跟你的七大姑八大姨还有要好的小娘子说，我会娶安拂风为妻，娶秦家女为平妻或良妾，是也不是？"

卢笋哪敢承认，连连摆手："不，不是我……"

"那日我和七娘在州桥有事相商，却被传成月夜相约。彼时只有你一人跟着，这不是你说的，难道是七娘说的，还是我说的？"

卢笋一下子涨红了脸："大概，也许，可能……是七娘子？"

但七娘子好些日子没找过他家郎君了，反而跟秦小娘子好得如胶似漆。

沈惟清目注于他，淡淡道："那你可知，这次江家怎会在城门附近等候并设局，夺走了魏刑详给我的信函？"

卢笋茫然摇头。

"因为上次魏仲离开时，你追出去跟他打听秦家之事时，被江家的人听到了。因你的在意，引起了江家的注意，所以盯上了魏刑详的信。"

沈惟清静静地盯着他的小厮："你还觉得，你随口问的、随口说的，都无关紧要吗？"

卢笋真的呆住了："我，我只是好奇……"

他只是好奇，只是随口打听打听；就像安拂风和秦小娘子的妻妾之说，也是随心猜测，随口八卦……

"若非你胡扯的妻妾之说，江九娘不至于在沈府发难，不至于特地跑食店为难阿榆，结下深仇；若非你一时好奇，追问那些你不该知晓且与你无干之事，信函不会遗失。"沈惟清的声音低沉下去，"你可知此信干系极大，一个不慎，阿榆可能被毁谤到无处容身？"

卢笋骇得一道冷意从脚底直冲脑门，脱口道："可、可她是咱们沈家的少主母！"

"沈家并非无所不能。那纸婚约未必保得住这门亲事，也未必保得住阿榆。"沈惟清眸中闪过凛光，"江家那名侍仆之死，与此事脱不了干系。而且我敢肯定，他只是开始。"

卢笋不由得哆嗦起来，声音有些变调："郎君……郎君的意思是，还会有人死？"

沈惟清正待说话，忽将目光投向了卢笋的身后，微皱了下眉，轻叹："或许，会比死人更麻烦。"

第三十四章 我与他,你更看重谁?

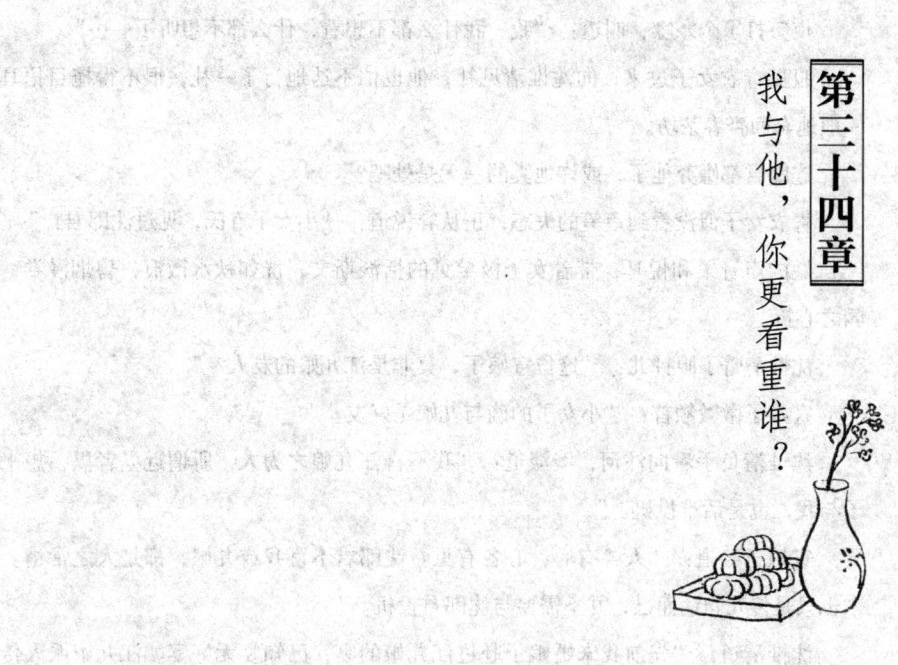

堤岸边,两名女子正款款行来。其中一人修眉细眼,正是江九娘的贴身侍女钟儿。

许是没有江九娘在旁,少了许多顾忌,她穿戴得颇是不俗,浅粉色对襟短衫,松花色两片裙,高绾的双蟠髻插着鎏金的银篦,并簪了数朵精致的小花,花蕊都是用小珍珠所制,在她走动时灵巧地颤动着,看起来倒像中等人家娇养的小娘子,再不是低眉眼顺的侍婢模样。

但她此时并不敢走于前方,而是稍稍退后半步,由着旁边那女子走在前面,神情间颇为敬重。

旁边那女子衣饰远不如钟儿珍贵,一身寻常的青布衣衫,宽袍大袖裹住了袅娜的身形,头上还戴着一顶青色帷帽,掩住了面容。

可她不疾不徐缓步而行,文雅从容,从骨子里透出浓浓的书卷气,让人不由得忽视了她过于朴素的装扮,对其心生敬意。

卢笋看直了眼,吃吃道:"郎君,她们像是来找你的。"

沈惟清淡淡道:"你当作什么都没看见就好。记住,闭上你的嘴。我不想你阿娘无人送终,我也怕你连二姨妈的花痴三侄女儿都没机会娶。"

卢笋打了个寒噤，叫道："我、我什么都不想看，什么都不想听了……"

眼见青衣女子过来，向沈惟清见礼，他也忙不迭地行了一礼，恨不得掩目捂耳，逃一般地奔回杏春茶坊。

连郎君都嫌弃他了，或许他真的一无是处吧？

青衣女子似没看到卢笋的失态，正从容说道："小女子宣氏，见过沈郎君！"

她的声音柔和悦耳，带着女子极罕见的恬淡斯文，恍如秋水微痕，碧烟漫卷，令人闻之心折。

沈惟清瞥了眼钟儿："这位宣娘子，莫非是江九娘的友人？"

宣娘子微微颔首："小女子的确与九娘是好友。"

沈惟清负手看向汴河，淡淡道："我不喜江九娘之为人，所谓近墨者黑，想来宣娘子与我，也是话难投机。"

宣娘子笑道："人各有心，心各有见。沈郎君不喜我或九娘，都是人之常情。我过来也只是传几句话而已，并不需要与沈郎君投机。"

沈惟清道："先前我未婚娘子赴过江九娘的宴，已知宴无好宴。江九娘派人传来的话，想来也是话无好话。"

宣娘子笑出了声："未婚娘子？你确定，那是你的未婚娘子？"

她的声音依然悦耳，却有掩不住的浓浓嘲讽隔着帷帽前的青纱透出。

沈惟清便更确定，江九娘不仅得到了那封信，还知悉了信的内容，清楚阿榆并非真正的秦家孤女，而是恶名昭著的匪首之女。

他从容一笑，缓缓道："只要我确定她是我的未婚娘子，她就是。"

诚如李长龄所料，江府发生的事，同样无法瞒过沈惟清。

沈惟清本来还有所疑虑，昨日钱少坤、丁推官离开后，面对江诚逼问，江九娘会不会透露此事。但如今江九娘会让这位宣娘子跟他传话，显然打算以此事为筹码，自然不会轻易说出这秘密。

宣娘子听得沈惟清的回复，身躯竟微微颤了下，缓了片刻方叹道："看来，你早就知道她是谁了。"

沈惟清道："我只需知晓她是我钟意之人。至于她是谁，重要吗？"

宣娘子仿若调侃般轻笑："不重要吗？哪怕是个山匪，是个女魔头，会连累沈家满门，也不重要？"

沈惟清闲散地整理着袖子，云淡风轻地说道："便是匪首也不用担心。不是还有招安和投诚这条路吗？若是预先打点妥当，或许还能得个小封赏，成亲时同样不失体面。"

"你……"

宣娘子似有瞬间的失态，但很快稳住前倾的身子，依然维持着文雅平和的声调，慢慢道："你说得有理。只是招安也好，投诚也罢，都需要时间准备吧？可若在这之前被人发现，她就是个冒名顶替的贼呢？如果这个贼身名狼藉，连山匪都畏之如虎呢？"

沈惟清微笑："既是山匪，招安之前必定做过不少天怨人怒的事。能震慑住山匪的娘子，当称一声女侠。"

宣娘子"呵"的一声笑："我便知道，我便知道……这位走到哪里，都借着那张纯良无辜的脸妖言惑众，将人心玩弄于股掌之间。原以为沈郎君名动京师，又能得安七娘、江九娘这等闺秀倾慕，必定眼力不俗，能勘破其虚妄无耻。再不想，竟也被这妖女所惑！真是可笑，可叹！"

沈惟清打量着她，却也试图看穿这女子的真面目："你对她如此了解，应该来自真定府。是慈谷镇，还是石邑镇？"

宣娘子避而不答，只道："我听说过这位榆娘子做的好事，如今瞧着她故伎重施，哄骗了沈郎君，又欺负到九娘头上，才提点沈郎君几句。可如今瞧着，沈郎君竟是心甘情愿受她欺瞒哄骗？"

沈惟清神色不动，眸子却冷了："这些便是江九娘让你传的话？"

宣娘子摇头，笑道："倒也不是。原是我不自量力，想拉一把沈郎君，休被她妖言蛊惑，带歪了前程。如今瞧着，原是周瑜打黄盖，一个愿打，一个愿挨。若是如此，我自然不会多事。"

沈惟清挑眉："你絮叨出这许多不阴不阳的话语，还叫不会多事？真是个不多事的，还能站在这里，与我说这些话？"

宣娘子听得他言语间的嘲讽，并不在意，幽幽叹息道："沈郎君已将自己的婚姻与未来之事谋划得明明白白，难怪不听我劝。可沈郎君似乎一直在回避小女子的问题。你的谋划需要时间，若在这之前，那位小女匪便被人揭穿身份呢？"

沈惟清轻笑："如何揭穿她身份？拿抢夺的审刑院密信去揭穿她？然后落一个打劫官差的罪名，两败俱伤？"

宣娘子也笑起来，柔声道："沈郎君，那罪名，镇得住寻常人，镇不住江家。或许打劫官差只是下面一两名侍仆临时起意？或许九娘子只是偶尔察觉了家里侍仆的不轨，无意间得了这密信？"

"就像……昨夜死于暗巷中的江家侍仆？"沈惟清玩味地看着她，并无被要挟的自觉，"所以，只要害死一两名侍仆，江九娘便能毫无顾忌威胁我，或榆娘子。宣娘子，你是不是听着也觉得很值？"

宣娘子道："若能得遂心愿，的确很值。"

嗓音依然文雅和缓，似一位女先生正在春风里从容地传道授业解惑，令人不由得心生敬意。

沈惟清眉眼沉了沉。世间之人原有千百种模样，千百种性情，既有阿榆那种伪纯良无辜实则狡黠凶悍的，自然也有这种文雅恬静却心如蛇蝎的。

他叹道："我原想着，江九娘纵然会派人盗婚书，还不至于蠢到在食店附近杀人灭口。但有宣娘子这等欺心的密友，也未必做不出这等事。你们原来是打算嫁祸给阿榆吧？"

"盗婚书？"宣娘子和悦地笑起来，带了些许嘲弄，"原来连沈郎君也认为，那人过去是盗婚书的？"

沈惟清观察着宣娘子："不然呢？"

宣娘子不答。

沈惟清瞧出蹊跷，追问："宣娘子莫非另有他见？如果江家仆从并非冲着婚书而去，那又是因何而去？"

宣娘子微笑："沈郎君既与榆娘子订下白首之盟，自然心心相印，两无猜疑。欲知发生何事，问她即可，何必试探于我？"

沈惟清叹道："我试探你，不是因为你也在试探我吗？你一直在试探我对阿榆用情几何，无非在考量江九娘拿捏住我的可能性。"

宣娘子似被戳穿心思，一时沉默。

钟儿也因此懊恼起来，扯了扯宣娘子的衣袖，轻声道："宣娘子别跟他说这些了，正事要紧。"

沈惟清挑眉。他对江家仆从之死心存疑窦，有心试探，才跟这位不肯以真面目示人的神秘娘子扯了这许久。不想这位宣娘子也另有心思，攀扯这许久还未跟他说到正事。

果然，宣娘子抬头，缓缓道："其实也没什么要紧的，就是咱们九娘还想跟你聊聊。嗯，就定在明日申正，在这杏春茶坊如何？你跟掌柜熟，安排一间隐秘些的包间，没问题吧？"

沈惟清从容而笑："熟，当然熟。只是我为何要听你的？"

李鹊桥遇害案，沈惟清排查至今，对杏春茶坊的掌柜夏炎有了疑心。若非出了盗信之事，他已准备请那位夏掌柜去审刑院喝茶了。

如今看来，还得再缓缓。

果然，宣娘子道："沈郎君若是不去，枢密院那边，或许会有人调动兵马，先剿了不该出现在这京师中的某位女匪。听闻榆娘子身手不俗，人也机警，却不知在这天子脚下，她能不能插翅而飞？"

沈惟清叹道："如此说来，我只能与江九娘见上一面了！"

宣娘子嫣然一笑，敛衽一礼，从容离去。

哪怕行走于市井之间，她依然如手执诗书缓步林间的闺阁才女，气度高华，满身书香。

钟儿瞪了沈惟清一眼，竟也不多说，乖乖地跟在宣娘子身后。

那神情，竟比对着江九娘时还要敬重几分，分明是发自内心的心悦诚服。

沈惟清看二人离去，默然片刻，忽偏过头去，看向某堆石块后："韩平北，看够了没？"

石堆后人影一闪，韩平北探出了头，见沈惟清眸子里似带了冰碴子，冷得刺骨，不由哆嗦了下，忙笑嘻嘻走出来。

"惟清，有话好说，有话好说！我也没看到多少，也就听了些话，一些……无关紧要的话。"

见沈惟清还在看自己，韩平北汗毛直竖，脸也耷拉下来："实在不成，我当没听到还不成？我也不认得秦家什么人，就认识阿榆这么一位小娘子，吃了她不少好东西，还能卖了她不成？"

沈惟清这才转过脸，问道："你不是和绯然姐去复核那件沉尸案了吗？怎么跑这里来了？"

韩平北听得这话，脸都青了，干呕了下，垂头丧气道："可别提了，绯然姐大约觉得我胆子太小，居然作弄我。"

"绯然姐？作弄你？"

沈惟清自是不信。

韩平北苦着脸道："是真的。我瞧着她忆及往事，怕又会难受许久，有心借着查案开解开解她，谁知她竟带我去案发地赏景抓鱼，还挖了许多螃蟹……"

沈惟清蓦地明白过来，抚额，"你吃了鱼和螃蟹？"

韩平北道："那鱼又大又新鲜，旁边又有现成的林子可以捡柴火，阿榆前儿还送我了些配好的调料，烤来吃岂不是很棒？绯然姐还带了一个不深不浅的陶罐，连盖子都有，拿来煮螃蟹岂不是极好？谁想到那处河流居然是沉尸之所，那个陶罐先前装过尸块……"

说到这里，韩平北再也忍不住，弯下腰大吐特吐。

沈惟清心绪不佳，见状也不由笑出声来，上前为他拍了拍背，道："你去之前就没问问，查的是哪桩案子吗？"

但凡听到"沉尸"二字，便能猜到花绯然为何去河边，或许还能想到那陶罐的用途，便决计不会想着吃那河里的鱼和螃蟹了。

韩平北悲催地抹着汗，喘着气道："我就想着陪陪她来着，管他什么案子呢？谁知会是这么个案子！"

沈惟清哭笑不得。

想来花绯然本待查案，见这位衙内兴致勃勃抓鱼挖螃蟹，自然不想扫兴，便先由着他玩闹。后来烤鱼煮螃蟹什么的，必定委婉阻拦过，然而某人此时满心饕餮美食，哪里听得进去？

估摸着该是吃到中途，或吃完后，才从第三人口中得知真相。此时美食已入腹，却是再怎么吐也吐不出来了。

眼见沈惟清摇着头要回杏春茶坊，韩平北一把拉住他，叫道："喂，你看了我这么大的笑话，是不是该跟我说句实话？阿榆她到底是怎么回事？真是什么女匪吗？"

沈惟清一默。

韩平北道："惟清，你信我，你认的是阿榆这个人，我认的也是阿榆这个人。是千金也好，是强盗也好，我都认！但这事儿是不是得提前知会一声？就像那个沉尸案，绯然姐在我烤鱼吃鱼时欲言又止，旁敲侧击的……谁能想到吃个烤鱼还能有这些玄机，跟我直说不就完了？哪会晦气成这样？"

他扯了扯沈惟清的衣袖，嬉皮笑脸道："你就悄悄告诉我一声呗，免得我糊里糊涂不小心说错话，坏了你的事。我谁也不说，我爹也不说，绯然姐也不说，可好？"

沈惟清无奈道："你也听到了，她应该不是秦家女，但也不是女匪这么简单。若我没猜错，她本来也是官家小娘子，后来入了临山寨，且跟秦家女关系匪浅。"

韩平北怔了下："我恍惚听说，秦家案子可能是山匪做的。该不会是临山寨那伙人吧？阿榆跟此事又有何关系？我看着……她似乎一心一意想着如何揪出秦家灭门案的幕后元凶，不惜代价翻出八年前的祭品失窃案。她究竟算是哪边的？"

沈惟清叹息："你问我，我又问谁？那日你也看到了，魏刑详寄来的信函，被人劫了。"

"江九娘？"韩平北连声啧啧，"我说沈惟清，你招的这都什么烂桃花！从安七娘到江九娘，以及不知能不能成为你娘子的阿榆，没一个省心的！"

沈惟清点头："绯然姐最省心，赶紧娶了吧！"

韩平北又想起装过尸块的陶罐，干呕了下，苦着脸道："绯然姐什么都好，就是太吓人了！"

从当初亲眼看着她拎着仇敌的脑袋自火场中一步步走出，他便知花绯然实乃女中英豪，可远观而不可亵玩，岂能娶作妻子？

当然这话断断不能当着绯然姐的面说，若伤了她的心，那该如何是好？

沈惟清摇头一笑，不再理会一脸为难的韩平北，径自走得远了。

阿榆去过审刑院，自然知道韩平北、花绯然之间发生的大乌龙。虽则韩平北觉得吃了那些东西，天都塌下来了，人生都灰暗了，但她和花绯然都从死人堆里爬出来过，着实没觉得这算什么大事。

沉过尸的河水里钓出的鱼怎么不能吃了？哪条河没淹死过人？煮螃蟹的陶罐虽然装过尸块，但花绯然见他执意要用它煮，也里里外外仔仔细细清洗过，再用柴火一烤，可比寻常陶罐干净多了，如何不能用了？

故而阿榆只觉韩平北太娇贵太脆弱，遭遇一些破事打磨打磨，自然会"正常"起来。

难得韩平北主动提出与花绯然一起查案，哪怕一时退缩，早晚也会继续下去，故而她再也不愿接手，免得误了花绯然的好姻缘。

既然无事，她便跟花绯然等人说了，要回食店看看。花绯然、高胖子等人都听说了江九娘意图盗其婚书，还在食店附近弄出人命之事，早为她不平，反而催她快快回去，莫被江家算计了。

阿涂见她回来，问明她根本没去见沈惟清，想起昨晚沈惟清离开时沉默压抑的气氛，只觉头皮发炸。他不敢多劝，悄悄去跟安拂风商议。

安拂风虽觉阿榆在李参政那里一待半日不大妥当，却也相信阿榆不至于真和李参政怎样。何况二人家世悬殊，阿榆本就是卑弱的一方，若特地过去解释求和，反而低了心气，日后只怕会被吃得死死的。

这么一想，安拂风遂道："阿榆厨艺好，李参政留她在李府多做几个菜罢了，也不是什么大事。"

"可沈郎君昨天等了那许久……"

"如果我在李参政府上待个半日再出来，你会生气吗？"

"不会。"

"这就是了，你都不生气，沈惟清凭什么生气？他若是个男人，便不会计较这些。"

阿涂听着有理，可又觉得哪里不对。

他和安拂风毕竟没定亲，名分未定，安拂风的剑又不是摆设，虽然不会指着他，却也不会容他挑衅，他有那胆子去计较？

再则，李参政心又不瞎，即便位列宰辅，也不敢打安拂风的主意。安拂风不好惹，她那个宠女如命的阿爹更不好惹，若一状告到御前，他这脸面还要不要？

阿涂踌躇许久，待夜间安拂风离店回来，还是悄悄踅过去找阿榆。

阿榆正蹙眉坐于桌前，握持着那根不慎跌坏了的骨珀檀木簪，试探将掉落的骨珀小花装回簪子上。

可惜那些小花却一次次地又跌落回桌面。

她的眼底渐渐多了几分烦乱和不耐烦。

见阿涂过去，她叩了叩桌案，叹气道："阿涂，帮我拿出去，找个匠人修下。"

阿涂眼睛一亮："小娘子今日没去见沈郎君，难道是因为这簪子受损？担心未戴这簪子，沈郎君不高兴？"

阿榆怪异地看着他："是这簪子不牢靠，又不是我故意弄坏的，他为何不高兴？我就想着这骨珀还挺值钱，就这么坏了太可惜，所以想着得修下，日后没钱用时还能当个几文钱……你看我做什么？"

"没……没什么……"

阿涂浑浑噩噩地接过檀木簪，深一脚浅一脚地走出了阿榆的房间，才长长地呼出了一口气。

七娘和小娘子这般理直气壮，莫非她们才是对的？

那到底是他不对，还是这世界不对？

他垂头看向手中檀木簪和骨珀小花，思量着是该自己动手修，还是寻匠人修时，冷不丁撞到一道人影。

他抬头，正对上沈惟清看过来的目光。

阿涂这一下骇得不轻，手一抖，檀木簪落地，倒是两朵骨珀小花被捏紧在掌心。

沈惟清垂眸，看着地上的檀木簪，弯腰拾起，默然摩挲损坏的簪头。

阿涂干干地笑："沈、沈郎君，小娘子不小心跌坏了簪子，懊恼得不行，正叫我拿出去修呢。"

"不小心……跌坏了簪子？"

沈惟清声音很轻，入耳却极沉，说不出的压抑，让阿涂几乎透不过气。

阿涂想起阿榆对此人骗婚又骗情，愈发心虚着慌，忙道："真的，真是……不小心……"

沈惟清盯了他一眼，看向他掌中的骨珀小栀子花，向他一伸手。

阿涂差点咬了自己的舌头，慌忙将骨珀小花放到沈惟清手中，待要解释的话便压在了喉嗓口，再也没能说出来。

沈惟清已一步迈过他，走向阿榆的卧房。

阿榆打发走阿涂，眼前似乎还是跌坏了的簪子在打转，同时伴随着沈惟清赠簪时念诗的声音。

"两叶虽为赠，交情永未因。同心何处切，栀子最关人。"

当时她听着脑子转了转，只想起了这诗说的是好友情谊，但此时忆起，却觉得他的嗓音低沉而温柔。他彼时看向自己时，眼神柔而暖，蕴着说不出的深意；待自己以朋友之情解释栀花之意时，他啼笑皆非，眼底有无奈，更有包容和宠纵。

细细想来，那感觉其实不坏，却不对。

沈惟清是秦家的女婿，是秦藜的未婚夫，不是她的。她前来京城，为的是守住秦藜的幸福，而不是夺走她仅有的希冀。

她趴在桌上，难得像寻常小娘子那般，哀叹道："凌叔，我真的不想再看到沈惟清。"

正要推门踏入屋内的沈惟清手顿住，人也定在了那里。

窗外，凌岳疑惑地看了眼屋内，然后身形一掠，已飞入院中，站到沈惟清跟前，示意他离去。

因知晓阿榆对沈惟清的意图，他感知沈惟清到来，原无阻拦之意。此时阿榆既这般说，他纵不解，也会听命行事。

沈惟清垂头看向掌心的簪子，忽转头看向屋内："可以给我一个理由吗？"

阿榆蓦地听到沈惟清的声音，差点跳起来，胸口"咚咚"地跳了几下。

但她究竟不是拖泥带水的人，原地转了一圈，便利落地走过去，拉开了房门。

四目相对，阿榆又看清了他的眼睛。

似比先前送他簪子里更深邃些，并不凌厉，却莫名地让她双眼发涩，有点想躲闪。

她用力揉了揉眼睛，直视着沈惟清，方问道："什么理由？"

"不想见我的理由。"沈惟清攥紧簪子，微微弯唇，诱哄般柔声道，"若有误会，有秘密，说出来便好。避而不见，不是阿榆你的风格，是不是？"

阿榆懊恼，难得如幼时般任性一回，怎就让他听到了？

她好一会儿才道："误会……应该没有吧？但我的确有些秘密。既是秘密，自然不便立刻就说的。"

秘密？莫非是指她是裴绩城的继女？

沈惟清神情缓和了些："你即将是我沈家妇，任何说不得的秘密，我与沈家，都会帮你担下。"

阿榆脱口道："我不需要你担下我的秘密，只需你记得和秦家的婚约便好。"

沈惟清便问："你的婚书呢？那个江家的沐风，当真是过来盗婚书的吗？"

阿榆道："不是过来盗婚书，又是来做什么的？"

她心绪渐复，举目看向沈惟清时，清澄而真诚，小白兔般纯良乖巧。

沈惟清给她看得心头一跳，垂了眼睫，缓缓道："来传口讯，或送密信。"

阿榆暗骂了一声狐狸，眨眨眼，咕哝道："什么口讯、密信？我听不懂。"

沈惟清心如明镜，叹道："你也清楚，昨日魏刑详寄给我的密信被抢，里面关系到了秦家和你的一些事……"

他观察着阿榆的神情，慢慢道："你方才说，你有秘密，甚至是不能告诉我的秘密。你先前也说过，江九娘可能会从信函中寻找对付你的把柄。所以，那信中真的有你的秘密？沐风来找你，就是奉江九娘之命威胁于你？但你并未受其威胁，反将他逐走。不想他没走出多远，便被人杀害。"

阿榆素知他心思缜密，也已料到了他会猜到这些，无奈地转身走回房间，道："没错，他的确知道了我一些秘密，想威胁于我。我就把他打了一顿，赶走了。"

沈惟清跟了进去，继续推测道："你只是打伤他，并未杀他。第二天你听说他的死讯，觉出不对，顾不得我这边丢信之事，立刻赶回了食店，三言两语误导了丁推官，让开封府和大理寺的目光都投向了江府。"

阿榆甚是闹心，坐到桌边，叹道："你都猜到了，还问什么？"

沈惟清垂眸看她："你随后去了李参政府上，迟迟未归。"

阿榆道："嗯，给他做了几个菜，耽搁了许久。但我也不知你在食店等着。"

238

沈惟清沉默了片刻，说道："你没有为他做菜。你只是请他帮你打听江府的动静，想了解大理寺和开封府的态度。"

阿榆蓦地转过头，愠道："你……派人监视李府？"

沈惟清看清她眼底的猜疑和警惕，眸光一缩，清清淡淡道："李府人口简单，李参政手段不凡，沈家尚无能耐在他府上安插眼线。我只是猜的，而你承认了，不是吗？"

阿榆呆了下。

沈惟清低声道："这便是你不想见我的真正原因？"

"啊？"阿榆懵了，"不是。这跟我见不见你没关系。"

"但你想找人帮忙时，你找的不是你的未婚郎君，而是李参政。你不愿意跟我说的秘密，应已与他分享。阿榆，在你心里，是否将李参政看得比我更重？"

"他……"

阿榆一时也不知该如何解释。

哪怕十余年未见，李长龄早不是那个温柔寡言的少年，但失而复得后的彼此珍视，迅速逾越了岁月的鸿沟，令她很快适应了成年并已成就高位的兄长。

二人间如亲人的信任，让她乐于在他跟前做回骄纵任性的小娘子，并理所当然地让他为自己办事。

她的确更信任、更亲近长龄兄长，甚至将他看得比沈惟清还重。

可这种"看重"，和沈惟清理解的"看重"，完全不是一回事。

但她有必要解释吗？

让他继续信任她，继续心悦她，然后冷落秦藜？

阿榆胸口有些闷，沉默片刻，缓缓道："我和李参政也算是一见如故，格外聊得来，又想着他官位不低，若肯施予援手，行事当更加方便，所以径直去找了。随心而为罢了，何尝会想着将谁看得更重？"

"随心而为……"

沈惟清咀嚼这四个字，盯着阿榆的眸光渐次幽沉下去，唇角也抿得发白。

半晌，他道："我明白了。"

随心而为，选择的却是李长龄，而不是他沈惟清。

沈惟清垂头又看了眼掌心的簪子，随手一丢，连簪子带骨珀小花尽数弃于地间，拂袖而去。

阿榆反而呆住，叫道："沈惟清！"

沈惟清脚步略略顿了下，转瞬又迈开，快步离去。

阿榆恼道："你若走了，我真不会再见你了！"

沈惟清远远听见，气结，向外走得更快了。

待阿榆起身，走到房门外看时，但见孤月清寂，冷风萧然，木香树上灯笼摇曳，在树下晃出一道道幽冷的暗影。

而那让她烦扰却挥之不去的身影，已然消失不见。

阿涂立在不远处的墙角边，悄无声息地努力蜷小身体，努力弱化着自己的存在感。

而阿榆岂能忘了这小子，眉眼已瞥了过去，淡淡道："看到他来，簪子都殷勤送到人手上了，都不晓得知会我一声吗？等着看我出丑？"

她素日里语笑嫣然，连手持剔骨刀剔人骨时，脸上都会带着纯稚无辜的浅笑。阿涂一直觉得这祖宗笑里藏刀的模样忒可怕，但此时又觉得，她还是笑着说话让人安心。——至少他心里有底，明白她手中的刀绝对不会指向他。

现在么……他心里真没底了。

如果七娘还在就好了，小娘子愿意听七娘的，且七娘武艺不弱，小娘子真发怒时，也能阻拦一二。

他慢慢蹭上前，赔笑道："小娘子，我刚出门就撞上了他……而且、而且我在这边跟他说过话，我以为小娘子能听到……"

阿榆转头看向另一边的凌岳。

凌岳久经历练，站的位置巧妙多了，虽未刻意隐藏，身形却隐于阴影中，几乎与暗夜融为一体，乍眼看去根本瞧不见人影。但阿榆在其翼护下长大，对其十分熟悉，自然一眼便找到了他。

凌岳也很无奈，踌躇了下，到底一步走出，低声道："小娘子，我也以为你听到了他们说话，特地吩咐我赶走他。"

"……"

阿榆回想了下，当时的确好像听到沈惟清的声音了。

但她当时正想着沈惟清送她簪子的种种，脑子里刚好也满是他的声音。

便如此刻，她脑子里全都是沈惟清冷冷淡淡的那句"我明白了"……

他明白什么了？

但他明白什么，应该跟她没关系了。

有婚书在手，等藜姐姐苏醒，她能在饮福宴上助她，那就助她一臂之力；若帮不了，抽身远引，也算功成身退。

她退了一步，有气无力道："算了，他走就走吧，无关紧要。"

房门被砰地关上。

再不一时，连灯也熄灭，门缝里黑黢黢一片，再无动静。

阿涂悄悄捡了那根被沈惟清弃下的簪子，用帕子包了，又去寻不知滚往何方的栀子小花。

凌岳摘下木香树上的灯笼，默不作声地为他照明，一起帮着寻找。

本来脱落了两颗小花，再被沈惟清这么一扔了下，又掉了两颗。

好在骨珀质软，竟未损坏，找了片刻，四颗散落的小花依然完好地躺在阿涂掌心。

阿涂悄声问："凌叔，怎么办？"

他早知道凌岳这个大高手，但凌岳并未在他跟前剔过人骨，且处处护着他们，故而他对凌岳并无惧意。

凌岳清楚这娃就是个被他家小娘子奴役的小可怜，待他也和气，同样低声道："她先前吩咐你什么来着？"

"修……修簪子？"

"记得找个可靠的匠人，修牢靠些。或许，以后还会摔几次。"

阿涂深以为然，用力一点头，捏着簪子走出去。

门外大街上，沈惟清顿足，转头看向食店。

食店沉寂于黑暗之中，那个总爱伪装出满腔深情的狡黠小娘子，并没有追出来。

她总说他是狐狸，他所思所想，也的确会比常人周详些。但对着他这位未婚娘子，除了最初怀疑她的身份有所猜忌，何曾算计过她丝毫？

自玉津园竹林共历患难，纵缺了一纸婚约，他也已认可了她是他的未婚妻子，甚至将她和秦家的冤仇视作自己的责任。他不介意她满口谎言，愿意体谅她的难言之隐，愿意等待她信任他，告知他真相的那一天。

然而她竟告诉他，在她的"随心而为"里，李长龄比他这个未婚夫婿更值得看重。

又或者，她才是真正的小狐狸，媚惑了他，却在看到更好的前程后，选择了另一个人"洗白"女匪的身份？

若是如此，那二人一驴缓缓回城时的契合与温馨，面对青叶父女死亡时她的柔软和依恋，难道都是虚假的吗？

他的眸子更暗沉了些，却不再迟疑，快步离去。

她不肯说江家如何威胁她，或许已有应对之策，又或许已找李长龄出了主意。但这小娘子再不坦承，再三心二意，也是他的未婚妻。他不能拿她冒险，便不得不准备明天去见江九娘的事宜了。

沈惟清离去后，本来掩着的门再度被推开。

阿涂挠着头走出来，看着掌心的残损簪子，烦恼自语："去哪找能修这簪子的匠人？还得修得牢靠、耐摔……"

小娘子偶尔任性摔摔东西倒也罢了，谁能想那位端稳沉静的沈大公子也会这般沉不住气？

真是一支苦命的簪子。

第二日，阿榆前去审刑院时，韩平北已经拉着花绯然继续查案去了。

原来韩知院想考较韩平北功课，遣人来问韩平北有否得空。韩平北一听"功课"二字，立时头皮发炸，便觉跟花绯然去查案着实不算苦差事，小心些不乱吃东西便成。

可韩知院为何在这时候忽然想起考较韩平北功课？

阿榆疑心其中又有沈惟清的手笔，却也不愿去打听，只觉韩平北临走前看自己的目光有几分怪异。

待二人离去，阿榆打开一只锁着的柜子，从中取出镌有双喜字样的精致锦匣。挑开锦匣，里面正是沈秦两家的婚书。

她看了眼婚书，拿起旁边那封沐风留给她的匿名信，展开。

阿榆叹气，"杏春茶坊，看来还真得去一次。"

传递这封匿名信的江家仆从沐风已经死去，对方并未能如愿嫁祸给她。

于是，她还得受这封匿名信的威胁吗？

真讨厌受人威胁啊。

阿榆敲了敲桌子，叹了口气。

番外：瑜非瑜，榆非榆

阿榆其实最初不叫阿榆，而是叫阿瑜。

瑜，美玉，珍贵无瑕，不论走到哪里，都是被人捧在掌心里的宝。

阿榆幼年的记忆里，她的确一直被人捧在掌心。连皇城高高在上的那位，抱起她时也是满脸慈煦。

她应该是被纵坏了，爱笑爱闹，使性子耍脾气是常事。阿爹的侍卫首领被她呼来喝去，一身轻功就用来陪她玩耍了，天天带她乘风逐蝶，赶月追花。

阿娘看不过眼，每每要教训时，阿爹却将她抱得远远的，不容碰她半根手指。

他笑眯眯道："我们这样人家的女儿，有些性子未必是坏事，长大了才不会给人欺负。"

阿娘气急，"若以后嫁了人，到夫家也这么着，可怎么好？"

阿爹道："那就找个懂事些的夫婿。若敢怎样，还有我们呢！"

阿爹把着她的手，在纸笺上写下了一个"瑜"字。

彼时她太过年幼，对爹娘的话其实并不太懂，却晓得他们的宠纵和自己的娇贵。于是她更想让人瞧见她的不同。

三四岁的小小女孩，用肥短的小手，笨拙地握起笔，竟跟着阿爹的笔画，一笔笔另写了一个还算端正的"瑜"字。

女儿聪慧如斯，阿爹大喜过望，将她高高抱起，大夸："我家瑜儿，真乃天赐瑾瑜也！"

于是，谁还敢说她半句不是？

府中上下，快将小小女孩儿宠上天去。

可不记得从什么时候起，阿爹阿娘又议论起他们家，眉眼却带了愁绪。

"咱们这样的人家……唉！"

他们那样的人家，是宝珠明玉堆砌而成。

最珍贵，也最脆弱；高不可攀，却经不得风雨。

一不留神，便是万劫不复。

终于有一天，夕阳如血中，阿爹阿娘带着她和两个哥哥，带了七八名随从，匆匆离开了京城，离开了家。

阿榆记忆里所有的温暖美好，从此戛然而止，尘封在高高的城墙内，遥远得像一场不曾存在过的梦。

她看着眼前的世界不复繁华，人人脸上带着凄惶，有些害怕。

她问父母，他们要去哪里？

阿爹没有回答，失魂落魄地坐在角落喝酒；阿娘抱紧她，让她别怕，不管去哪里，他们一家人总会在一起。再怎么难，总会过去。

阿娘的怀抱还是很温暖，但阿娘的心跳得很快，阿娘的身体也在微微地颤抖。她的眼睛盯着缀在不远处的几名便衣骑者，有掩饰不住的恐惧。

她敏锐地感觉出不对，出乎意料地没耍小性子，乖乖巧巧地靠在阿娘怀里。

途中经过一处茶寮歇脚时，一名身着素服、头簪白花的美貌妇人带着两名仆妇经过，看到阿榆时，已经哭肿了的眼睛又滚落泪水。

阿娘叫人去问，说这妇人姓罗，夫婿新丧，正准备带着幼女回婆家守丧，谁知路上幼女也一病逝去。如今见阿榆与她女儿年貌相似，触动伤心事，自然难过不已。

阿娘嗟叹，特地让阿榆送了些点心给罗氏，希望能安慰到这可怜妇人。罗氏果然欣慰，拉着阿榆的手，将她看了又看，又打听阿榆的家世。

照顾阿榆的大丫鬟半真半假地解释，主人犯了事，再谋实缺有点难，这才离京避避风头。罗氏若有所思地点头，待阿榆更加温善。

这种与母亲相似的温善，让阿榆对罗娘子很是信赖，以至于后来在客栈"偶然"再遇，看到罗娘子向她招手时，她没什么犹豫地就跑了过去。

然后，她成了罗氏的女儿。

罗氏将她带得远远的，连哄带吓地逼她记住，她姓苏，叫苏榆，是苏四郎和罗娘子的女儿。若是说错了，不仅不给饭吃，还揪着她的小丫髻，拉她跪在石子路上，白生生的漂亮手掌毫不犹豫地一个接一个地扇着她耳光。

从来没人告诉阿榆，外面有坏人。但她目睹了人心可以奸猾狡诈到什么程度。

罗氏家世寻常，但容貌出色，才得以嫁给出身高门的苏四郎。如今丈夫和幼女逝去，她孤身回苏家，指不定还要被扣上一个克夫克子的名声，怎么也讨不了好去。但让她回娘家过先前的穷困日子，又是万万不甘的。阿榆的出现，让她看到了另一种可能。

没有女儿，就拐个女童做女儿；女儿不听话没关系，她有的是手段逼她听话。

阿榆不想挨打，不想挨饿，只能收敛了坏脾气，察言观色地跟在罗氏身后，做她听话懂事的乖女儿。

她笃定阿爹阿娘一定会找她，一定会找到她，然后她要罗氏也跪在石子路上，跪个三天三夜，再让凌叔把罗氏那张脸扇成猪头。

罗氏以为终于打服了这个女儿，开始为她买各种衣饰，以及各种好吃的、好玩的。她要和拐来的女儿培养感情，她要利用这个长相甜美讨喜的女儿去争夺婆婆苏太夫人的宠爱。

阿榆便是在一次跟罗氏吃完饭后，看到了阿娘。

阿娘坐在一顶素色小轿中，隔着帘子看着她，目光平静地吓人。

见阿榆看过来，阿娘吩咐："走吧！"

阿榆惊慌，一声声唤着阿娘，迈着小短腿追小轿，一路不知摔了多少跤。她擦破了新做的衣裳，跌落了新打的头饰，可小轿还是离她越来越远。

她始终没等到阿娘回头。

哪怕是回头，只看她一眼。

阿榆所不知道的是，小轿里的阿娘根本不敢回头。

听着她一声声的呼唤，她泪流满面，却沙哑而急促地吩咐轿夫："快点，再快点。别让她追到我，别让她……再看到我。"

她用颤抖的手揪着自己的发髻，咬着唇死死忍着不肯哭出声。等阿榆的身影彻底不见了，轿中才传出一声痛彻心扉的惨呼。

素日刚强的阿娘，抱头蜷缩在小小的素轿中，哭得肝肠寸断。

她哭着叫唤："瑜儿，瑜儿！你要……活下去！"

阿娘期盼她的阿榆能活下去，健康快乐地活下去。

阿榆到苏家时，已经默认她名字里的瑜，其实是榆。

阿娘不要她了，阿爹也不要她了。

罗氏告诉她，其实是阿娘要了一百匹锦帛，将女儿卖给她了。毕竟原来的阿瑜并不懂事，也不乖巧，家里出了事，钱不够用，自然就先卖了她。

原来她不是价值连城的美玉，而是路边不值钱的榆木。若逢灾年，摘了榆叶，剥了榆皮，才叫作物尽其用。

只要把自己当作阿榆，而不是阿瑜，跟着罗氏的日子，不好过但也不难过。

到了苏家，她过得居然还不错。

有了罗氏的前车之鉴，她知道怎样做才算是乖的、听话的、讨人喜欢的。

苏太夫人将阿榆认作苏四郎唯一的骨血，对这聪明"懂事"的孙女十分疼爱，竟远远胜过其他几房的孙子孙女。

阿榆没有祖母，见苏太夫人疼爱，渐渐跟苏太夫人很亲。论起吃穿用度，虽比不上先前的家，但在整个真定府都算是极好的了。

阿爹无数次夸耀女儿聪慧灵巧，却万万没想到，女儿的聪慧灵巧会被逼得用在这里。

可她总得活下去。

因为阿榆受宠，罗氏也因此在苏家能说得上几分话，即便守寡，日子也颇为宽裕滋润。

苏太夫人给家里的女孩子们请了女夫子，阿榆很认真地学着。

她想，她学得多了，或许就能明白阿爹阿娘为何不要她了。

尤其有一回，她竟在苏家看到了凌岳，阿爹的侍卫首领。

尽管只是院落边一闪而逝的身影，她坚信自己不会认错。

那是自她牙牙学语时便跟她很亲的叔叔，会将她扛在肩上，带她在春风里飞墙走壁，追飞蝶，逐落花，逗她放声大笑。

会和阿爹阿娘有关吗？是他们放不下她吗？

等她长大了，有了足够的见识，足够的学识，一定要回到京城，回到她被抛弃的地方，认真地找一找他们将她抛弃的原因。

可阿榆还未来得及适应苏家小娘子的身份，苏太夫人就一病而亡。

太夫人最心疼小孙女，临终前明着暗着分给她一堆私房，足够她和罗氏一辈子衣食无忧，喜得罗氏抱住阿榆一顿狂亲，赞她争气，仿若她真的是她最疼的亲生女儿。

阿榆便想，或许，她能把罗氏先前对待自己的种种残忍忘了吧？阿爹阿娘离开了，太夫人也不在了，对一个七八岁的小女孩来说，罗氏是她唯一能依靠的人了。

可最终给她们带来灭顶之灾的，正是太夫人留给阿榆的那些私房。

为了阻止罗氏母女得到那笔钱财，苏太夫人尸骨未寒，便有小人跳出来指认罗氏不守妇道，进而合理怀疑阿榆不是苏家骨血。——即便不能将这对母女从苏家赶出去，至少可以暂时关押罗氏，先将那笔钱帛扣下再说。

说到底，四房没了男丁，早被其他三房视作囊中之物，还敢分割太夫人的私产，简直就是自寻死路。于是，本来钩心斗角的三房人，对付起四房仅存的母女，说不出的齐心协力。

阿榆彼时年幼，三位伯父还要些脸面，也不觉得这么个小女孩能坏他们的事，一时没拿她怎样，遂让阿榆逮着机会，从门洞钻入柴房，找到了罗氏。

罗氏抱着她，恨得咬牙切齿，眼中满是怨毒。

"不守妇道？我要让你们知道，什么是不守妇道！抢我的东西……呵，这世上还没人敢抢我的东西！"

罗氏一点点教阿榆，去找谁，再去找谁谁，该如何如何地说。

阿榆似懂非懂，只能一一照办。

于是，罗氏的看守忽然松了。一个两个男人，进了罗氏的柴房。

然后有一天，罗氏和那两个男人就不见了。

苏家大哗，待查到和阿榆联系的两个管事有关，男人们大骂无耻贱人，女人们像得了证据似的，转头将阿榆关进了不见天日的柴房。

阿榆想，她帮罗氏逃出去，罗氏总会救她吧？她只要努力活下去就行了。

于是，哪怕看守的婆子三天两头忘了送冷馒头和馊米饭，哪怕她渴起来只能用嘴贴住被雨淋湿的破窗扇吸吮潮气，哪怕冷得她只能钻在柴火堆里，和野猫及跳蚤偎依取暖，她都依然怀着一线希望，苦苦等着。

土墙上，她数着窗口日出日落画出的"正"字，渐渐蔓延成长长的一排。

但罗氏始终没出现。

她饿得蜷缩在柴火堆上，半昏半睡时，居然看到了阿娘。

阿娘用缚膊绑着袖口，宠溺地边责备她贪吃挑嘴，边给她端来各种美食。

五珍脍、樱桃煎、紫龙糕、剔缕鸡、鸳鸯炸肚、螃蟹清羹……

阿娘笑盈盈问："够了没？"

阿榆还是饿，肠胃被饥饿感撕扯得抽搐。她只能边大口吃着，边使着性子撒娇："不够，不够，我好饿，我还想吃……"

阿娘便愁眉苦脸，抬手便推她："这么能吃，脾气还大，我家可养不起你。你去吧，去吧，别待我家了！"

阿榆不知怎的就被推到了雪地里，又冷又痛，扯着嗓子哭叫："阿娘，阿娘，我不吃了，我不饿了，你别赶我走，别赶我走……"

阿榆哭得很大声，撕心裂肺。

但听在看守的婆子耳中，就如小乳猫垂死时的呻吟，飘在冬日的凛风中，几可忽略。婆子很奇怪，这么个小东西，冻饿了三个月，怎么还没死？

阿榆抽泣着醒来时，嘴里正含着一截枯柴嚼着。

没有任何味道，干裂的唇和被扎破的舌散着淡淡的血腥气。

她吐出那截枯柴，艰难地转动头颅，寻着阿娘的身影。

"阿娘，阿娘！阿娘，我很乖的……"

阿娘，我很乖的，我不使性子，带我回家好不好？

回应她的，是呼啸的风声雪声，沙沙的枯叶颤动声，和屋外婆子嫌她总不肯死去的咒骂声。

阿榆连眼泪也流不出来了。

她想，她快要死了吧？

苏家其他三房的确不耐烦，甚至动了直接弄死这小东西的念头。她若不死，遗命分给她的那些财帛，到底不好拿出来均分的。只是那几房不要脸的伯父母却自认是要脸的，暗地里再怎么刀光剑影，谁也不肯在明面上做那杀侄夺产之事。

等来等去，还没等到阿榆死，先等来了苏家人感染时疫，连主子带仆役数日内死了数十人。

苏家大院顷刻成了鬼屋，人人避之不及。

不久，又有谣言传出，这是苏家人不念手足之情，欺凌四房孤儿寡母的报应。

苏家人心惶惶之际，罗氏带着一群自称是娘家人的大汉气势汹汹出现，要求拿回四房的财产，还罗氏清白。

可罗氏出身寻常，哪来这么多彪悍的娘家人？

苏家明知事有蹊跷，但内外兼逼之下，只求保得眼前平安，不仅交还了四房财产，还将自家产业分出一部分，才换得这群人撤离，苏家"时疫"消散。

和四房财产一起交出去的，还有只剩了一口气的阿榆。

阿榆早已瘦得皮包骨头，本来圆乎乎讨人喜欢的俊美面庞只剩了骨骼的形状，苍白如死，干涸的大眼睛看向人时，犹如两个黑黢黢的洞，看得人瘆得慌。

站在罗氏旁边的中年汉子，瞪着阿榆问："她就是你那个卖了亲娘的女儿？"

罗氏不敢看阿榆，赔笑："也不怨她。她也是被欺负得急了。"

中年汉子道："如此阴毒，怎就不死呢？"

中年汉子的这句话，让阿榆从一个地狱，栽入了另一个地狱。

中年汉子是临山寨的大当家裴绩成，偶然撞到两名管事带罗氏逃走，竟看上了罗氏，遂砍了两名管事，将罗氏劫上了山，颇是宠爱。但罗氏跟管事不清不白之事，终是他的心头刺。

罗氏遂将苏家为家产诬陷自己的事和盘托出，并说阿榆受外人撺掇，容不下她这名声受损的母亲，竟怂恿两名管事奸污并掳走了母亲。

总之，都是阿榆的错。

小小年纪，便如此心机，如此心狠，那还得了？

于是，阿榆进了临山寨，很快被扔去了杂役房，和一群伺候山匪的仆妇住于一处。

罗氏到底亏心，暗地里送了两次药和饮食过去，给了五百钱让仆妇们看顾些。

但也仅此而已。

阿榆在生死一线间挣扎了好些天，终于活了下来。

但她是怎样活下来的，又是如何活下去的，长大后的她，已经记不太清了。

她应该很凶悍，底层那些仆妇或管事身上，多多少少留下了她的牙印；她做的事应该不少，一把剔骨刀被她用得很灵活。

裴绩成显然不待见她，看她活了下来，纵着比她年长三岁的独子裴潜欺凌她，甚至两次放猎狗咬她。

然后，她吃了两顿狗肉。

九岁那年，凌岳找来了。他近乎惊骇地看着眼前的情形。

曾经天真骄纵，被家人如珠似玉般捧在掌心的小女孩，被一个十多岁的黑壮少年压在身下。她完全没在意扯开的衣裳，面无表情地将一把剔骨刀扎入少年的背心。

少年倒地，惨嚎，眼见是活不成了。

裴潜也惊吓到了，叫道："疯子，疯子，你竟敢杀人！来人，把她、把她给我剁了，扔去喂野狼！"

最后阿榆没被剁，那群欺负阿榆的少年，连同帮他们的手下被捆作一团团，高高地叠作人山，浑身浇满火油。

裴绩成、罗氏找过去时，凌岳正问阿榆，要不要烧？

阿榆用黑黢黢的眼睛看着凌岳，木讷冰冷，像看着一个陌生人，又像没听懂他在说什么。

裴潜惊恐高叫："你是什么人，为什么要听她的？她就是个傻的，傻的！她来了整整两年，就没说过一句话！"

凌岳无法想象，整天吵闹的小公主，竟会被折磨成这副模样。他一巴掌扇出，将罗氏打飞在地。

他几乎是嘶吼出声："你失去女儿，千方百计拐了别人的女儿走，难道不该视同己出吗？你凭什么把她害成这样？凭什么？"

罗氏被打得吐血，裴绩成则惊骇地发现，自己竟不是这人的一招之敌，完全拦不住他。

这时，两年没开口的阿榆说话了。

她说："烧。"

凌岳猛地转过去看她："小娘子？"

阿榆道："烧，烧死所有人，一个不要留。"

凌岳还没来得及细想，阿榆紧接着又道："你，我，所有人，都烧了。"

没有平仄的干冷语调，冷漠厌世的漆黑眼眸，清晰地传递着这个九岁小女孩的疯狂。

她只想毁灭眼前看到的一切，连同她自己。

凌岳最终没有大开杀戒，只是在临山寨附近住了下来。

这个身手高得恐怖的男子，打起十二分精神陪伴阿榆，一遍遍地告诉她，阿爹阿娘没有不要她，只是阿爹阿娘去的地方，又偏远，又辛苦。

他们亲眼看到罗氏为阿榆买东买西，呵护备至，以为失去女儿的罗氏，会把小阿榆当作亲生骨肉看待。不论他们如何，他们的瑜儿终将平安喜乐。在远方安顿后，他们立刻派凌岳来到真定府，确定瑜儿在苏家备受宠爱，这才放下了心。

谁承想，同为母亲，有人竟能口蜜腹剑，心狠如斯……

凌岳很自责。

他该早些来，早些找到阿榆，阿榆也能少受些折磨。

连着好几天，凌岳讲着阿榆父母的事。阿榆一声不吭地坐在凌岳身边，仿佛在听，又仿佛没有。她的眼珠子黑得瘆人，老半天都不带转的。

凌岳开始怀疑阿榆心智出了问题，根本没有听懂他在说什么。这时，阿榆开了口。

阿榆问："他们什么时候走的？"

凌岳瞬间凌乱，外加心如刀割。

他道："前年冬天，腊月十九。"

他奔波过，挣扎过，颓丧过，等回过神还有个小娘子时，小娘子已经不见了。

他找了好久，才在这山匪窝的腌臜角落找到她。

阿榆抱着膝，这两年似已干涸的眼眶里，有大颗的泪珠滚落，滴在冰冷的岩石上。

两年前啊，她记得的。

那一天，阿娘来看她了，给她做了很多好吃的。可她醒来，嘴里只有半截嚼不烂的枯柴。

如果彼此只是梦中的模样多好，她不必去猜测阿娘受了什么苦，阿娘也不必看到她受了什么罪。

阿榆问："葬在哪里？"

凌岳垂头："房州。"

阿榆道："等我长大了，就去看他们。京城，房州，我都要去看看。"

凌岳道："好。"

阿榆又道："凌叔，教我武艺吧。"

凌岳愕然："小娘子，那不是你该学的。"

阿榆道："不，那才是我该学的。无人可依，无枝可栖，我的未来，只有我自己。我不会欺负任何人，但任何人，也别想再欺负我！"

她的眼睛依然黑沉阴郁，但凌岳终于觉出，他家小娘子，还是活过来了。

只是，那个整日没心没肺无忧无虑的小女孩，那个会在春风里咧着嘴哈哈大笑的小女孩，已经彻底埋葬在了离京那天的如血落日中。

裴绩成开始还打算纠集人手，将凌岳拿下，却在监视时发现，和凌岳来往的，竟有身手与他相若的高手。

他是个很识趣的人，当机立断带上罗氏前去赔礼道歉，愿与凌岳化敌为友，愿对阿榆尽到"为人父母"的本分。

凌岳当然不认为这位山匪头子有资格做小娘子的阿爹，但思量之后他还是同意了。

在这里，阿榆是罗氏的拖油瓶，苏家四房的小娘子，除了身周这些山匪，没什么能威胁到她。

至于这些山匪，在凌岳看来，只要小心应付，算不上危险。

于是，裴绩成立刻宣布，阿榆随他姓裴，是裴家的小娘子，一应部属不得怠慢。罗氏也布置了精致舒适的闺房，力邀"爱女"和她一起住。

唯一不服的是裴潜，他还记着被阿榆刺死的小伙伴，以及被人垒作人山的羞辱。

可惜阿榆根本不在乎。

她没去住那娇软轻柔的闺房，而是跟凌岳一起住在山腰的茅屋里，一住就是五年，然后——十四岁的阿榆，成了整个平山寨最危险的人。

裴潜带人去打劫一对祖孙，见那孙女生得秀色可餐，不免动了些其他的念头。还未来得及做什么，阿榆出现了。

阿榆冲他们轻轻一笑，眼神清澈，娇美无辜——却手起刀落，将扯住那人孙女的劫匪阉了。

没错，时隔五年，阿榆终于能和正常人一样说话了，甚至也会笑了。

只是阿榆笑时，那些山匪们都会裤裆一凉，随即脸色发白，手足发僵，恨不得生出一百条腿来，逃到阿榆看不到的地方。

笑起来的榆娘子，清丽讨喜，明媚天真，却已是天底下最可怕的小魔头。